A Rebelde

OBRAS DA AUTORA PUBLICADAS PELA EDITORA RECORD

O manuscrito do imperador
O mercador de lã
O monge inglês
A rebelde
O senhor do falcão

VALERIA MONTALDI

A Rebelde

Tradução de
Joana Angélica d'Avila Melo

EDITORA RECORD
RIO DE JANEIRO • SÃO PAULO
2014

CIP-BRASIL. CATALOGAÇÃO NA FONTE
SINDICATO NACIONAL DOS EDITORES DE LIVROS, RJ

Montaldi, Valeria, 1974-
M763r A rebelde / Valeria Montaldi; tradução de Joana Angélica d'Avila Melo. - 1. ed. - Rio de Janeiro: Record, 2014.

Tradução de: La ribelle
ISBN 978-85-01-09945-7

1. Ficção italiana. I. Melo, Joana Angélica d'Avila. II. Título.

14-11260 CDD: 853
CDU: 821.131.1-3

TÍTULO ORIGINAL ITALIANO:
La ribelle

Texto revisado segundo o novo Acordo Ortográfico da Língua Portuguesa.

Editoração eletrônica: Abreu's System

Direitos exclusivos de publicação em língua portuguesa somente para o Brasil
adquiridos pela
EDITORA RECORD LTDA.
Rua Argentina, 171 - Rio de Janeiro, RJ - 20921-380 - Tel.: 2585-2000,
que se reserva a propriedade literária desta tradução.

Impresso no Brasil

ISBN 978-85-01-09945-7

Seja um leitor preferencial Record.
Cadastre-se e receba informações sobre nossos lançamentos e nossas promoções.

Atendimento e venda direta ao leitor:
mdireto@record.com.br ou (21) 2585-2002.

Às mulheres e à sua coragem

É necessário que haja escândalos,
mas ai daquele que traz o escândalo.

Simone Weil, *Cahiers*

Primeira parte

I

Paris, fevereiro de 1254.

A ponta de ferro da pá bateu numa superfície dura. No silêncio, o golpe ecoou, surdo. Thomas se imobilizou, com as mãos enrijecidas sobre o cabo da ferramenta.

Dois passos atrás dele, Guillaume se voltou para perscrutar a escuridão. Já não era tão densa: as nuvens estavam se espalhando, e uma luminosidade incerta começava a desenhar a folhagem dos carvalhos e a delinear os ramos despidos das sarças que recobriam o terreno. Mais longe, perto do valão a oeste, bruxuleava a chama de uma vela, sinal de que também naquela noite o cemitério abrigava encontros mercenários.

— Tem certeza de que é aqui mesmo? — balbuciou Guillaume. — Como você sabe que este é o lugar certo?

— Porque eu estava presente quando a sepultaram — respondeu o companheiro — e vi o lugar onde baixaram o ataúde. E, se há um ataúde, só pode ser o da mulher enforcada ontem: esta é uma fossa comum, você também sabe disso, e em geral os cadáveres daqui são enterrados sem caixão... Não vamos perder tempo falando: quanto mais cedo terminarmos, mais depressa iremos embora.

Thomas recomeçou a cavar. A camada de terra continuava diminuindo, e, quando a pá rangeu pela segunda vez contra a madeira, o jovem deixou-a de lado e prosseguiu com as mãos nuas para não fazer barulho. Guillaume se inclinou para ajudá-lo: o solo recobria o buraco havia pouco mais de um dia e oferecia pouca resistência.

— Pronto, aqui está — sussurraram em uníssono quando seus dedos deslizaram sobre o caixão. Removeram a terra restante e em seguida se levantaram e permaneceram imóveis. De repente, o pio de uma coruja rompeu o silêncio. Guillaume teve um sobressalto e fez o sinal da cruz.

Thomas entrou na cova e, após deslizar uma corda grossa por baixo do ataúde, estendeu uma das pontas ao companheiro. Depois subiu de volta. Segurando firmemente as extremidades da corda, os dois jovens içaram o caixão e depositaram-no sobre o terreno.

Guillaume percebeu que estava tremendo. Tentando ignorar o espasmo de náusea que estava prestes a revolver suas vísceras, afundou a mão no bolso do gibão e tirou duas pequenas alavancas de ferro. Estendeu uma a Thomas e, juntos, começaram a forçar as bordas da tampa.

O caixão se abriu sem dificuldade. Por um momento, a luz da lua flutuou sobre a cova, mas logo se extinguiu, escondida pelas nuvens. Tateando, os dois jovens pegaram o corpo e o pousaram no solo.

A camada de nuvens se abriu de novo, e o clarão lunar iluminou o cadáver. Era de uma mulher franzina. Os cabelos, cortados rudemente em torno da cabeça, emolduravam um rosto acinzentado, de traços já irreconhecíveis. A mandíbula, desarticulada, caía sobre o pescoço, do qual ainda pendia a corda. A língua se projetava para fora da boca aberta, e as pálpebras, afundadas nas órbitas, estavam fechadas. A roupa, semelhante a uma túnica, estava rasgada na frente, sinal de que, antes de ser enforcada, a mulher se debatera violentamente.

Guillaume se virou, apoiou as mãos nos joelhos e vomitou.

Sem conseguir conter um sorriso zombeteiro, Thomas apanhou no chão o saco que havia levado, abriu-o e, com poucos gestos decididos, meteu o cadáver ali dentro. Em seguida fechou-o e carregou-o nos ombros.

Guillaume limpou a boca na manga da veste e o seguiu.

Serpenteando meio agachados através da vegetação, os dois jovens se aproximaram do muro que circundava o lugar. Guillaume avançava circunspecto; dava uns vinte passos, parava e recomeçava a andar. Atrás dele, Thomas ofegava.

— O guarda lá fora está para começar a segunda ronda, e, se não sairmos logo daqui, vamos acabar topando com ele! — exclamou afinal, quase em voz alta.

Guillaume o silenciou com um gesto da mão.

— Ali adiante está uma puta com seu cliente — murmurou, irritado. — Quem garante que já não nos viram? Não podemos começar a correr, podemos?

Sem responder, Thomas ultrapassou o companheiro e caminhou em passos rápidos: a carga era leve e ele tinha braços fortes. Guillaume hesitou por um momento, mas em seguida foi atrás dele.

Estavam quase chegando à porta do cemitério quando um peido barulhento, seguido de uma gargalhada grosseira e de um palavrão obsceno, provocou-lhes um sobressalto. As vozes, de homem e de mulher, estavam muito próximas.

Os dois rapazes se esconderam sob a folhagem de um carrasqueiro e esperaram. Para além de uma touceira de sarças, o brilho fugaz de uma vela, seguido de um ruído de passos, assinalou a aproximação de alguém, mas logo se atenuou. Thomas, que havia pousado o saco no chão, reergueu-se, esticou a cabeça além dos ramos mais baixos do arbusto e espiou por entre as sarças. Já não se via a luzinha.

Dando uma cotovelada no companheiro, o jovem se encaminhou para a saída.

A aurora acabava de surgir, e a claridade pálida já anunciava o dia. O vento que tinha despertado nas últimas horas da noite havia afastado as nuvens. A lua estava desaparecendo atrás da linha do horizonte.

Antes de atravessar, Caterina se deteve junto ao cais.

O Sena tinha a cor de chumbo fundido e, sob as arcadas da ponte, formava redemoinhos lamacentos dos quais afloravam ramos quebrados. A corrente os erguia, fazia-os girar e depois os engolia em direção ao fundo. Os ressaltos ao longo da margem estavam pontilhados por restos de carcaças sanguinolentas lançadas ao rio pelos açougueiros da Tournelle. Uma cabeça de ovelha, curiosamente intacta, despontava de um monte de palha apodrecida e parecia fitar a água.

Fazia frio. Caterina se embrulhou mais na garnacha e seguiu pelo labirinto de ruas que, da Petit Pont, levava em direção ao Bièvre. Uma carroça puxada por um burro desembocou do Largo de Saint-Julien-le-Pauvre, e o rangido das rodas encheu o beco.

Caterina acelerou o passo. Estava animada e ainda incrédula com a oportunidade que lhe fora concedida: dali a pouco finalmente conseguiria aquilo que desejava havia tempo.

Durante anos, de forma tenaz, pedira aos professores que lhe dessem acesso àquela aprendizagem específica, mas todos tinham recusado, até

Ibn-al-Latif, o mais sábio de seus mestres. Embora a considerasse uma aluna promissora, ele sempre a proibira de assistir àquele tipo de aula. E, assim, Caterina teve que se limitar a escutar as narrativas empolgadas dos pouquíssimos colegas escolhidos pelo professor. Apesar de proibidas pelas autoridades religiosas e civis, as dissecções eram praticadas mesmo assim: em Montpellier, onde ela concluíra os estudos, sobretudo os médicos orientais consideravam aquela prática uma parte importante do ensino. Executavam-na no esconderijo dos subterrâneos ou no âmago dos bosques e, ao que ela sabia, até aquele momento nenhum deles havia sido denunciado: talvez o silêncio interessado da corporação médica tivesse escondido tudo com habilidade, ou talvez as autoridades fingissem não saber, a fim de salvaguardar o prestígio da instituição. Sem dúvida, a Escola de Montpellier era um centro de excelência para a arte médica, e o fato de que até as mulheres pudessem ter acesso aos estudos testemunhava uma incomum amplitude de visão por parte do corpo docente. Justamente por isso, Caterina ficava ressentida por nunca ter podido assistir a uma dissecção: afinal, perguntava-se, por que as mulheres, que deviam estudar as mesmas matérias que os colegas homens, não eram admitidas também naquela experiência específica? Depois de lutar, sem resultado, para afirmar aquilo que lhe parecia um direito seu, acabara por resignar-se. Agora, porém, graças a um destino estranho, tudo estava prestes a mudar.

Sorriu consigo mesma e prosseguiu rumo à rue Galande. Ao passar diante do Aiglon d'Or, a estalagem frequentada pelos estudantes da Escola das Artes, viu um homem encolhido contra a porta trancada: roncava e emanava um forte odor de vinho. A capa deslizara dos ombros e caía ao longo dos flancos: Caterina pegou as duas abas e juntou-as sobre o peito do bêbado. Depois dobrou a esquina do beco e continuou seu caminho.

2

Paris.

A roda do moinho chiava, e a água do canal a fazia girar à toa: o eixo ligado à coroa dentada estava quebrado e o mecanismo não funcionava mais. Esporádicas rajadas de vento formavam um turbilhão em torno da construção, insinuavam-se entre as fissuras da porta e levantavam minúsculos redemoinhos de poeira do pavimento de terra batida.

Agachado junto do umbral, Thomas espiava lá fora. Não se ouviam rumores, só mesmo o chapinhar do Bièvre e algum balido proveniente do campo.

Levantou-se, bocejou e esticou as pernas: a longa caminhada daquela noite e o peso carregado sobre os ombros começavam a provocar-lhe dor nos músculos. Deu alguns passos na penumbra, e suas mãos estendidas à frente afloraram a mó: a pedra estava fria e viscosa. Retirou-as de repente, voltou ao seu posto, sentou-se no chão e cruzou as pernas.

Bela decisão, pensou. O médico, aquele a quem acabava de entregar o cadáver, devia ser muito esperto para escolher um recanto como aquele. Um moinho abandonado, do qual ninguém ousava mais se aproximar, nem mesmo os cônegos de Sainte-Geneviève, que detinham os direitos do local. Ali, três anos antes, uma pestilência levara o moleiro, sua família e os trabalhadores: em poucos dias, todos tinham morrido e, desde então, a trilha que conduzia ao moinho não havia sido percorrida por ninguém. Agora o caminho estava coberto de mato e de sarças, e o traçado se confundia com o restante da vegetação.

Ele não tinha medo. Já se passara muito tempo, e qualquer emanação ruim devia ter se dissipado do ar. Além disso, se o que seus mestres ensinavam era verdade, ao que parecia as pestilências desapareciam de repente, da mesma forma como chegavam. Ninguém conhecia as causas da enfermidade e não existiam tratamentos que não fossem a prece e a penitência.

Apesar do cansaço, estava satisfeito: com o trabalho no cemitério, havia obtido um bom dinheiro, que lhe permitiria pagar o quarto na hospedaria por alguns meses. Morar em Paris custava muito caro, e ele, filho de um pequeno artesão de Bruges, bem sabia como eram grandes os sacrifícios feitos pelo pai para mantê-lo estudando. Em sua situação, qualquer soma suplementar era preciosa, e, quando seu colega de curso lhe pedira ajuda a fim de conseguir o cadáver para o médico, ele não hesitara nem por um segundo em aceitar. Na verdade, Guillaume também lhe propusera assistir à dissecção, mas ele havia recusado: uma coisa era desenterrar um corpo, outra era vê-lo ser retalhado. E, de qualquer modo, não lhe seria útil: não tinha nenhuma intenção de se dedicar à cirurgia, bastavam-lhe as noções básicas de medicina para tratar dos doentes e, se tivesse habilidade em obter os clientes certos, talvez até conseguisse enriquecer.

O pavimento acima de sua cabeça estalou, sinal de que o médico e Guillaume estavam prestes a começar. Desejou que terminassem logo.

Rolando fitava o cadáver estendido sobre o estrado. Com a ajuda do estudante, despira-o e até conseguira remover a corda, que havia penetrado profundamente na carne.

O corpo não recebia luz suficiente. A que se filtrava pela pequena abertura que dava para o telhado era sombreada pela grande tremonha instalada no centro do local. O médico decidiu usar algumas velas: o dia já clareara, e era improvável que, de fora, alguém pudesse perceber clarões suspeitos. Acendeu quatro e distribuiu-as em fila sobre uma protuberância de pedra saída da parede. Em seguida, tendo umedecido um trapo na água do balde, começou a limpar o cadáver.

A pele estava esverdeada e flácida sob suas mãos, sinal de que o *rigor mortis* já havia passado. Do púbis, coberto por uma penugem rala, uma mancha escura se alargava para o alto e enegrecia uma parte do ventre.

Os olhos de Guillaume acompanhavam cada gesto. Aquele corpo inanimado já não lhe dava medo. Era como se, uma vez livre das roupas, tivesse perdido qualquer aparência humana: nada além de um fantoche, como aqueles que eram queimados nas praças durante as festas. Fascinado pelos movimentos seguros do mestre, o jovem observava o abdome cavo da mulher enforcada, os seios pequenos, o sulco escarnado do pescoço. Só quando o médico forçou os ossos da mandíbula para recolocá-la no lugar, teve um instante de vertigem, mas controlou-o. Devia resistir, não podia decepcionar o mestre depois que ele lhe concedera o privilégio de assistir à dissecção. Aquela experiência talvez viesse a ser a única em toda a sua carreira.

Ouviu um ruído às suas costas e se virou. O outro homem, aquele que Guillaume já encontrara ali com Rolando ao chegar e cujo nome não conhecia, tinha se aproximado: até aquele momento permanecera na sombra, junto da tremonha, e Guillaume mal o vislumbrara. Somente agora, à luz trêmula das velas, conseguia perceber seu rosto: tinha traços delicados, que poderiam ser os de uma mulher. O jovem olhou melhor. Parecia mesmo uma mulher. Não, não era possível: o capuz, a roupa, os sapatos eram masculinos e, portanto, devia tratar-se de um homem, talvez um pouco efeminado, mas um homem. Um arrepio de inquietação o percorreu: e se o mestre fosse inclinado à sodomia? Se aquele jovem colega fosse o amante dele? Jamais escutara nenhum boato sobre isso e resolveu não se preocupar: já estava agitado demais por aquilo que veria dali a pouco, não era o caso de se deixar distrair por outros pensamentos.

O bisturi afundou no tórax e a carne se abriu. Rolando pegou as duas abas contrapostas e deixou-as cair sobre os flancos do cadáver. Empunhou o serrote e começou a cortar as costelas.

Guillaume engoliu em seco: um refluxo ácido de bile queimou-lhe a boca. Seu olhar horrorizado ainda estava fixo sobre os intestinos acinzentados que brotavam do abdome aberto. Antes de cortá-los ao meio, o médico os atara para não deixar sair as fezes. O mesentério, repleto de veias já vazias de sangue, estava acomodado sobre o útero e o cobria quase por inteiro.

O rangido do serrote e as palavras do médico chegavam abafados aos ouvidos do jovem, como se viessem de muito longe. Quando as costelas já estavam totalmente serradas, sobre seus olhos desceu a escuridão. Ele gemeu e deslizou para o chão.

Caterina, que até aquele momento não abrira a boca, adiantou-se um passo e se inclinou.

— Perdeu os sentidos — sussurrou.

— Não se preocupe, é melhor assim — respondeu o médico, sem olhar o estudante. — Quanto mais ele ficar ali, menos oportunidade terá de vê-la e de ouvi-la falar. Embora você esteja usando trajes masculinos, seu rosto e sua voz deixariam qualquer um desconfiado. Venha aqui, é melhor, e observe. Não acho que lhe aparecerá outra oportunidade como esta.

Com a ajuda de um bisturi de ponta recurvada, Rolando extraiu o coração e, segurando-o nas mãos em concha, elevou-o até a luz das velas.

— Aqui está, veja, estas concavidades são os ventrículos, e as duas cartilagens que aparecem no alto são flexíveis como as orelhas de um gato. Sabe para que servem?

Caterina balançou a cabeça.

— Para levar o sangue até o coração. Quando ele chega aqui — explicou Rolando, apontando o coto amputado da veia que brotava do ventrículo direito —, as orelhinhas se abrem para deixá-lo passar e depois se fecham. Da cavidade esquerda, ao contrário, sai a veia arterial, aquela que transporta os vapores até o pulmão e introduz o ar que refresca o coração. Este é o rei do corpo, Caterina — concluiu, empolgado.

Tentando ignorar as lufadas de putrefação que subiam das vísceras do cadáver, a mulher se aproximou para observar melhor. Era difícil acreditar que todas as maravilhas que lhe haviam sido ensinadas sobre o funcionamento do coração fossem produzidas por aquela polpa violácea que jazia entre as mãos de Rolando. Sempre lhe fora explicado que as constelações celestes exerciam grande influência sobre o corpo humano, Câncer sobre o coração, Áries sobre a cabeça, Virgem sobre os intestinos. Embora não tivesse motivo para duvidar da sabedoria de seus mestres, ela se perguntava como um conjunto de astros podia condicionar o funcionamento dos órgãos. E os animais? As constelações influíam também sobre a saúde do corpo deles?

Ainda se recordava de quando, pouco mais que uma adolescente, havia espiado a dissecção de um porco. Quem a estava praticando era seu pai, Enrico de Colleaperto, admirado mestre da escola de medicina de Bolonha: embora ele costumasse deixá-la assistir às suas aulas, daquela vez havia recusado, certo de que a filha não tinha idade para suportar a visão de um espetáculo tão sangrento. Caterina gostaria de obedecer, mas sua paixão pela ciência médica levou a melhor: seguiu-o até as câmaras subterrâneas onde aconteceria a dissecção, escondeu-se atrás de um fardo de palha e espiou. Ao contrário do que seu pai temia, não se sentiu apavorada. Observou todas as fases da operação, ficou fascinada pela distribuição dos órgãos, ligados entre si por uma inesperada retícula de veias e artérias, e intuiu como devia ser complexo o funcionamento de um corpo vivo.

Por fim foi descoberta, mas Enrico não a castigou. Aquele ato de desobediência convenceu-o definitivamente da determinação que movia a filha: desde criança, Caterina havia manifestado a vontade de exercer a profissão médica, e seu pai não via motivos para proibi-la. Montpellier era a única escola que permitia o acesso às mulheres, e foi justamente para lá que Enrico decidiu enviá-la, a fim de que ela estudasse. Então a encorajou e prometeu-lhe que, assim que tivesse à disposição um cadáver, deixaria que ela assistisse a outra dissecção, humana desta vez. Explicou-lhe que, ao contrário do que os colegas afirmavam, as estruturas orgânicas não eram idênticas no animal e no homem, e que, para evitar erros grosseiros de diagnóstico, era fundamental conhecê-las bem. A dissecção jamais aconteceu: o pai morreu antes de poder cumprir a promessa.

Um gemido baixinho despertou-a de seus pensamentos: o estudante estava voltando a si.

Caterina recuou de novo para a sombra.

Guillaume se pôs de quatro, olhou ao redor e se levantou. Seu rosto, exangue até um minuto antes, ficou vermelho de vergonha.

— Mestre, desculpe... — balbuciou. — Não achei que... eu...

Rolando não respondeu. Depois de repor o coração na cavidade torácica do cadáver, cobriu-o com as duas bandas de carne. Após reintroduzir a massa dos intestinos no abdome, esticou com força as bordas do corte e puxou do bolso da veste um saquinho de couro. Abriu-o e tirou uma agulha: era comprida, de ponta triangular. Do buraco pendia o fio de sutura.

Em silêncio, empunhou-a e começou a costurar.

Pensando bem, não seria necessário, porque aquele cadáver retornaria à fossa comum, e ninguém jamais perceberia que ele fora aberto e seccionado. Contudo, sabendo como era forte em Caterina o sentimento da piedade, Rolando preferiu realizar também aquela última operação. Com o estudante, não se importava muito: ele havia demonstrado ser um frouxo e provavelmente jamais teria coragem de repetir a experiência daquele dia. Gostaria de repreendê-lo e dizer-lhe que ele não estivera à altura de suas expectativas, mas permaneceu em silêncio. Embora o tivesse remunerado bem para desenterrar a enforcada, havia o risco de a reprimenda ser mal-tolerada, induzindo Guillaume a denunciá-lo às autoridades. Se isso acontecesse, ele seria excluído da corporação e talvez expulso da cidade. Deu o último ponto, lavou a agulha na água do balde e guardou-a de volta no saquinho. Em seguida, apontando para a trouxa que jazia em um canto do local, dirigiu-se ao estudante.

— Chame Thomas — disse, mais gentilmente do que gostaria — e peça-lhe que o ajude a repor o cadáver no saco. Vocês ficarão aqui até a noite e depois o devolverão ao lugar de onde o tiraram. Há um carrinho aí embaixo: a madeira está meio podre, mas as rodas ainda funcionam. Coloquem o saco nele e cubram-no com um bom feixe de lenha: aqui nos arredores há muita, e uma carga de galhos secos não despertará suspeitas em ninguém.

O jovem assentiu. Dirigiu-se ao alçapão de onde partia a escada e desceu.

Rolando apagou as velas, guardou-as na bolsa e acenou para Caterina.

— Vamos? — chamou-a, já caminhando.

Sem responder, a mulher tirou do bolso um lenço dobrado: era de linho branco, grande, e enfeitado por um bordado na orla. Abriu-o, aproximou-se do estrado e cobriu com ele o rosto do cadáver. Depois seguiu seu companheiro.

3

Paris.

O vento havia diminuído. A última luz da tarde se insinuava pela janela semicerrada e desenhava uma claridade fraca sobre o chão do quarto. O braseiro ainda não estava aceso, e fazia frio.

Encolhida sob o espesso cobertor de lã, Caterina virou a cabeça no travesseiro e observou seu amante. Ele dormia. Um tufo de cabelos tocava sua boca e fremia a cada respiração: ela estendeu a mão na penumbra e afastou-o do rosto do homem. Este emitiu um gemido, murmurou algo incompreensível e virou-se para o outro lado.

Com a ponta dos dedos, Caterina acariciou-lhe a concavidade entre a nuca e os ombros: ele gemeu de novo, girou-se e deixou cair o braço sobre o seio dela.

Caterina suspirou profundamente. Ainda recordava a primeira vez sobre aquele colchão: havia se passado somente um ano, mas pareciam-lhe dez. Ele a conduzira até ali em outra noite fria, quando a areia nas margens do Sena ainda estava coberta por uma fina camada de gelo. Percorreram as vielas com circunspeção, atentos a não ser vistos por ninguém, e transpuseram o portão de uma casa encostada às muralhas. Entraram em um quartinho quadrado, em cujo centro ardia um braseiro. Rolando trancou a porta e, sem dizer uma palavra, tomou-a nos braços. Na escuridão, quebrada apenas pelos reflexos das brasas, desatou os laços de sua roupa e começou a acariciá-la. Caterina sentia as mãos dele circundando seus seios, aflorando a curva de seus quadris, descendo ao longo das nádegas e afagando os pelos da virilha. Embora o medo a impedisse de qualquer movimento, saboreava espantada aquelas sensações jamais experimentadas. Aos poucos seu corpo foi invadido por um curioso langor e, quando ele a puxou para a cama, ela quase não se deu conta do que estava para acontecer. Rolando a possuiu com fúria, ávido, como um sedento que ficou muito tempo sem água. A dor foi aguda, mas durou somente até que ele recomeçasse a acariciá-la: então, pouco a pouco, a dor foi substituída por uma estranha ansiedade, quase uma euforia que no fim se transformou em delírio. Ela gritou e ele fechou-lhe a boca com um beijo. Adormeceram abraçados. Foram acordados pelos primeiros pregões dos mercadores: era o amanhecer, e os vendedores de peixe e os hortelãos que lotavam o mercado da Porte Baudoyer já vociferavam entre os becos.

Agora, como sempre acontecia com ela depois daqueles encontros furtivos, mais uma vez Caterina se perguntou se o que a ligava a Rolando era realmente amor ou se o que a impelira para ele não teria sido sobretudo o medo de ficar sozinha. Embora já tivesse completado 30 anos, jamais renunciara à esperança de encontrar um marido e pensava que, fosse como fosse, em sua idade não teria nada a perder entregando-se a um homem. Não havia mais ninguém para julgá-la, nem sua mãe, morta quando a dera à luz, nem seu pai. O único parente que lhe restava, um tio boticário, combatera fortemente sua decisão de estudar medicina e, depois de sua partida para Montpellier, não dera mais notícias. Não, não tinha juízes: somente os homens da Igreja, empenhados em proibir as uniões fora do casamento, poderiam condená-la, mas não a assustavam. Quantos deles, acometidos de blenorragia ou gonorreia, ela já não vira recorrer aos cuidados dos médicos? Quantos dos filhos desses religiosos, gerados no segredo das sacristias, tinham sido abandonados à roda dos expostos ou entregues a uma ama de leite complacente? E, afinal, as mulheres de aristocratas e cavaleiros que partiram para guerras e cruzadas não se deixavam consolar por companheiros dos maridos ou pelo primeiro escudeiro disponível?

Não era o caso de se sentir culpada, Rolando a amava. Embora ainda não lhe tivesse proposto casamento, o vínculo entre os dois era sólido e se reforçaria com o tempo. Tratava-se apenas de esperar.

Sorriu, relembrando o primeiro encontro deles. Acontecera por acaso, na residência de Jean de Passavant, o decano dos barbeiros-cirurgiões: ambos estavam ali para verificar algumas das técnicas cirúrgicas desenvolvidas recentemente. Passavant não se espantou ao ver uma mulher entre seus alunos; pelo contrário, revelou a ela que uma colega, uma certa Ersenda, prestava serviços na corte, para grande satisfação do rei. Perguntou-lhes onde haviam feito seus estudos e, quando soube que Rolando obtivera em Bolonha o título de mestre em medicina, quis saber o motivo de sua presença em Paris. Rolando explicou que durante anos havia trabalhado em Milão, mas, depois de ser envolvido em uma controvérsia entre facções políticas, precisou deixar a cidade. Justificou sua transferência para Paris com o convite feito por Albert de Lazay, um amigo médico que, com grande generosidade, havia colocado um quarto à disposição dele.

O que ele não contou, mas que Caterina bem sabia, era que em cerca de dois anos Rolando tinha ampliado bastante sua clientela: além de preparar diagnósticos precisos e fornecer remédios apropriados, muitas vezes também executava cirurgias, caso raro entre os médicos parisienses. O nome de Rolando Lanfranchi já era bem conhecido na cidade e, apesar da discrição com que ele protegia a identidade dos seus pacientes, dizia-se que eram muitos os homens notáveis e os cortesãos que recorriam aos seus cuidados.

Depois daquele primeiro encontro na casa de Passavant, eles se viram muitas outras vezes, e a relação se transformou em sólida amizade, logo convertida em amor. Rolando se empenhou de imediato em ajudá-la na profissão: convenceu os cônegos do Hôtel-Dieu a aceitá-la entre as fileiras de médicos que davam consultas no hospital e também a apresentou a algumas de suas clientes, sugerindo-lhes que os exames feitos por uma mulher seriam menos embaraçosos do que os realizados por um homem. Graças a Rolando, o círculo dos clientes privados de Caterina foi se ampliando aos poucos e, com o que ganhava, ela conseguia se manter condignamente, mesmo sem o dinheiro herdado do pai. Embora não fosse muito, ainda restava algum: em todos aqueles anos longe de casa, a herança havia lhe servido para pagar os estudos, mas, sem um trabalho duradouro, teria se esgotado logo, sobretudo agora que ela se mudara para dois pequenos aposentos alugados à rue Séverin.

O braço de Rolando se moveu. Caterina o segurou e, com delicadeza, pousou-o sobre o colchão. Depois se virou, puxou o cobertor até os ombros e fechou os olhos, à espera do sono.

* * *

O artesão deslizou o olhar pelo balcão. Os instrumentos cirúrgicos que, naquela manhã, ele havia alinhado ordenadamente sobre o pano verde ainda estavam todos ali: dez bisturis de tamanhos diferentes, três cateteres, duas sondas caneladas, quatro fórceps, uma série de agulhas e um novelo de fio de sutura. Suspirou: naquele dia vendera bem pouco, só uma serra de amputação e um rolo de ataduras de linho. A outra serra e as quatro bexigas de boi para lavagens internas ainda pendiam dos ganchos de ferro suspensos nas traves do forro.

Se as coisas continuassem assim, pensou desanimado, teria que fechar a loja. Se pelo menos o rei decidisse instituir também uma escola de medicina... Por que, afinal, os estudantes que desejavam aprender a arte médica deviam ir para Orléans ou Montpellier? Principalmente agora que aquele Sorbon conseguira convencer o rei a fundar um grande colégio aberto a estudantes de todas as nações. Por que não acrescentar uma faculdade de medicina às de teologia e artes? Era absurdo que não existisse uma escola daquelas em Paris: se existisse, o volume dos seus negócios decuplicaria em poucos meses. Quantos jovens não chegariam de todas as partes da Europa, a fim de estudar ou praticar!

Como, por exemplo, aquela mulher a quem havia alugado as instalações em cima da loja. Caterina de Colleaperto tinha lhe explicado que, depois de morar durante meses em uma estalagem, agora sentia necessidade de viver num ambiente mais pessoal. Quando ela o procurara pela primeira vez, ele ficara espantado: não era frequente que uma mulher daquela idade fosse solteira e tão independente a ponto de dispor do próprio dinheiro. O estupor se transformou em desconfiança quando Caterina informou que exercia a arte médica. A incredulidade e o temor de estar diante de uma charlatã induziram-no a recolher informações sobre ela, antes de lhe conceder o uso do local. E assim descobriu estar lidando com uma verdadeira mestra em medicina, que, embora pertencesse ao sexo feminino, desfrutava de certa notoriedade. Ao que parecia, era frequentemente convocada ao Hôtel-Dieu para fazer diagnósticos, e alguns dos artesãos mais endinheirados do bairro de Saint-Jacques tinham-na escolhido como sua médica particular. Ainda que ele jamais pretendesse ser tratado por uma mulher, o simples fato de ter como locatária uma pessoa de bem, em vez das costumeiras prostitutas que infestavam os becos de Saint-Séverin, já lhe parecia um título de mérito, capaz de conferir ulterior prestígio ao seu comércio de artesão.

E, além disso, ela era bonita. Embora já não fosse muito jovem, de sua figura emanava um fascínio discreto, sublinhado pela atitude aristocrática: alta e bem-feita, tinha cabelos escuros, que mantinha enrolados em uma trança sobre a nuca, e uma pele clara, quase diáfana. Mas o que impressionava eram os olhos: verdes e intensos, eles iluminavam-lhe o rosto, tornando sua expressão sedutora e um pouco misteriosa.

Quando concluíram o contrato, ele tinha lhe perguntado se ela precisava de uma criada que arrumasse os aposentos, mas a mulher havia recusado, afirmando que cuidaria pessoalmente disso. Curioso por mais essa afirmação de autonomia, durante sua ausência ele subira para conferir: os dois quartinhos estavam impecáveis, o colchão coberto por um tecido de lã fina, as roupas penduradas ordenadamente no cabide, o urinol vazio e a mesinha sem um grão de poeira. Empilhados sobre a tampa da arca, havia quatro ou cinco grossos volumes encadernados em couro que, a julgar pelos títulos em latim, deviam ser textos de arte médica.

Muitas vezes ele se perguntava quais motivos podiam ter induzido uma mulher a uma escolha de vida tão incomum, e gostaria de pedir-lhe uma resposta, mas não ousava: no fundo, a vida privada de Caterina não era de sua conta, o importante era que o aluguel fosse pago nos prazos certos e que a bolsa da qual provinha o dinheiro fosse a de uma pessoa honesta. Sem contar que, se por acaso lhe acontecesse adoecer de repente, a presença de alguém versado em medicina ali em sua própria casa poderia revelar-se útil.

A porta da loja se abriu e a chama da tocha fixada no umbral interno oscilou, iluminando a figura de Caterina.

— Salve, mestra — acolheu-a o artesão com um sorriso servil.

— Salve, Nicolas. Teve um bom dia?

— Ah, não posso dizer que sim! Só dois clientes, e nem sequer médicos: dois curandeiros normandos de passagem pela cidade. Espero que amanhã as coisas sejam melhores... Cuidado — acrescentou, quando a viu dirigir-se para a escada —, aí embaixo ainda está a cadeira cirúrgica que um colega seu me encomendou: ele devia vir buscá-la hoje, mas ainda não apareceu. Precisei guardá-la ali no fundo, e no escuro a senhora pode tropeçar. Pois é — continuou, estendendo a Caterina uma vela acesa

—, se pelo menos eu pudesse me permitir ter uma loja mais ampla, seria tudo mais simples! Dizem que perto da rue de Sens os cônegos vão mandar construir novas casas, sabia? Já me informei, e parece que terão tanto espaço que será possível montar até oficinas adjacentes aos balcões de venda. Seria uma bela vantagem, não se pode negar: muito tempo poupado, o controle imediato sobre o estoque, a possibilidade de expor muito mais material. Em suma, mudar de sede significaria ampliar a clientela, mas, enquanto o número de médicos e cirurgiões não aumentar, quem vai ter coragem de arriscar? Ah, eu ia esquecendo: hoje esteve aqui um criado de Robert d'Arras, o costureiro que tem loja na place Maubert, conhece? Trouxe um recado do patrão: mandou perguntar se amanhã a senhora pode ir ver a mulher dele, que há dias está sofrendo de cólicas no ventre e finalmente decidiu procurar atendimento médico.

— Obrigada, Nicolas, irei sem falta. Boa noite — respondeu Caterina, aproximando-se da escada.

O homem se deteve um momento até vê-la desaparecer no escuro. Depois desatou os laços do avental, tirou-o e começou a guardar suas mercadorias.

4

Milão, fevereiro de 1254.

As comportas da barragem se abriram e o rangido das dobradiças se sobrepôs a qualquer outro rumor.

De início lenta e, em seguida, impetuosa, a água do Vettabia se derramou no fosso: as ondas se amontoaram umas sobre as outras, formaram cristas de espuma, rolaram até a margem oposta e foram chocar-se contra a escarpa, arrastando seixos e cascalho. Apavorado, um cavalo amarrado ao parapeito da ponte relinchou e saltou de lado. O guarda campestre que o montara até um momento antes nem percebeu: indiferente à água que encharcava suas grevas, esbracejava agitado, berrando ordens aos homens que manobravam as engrenagens.

Fascinada por aqueles movimentos mecânicos tão surpreendentes que pareciam obra de magia, a mulher parou sob a arcada da poterna e ficou olhando.

— Saia daí, sua idiota! Deus do céu, quer acabar embaixo das rodas?

A mulher teve um sobressalto. A carroça cheia de madeira que havia chegado à entrada da poterna estava bloqueada: uma das rodas ficara presa numa protuberância da muralha. O carroceiro que a afrontara com tanta grosseria desceu e, espetando os bois com a vara, procurou fazê-los retroceder, a fim de endireitar o veículo. Depois de três ou quatro tentativas, conseguiu e finalmente transpôs a entrada, desaparecendo para além das muralhas.

A mulher o seguiu. Estava cansada, e alguns flocos de neve começavam a formar redemoinhos no ar ao seu redor.

Ela se envolveu ainda mais no xale e continuou. Ao longo do caminho, cruzou com outras duas mulheres, provenientes da direção oposta: ambas traziam nos braços um embrulho. Embora a conhecessem, fingiram não a ver e prosseguiram de olhos baixos. Sentindo a mesma vergonha, ela transpôs o portãozinho da instituição beneficente.

— Bem-vinda, Agnese! — saudou-a cordialmente o monge porteiro. — Vá, vá em frente: a senhora verá quantas coisas boas vai encontrar hoje no depósito!

A mulher sorriu para ele, hesitante, e adentrou o pequeno pátio. Frei Gervaso é sempre gentil, pensou, e todos os outros também, os monges, os conversos, até os servos: o que seria de mim sem eles?

Quando, três meses antes, um dos voluntários da entidade se apresentara em sua casa para oferecer ajuda, ela respondera ressentida. Declarou que nunca havia pedido nada a ninguém e que não sabia quem o tinha enviado. Sem se alterar, o homem lhe explicou que a Colombetta era uma associação criada pouco tempo antes por vontade de alguns benfeitores milaneses e que seu objetivo era o de dar assistência às famílias indigentes. "Justamente como a da senhora, sabe?", acrescentou, apontando as cinco crianças esfarrapadas que o fitavam assustadas do fundo do aposento. "Aquelas que não têm sequer comida para dar aos filhos e se envergonham disso."

Ela ficou sem palavras e começou a chorar. Depois explicou que tornara-se viúva havia dois anos e admitiu que os parcos pagamentos pelo seu trabalho de lavadeira não bastavam para matar a fome das crianças. O homem a confortou, dizendo que a miséria não é fruto da culpa, muitas vezes é provocada pelas vicissitudes da vida, e que a congregação da qual ele fazia parte nascera para levar socorro justamente aos que não tinham coragem de pedi-lo. Propôs que ela frequentasse regularmente a instituição: ali, em caso de necessidade, encontraria alimento e roupas para si mesma e para os filhos.

Durante alguns dias ela hesitou, mas por fim se decidiu e se apresentou na Colombetta. Espantou-se ao constatar quantas pessoas recorriam à ajuda da congregação: sempre que transpunha o portão do local, encontrava cada vez mais gente, velhos, mulheres, crianças, doentes. Também descobriu que eram muitos os voluntários laicos que haviam aderido à comunidade: ninguém lhes pagava pelo trabalho, mas eles dedicavam todas as horas do dia a assistir os pobres. Iam de casa em casa e indicavam ao frei Marcello, prior da congregação, as necessidades das famílias mais carentes; também se ocupavam dos encarcerados, aos quais levavam comida e conforto. A vergonha não desapareceu, mas aos poucos ela foi aprendendo a ignorá-la e finalmente seus filhos tinham algo para comer quase todos os dias.

Transpôs a soleira do depósito, mas logo se deteve, intimidada pela presença do prior. Frei Marcello observava os sacos de víveres enfileirados ao longo da parede e falava com um dos conversos.

— Quatro sacos de milheto e só um de centeio, umas dez couves, um pouco de agrião e quatro dúzias de ovos. Não, não, assim não daremos conta! — exclamou, balançando a cabeça. — Corrado de Cimiliano deve controlar melhor a quantidade de doações mandadas pelos seus administradores: de que serve ter um benfeitor tão generoso se depois seus rendeiros adulteram para mais a quantidade de gêneros alimentícios destinados a nós? Realmente, preciso falar com ele. Ou melhor — acrescentou, decidido —, farei isso hoje mesmo: primeiro irei com frei Gaudenzio entregar a comida para os presos da Malastalla e depois passarei na casa de Corrado, que mora no bairro da Balla, justamente no caminho de volta. É melhor que eu me apresse se quiser resolver logo este assunto.

Virou-se e viu Agnese imóvel na soleira.

— Mas o que está fazendo aí fora com tanto frio, bendita mulher? Não que aqui dentro esteja muito mais quente, mas pelo menos há um teto, e acho que logo vai começar a nevar. Domenico — disse, dirigindo-se ao converso —, o senhor se encarrega disso?

O homem assentiu e foi ao encontro dela.

— Faz tempo que não nos vemos, Agnese. Do que está precisando? Comida ou roupas? Ou, quem sabe, as duas coisas? — perguntou, sorrindo.

— Eu... realmente... Se o senhor tivesse umas camisas para as crianças e algum ovo...

— Venha cá, vamos abrir este saco. Bem, um gibão... Não, este não lhe serve... Uma túnica, até uma *gamurra*... Antigamente devia ser elegante, mas agora, com todos estes buracos... Um rato deve ter se banqueteado aqui... Mais gibões! Será possível que não haja ao menos uma camisola? Pronto, achei, estavam no fundo do saco. São três: quer todas?

A mulher o encarou, encantada. O cânhamo, apesar da camada de sujeira que o recobria, revelava uma trama sutil sobre a qual ainda se destacava um bordado. As mangas estavam rasgadas nos pulsos, mas bastaria encurtá-las um pouco para que continuassem a prestar seu serviço.

— Mas... — disse, hesitante — é coisa fina, não sei se posso...

— Mas que coisa fina, que nada! Se eles nos deram, significa que não precisam mais, não acha? Leve-as, Agnese: com uma bela lavada, daquelas que a senhora sabe fazer, ficarão como novas. Quanto aos ovos, só posso lhe dar três: chegaram menos do que o previsto e por hoje não temos o suficiente para contentar a todos. Por que, em vez disso, não leva umas favas? Na semana passada trouxeram um saco cheio, e ainda deve haver um pouco.

Apertando as camisolas junto ao peito, Agnese seguiu o converso até o fundo do depósito: ali, com uma grande concha de madeira, o homem tirou as favas de um saco quase vazio e jogou-as no cesto que a mulher lhe estendia.

— Pronto, pode levar — disse, dispensando-a. — Quando precisar de mais alguma coisa, sabe onde encontrar.

Agnese saiu. Ao vê-la afastar-se sob a neve, coberta apenas por aquele xale rasgado, Domenico prometeu a si mesmo que lhe arrumaria um manto. Assim que o encontrasse, iria guardá-lo para ela.

O dente estava quase fora. Francesco Aicardo aumentou a pressão sobre a pinça e, com um puxão decidido, arrancou-o totalmente.

O cliente berrou e deu um salto brusco para o lado.

— Parado! — ordenou o barbeiro-cirurgião, apertando ainda mais os joelhos em torno da cabeça do homem. — Eu sei que dói e que sem dúvida esta posição não é cômoda, mas estou quase acabando. O senhor teve sorte, o dente não quebrou. Pronto — continuou, levantando-se do tamborete e pegando uma caneca na bancada —, agora enxágue a boca com esta poção e depois cuspa ali no balde. Repita três ou quatro vezes, até não sentir mais o gosto do sangue.

Cambaleante, o cliente obedeceu.

— Por todos os diabos, mas o que é esta nojeira? — balbuciou, contendo uma ânsia de vômito.

— Ora, vamos, não seja tão enjoado! É água e vinagre com uma pitada de sulfato de cobre, só o necessário para não deixar sangrar demais. Em casa, prepare uma infusão com isto aqui — acrescentou Francesco, estendendo a ele um maço de folhas secas de estragão — e mantenha-a na boca o máximo que puder. Amanhã o senhor estará muitíssimo bem.

Não muito convencido, o cliente assentiu e, depois de colocar sobre a bancada um montinho de moedas, foi embora.

Francesco contou o dinheiro e guardou-o na escarcela. Tinha sido um dia bom: três extrações de dentes e a redução de uma fratura no ombro.

Sorriu consigo mesmo. Ah, se seu pai pudesse vê-lo agora! Quando, na adolescência, ele lhe anunciara o desejo de tornar-se um barbeiro-cirurgião, em vez de se limitar ao ofício de curandeiro, o pai não gostou. "Se você acha que é fácil, está enganado", disse. "Enquanto for só para arrancar dentes, eu posso lhe ensinar, mas praticar sangrias e recolocar ossos no lugar não é para todo mundo. Mas por que, Deus do céu, você não se limita a fazer o que eu faço? Ganha-se bem, você mesmo pode ver, e os clientes ficam satisfeitos." Por alguns anos, Francesco obedeceu, mas só até aprender a preparar remédios e unguentos e saber a dosagem mais adequada a cada doença. Depois, porém, continuou insistindo, até conseguir convencer o pai a levá-lo a Galdino de Arconate, um dos mais respeitados barbeiros-cirurgiões da cidade. Ali adquiriu prática, e em pouco tempo já dominava a técnica que lhe faltava. Começou com pequenas intervenções, a ablação de úlceras e cistos ou a extração de corpos estranhos dos ouvidos, para mais tarde prosseguir com a redução de fraturas e luxações. Demonstrou-se hábil e ganhou a tal ponto a admiração do mestre que chegou a auxiliá-lo em operações de catarata. Ficou dois anos ali, até que o próprio Galdino lhe disse que o considerava pronto para trabalhar por conta própria. E assim abriu seu consultório: no início os clientes eram poucos, mas, com o passar do tempo, foram aumentando, e agora ele podia se considerar satisfeito.

Seu único pesar era não ter podido salvar nem o pai nem a mãe. Um tipo de cólera os levara poucos meses depois que ele começara a trabalhar sozinho: nenhuma das poções que lhes administrara havia conseguido subtraí-los à morte.

Era inútil se lamentar; as coisas tinham acontecido assim. Na realidade, o que pesava nele era a solidão: os três irmãos, que haviam levado adiante o ofício do pai, tinham se transferido para Cremona, e as últimas notícias deles remontavam a mais de um ano.

Suspirou. Recolheu o manto do banco, vestiu-o e saiu.

5

Milão.

— Pronto, temos aqui doze pães, três repolhos e uma galinha. Acho que, por umas duas semanas, isso deve bastar a vocês. O senhor disse que atualmente são quantos mesmo, os encarcerados?

— Catorze — respondeu o chefe dos guardas, dando uma olhada no enorme cesto que continha os alimentos destinados aos prisioneiros.

— Ah, mas então aumentaram! Não eram dez, dois domingos atrás? — perguntou, espantado, frei Marcello.

— Sim, mas chegaram dois ladrões apanhados em flagrante, um assassino e um mercador que faliu.

— De agora em diante, quero ser atualizado sobre o número de presos — comentou o prior, irritado. — Façamos o seguinte: ele — e apontou frei Gaudenzio — virá aqui uma vez por semana para perguntar quantas são exatamente as pessoas a alimentar, a fim de que eu possa fornecer alimento a todos, sem deixar ninguém sem comida.

O guarda conteve um resmungo. O que aquele velho achava? Que o cárcere era uma hospedaria? Os prisioneiros não estavam ali para cumprir uma pena? E se um pouco de fome fizesse parte da pena, que mal havia? Como se, afinal, aquele bando de delinquentes não tivesse comida suficiente! Entre os víveres que chegavam da Colombetta e as sobras trazidas pelas monjas do Lentasio, havia o bastante para encher um armazém. E ainda bem que uma parte de toda aquela dádiva de Deus ia parar no seu bolso, ou todos aqueles malfeitores morreriam de indigestão antes mesmo de serem processados! Claro, se alguém percebesse seus furtos, quem acabaria processado seria ele, mas até agora sempre tomara muito cuidado para não se deixar apanhar. Por outro lado, ele era o armígero-chefe:

quem poderia perceber o desaparecimento de um pão, uma couve pela metade, alguns ovos ou uma coxa de galinha? Com a vida infernal que levava entre aquelas quatro paredes úmidas e fedorentas, suportando os gritos e os gemidos da escória humana trancada ali dentro, o mínimo consolo que podia se conceder era um pouco de comida a mais. E, se não a pagava do próprio bolso, tanto melhor: o salário destinado pela comuna ao seu trabalho de guarda não era nem um pouco principesco, e afinal ele tinha mulher e seis filhos para sustentar.

Já ia replicar às palavras do prior quando, do topo da escada que conduzia aos subterrâneos, surgiu outro armígero: trazia um molho de chaves e era seguido por um garoto. Os cabelos deste, tão incrustados de sujeira que pareciam sem cor, desciam emaranhados até os ombros. A túnica, rasgada e larga demais para aquele corpinho magro, estava amarrada na cintura por uma corda.

— Mas... — espantou-se frei Marcello, reconhecendo o menino — esse não é Silvestro, o filho da fiandeira presa por furto uns vinte dias atrás? O que ele está fazendo aqui? Não disseram que iam confiá-lo às monjas de San Celso até que a mãe fosse solta?

— Ficou uma semana com as monjas, depois fugiu! — esbravejou o chefe dos guardas. — E sabe o que fez? Meteu-se na multidão do Broletto e tentou roubar uma mulher que estava na fila diante de uma barraca de frutas! Por sorte, foi agarrado antes que fugisse. Os guardas o trouxeram para cá e ordenaram que ele ficasse aqui com a mãe. Mas, agora que ela morreu...

— Morreu? Mas quando?

— Há duas noites, eu acho, mas só percebemos ontem de manhã. O guarda fez a ronda das celas levando água para beber e, quando chegou à dela, encontrou-a estendida em cima do estrado. O filho estava dormindo no chão.

— E o que vocês estavam esperando para me avisar, se somos nós da Colombetta que cuidamos do sepultamento dos presos mortos? Onde colocaram o corpo da pobrezinha?

— Ainda está na cela, e eu ia justamente mandar chamar um dos conversos dos senhores para levá-lo.

— E o menino? O que pretendiam fazer dele?

— Bem, não sei... As monjas não o querem mais, e ele não tem nenhum outro parente.

— E então?

— Então, já que o senhor está aqui... Não poderia mantê-lo na Colombetta? Porque assim ficaria tudo resolvido: ele teria uma tigela garantida de sopa e o senhor, um servo a mais.

O garoto estava imóvel junto ao armígero. Mantinha os olhos baixos e suas mãos atormentavam a ponta do cinto de corda.

O prior se aproximou dele.

— Quantos anos você tem?

— Doze, eu acho.

Frei Marcello suspirou. Seria inútil perguntar se ele tinha pai, porque provavelmente nunca o conhecera.

— Está bem — disse ao chefe dos guardas —, o menino vem comigo. E agora ordene ao seu armígero que prepare o cadáver: dentro de algumas horas, mandarei aqui a carroça dos mortos. Venha, Silvestro — concluiu —, vamos embora.

Virou-se e, segurando o garoto pela mão, saiu do alojamento militar.

O chefe dos guardas emitiu um grunhido de contentamento e, apressadamente, dispensou o armígero. Já sozinho, debruçou-se sobre a cesta, tirou a galinha, examinou-a com atenção e farejou-a. Satisfeito, pegou a sacola que mantinha escondida num interstício da parede e meteu lá dentro o butim daquele dia.

O aposento era pouco mais do que um quartinho de despejo: os dois enxergões, pousados diretamente sobre o piso, ocupavam quase todo o local e disputavam o espaço restante com uma pilha de sacos vazios e outra de lenha encostada à parede.

Silvestro se aproximou da janelinha: era quadrada e não mais larga do que dois palmos, mas deixava entrar o ar. Inalou-o com força: depois de todo aquele tempo passado na cela do cárcere, respirando o fedor da palha podre jogada sobre o pavimento, aquele cubículo lhe parecia uma mansão.

Esticou-se na ponta dos pés e olhou para fora. Em um canto do pátio circulavam três gatos: pareciam bem gordinhos, sinal de que ali na Colombetta os ratos não deviam ter vida fácil.

Deu um suspiro de alívio. Embora ninguém tivesse lhe perguntado, sabia por que sua mãe havia morrido: quando fora levado para o cárcere, depois da tentativa de furto, ela lhe mostrara um amplo ferimento no pulso. "Uma ratazana me mordeu enquanto eu dormia, e foi uma luta para arrancá-la do meu braço", disse. Com o passar dos dias, a ferida começou a expelir uma secreção preta e a mão inchou como uma bexiga de boi. Sua mãe não se moveu mais do estrado: ficou ali, tremendo e delirando, até duas noites atrás. Depois, de repente, ele já não a escutava. Começou a gritar e a sacudir as grades, mas ninguém lhe deu ouvidos, nem os presos das celas adjacentes nem o vigia das câmaras subterrâneas. Por fim, adormeceu, e só acordou quando os guardas chegaram.

Embora não pudesse dizer que a amava, lamentava um pouco a morte da mãe. Tinha sido criado mais pelas ruas do que por ela, que vivia ocupada fiando para um dos comerciantes de lã da Porta Orientale. Aprendera cedo a roubar: do pardieiro onde moravam, pouco adiante do fosso, ia até as quitandas que circundavam a zona do Broletto. Aqui, misturado à multidão, sempre conseguia surrupiar alguma coisa dos tabuleiros: uma maçã, algum ovo, um pedaço de pão esquecido em um canto. Certa vez, tinha até afanado um peixe do cesto de uma criada: a mulher, que o pousara no chão para conversar melhor com outra serva, não percebeu nada. Sua mãe jamais o repreendia por esses pequenos furtos e recebia em silêncio tudo o que ele lhe levava. Ela, por seu lado, muitas vezes também roubava e nunca fora descoberta, ao menos até aquela última ocasião, quando entrara no quarto do comerciante para quem trabalhava. Silvestro não sabia exatamente o que a mãe estava procurando ali, mas, a julgar pelas conversas ouvidas das monjas de San Celso, ao que parece sua intenção era subtrair uma peça de lã. O comerciante a descobrira em flagrante e a entregara imediatamente às autoridades, que a enviaram ao cárcere para ser julgada em seguida.

O rangido da porta despertou-o de seus pensamentos. Cosimo, o servo com quem dividiria o quartinho, estava entrando: com uma das mãos suspendia um balde cheio de água, na outra trazia um pedaço de cânhamo.

— Você fede a um monte de esterco — disse ele, brusco —, e não quero dormir na sua companhia se você não se lavar antes. Por que veio ficar logo aqui comigo? — resmungou, enojado. — Frei Marcello não podia alojá-lo em outro lugar? Enfim, não é ele que deve respirar seu fedor... — O homem se afastou, abanando a mão diante do nariz. — E procure se limpar logo, porque daqui a pouco chega uma carroça para descarregar — concluiu, saindo às pressas.

Silvestro fechou a porta e começou a se despir.

6

Paris, março.

Rolando deixou cair a carta no chão. Com um forte estalido, o pergaminho se enrolou todo e deslizou para debaixo da escrivaninha. Ele o fitou com olhos ausentes e tentou recuperar o fôlego. Suspirou profundamente algumas vezes, levantou-se e foi abrir a janela.

Da rua lá embaixo provinha o costumeiro fedor de imundícies, misturado ao de excrementos dos animais de tração que se dirigiam à Porte Baudoyer. Com uma careta de nojo, Rolando fechou de volta a janela e se inclinou para recolher o pergaminho. Sopesou-o por alguns instantes, abriu a arca das roupas e escondeu-o embaixo da pesada garnacha de petigris que usava no inverno.

Enquanto se reerguia, uma súbita fisgada na coluna vertebral recordou-lhe que naquela manhã havia esquecido de tomar a poção de gordura de cervo que, desde anos antes, aliviava a dor em seus nervos. Dirigiu-se até o aparador a fim de pegar a pequena ânfora que a continha, mas se deteve: como podia pensar em sua coluna em um momento como aquele? Tinha coisas bem diferentes a fazer, e depressa! Se aquela carta, como imaginava, havia levado quase um mês para concluir o trajeto de Milão a Paris, a entrega da resposta exigiria o mesmo prazo.

E se Lucrezia tivesse decidido antecipar a partida? Sentiu um calafrio ao imaginar que ela já podia estar viajando. Mas isso lhe parecia improvável; de fato, Lucrezia não mencionara uma data precisa. Havia explicado que tinha a intenção de aproveitar a companhia de um mercador que dentro em pouco se dirigiria a Paris a fim de fazer negócios. Ela escrevera que desejava rever o marido, como lhe parecia natural para uma mulher que estava sozinha havia tanto tempo: ficaria ali alguns meses e depois voltaria a Milão, para esperar pacientemente o retorno dele. Por trás da aparente compostura daquelas frases redigidas com tanto cuidado, Rolando teve a impressão de captar certo ressentimento. Era possível: no fundo, apesar de seu caráter conciliador, Lucrezia não era tola e, provavelmente, já lhe ocorrera mais de uma vez a suspeita de que, naqueles dois anos passados longe um do outro, ele tivesse arranjado uma amante.

Não que isso importasse muito a Rolando: em última análise, a esterilidade de sua esposa também havia sido um motivo para ele decidir abandonar Milão. Livre daqueles amplexos noturnos que já se haviam tornado apenas tentativas obrigatórias e apressadas, esperava dar o melhor de si na profissão. Coisa que, de fato, já acontecera: por nada no mundo permitiria que a presença de Lucrezia em Paris prejudicasse a consideração que todos tinham por ele. E isso seguramente ocorreria, se sua esposa descobrisse que havia outra mulher em sua vida.

Não: precisava encontrar um modo de detê-la logo. Talvez, se interpelasse um de seus clientes que faziam parte do círculo da corte, conseguisse usufruir dos rapidíssimos mensageiros a serviço do rei. Claro, precisaria inventar um bom pretexto para justificar tanta urgência, mas não seria impossível encontrá-lo. Sim, devia fazer isso, era a única possibilidade. Falaria com Teobaldo de Champagne, a quem havia curado de um grave empiema no pulmão: aquele homem lhe devia muito, e, na qualidade de futuro genro do rei, sem dúvida teria acesso a seus serviços particulares, inclusive o dos mensageiros.

O problema principal era o que responder a Lucrezia para dissuadi-la da viagem. Poderia dizer-lhe que esperasse um pouco mais para ir ao seu encontro em Paris, porque ele mesmo estava prestes a partir para outra localidade, no cumprimento de uma missão que um notável do reino lhe confiara: era mentira, mas Lucrezia não teria como verificar a informação. Ou então poderia contar que fora convocado à escola de Montpellier para dar um curso anual aos estudantes da nação lombarda: sem dúvida, não era para lá que o mercador se dirigia, e Lucrezia jamais enfrentaria sozinha a viagem até Paris sem a proteção de uma caravana.

A dor nas costas havia passado. Ele se sentou à escrivaninha e tirou da gaveta um pergaminho virgem. Embebeu a pena de ganso no potinho de tinta e começou a escrever.

O aleijado olhou ao redor e, quando se certificou de que ninguém o observava, esticou a perna coberta por trapos. Alongou-a, flexionou-a algumas vezes e massageou-a com força para reativar a circulação. Em seguida voltou a dobrar o tornozelo na posição pouco natural que mantinha sempre, quando ficava prostrado para pedir esmola. Era cansativo fingir aquela enfermidade, mas lhe dava um bom rendimento, sobretudo ali, diante do Hôtel-Dieu, por onde passavam muitos notáveis que se dirigiam à corte. Ele vinha somente à tarde, porque de manhã o espaço era ocupado por outro mendigo: era um cego que residia no asilo de Saint-Mathurin e que fizera daquele local sua sede privilegiada. Seis meses antes, quando tentara convencê-lo a trocarem os turnos um com o outro, tinham chegado às vias de fato. Não lhe fora difícil perceber que, mesmo exibindo sua cegueira, aquele homem enxergava bastante bem: em um instante conseguira desfechar-lhe um soco nas costelas, e teria continuado se ele não tivesse despencado no chão, fingindo perder os sentidos. Se revidasse àquela agressão, algum transeunte poderia perceber que ele fingia ser aleijado e provavelmente o denunciaria às autoridades.

O sino da capela soou a nona. Dali a uma hora, começariam as visitas aos internados. Poucas, na verdade, porque a maior parte dos doentes acolhidos no Hôtel-Dieu era de gente pobre: os parentes só esperavam para saber que eles estavam entregues aos cuidados de excelentes monjas para voltar aos seus negócios e à sua vida de penúria.

Estendeu a mão para pegar a bengala. Precisava se levantar: a perna estava de novo dormente, e o pé parecia espetado por mil espinhos. Estava prestes a se apoiar no muro externo do hospital, exibindo no rosto a costumeira expressão dolente, quando viu uma jovem se aproximar.

Ela acabava de vir da esquina da Petit Pont e se arrastava com dificuldade: as roupas modestas que cobriam sua figura corpulenta identificavam-na como uma serva. Caminhava em pequenos passos e segurava o ventre com uma das mãos: dirigia-se justamente para ele.

O mendigo observou-a: à medida que ela se aproximava, ele percebeu que, na realidade, aquilo que lhe parecera obesidade era o sinal de uma gravidez avançada.

Muito pálida, a moça deu ainda alguns passos: com um esforço enorme, chegou à entrada da capela e ali se deteve.

— Ajude-me... — exalou em um sopro, olhando-o desesperada. — Não consigo continuar a...

A voz morreu em sua garganta: ela abriu a boca, revirou os olhos e desabou no chão.

O mendigo hesitou. Como podia socorrê-la sem revelar aos passantes sua falsa enfermidade? Espiou cautelosamente a rua. Não se via ninguém, havia só uma carroça dirigindo-se à entrada da ponte, e o condutor estava ocupado demais em chicotear os burros ao longo da subida para perceber sua presença.

Adiantou-se alguns passos e aproximou-se da moça.

— Acorde, acorde! Acha que aqui é lugar para dormir? — disse, empurrando-a com a bengala.

A jovem continuou imóvel. Dos cantos dos lábios escorria uma baba amarelada.

— Ah, Cristo, ela vai morrer na minha frente! Não acredito, tinha que vir entregar a alma a Deus justamente aqui, com toda a cidade à disposição... — ofegou o mendigo, recuando apavorado.

— Ora veja, como o senhor está perfeitamente de pé hoje, Bernard! Por acaso a Santa Virgem lhe concedeu a graça de curar sua perna?

O mendigo se voltou de repente. Embora o tom de voz fosse de zombaria, os olhos da irmã Anna fitavam-no com severidade.

— Não, irmã... é que eu... esta pobre jovem está...

A freira nem se deu o trabalho de responder. Passou ao lado dele e se inclinou sobre a moça. Observou-a com atenção e depois, delicadamente, virou-a de lado: a parte de trás da veste estava manchada de sangue.

Irmã Anna se reergueu às pressas.

— Fique aqui — ordenou ao mendigo —, não saia enquanto eu não voltar. Vou buscar ajuda: esta mulher está muito mal, temos que levá-la para a enfermaria.

Sem dizer mais nada, saiu correndo e desapareceu sob a arcada do muro externo.

O mendigo suspirou e se apoiou na bengala. Agora a perna realmente doía.

7

Paris.

Caterina lavou as mãos no balde, pegou o paninho limpo que a monja enfermeira lhe estendia e enxugou-as com cuidado. A noviça que, ajoelhada no chão, lavava a poça de sangue do pavimento levantou-se de repente e chocou-se com ela.

— Desculpe, mestra... — murmurou confusa, recuando um passo.

Era pouco mais do que uma menina, e estava pálida. Caterina achou que ela era jovem demais para suportar a visão e o cheiro de todo aquele sangue, mas o trabalho tinha que ser feito, e aquela seria apenas a primeira de milhares de outras vezes ali no hospital.

A freira anciã que a assistira durante a intervenção cirúrgica estava envolvendo em um pano de linho o recém-nascido morto: o corpinho, rígido como gesso, estava deitado sobre a mesma maca onde, até pouco tempo antes, jazia a mulher grávida.

— Irmã — disse Caterina —, assim que acabar aqui, a senhora deve dar instruções ao boticário a fim de que ele prepare a poção de que lhe falei antes. Lembra-se dos ingredientes?

Aborrecida, a monja reprimiu um resmungo.

— Pó de canela de touro, sangue de cabra e aloé — respondeu, sem erguer os olhos da maca.

— E flor de romã e noz de galha — acrescentou Caterina, paciente. — Sem esses dois vegetais, o efeito anti-hemorrágico do remédio não seria completo. Não se esqueça, por favor, e cuide para que a doente receba a poção nas doses certas e nos horários estabelecidos, quatro vezes por dia. Amanhã de manhã voltarei aqui e eu mesma providenciarei a medicação: vou precisar de um emplastro feito de alume e esterco de asno diluídos em vinagre. A senhora sabe se isso está disponível na botica?

A freira assentiu de cara fechada. Aquela médica era insuportável: sabichona, sempre dando ordens, como se ela e as outras irmãs não tivessem experiência suficiente com doentes e doenças. Como naquele dia: por que se dera o trabalho de cuidar da serva? Por acaso alguém lhe pedira isso? Tinha acabado de atender a um paciente importante quando, ao passar pela enfermaria, viu a mulher ser internada e, em poucos segundos, decidiu fazer aquela operação absurda. O que achava? Que ia conseguir salvar a criança? Não era difícil compreender que o bebê já estava morto antes de nascer. E agora morreria também a mãe, com toda a certeza, depois daquele terrível corte no ventre e de todo aquele sangue perdido. E a médica a falar de fármacos para deter a hemorragia, como se um fármaco pudesse fazer diferença! O que era necessário era a prece, ou, no máximo, uma relíquia: só Deus e os santos poderiam decidir sobre a salvação da paciente. Mas não, era preciso se desdobrar e perder um monte de tempo e energia por uma serva, que nem sequer era casada e talvez tivesse engravidado de um soldado ou um cavalariço. Praticamente uma prostituta.

Se dependesse de sua vontade, aquela moça seria entregue ao próprio destino, mas isso não seria possível: a mestra Caterina devia gozar de boa proteção junto aos cônegos ou a algum notável da corte para ter sido autorizada a dar suas consultas no Hôtel-Dieu, e sem dúvida não era aconselhável indispor-se com ela.

A monja sobrepôs as duas abas do pano em torno do cadaverzinho, formando uma trouxa que ela atou com uma corda de cânhamo. Carregou-a e encaminhou-se para a porta.

— Ah, irmã — disse Caterina, detendo-a com um gesto —, a senhora sabe dizer onde foi instalada a minha paciente?

— E onde poderia ser? — replicou a monja com grosseria. — Na Sala Nova, com todas as outras mulheres, não?

Caterina fingiu ignorar a aspereza daquela resposta.

— Quantos são os leitos ocupados nessa sala agora, e quantas são as enfermas? — perguntou, calma.

— Trinta leitos e cinquenta enfermas. Mas por que lhe interessa saber?

— Aquela mulher deve ocupar um leito sozinha, não com outra paciente.

— Ah, é? — soltou a monja, cada vez mais irritada. — Como assim? Por acaso estamos lidando com uma princesa que não pode compartilhar o colchão com ninguém?

— Não, irmã. Aquela mulher está com uma hemorragia grave, e seus humores nefastos poderiam prejudicar uma companheira de leito já doente. Peço que me obedeça: o espaço existe, e serão poucos dias de internação.

Os dedos da freira se contraíram várias vezes sobre a trouxinha que ela segurava.

— Está bem, mestra — sibilou com voz estrangulada, transpondo a soleira da enfermaria e desaparecendo na penumbra do corredor.

Caterina suspirou. Virou-se, recolheu no chão a bolsa com os instrumentos cirúrgicos e dirigiu-se à saída do hospital.

8

Paris.

A chama da vela oscilava devagar, movida pela corrente de ar que era filtrada pela janela. Caterina estava sentada no banquinho, e Rolando a fitava, incrédulo.

— E você fez isso por iniciativa própria? Sozinha?

Caterina sustentou o olhar dele.

— Sim, por quê? — respondeu, ressentida. — Você também acha, como todos os outros, que eu ousei fazer algo que ultrapassa as minhas competências?

— Não, é que... Bem sei que você tem prática de cirurgia, mas não achei que conseguisse fazer um parto cesariano. Ainda por cima numa mulher viva...

— Eu vi meu mestre Ibn-al-Latif realizar esse procedimento — justificou-se Caterina. — Na maioria das vezes no cadáver da mãe, conseguindo salvar o bebê. Numa ocasião, porém, ele se viu diante da mesma situação que eu: a mulher estava viva e a criança, morta dentro dela. Lembro que, antes de começar, ele nos expôs os riscos da operação, altíssimos para a mãe. Mas depois explicou sua decisão de intervir ainda assim, afirmando que na medicina é preciso experimentar sempre, e que a experiência direta tem muito mais valor do que os ensinamentos vindos dos textos. "Vocês só serão bons médicos se pensarem e raciocinarem", ele dizia. E eu pensei e raciocinei — continuou ela, melindrada. — Fiz a incisão no abdome com o cautério, e não com o bisturi, para evitar agravar uma hemorragia que já era considerável. Depois, quando extraí o feto e vi que ele estava calcificado, compreendi ter agido bem a tempo: não sei dizer desde quando ele estava morto, mas certamente há muito, e, se eu não tivesse feito aquela intervenção, a pobre moça morreria em poucas horas, intoxicada pela putrefação. Em vez disso, ainda está viva e parece se recuperar lentamente: claro, ainda é cedo para dizer se ela sobreviverá, isso depende de sua força interior e do estancamento dos humores. A hemorragia cessou, e o ferimento não purga mais, sinal de que a intervenção foi bem-sucedida e de que os fármacos estão produzindo efeito.

Caterina se calou. Estava ofegante e em seus olhos lampejava o desafio.

Aquela atitude combativa desconcertou Rolando. Ele jamais a vira se expressar com tanta determinação e se perguntou se aquela nova e ostentada segurança não escondia na verdade o medo. Como se, consciente de ter ultrapassado o limite, ela já estivesse começando a se defender. De fato, era muito provável que a notícia da intervenção na serva tivesse circulado pelo Hôtel-Dieu, provocando desaprovação. Pensando bem, era totalmente compreensível: até poucos dias antes, Caterina se limitara a dar consultas médicas, e apenas a pedido específico do hospital. Com que atrevimento se permitira praticar uma intervenção cirúrgica, e sem ter sido solicitada por ninguém? Aquele excesso de zelo poderia custar caro a ela. Por que não lhe pedira um conselho antes de se lançar de cabeça naquela complicação? Afinal, era a ele que Caterina devia o privilégio de poder trabalhar no mais prestigioso hospital de Paris, e ninguém sabia o quanto fora difícil convencer os cônegos a aceitá-la! Tomara todo o cuidado para não deixar transparecer nada da relação entre os dois quando intercedera por ela junto ao decano, mas agora aquele comportamento ousado ameaçava agitar as águas, arruinando tudo.

Ele gostaria de explicar, de dizer que ela havia cometido um erro, mas preferiu não o fazer: estava irritado demais e, considerando a atitude de Caterina, a conversa poderia resultar em uma discussão.

Virou-se e foi até a janela.

— Está começando a chover — disse —, e devo dar uma consulta urgente.

Por um instante, Caterina o encarou, espantada, mas logo compreendeu. Sem retrucar, saiu do aposento.

O cheiro de fumaça que saía das revendas de salsichas impregnava a rue de la Saunerie: as lojinhas eram encostadas umas às outras, e os tetos das casas avançavam a tal ponto sobre a rua que não permitiam uma adequada renovação do ar.

Caterina acelerou o passo para se afastar dali. Dirigiu-se à Grand Pont: talvez ao longo do rio aquele fedor se atenuasse, dominado pelo aroma de musgo e de terra molhada. A chuva, fina e contínua, não a incomodava; o capuz do manto a protegia o suficiente para não molhar os cabelos.

Estava abatida e decepcionada. Quando começara a contar a Rolando sua decisão de enfrentar aquele caso difícil, esperava receber elogios. Por acaso não era ele que sempre lhe recomendava experimentar e se mostrar corajosa, até diante das situações mais delicadas? Não a repreendera, é verdade, mas aquele silêncio e aquela despedida apressada haviam sido mais do que eloquentes. O que ele pensava? Que para se tornar uma médica de valor bastavam a ela as consultas dadas a clientes mimadas e arrogantes, afetadas no máximo por melancolia? Achava que ela estava delirando quando dizia querer exercer também a cirurgia? Tinha estudado muito aquele ramo da medicina, e com paixão, justamente com a intenção de associá-lo ao diagnóstico e à terapia. E agora devia renunciar a isso só porque era mulher e não homem? Só porque a maior parte dos médicos se abstinha da cirurgia, afirmando com desprezo que era matéria de barbeiros? Eram eles que estavam errados, não ela. Qual era o sentido de aprofundar anatomia e fisiologia dos órgãos, se depois, em caso de necessidade, preferia-se recorrer aos práticos? Estes sem dúvida não tinham o preparo de um mestre em medicina.

Rolando compartilhava as mesmas convicções, e os resultados eram visíveis: em poucos anos, tornara-se um dos médicos mais solicitados de Paris e dizia-se que, quando o rei decidisse instituir a faculdade de medicina, ele seria um dos primeiros professores. Então, por que devia haver diferença de comportamento entre os dois, se pensavam do mesmo modo?

A chuva estava aumentando de intensidade. Caterina enveredou pela subida da ponte e protegeu-se sob o telheiro da loja de um ourives.

Lá de dentro, o artesão a observou desconfiado: uma mulher sozinha, sem ter sequer a companhia de uma criada. Seria uma prostituta? No entanto pelas roupas que usava parecia uma pessoa de recursos. Curioso, deu alguns passos em direção à soleira para lhe dirigir a palavra: talvez pudesse mostrar suas mercadorias se ela entrasse.

Caterina segurou as abas do capuz, apertou-as em torno do rosto e retomou seu caminho. O ourives bufou, decepcionado, e voltou ao balcão.

9

Milão, março.

Marco Raineri estendeu a peça de cendal: o tecido flutuou, encrespou-se e recaiu ciciando sobre a bancada. A seda, diáfana e impalpável, formou pequenas cristas: acariciadas pelo ar, estas vibraram por um instante, depois se aquietaram e formaram uma larga extensão ondulada.

O costureiro levantou um canto do tecido e o expôs à luz das velas, observando-o com atenção. Até sua transparência era perfeita. Tomando o cuidado de não puxar nenhum fio da trama, dobrou-o de volta e o envolveu de novo no pano de linho: atou os laços e guardou o embrulho no armário.

Estava mais do que satisfeito com aquela aquisição. O cendal era de excelente qualidade e lhe permitiria fazer um trabalho impecável: além disso, as precárias condições econômicas do mercador veneziano que lhe vendera a peça lhe proporcionaram um preço inferior ao previsto.

O cliente que encomendara aquela veste preciosa era um aristocrata parisiense chegado a Milão dois anos antes, com uma delegação de diplomatas. O homem, a quem fora sugerido visitar sua loja, demonstrara-se tão empolgado com as roupas expostas que imediatamente mandara fazer uma *cioppa* escarlate. Depois de confeccioná-la, Marco hesitara longamente entre enviá-la por um mensageiro ou entregá-la pessoalmente: por fim, havia escolhido a segunda opção e, apesar do cansaço, a longa viagem até Paris se revelara proveitosa. O aristocrata tinha se declarado muito satisfeito com a *cioppa* e, no decorrer de algumas semanas, apresentara-o a outros homens notáveis de alta linhagem. Graças à influência dele, Raineri recebera importantes encomendas que o tornaram conhecido fora de sua área habitual. O eco de sua fama além dos Alpes promoveu resultados positivos inclusive sobre sua atividade em Milão, onde a clientela ampliava-se consideravelmente.

O tecido da túnica destinada ao aristocrata já fora cortado. Ao meditar sobre como adornar as mangas, que não deviam ser amarradas, e sim pender dos flancos como ornamento, ele tivera a ideia de confeccioná-las com o cendal. Depois de tomar essa decisão ousada, deu asas à fantasia: passou mais de uma noite desenhando franzidos e babados que, uma vez revirados sobre a lã finíssima da roupa, criariam um efeito precioso. Depois o bordador completaria a obra, pespontando a lã com fio de prata. O trabalho completo exigiria muito tempo, mas, por fim, sairia de sua loja uma túnica digna de um rei. Pela qual ele cobraria adequadamente. Se havia uma coisa que aprendera no decorrer dos anos era que a apreciação da clientela não dependia apenas de sua indiscutível habilidade de costureiro, mas também das outras compensações que exigia pelo seu trabalho.

Se tudo corresse como o previsto, depois de uns quarenta dias empacotaria o traje, acrescentaria outros de sua coleção e seguiria para Paris: o aristocrata lhe informara que o irmão do rei Luís queria conhecê-lo e que a oportunidade adequada seria a grande festa no palácio prevista para depois de Pentecostes. Um convite desses não podia ser recusado, claro: se de fato sua atividade se estendesse também aos notáveis da corte, aquelas viagens se tornariam cada vez mais frequentes. Ele devia se habituar. Se pelo menos se sentisse menos cansado, tudo seria mais fácil.

Abriu o estojinho guardado no armário e tirou dali um frasco: destampou-o e pingou sobre a língua algumas gotas do líquido que continha nele. Depois o guardou de volta, fechou o armário e subiu a escada para ir ao seu quarto. Ali, Mikail o esperava.

— E o senhor vai me levar desta vez?

Os olhos azuis de Mikail refletiam os lampejos da vela. Apoiado num cotovelo, o jovem afundava o corpo nu no colchão de plumas: os cabelos, claros como palha fresca, sombreavam-lhe o rosto e desciam até lamber os ombros, luzidios de suor.

Marco sorriu.

— Sim, desta vez o levarei comigo — respondeu enquanto terminava de se vestir —, assim finalmente você vai parar de me perguntar como é a cidade, e quantas são as lojas, e como se vestem os parisienses...

— Mas... também vai me apresentar aos seus clientes?

— Claro! Como poderei anotar encomendas e medidas se não estiver acompanhado do meu secretário? Os servos não sabem escrever, e o fato de você ser capaz disso bastará para justificar sua presença. Não se preocupe, Mikail, em Paris não acontecerá nada, vai correr tudo bem.

O jovem se deixou cair sobre a cama e suspirou.

— Levante-se — ordenou o costureiro —, não fique aí se espreguiçando! Não ouviu que o sino de Santa Maria já soou as completas? Volte lá para baixo antes que alguém o descubra aqui comigo. Embora hoje seja domingo e os aprendizes estejam desfrutando de seu dia livre, os servos e a cozinheira estão sempre circulando pela casa. Vamos, mexa-se!

Virou-se: não devia olhar o corpo nu de Mikail ou seu desejo se reacenderia. Não era o primeiro que ele havia possuído, claro, mas estava convencido de que seria o último. Para ele, aquele jovem não constituía apenas a satisfação dos sentidos, era também o filho que jamais teria.

Tinham se tornado amantes depois da morte de Hanna. A mãe de Mikail era uma escrava tártara que Marco havia comprado uns vinte anos antes. Quando a vira pela primeira vez sobre o tablado dos escravos, ficara encantado com sua beleza: a pele láctea, os seios firmes, os dentes perfeitos, os cabelos claros e aqueles olhos, azuis como o índigo com que se tingiam os tecidos. Escolheu-a de imediato, mas, na hora do pagamento, descobriu que o contrato previa também a aquisição de um filho.

O mercador lhe explicou que o menino era robusto e que, dentro de alguns anos, poderia exercer as mesmas funções da mãe. A não ser que, depois de crescido, se tornasse particularmente atraente: nesse caso, acrescentou com malícia o mercador, o próprio Raineri poderia revendê-lo, e sem dúvida não faltariam potenciais clientes. O costureiro hesitou um pouco para decidir, mas acabou levando para casa mãe e filho.

Não se arrependeu. Hanna havia sido uma grande trabalhadora e jamais criara problemas: com discrição, sem indispor-se com o resto da criadagem, educou o filho ensinando-lhe o devido respeito ao patrão. Mikail se tornou um garoto obediente e prestativo: assimilava informações com facilidade e demonstrava grande interesse por tudo. Impressionado com sua inteligência, Marco decidiu que ele devia aprender a ler e escrever: em um futuro não muito distante, pensou, aquele menino poderia vir a ser útil como secretário. Não longe de seu palacete, na Poterna do Guercio, havia sido aberta uma pequena escola onde se ensinavam os primeiros fundamentos de gramática. Quando Mikail completou 13 anos, Marco mandou-o frequentá-la, e em pouco tempo o jovem havia dominado leitura e escrita: teve como mestre um monge de origem francesa que lhe ensinou também algumas noções de sua língua.

Quando Hanna morreu, consumida em pouco tempo pelas febres, Mikail tinha 16 anos. Consciente dos privilégios de que desfrutava por parte do patrão, tentou não deixar transparecer a dor: obedecia, como sempre, e cumpria diligentemente os encargos que lhe eram confiados, mas seu temperamento se tornou mais sombrio.

Mais tarde, relembrando tudo, Marco não saberia dizer se o que o atraíra havia sido a aparência do rapaz ou antes a languidez sofredora que emanava de sua pessoa. Quando ele fez a primeira e cautelosa aproximação, Mikail logo compreendeu. Não se rebelou: despiu-se e ficou, paciente, à espera de suas carícias.

Marco gostaria de explicar, dizer-lhe que o amava com o mesmo arrebatamento que alimentaria por uma mulher, mas não foi necessário. Aos poucos, o rapaz foi aprendendo a conhecer seus desejos mais íntimos e os satisfazia antes mesmo que ele os expressasse. Não ambicionava nada além do que lhe era devido e, quando era recompensado com algumas moedas, demonstrava uma gratidão admirada.

Marco tomava sempre o cuidado de não deixar transparecer suas inclinações sexuais. Embora fosse praticada por muitos, a sodomia era severamente punida pelas autoridades: se alguém desconfiasse, seria para ele um desastre. O afastamento da cidade, o fim de suas atividades e uma marca de infâmia que jamais seria apagada.

Quando se casara, ainda muito jovem, havia acreditado que o matrimônio pacificaria seus sentidos, permitindo-lhe encaminhá-los na direção certa, mas tinha se iludido. A morte da esposa, ocorrida poucos anos depois, fizera-o compreender que não mudaria nunca: as mulheres não o seduziam e, apesar de algumas tentativas desanimadas, não havia procurado mais nenhuma. Conseguira fazer crer que sua solidão de viúvo era uma escolha: a quem lhe perguntava por que não se casava de novo, dizia que a atividade no ateliê absorvia todas as suas forças e que mais tarde pensaria em um novo matrimônio.

Antes de Mikail, jamais tivera um amante fixo. Preocupado com a possibilidade de ser descoberto ali em Milão, aproveitava as frequentes viagens a trabalho para satisfazer seus apetites. Nas outras cidades não o conheciam, e a estada em uma taberna de má reputação era mais do que suficiente para fazê-lo encontrar companhia. Para não despertar suspeitas, bastava não voltar à mesma hospedaria, coisa que ele nunca fazia. Os servos que o acompanhavam habitualmente eram confiáveis, e Marco estava convencido de que não sabiam de nada: em todo caso, mesmo que intuíssem alguma coisa, não seria fácil para eles encontrar outro patrão que pagasse tão bem.

Por fim, alguns anos antes, ao retornar de uma de suas viagens, de repente Marco observara Mikail com olhos diferentes. Talvez a convivência cotidiana o tivesse impedido de notá-lo até então, quando ele percebeu, com estupor, que o menino vivaz e curioso que havia anos morava sob seu teto se tornara um adolescente de rara beleza. O presságio do mercador de quem o havia comprado foi confirmado: Marco descobriu-se atraído por aquele rapaz como por nenhum outro, mas a ideia de torná-lo seu amante o aterrorizava. No fundo, embora Mikail fosse apenas um servo, ele o vira crescer e, de certo modo, sentia-se responsável pela sua vida. Tentou tirá-lo da mente, mas não conseguiu. Por fim, acabou cedendo.

O curso de seus pensamentos foi interrompido pelo estalo de um tição na lareira. Por um instante, uma nova e vigorosa chama iluminou as paredes do quarto.

— Agora vá — disse ele, virando-se para Mikail — e durma bem. Amanhã de manhã teremos muitas coisas a fazer.

10

Milão.

O sino de San Satiro tocou o noturno, e suas badaladas chegaram até o Broletto. Na escuridão do beco que fazia esquina com a Via delle Armi, Alvino lutava contra a porta da botica. A vela que ele trazia iluminava a haste da gazua inserida na fechadura.

A ponta do instrumento girou no buraco, prendeu-se no mecanismo e produziu um estalido. A porta se abriu.

Alvino olhou para trás, empurrou a porta, entrou e fechou-a devagar.

Clareando o ambiente com a vela, avançou pelo interior da botica. Não se ouvia nenhum rumor.

Alvino pousou sobre o balcão a mochila vazia que trazia nos ombros e levantou a chama em direção às prateleiras. Estavam lotadas de potes e pequenas ânforas, e em cada uma delas estava escrito o nome do medicamento. Ele não sabia ler, mas não importava: de qualquer modo, encontraria o que procurava. Tinha certeza de que o boticário jamais deixaria exposto aquele remédio específico, seria perigoso demais.

Com a mão livre, foi deslocando um por um os recipientes e vasculhando o espaço atrás deles junto à parede. O fármaco só podia estar escondido ali; o balcão não dispunha de gavetas, e na botica não se viam cofres de nenhum tipo.

Encontrou-o no final da fileira. No fundo, onde a prateleira formava um ângulo com a parede, seus dedos encontraram os contornos de uma caixa de madeira. Pegou-a, abriu-a e aproximou a vela: o pó era branco e fino, quase impalpável. Satisfeito, fechou a tampa, mas ao dobrar o braço seu cotovelo bateu num vaso. Era um dos maiores, e caiu no chão com um forte estrondo, quebrando-se em mil pedaços. Maldizendo a própria falta de jeito, Alvino enfiou a caixa na mochila e pendurou-a no ombro. Já ia retornando à porta quando, com o canto do olho, percebeu um vulto à sua esquerda.

Virou-se de repente.

No pé da escada que conduzia ao andar superior, o boticário o fitava apavorado. Os cabelos brancos, ainda desgrenhados pelo travesseiro sobre o qual ele dormia, desciam até os ombros, e o camisolão mal cobria as pernas magricelas. Estava descalço, e a mão que segurava a vela tremia.

— Mas que diabos você... Mas... você é Alvino, eu o conheço, é o servo do comerciante de sal... O que está fazendo aqui? Como conseguiu entrar? — balbuciou o velho, dando um passo em direção a ele.

Alvino hesitou. Qualquer mentira que contasse não seria crível. O boticário logo compreenderia que ele tinha vindo roubar e o denunciaria. Havia sido um idiota, só agora percebia: devia ter procurado o fornecedor de sempre, não devia ter dado ouvidos às reclamações do cliente pela má qualidade da última mercadoria. O boticário era conhecido na cidade pela escolha minuciosa dos remédios que vendia, e esse era o motivo pelo qual ele planejara ir justamente à sua loja.

A chama da vela iluminou os cacos do vaso. O velho os viu e compreendeu na hora: ergueu os olhos para Alvino e o fitou, furioso.

Foi essa atitude ameaçadora que o fez decidir. Alvino jogou a vela no chão e agarrou o pesado pilão que jazia sobre o balcão. Segurou-o firmemente e desceu-o com toda a força sobre a cabeça do boticário.

O homem não teve tempo nem de gritar. Caiu para trás e ficou imóvel, de braços abertos.

Alvino se inclinou. Da boca do velho saiu um último estertor, e depois mais nada. Estava morto.

Alvino recolheu a mochila que havia tirado de seu ombro e, tateando, alcançou a porta. Abriu-a e, sem se preocupar em fechá-la, fugiu correndo na escuridão do beco.

Alimentada pela lufada de ar que entrava pela porta aberta, a chama da vela que ficara acesa no pavimento se reavivou, alongou-se e alcançou a borda do pano que cobria o balcão. O tecido começou a arder.

* * *

Alvino dobrou às pressas a esquina do beco. Estava ofegante e sentia frio. Naquela noite, não voltou para casa. Ainda atordoado, refugiou-se atrás de uma barraca junto ao terreno próximo ao canal, onde ficou encolhido, à escuta. Quando se assegurou de que ninguém o tinha visto, deslocou-se um pouco mais à frente, rumo à claridade projetada por uma tocha presa entre duas pedras de cantaria: ali, protegido por uma protuberância das muralhas, preparou a bebida. Usando a ponta canelada do cabo de uma colher de prata, tirou da caixa roubada uma quantidade mínima de pó branco e derramou-a no pequeno cantil de vinho que levava sempre consigo. Depois de agitá-lo demoradamente, virou-o para baixo e para cima cinquenta vezes, como lhe haviam ensinado; em seguida, tirou da mochila um frasquinho e encheu-o com uma parte do líquido.

Enquanto terminava a preparação, percebeu que tremia: embora houvesse imposto calma a si mesmo, sua mente continuava voltando ao que havia acontecido na loja do boticário, revivendo cada minuto. E se alguém tivesse notado alguma coisa? Parecia-lhe improvável: não houve nenhum grande alvoroço, o velho caíra no chão como um saco vazio e de sua boca não saíra nem um suspiro. Quando o encontrassem, acreditariam ter sido um furto que acabara mal: a cidade fervilhava de ladrões e assassinos, e ele era apenas o servo do mercador de sal. Quem poderia desconfiar dele? Aos poucos, tranquilizou-se e, sem perceber, adormeceu. Foi despertado pelo rangido das rodas de uma carroça que tinha acabado de entrar na cidade.

Agora caminhava mais devagar, mantendo-se rente à muralha. Apertando contra a face as abas do capuz, olhava para os dois lados do caminho para ver se o cliente já estava ali à sua espera.

Não estava. Alvino chegou à parte coberta, parou e agachou-se no chão. Ficou muito tempo naquela posição incômoda, e as pernas começaram a formigar. Já ia se levantar e esticá-las quando duas criadas, precedidas pelo som de uma risada, saíram de uma porta ali perto.

Alvino se encolheu ainda mais contra a muralha: as jovens passaram adiante sem vê-lo. Deu um suspiro de alívio, mas não conseguiu se livrar da preocupação: dali a pouco o dia estaria claro e ele deveria ir embora. Onde diabos fora parar seu cliente? O que pensava, que ele tinha tempo a perder andando para lá e para cá sob aquele pórtico?

Cada vez mais irritado, espreguiçou as pernas e se levantou. Estava prestes a ir embora quando viu Marco Raineri surgir no fundo do beco.

— Trouxe? — perguntou o costureiro, alcançando-o rapidamente.

— Por que este atraso todo? — reclamou Alvino, como única resposta. — Quer que nos descubram? O senhor se dá conta do risco que estamos correndo? Não vê que já amanheceu?

— Eu sei, eu sei, mas não foi culpa minha. Tive que dar uma volta para vir até aqui porque a Via delle Armi e todas as ruelas próximas estão bloqueadas: desencadeou-se um incêndio numa botica e parece que está se espalhando pelas casas vizinhas. Um verdadeiro pandemônio, ninguém consegue passar, as ruas estão cheias de gente levando baldes de água, correndo, gritando. Nem sei como consegui chegar!

Toda a saliva secou na boca de Alvino. De repente, passou-lhe diante dos olhos a imagem da vela que rolava pelo piso da loja: Raineri havia mencionado a Via delle Armi; só podia ser aquela botica.

Ficou boquiaberto, sem conseguir articular qualquer palavra. Sua face estava lívida, com expressão alarmada.

— E então — continuou o costureiro, irritado pelo silêncio dele —, trouxe ou não?

Alvino voltou ao normal.

— Claro que trouxe — respondeu. — E o senhor? Está com o dinheiro? Inclusive o da última vez, quando lhe vendi a crédito.

Marco assentiu. Deu uma olhada discreta às suas costas, desatou os cadarços da escarcela, tirou um punhado de moedas e colocou-as na mão do homem, recebendo em troca o frasquinho.

Levantou o manto e escondeu o recipiente no amplo bolso de suas vestes.

— Veja bem, esta aí é coisa fina — advertiu-o Alvino —, melhor do que a última que lhe forneci. Aconselho o senhor a não exagerar nas doses, ou sua saúde poderá ser prejudicada em vez de melhorar. Para falar a verdade, eu até deveria cobrar mais...

Marco estava prestes a replicar com maus modos quando a badalada de um sino marcou a hora prima.

— Quando eu precisar novamente de seus serviços, vou procurá-lo — disse, ressentido. — Encontro você sempre no mesmo lugar?

Alvino assentiu. Os dois homens se separaram e se afastaram em direções opostas.

Enquanto caminhava apressado para a casa, fora das muralhas, Alvino meteu a mão no bolso e fez tilintarem as moedas. Eram muitas, e compensavam o risco que ele correra naquela noite. Àquela altura, estava totalmente seguro de que jamais ocorreria a alguém que ele era o assassino do boticário: o fogo que devorava a loja eliminaria qualquer eventual indício. Em todo caso, por enquanto iria se afastar da cidade: seu patrão estava de viagem marcada para Veneza e, durante alguns meses, não precisaria de seus serviços.

II

Paris.

— O senhor não está achando que eu pretendo manter aquela meretriz como criada pessoal, está?

A voz de Françoise vibrava de indignação. Suas mãos, estendidas ao longo dos quadris, amarfanhavam a seda verde da *gamurra*, e o véu de linho branco preso no alto da cabeça pendia enviesado sobre o pescoço, revelando uma massa de cabelos descorados e espigados. A postos de pé no meio da sala, ela perscrutava o marido com expressão ameaçadora.

Albert de Martin, um dos mais ricos negociantes de grãos de Paris, estava refestelado na cadeira de carvalho encostada à parede. Seguia com os olhos as evoluções de uma mosca sobre a manga de sua *cioppa*, lançada displicentemente sobre o braço da cadeira. Era de lã finíssima, bordada com gregas de prata na orla, e ficaria irremediavelmente amarrotada se permanecesse ali toda embolada. A culpa era de sua mulher: assim que voltou para casa, ele a encontrou ali na sala, tomada por um ataque de raiva por aquela história da serva, e, transtornado pelas invectivas, esqueceu-se de pendurar a *cioppa* no cabide. Despencou no assento, abalado por uma difícil conversa recém-concluída: o abade do mosteiro borgonhês com quem devia firmar um lucrativo acordo comercial revelara-se um osso mais duro de roer do que o previsto, e ele precisara de toda a sua experiência para não se deixar enganar. Apoiou a cabeça na parede e, em silêncio, escutou Françoise cacarejar como uma galinha perseguida por uma raposa, esperando que o ataque de fúria acabasse logo.

De resto, não teria muita coisa a dizer. Foi ele quem engravidou a moça, mas isso sua esposa não sabia: ela pensava que o amante da serva era um estalajadeiro ou um dos muitos estudantes que lotavam as ruas da cidade.

Não que ele se importasse muito com do que Françoise poderia desconfiar, mas o fato era que já se afeiçoara àquela rameirazinha. Quando teve certeza da gravidez, Marion lhe disse que não pretendia fazer um aborto: teria aquele filho sim, e, se a esposa dele a demitisse, voltaria para casa, perto de Saint-Flour, no Auvergne, onde ainda vivia sua mãe.

Marion lhe explicara que sua mãe era lombarda. O pai, originário de Saint-Flour, durante anos havia exercido a função de cavalariço em um mosteiro pouco distante de sua cidade natal. Por ocasião de uma viagem a Vercelli, no séquito do prior, conhecera uma jovem, trouxera-a consigo e a desposara. Dos sete filhos do casal, entre os quais Marion, tinham sobrevivido quatro e possivelmente teriam nascido outros se o coice de um cavalo não tivesse matado o pai. Depois da desgraça, o prior oferecera à mãe um emprego de lavadeira no mosteiro, mas o salário era insuficiente para alimentar cinco bocas. Marion hesitara um pouco, mas por fim decidiu dirigir-se a Paris, na esperança de encontrar trabalho como criada na casa de um dos muitos mercadores lombardos que povoavam a cidade: pensava que a língua aprendida com a mãe serviria para que a escolha recaísse sobre ela, e não sobre qualquer outra candidata. Mas em vez disso foi parar nas garras de Françoise.

Quando Marion dissera que pretendia ter o bebê, o patrão lhe assegurou que, mesmo que sua esposa a expulsasse, cuidaria de lhe arrumar outro emprego: daria ótimas referências, e ela permaneceria ali na cidade, onde, de vez em quando, ainda poderia fazer companhia a ele.

As coisas aconteceram de modo muito diferente. Quando pensava que Marion quase tinha morrido, Albert de Martin desfalecia. Não entendia bem por que aquela moça lhe era tão cara: não tinha sido a primeira serva a aquecer seu leito, claro, mas com ela era diferente. Talvez por ela aquiescer a todas as suas vontades; ou talvez ele simplesmente estivesse envelhecendo, e ter ao lado uma criatura dócil fazia-o esquecer um pouco aquela víbora que era sua esposa.

A cozinheira, que evidentemente devia ter conhecimento do caso entre os dois, chamara-o num canto para contar que a oportuna intervenção daquela médica salvara Marion, mas que nada pôde ser feito quanto ao bebê. Ele se entristeceu, até porque a perspectiva de um novo filho lhe dava a sensação de ser mais jovem: os quatro varões que tivera com Françoise já eram quase adultos e só faziam vagabundear pela casa, cada vez mais pretensiosos e sem a mínima intenção de aprender o ofício de negociante.

A voz petulante de sua mulher despertou-o de suas reflexões.

— O senhor me ouviu ou não? Eu disse que...

— Ouvi, ouvi! — respondeu, exasperado, levantando-se num salto. — Está bem, faça o que a senhora quiser. Paris está cheia de serviçais. Encontre outra e me deixe em paz. Suas criadas não me importam, tenho mais em que pensar!

Saiu da sala batendo a porta. A mulher ficou por um momento fitando a porta fechada e depois pegou o cordão no qual estava pendurada a campainha, a fim de chamar a governanta. Iria encarregá-la imediatamente de procurar as candidatas, solicitando-lhe que examinasse as referências com mais atenção do que a dedicada anteriormente às de Marion: não queria mais putas sob o próprio teto, uma já havia bastado.

Da soleira da Sala Nova uma torrente de água se derramou sobre o pavimento do pórtico, atingindo em cheio os pés de Rolando.

— Ora, por todos os diabos! — xingou ele, afastando-se inutilmente para o lado.

Favorecida pela leve inclinação do piso, a água prosseguiu seu caminho, alargou-se numa grande poça e foi embeber o pequeno canteiro de grama que enfeitava o centro do pórtico.

Rolando baixou o olhar sobre os próprios sapatos: o precioso cordovão de que eram feitos parecia irremediavelmente enlameado, e um lodo enegrecido sujava também a barra da túnica.

A noviça que estava lavando a sala apareceu à porta, armada de balde e vassoura. Só quando viu à sua frente o médico, ocupado em observar as manchas na roupa, compreendeu o que havia feito. Abandonou ali mesmo seus equipamentos de trabalho, virou-se e desapareceu correndo para dentro.

Rolando a notou e, já indiferente à poça sob seus pés, entrou na sala com a precisa intenção de repreendê-la.

A jovem havia desaparecido. Outras noviças se moviam rapidamente, ocupadas em trocar lençóis e cobertas, enquanto umas doze monjas se empenhavam em distribuir poções ou em medicar as doentes. Duas servas estavam recolhendo os urinóis e os reuniam num canto, antes de esvaziá-los no rio.

Rolando perscrutou a enfermaria por alguns instantes e depois, incomodado pelo coro de gemidos que ressoava entre os leitos, afastou-se e se encaminhou pelo lado ocidental do pórtico, a fim de chegar aos aposentos do decano. Quando transpunha a soleira, o sino da capela soou a terça.

12

Paris.

— Imagino que o senhor saiba o motivo pelo qual o convoquei, mestre.

Rolando assentiu. A expressão de Richard d'Audicourt não prometia nada de bom: seria inútil fingir ignorância, isso podia irritá-lo ainda mais.

— Bem — prosseguiu o decano —, vamos então procurar nos entender. A mestra Caterina ultrapassou gravemente suas funções aqui no hospital. Embora eu aprecie seus dotes de médica, não posso nem devo esquecer que a decisão de admiti-la para trabalhar no Hôtel-Dieu foi totalmente incomum da minha parte. Aliás, como o senhor também sabe, a intenção era que a mestra Caterina se limitasse a examinar os doentes e, quando necessário, prescrever medicamentos. Ao longo destes últimos meses, já recebi mais de uma queixa contra ela, sobretudo da parte dos médicos, que, como o senhor, nos honram com sua colaboração. Foi relatado que, em mais de uma oportunidade, a mestra Caterina teimou em refutar diagnósticos já feitos por colegas, afirmando que estavam errados. Obrigou nossas bravas monjas a substituírem remédios já prescritos por outros, indispondo-se até com o boticário. Até agora, tentei não dar muito peso a essas reclamações: embora incômodas, preferi considerá-las míseras manifestações de intolerância diante de uma médica mulher, impregnadas também por uma pontinha de inveja por seu preparo profissional. Agora, porém, as coisas mudaram: o que ela fez não tem justificativa. Como seguramente deve intuir, o único motivo pelo qual admiti a mestra Caterina no Hôtel-Dieu foi o de não decepcionar as expectativas do senhor, que é um mestre muito estimado.

Como eu poderia me opor, Rolando, a um pedido seu? Talvez eu tenha pecado por ingenuidade ao acreditar que uma mulher tivesse o mesmo equilíbrio de um homem no exercício da arte médica; talvez a própria natureza feminina não permita isso. O fato é que a notícia da intervenção cirúrgica feita naquela jovem criada provocou grande desconcerto e, se eu não tomasse providências, teria todos contra mim, do bispo aos cônegos, até a última das monjas. Refleti longamente e tomei uma decisão: se Caterina de Colleaperto quiser continuar exercendo sua arte no Hôtel-Dieu, deverá limitar-se a diagnósticos e terapias, sem praticar a cirurgia. Creio que, fora daqui, as ocasiões para isso não lhe faltarão: dizem que sua clientela particular é bastante graúda e, em todo caso, creio que o senhor está se empenhando em fazê-la aumentar. Ou estou enganado, mestre?

A pontinha de malícia com que esta última frase foi pronunciada deu a Rolando a certeza de que o decano sabia da relação dele com Caterina.

Foi invadido por uma onda de raiva. Eu sabia, pensou furioso, tinha certeza de que as coisas acabariam assim. Como Caterina pode ter sido tão estúpida? Como não imaginou que aquela maldita intervenção cirúrgica colocaria contra ela toda a hierarquia do hospital e atrairia uma péssima atenção inclusive em relação a mim?

Exibiu no rosto uma expressão compungida.

— É o que eu faço habitualmente com qualquer médico jovem e promissor que deseje ampliar o círculo de seus pacientes — respondeu, fingindo uma calma que não sentia. — Quanto ao resto, respeito suas razões, senhor decano, embora não as compartilhe. Compreendo que são ditadas pela prudência condizente com seu papel de líder do hospital: quero lembrar, porém, que a mestra Caterina operou uma mulher que corria risco de morte e provavelmente o fez melhor do que um barbeiro-cirurgião poderia fazer. Dito isso, eu mesmo cuidarei de informá-la sobre suas novas disposições.

Richard d'Audicourt assentiu. Este homem é esperto, pensou. Compreendeu muitíssimo bem que tenho conhecimento de seu vínculo com Caterina e teme que eu resolva torná-lo público. Claro, não pode deixar de defendê-la; todo mestre tem o dever de proteger seus alunos, mas o fato de ele não ter hesitado em aceitar minha decisão me faz supor que, no futuro, tentará manter nos limites aquela arrogantezinha.

Com um suspiro satisfeito, levantou-se, arrumou os documentos sobre a escrivaninha e dispensou o médico.

Só depois que ele saiu, percebeu a esteira de pegadas escuras sobre o pavimento de pedra: observou-as perplexo por um momento e então voltou aos seus papéis.

13

Paris.

O odor que emanava dos carvões ardentes era uma mistura agridoce e se espalhava por todo o quarto. Instalado na cadeira com orifício no assento, Raoul de Froidmanteau apertava os dentes: o calor da fumigação era intenso e queimava suas nádegas. Sem querer, ele juntou as coxas.

Rolando o observava atentamente.

— Mantenha-as bem afastadas, conde — disse —, senão a fumaça da combustão não chegará onde deve. Se quiser que a abóbora e as cascas de castanha que estão queimando embaixo de seu traseiro detenham a hemorragia e eliminem sua dor, o senhor tem que suportar este pequeno incômodo. Bastará uma sessão por dia, e em uma semana estará curado.

O conde suspirou.

— E, por hoje, quanto tempo deve durar esta tortura? — perguntou, tentando cobrir os flancos nus com as dobras de sua roupa.

— Só mais alguns minutos. Não se preocupe, ficarei aqui até o fim da aplicação, ao menos nesta primeira vez. Quando terminarmos, mande chamar seu criado de quarto: explicarei a ele como preparar a fumigação para que o senhor possa prosseguir o tratamento na mais completa discrição. Voltarei aqui dentro de três dias e o examinarei de novo, mas tenho certeza de que a terapia já terá produzido seus efeitos benéficos.

Raoul de Froidmanteau enxugou o suor da fronte e fechou os olhos. Aquelas malditas hemorroidas o atormentavam havia muito tempo, mas nos últimos meses tinham ficado insuportáveis, a ponto de impedi-lo de montar a cavalo. Todos os remédios que lhe haviam sido prescritos até aquele dia revelaram-se ineficazes, e ele esperava que este novo médico encontrasse a terapia definitiva. Mestre Rolando lhe fora sugerido por um primo que, graças aos tratamentos dele, ficara curado de uma aborrecida hérnia inguinal: descrevera-o como um dos melhores talentos da cidade, tão hábil que reunira ao seu redor uma espécie de pequena escola feita de estudantes e estagiários. Parecia que entre eles havia até uma médica, sobre a qual se dizia que tratava indistintamente de homens e mulheres, sem se limitar, como costumava acontecer, às funções de parteira. Alguns murmuravam que de vez em quando ela praticava até a cirurgia, mas Raoul considerava isso um boato absurdo demais para ser verdadeiro.

Um espasmo mais forte do que os outros o distraiu de seus pensamentos. Ele gemeu e se voltou para o médico.

Rolando não o olhava. Estava sentado no banco de pedra escavado no vão da janela e observava a fortaleza do Louvre. O vidro esverdeado embaçava a visibilidade, mas os muros eram tão próximos do palácio do conde que permitiam distinguir a torre maior, que se destacava, maciça e ameaçadora, bem acima da muralha.

De repente, Rolando se sentiu sufocado, como se ele mesmo estivesse encerrado naquela fortaleza inexpugnável. Nunca tivera aquela sensação, e atribuiu-a ao cansaço. Naquelas duas últimas semanas acontecera de tudo, da carta de sua mulher e do comportamento imprudente de Caterina àquela odiosa convocação por parte do decano. No decorrer de pouquíssimo tempo, o curso regular de seus dias como que se desvirtuara, subvertido por incertezas que normalmente não lhe pertenciam. Precisava frear as preocupações, ou já não conseguiria dedicar-se à profissão da melhor maneira: o exercício da arte médica era o único e verdadeiro objetivo de sua vida, e por nenhum motivo deveria negligenciá-lo.

Levantou-se e voltou ao paciente. O conde o encarou com olhos suplicantes.

— Não acha que já chega, mestre?

— Sim, acho que sim. Precisa de ajuda?

— Não, eu consigo sozinho — respondeu Raoul de Froidmanteau, levantando-se com dificuldade da cadeira. Com uma última careta de dor, sacudiu a borda de sua veste e reajustou as dobras. Depois, quando acreditou ter recuperado uma atitude digna, puxou do bolso o saquinho com o dinheiro e estendeu umas moedas a Rolando.

— Então, espero o senhor daqui a três dias — disse, encaminhando-se para a porta.

O médico assentiu e continuou no aposento, à espera do criado de quarto.

O menino estava nu e corria ao seu encontro. A luz fraca da lua o iluminava muito pouco, e só quando ele chegou à sua frente ela percebeu que se tratava de um esqueleto. A carne se separara dos ossos e pendia em frangalhos; na caveira abriam-se duas órbitas vazias das quais despontavam vermes. De repente, os bracinhos esqueléticos se estenderam até seu ventre e de alguma parte elevou-se um choro...

Caterina gritou e se ergueu do colchão de repente. No escuro, estendeu as mãos, diante de si, como que para se defender: seu coração batia furiosamente, e ela demorou muito a recuperar a consciência. Quando compreendeu que se tratara de um sonho, jogou longe a coberta e abrigou a cabeça entre os joelhos, tentando respirar fundo.

Jamais tivera uma visão tão horrível. Não acreditava, como muitos diziam, que os sonhos mais pavorosos fossem enviados pelo demônio, mas a sensação daqueles ossos que se preparavam para cingi-la num abraço levou-a a duvidar de suas certezas. Sentiu um calafrio.

Meteu os dedos entre os cabelos: estavam emaranhados e úmidos de suor. Deslocou as pernas além da beirada da cama, e seus pés roçaram as tábuas ásperas do chão. Pela cortina pendurada diante da janelinha começava a se filtrar uma claridade tênue: devia estar amanhecendo.

Havia demorado a adormecer, mas por fim o sono tinha chegado, pesado e restaurador, ao menos até aquela terrível visão que a despertara com um sobressalto. Agora, porém, sua mente se livrava dos últimos fiapos de sono, e com a consciência veio também a lembrança dolorosa da briga da noite anterior.

Depois de lhe comunicar as decisões do decano, Rolando tomou o partido deste, censurando-a pelo seu comportamento irrefletido, que segundo ele demonstrava uma imprudente falta de respeito às hierarquias do hospital. Daí nasceu uma discussão inflamada que se prolongou por mais de uma hora e se concluiu com aquela rajada de frases duras que Caterina jamais imaginaria ouvi-lo pronunciar.

— O que você acha? — dissera ele. — Que teria conseguido arranjar todos esses clientes se eu não a tivesse indicado? Que poderia trabalhar no Hôtel-Dieu se eu não tivesse amansado o decano? Não, minha querida, as coisas não teriam sido assim, mas você é incapaz de gratidão e quer sempre mais. Você é movida por um excesso de ambição, Caterina, e isso vai prejudicá-la: esqueceu-se de que é uma mulher? Não pode ter a pretensão de mudar em um instante uma tradição consolidada ao longo dos séculos; será necessário muito tempo até que vocês mulheres sejam aceitas para exercer a arte médica da mesma maneira que os homens! E não venha me dizer que a história da medicina também é feita de representantes do seu sexo: oh, sim, duzentos anos atrás existiu Trotula Salernitana, hoje existe Ersenda aqui em Paris, mas e daí? De quantas outras mestras em medicina você ouviu falar? E, em contraposição, quantos são os médicos? Meta na cabeça, Caterina, que você é um caso específico: quantas outras filhas teriam desfrutado de tanta magnanimidade por parte de suas famílias? Quantos outros pais permitiriam que uma mulher se dedicasse ao estudo da arte médica, negligenciando o sagrado dever de se tornarem esposas? Você seguiu com tenacidade suas inclinações, obteve um título do qual é justo que se orgulhe, é uma médica atenta e preparada, e esse mérito deve ser reconhecido. Mas agora, por favor, contenha suas veleidades, ou haverá problemas.

De início, ela o escutou perplexa, incapaz de acreditar que aquela repreensão viesse justamente daquele homem que a impelira a se aprofundar, a fazer sempre o melhor. Depois, aos poucos, começou a compreender. O que induzira Rolando a acolhê-la entre seus acólitos, a conseguir clientes para ela e a defender sua causa junto ao decano não tinha sido a valorização de suas qualidades profissionais: ele simplesmente lhe fizera favores, como os proporcionados por qualquer homem poderoso à sua cortesã.

A humilhação a impediu de replicar. Manteve-se em silêncio, e Rolando o interpretou como a obrigatória e resignada obediência que se esperava dela. Abraçou-a e levou-a para a cama: ali, esquecido das próprias palavras ferinas de pouco antes, acariciou-a longamente e finalmente a possuiu com o ardor de sempre. Ela não teve forças para se esquivar e se submeteu.

Agora, fitava a parede diante de si sem realmente vê-la. Ainda estava confusa. Talvez ele tivesse razão: talvez seu desejo de explorar todos os ramos da arte médica não passasse de presunção. E se sua atitude fosse apenas um desafio aos colegas, uma vontade insana de se mostrar mais competente do que eles? Afinal, Rolando a amava e, se havia achado necessário criticá-la, provavelmente fizera isso para seu bem, para evitar que ela desse passos em falso.

Levantou-se e vestiu apenas a túnica. Pegou a toalhinha na borda da bacia e lavou o rosto com água. Em seguida, tirou o cesto de sob a mesa e aproximou o banquinho da janela. Subiu, debruçou-se e prendeu a corda do cesto à roldana fixada na parede; depois deixou a corda correr em direção ao solo, até que o fundo do cesto tocou a rua. Ficou esperando.

Os pregões cantarolados pelos vendedores começavam a ecoar. Da esquina da rue de la Harpe surgiu o primeiro ambulante: era baixinho e se movia agilmente, esquivando-se com segurança das imundícies amontoadas no meio da viela.

— Pombo assado! Arenques frescos da Bretanha! Canapés doces, crocantes, com pasta de trigo da Picardia! Vinho doce e vinho seco! Muito sabor e pouco preço! Compre, minha gente, compre!

Aquela voz, incrivelmente possante para um físico tão miúdo, identificou logo o homem como o bretão que todas as manhãs era o primeiro a chegar à rue Séverin. Chamava-se Jean e era um tipo simpático, mas um pouco fanfarrão. Embora sua licença de ambulante previsse apenas a venda de alimentos cozidos, na realidade ele comercializava também vinho e, como ninguém ainda o multara por isso, Caterina pensava que aquela atitude atrevida resultava da proteção oferecida por pessoas interessadas: talvez Jean desfrutasse do favor de algum prior da área, particularmente inclinado ao vício da bebida; ou talvez fossem os bons ofícios da poderosa cafetina de um dos muitos bordéis do bairro a mantê-lo livre do controle das autoridades.

O homem se aproximou e, ao ver o cesto no solo, levantou a cabeça em direção à janela na qual Caterina se debruçava.

— O que a senhora vai querer hoje? — gritou do meio da rua, continuando a caminhar. — Carne ou peixe?

— Só dois canapés — respondeu ela.

O ambulante assentiu. Baixou a trava das rodas sobre as quais estava montado o pequeno barril do vinho, levantou o pano que cobria o grande tabuleiro que ele trazia pendurado ao pescoço e tirou dali os dois doces.

— Pronto! Somente um quarto de soldo, para tão bela senhora! — gritou, alegre, acomodando-os no fundo do cesto.

Caterina jogou a moeda e puxou de volta a corda. O homem pegou o dinheiro no ar, empunhou o puxador do pequeno barril e retomou seu caminho, continuando a enaltecer aos berros sua mercadoria.

Caterina sentou-se à mesa e mordeu um canapé: estava macio e ainda quente. Ela preferiria cozinhar sua própria comida, mas aqueles aposentos não dispunham de fogão: devia contentar-se com o que os ambulantes vendiam, com um prato quente na taberna ou, quando lhe ofereciam, com alguma tigela de sopa preparada pelas monjas do hospital. Isso não a incomodava: não sentia necessidade de comer muito, e o pouco que consumia era suficiente.

Terminados os dois doces, serviu-se de água da jarra e bebeu-a lentamente. Depois pegou na bancada o pente de osso, deslocou-se até o espelhinho que havia pendurado na parede e começou a arrumar os cabelos. Enquanto os dedos os trançavam velozmente, a superfície espelhada lhe devolveu a imagem de um rosto cansado. Não se preocupou: a cliente que a esperava naquela manhã certamente não iria contar as rugas em seu rosto, pois tinha coisa bem diferente com que se preocupar.

Desviou o olhar e terminou de enrolar a trança sobre a nuca. Abriu a arca e escolheu a mais sóbria de suas *gamurras*: o decote era contornado por uma longa fileira de botõezinhos de prata que conferiam um toque feminino ao tecido violeta. Das que possuía, era a única cujo aspecto se aproximava um pouco da austera veste de médico usada habitualmente pelos seus colegas homens. A doente a quem daria consulta dali a pouco fazia parte da nobreza parisiense, e ela bem sabia como era importante a primeira impressão causada no paciente. Sobretudo se o médico for uma mulher.

14

Milão, abril.

— Não, hoje o patrão vai dispensar o almoço — disse Mikail. — Ele foi ao ourives do Broletto a fim de procurar um cintilho de prata para a *cotta* na qual está trabalhando e ficará por lá um bom tempo. Também está com muita dor de dentes, coitado, e não consegue mastigar. Então me encarregou de mandar a senhora preparar apenas uma sopa de alho-poró verde para esta noite, com um pouco deste toucinho para deixá-la mais saborosa.

Pegou uma fatia na tábua de cortar e meteu-a na boca.

— Devagar com o toucinho — reclamou a cozinheira —, só temos esse.

O toucinho estava quase acabando; o que restava daria só para a sopa. No dia seguinte, ela mandaria uma das criadas comprar mais no açougueiro da Porta Vercellina: também adquiriria umas galinhas, porque havia algum tempo o costureiro só queria comer carne branca. Fiorina estava convencida de que um belo guisado de boi seria muito mais gostoso e devolveria um pouco de cor ao patrão, tão pálido que parecia um morto. Mas ordens eram ordens, e ela devia obedecer. Aliás, tanto melhor: na despensa montada no porão da casa restava um quarto de boi e, se ainda estivesse bom, ela o cortaria em pedaços para salgá-lo. Uma vez pronto, iria dividi-lo com o restante dos criados: não que o costureiro fosse avarento com a comida deles, mas a carne salgada seria uma reserva providencial. Mikail lhe dissera que Marco Raineri iria ausentar-se por três meses: três meses era muito tempo, quem podia saber o que aconteceria? E se ele não voltasse? Se alguma batalha nos arredores de Milão bloqueasse o abastecimento? Isso já acontecera. Portanto, era melhor ser previdente e ter alguma provisão garantida para comer.

Mikail saiu. Enquanto começava a fatiar as beterrabas brancas para jogar no caldeirão que borbulhava, pendurado ao gancho do fogão, Fiorina se surpreendeu pensando naquele rapaz.

Todas as criadas eram apaixonadas por ele. Ela as observara com frequência: não importava o que estivessem fazendo, ficavam paralisadas, fitando-o com olhos sonhadores. Aliás, era natural: viam-se poucos jovens tão bonitos por ali. Claro, se desconfiassem que Mikail era o amante do patrão, o interesse delas desapareceria de imediato para transformar-se em aversão. Ninguém ali dentro sabia daquela relação, só ela mesma.

Havia descoberto por acaso. Certa noite em que demorava a adormecer por causa de uma tosse irritante, levantara-se e descera à cozinha para buscar um pouco de mel. Quando passou ao lado do quarto do costureiro, ouviu gemidos alternados com grunhidos: já era viúva, mas ainda recordava bem o concerto de sons com que o marido acompanhava suas investidas. Sorriu consigo mesma, imaginando que o patrão havia levado para casa uma prostituta. Curiosa, espiou pelo buraco da fechadura, suficientemente largo para permitir uma olhada ao interior do aposento. O que ela viu deixou-a petrificada. Iluminados pelas chamas da lareira, os corpos nus dos dois homens se debatiam na cama, enlaçados numa posição que não deixava espaço para equívocos.

Fiorina prendeu a respiração. Esquecida do mel, retornou ao seu quartinho do sótão e, sentada no enxergão, começou a refletir. Alguém mais, talvez um dos servos que o acompanhavam durante suas viagens, estaria sabendo que o costureiro era praticante da sodomia? Podia perguntar, mas isso não lhe parecia prudente: se eles sabiam e nunca haviam dito nada, significava que ela também devia manter segredo. De resto, o que ganharia se denunciasse Raineri? Seguramente perderia o emprego, mais nada. Então decidiu calar, ao menos naquele momento.

Porém o que a desagradou imediatamente foi ver Mikail envolvido naquela situação. Conhecia-o desde menino e aprendera a apreciar seu caráter, arguto e reflexivo. Não conseguia se convencer de que havia sido ele a seduzir o patrão; antes pensava que Mikail considerava seu dever aceitar qualquer pedido que lhe fosse feito. Afinal, era filho de uma escrava e, embora tivesse sido liberado dessa condição, provavelmente ainda a sentia sobre os ombros.

Ao relembrar tudo isso, Fiorina balançou a cabeça. No fundo, não era da sua conta, ela estava ali para servir de cozinheira, e não para se preocupar com o destino de Mikail.

As beterrabas estavam fatiadas. Ela fez um montinho, recolheu os pedaços nas mãos em concha e jogou-os no caldeirão: a água espumou por um instante e depois recomeçou a borbulhar.

— Não, não creio que seja um abscesso — sentenciou Francesco Aicardo. — A gengiva está inchada, mas não vejo purulência. Por enquanto, não é o caso de abrir, é melhor tentar tratar com um remédio adequado. O senhor poderia começar aplicando sobre o dente umas folhas de malva amolecidas em infusão: isso deve bastar para diminuir a inflamação e aliviar a dor. Claro, se eu dispusesse de uns cravos-da-índia seria melhor, mas são especiarias difíceis de encontrar: vêm de longe, e o único que os vendia era o boticário da Via delle Armi, o senhor sabe, aquele da loja que pegou fogo...

Marco Raineri fechou a boca e engoliu em seco. Conhecia bem demais aquela história. Quando voltara ao seu palacete após o encontro com Alvino, a notícia do incêndio já tinha chegado e provocado um grande desconcerto. Todos sabiam que, além de ser um dos mais hábeis da cidade, o boticário era também um homem muito prudente: jamais esqueceria na loja uma chama que pudesse desencadear o fogo.

O temor de que por trás do incêndio se escondesse o dolo surgira quase de imediato: no início pensou-se num ladrão que, tentado pela visível riqueza do boticário, tivesse decidido roubá-lo. Mais tarde, porém, quando foi encontrado nos escombros da loja o cofre de ferro com todas as moedas, essa hipótese foi descartada. As investigações ainda estavam em curso, e parecia que as autoridades peneiravam as vielas próximas em busca de uma possível testemunha.

A suspeita de que justamente Alvino tivesse provocado o incêndio se insinuou aos poucos na mente de Marco. Durante o último encontro dos dois, ocorrido enquanto a loja ainda ardia, Alvino havia exaltado as qualidades daquela remessa de pó, afirmando que era melhor do que as anteriores. Onde podia ter encontrado mercadoria tão fina, a não ser entre os remédios mais caros de uma botica?

Marco deixou passar uma semana e depois foi procurá-lo. Não o encontrou. A mulher que morava no casebre vizinho, uma megera de má reputação, disse que Alvino tinha deixado a cidade e que não sabia quando ele voltaria. Raineri também pensou em pedir notícias ao patrão dele, o comerciante de sal, mas achou mais prudente não fazer isso: se Alvino fosse de fato o responsável pelo incêndio, era melhor não tornar público que os dois se conheciam.

Pensou muito no assunto, e com o passar do tempo suas suspeitas aumentaram. Quando, por fim, decidiu experimentar a nova beberagem, desapareceu qualquer dúvida: o remédio era de fato muito eficaz, e bastava uma dose menor do que a de costume para que seu corpo recuperasse logo as forças. A certeza de ter contribuído para causar a morte de um homem o deixou abatido. Dormia mal, seu sono era incomodado por pesadelos recorrentes, e era-lhe difícil suportar o cansaço.

E agora, como se não bastasse, havia aparecido aquela dor de dentes, justamente poucas semanas antes de sua ida a Paris.

— O senhor me ouviu?

O barbeiro o fitava, à espera.

— Hein...? Como...? Desculpe, eu estava pensando em outra coisa. Quanto o senhor disse que lhe devo, três soldos?

— Sim, por hoje são três soldos. Se depois a inflamação na gengiva se revelar um abscesso, volte aqui e eu lhe direi quanto custará a eventual cirurgia.

Marco se levantou e lançou uma rápida olhada no local. Três soldos por um atendimento e algumas folhas de malva não eram pouca coisa, mas, de fato, o ambiente que o circundava justificava o preço. Tudo era limpíssimo: a cadeira com apoio para os braços na qual estivera sentado não apresentava sequer uma mancha de sangue, as tábuas do pavimento eram bem-varridas, a água do balde estava límpida, os instrumentos cirúrgicos alinhados sobre a bancada brilhavam. Esperava que a habilidade daquele barbeiro-cirurgião equivalesse à sua atenção pela higiene: ao menos ele era honesto, pois o mandara esperar antes de praticar uma cirurgia que poderia lhe render imediatamente um valor bem mais elevado. Pena que o consultório fosse tão distante de sua casa: para voltar ali, seria preciso percorrer metade da cidade. Por outro lado, aquele homem tinha fama de ser um dos melhores em sua área, um pouco como Galdino de Arconate, porém bem menos careiro. E, de qualquer modo, melhor do que os muitos curandeiros que percorriam as ruas de Milão e ofereciam seus serviços cacarejando do alto de uma carrocinha imunda.

Saiu e se encaminhou ao longo da viela que ladeava a Igreja de Santa Maria alla Chiusa. Com uma boa meia hora de caminhada, chegaria ao seu palacete bem na hora do jantar.

15

Paris, abril.

Os dedos de Caterina atormentavam as franjas da almofada de seda sobre a qual ela estava sentada: era de listras vermelhas e verdes e recobria um assento de madeira clara. Era o único móvel presente no vestíbulo e ficava sobre um comprido tapete oriental que se estendia até uma porta trancada.

Estava ali havia mais de meia hora, e sua paciência já chegara ao limite. O local, fechado dos dois lados, era sufocante, e as velas que ardiam nos castiçais de dois bocais presos à parede emanavam um odor nauseabundo. O criado, quando a conduzira até ali, não dissera quanto tempo ela deveria esperar: limitara-se a explicar que a condessa fora avisada de sua chegada e que a receberia.

Irritada por aquele evidente desinteresse por seus compromissos profissionais, Caterina estava prestes a se levantar e abandonar o palacete quando a porta se abriu, revelando a figura gorducha de uma criada.

— A condessa está à sua espera — disse a mulher, acenando-lhe para entrar.

O tapete que acolheu seus passos lá dentro era tão espesso que amortecia qualquer som. Olhando melhor, ela percebeu que se tratava de uma vasta extensão de peles superpostas umas às outras. Faltavam as cabeças, e Caterina não sabia a quais animais teriam pertencido, mas, a julgar pelo fedor que impregnava o ambiente, achou que podiam ser peles de urso. O conde era famoso por sua paixão venatória, e provavelmente aqueles eram os macabros troféus que testemunhavam sua habilidade de caçador.

— Então a senhora é a mestra Caterina?

A voz que se elevou no silêncio abafado do aposento lhe provocou um sobressalto. Voltou-se: uma mulher alta e magra avançava até ela afundando os pés na espessura das peles. A roupa que vestia era ajustada por um cinto de prata, e a parte posterior das mangas, enfeitadas nos ombros por uma dupla fileira de pérolas, descia quase até o chão. No rosto, circundado por um elaborado véu de renda, destacavam-se dois olhos febris e indagadores.

— Sim — respondeu Caterina, esboçando uma inclinação —, sou eu, senhora condessa.

Marguerite de Mélun observou-a em silêncio e depois, com um aceno, convidou-a para segui-la pela portinha que levava a um segundo ambiente: uma janelinha iluminava um canto do aposento, e a cortina de linho bordado que pendia da trave do forro estava puxada para o lado, revelando um grande leito de madeira pintado em cores vivas.

A condessa sentou-se no colchão inchado de plumas.

— Mestre Rolando lhe informou o motivo pelo qual mandei chamá-la? — perguntou, entrelaçando os dedos das mãos.

— Sim, senhora, ele mencionou uma doença no couro cabeludo...

Os lábios da condessa tremeram. Com gestos nervosos, ela desatou os laços da touca, tirou-a e pousou-a no colo.

— Pronto, está vendo? — murmurou, baixando a cabeça. — É o que resta dos meus cabelos.

Caterina se aproximou. A luz era tênue, mas suficiente para mostrar uma cabeleira devastada. Largas placas de calvície desnudavam o couro cabeludo, alternadas com delgados tufos avermelhados que despontavam aqui e ali, como punhados de grama murcha.

Caterina tocou-os de leve: os fios eram pouco mais do que uma penugem, e a pele embaixo deles mostrava-se úmida e rachada.

— Sente coceira? — perguntou.

A condessa assentiu.

Caterina a encarou, sem saber se era melhor esconder o diagnóstico, tal como sugeriam as regras deontológicas, ou dar-lhe informações vagas sobre a moléstia que a atingira. Decidiu dizer uma meia verdade: embora não fosse mortal, era uma doença difícil de curar, e saber disso certamente não ajudaria o estado de saúde da condessa.

— É um humor ruim, senhora — sentenciou —, tenaz, mas tratável. Antes de mais nada, será preciso purgá-lo com uma decocção à base de enxofre e louro, e em seguida aplicar um unguento de heléboro e pez clara dissolvidos em azeite. Esse tratamento durará dez dias, durante os quais o prurido deverá diminuir aos poucos. Por fim, depois de lavar a cabeça com urina de bebê, a senhora aspergirá um pó de esterco de boi no local, único remédio capaz de fazer os cabelos voltarem a crescer.

A condessa se levantou num salto. A touca rolou para o chão.

— Urina de bebê? Esterco de boi? Mas com quem a senhora acha que está lidando, com a última das minhas servas? — gritou, com o rosto contraído pela ira. — Não está pensando que eu, uma das mais estimadas aristocratas da corte, vou me submeter a um tratamento desses, está? Afinal, onde aprendeu essas terapias? Na pocilga de algum bruxo do interior?

Caterina não se alterou.

— Não, condessa, elas me foram ensinadas pelos meus mestres em Montpellier e, acredite ou não, são os únicos meios capazes de impedir que sua cabeça permaneça careca para sempre.

Marguerite de Mélun ofegava. Ela fitou Caterina demoradamente, depois soltou todo o ar e se deixou cair de volta sobre o leito.

— Quanto tempo meus cabelos levarão para voltar a crescer se eu fizer o que a senhora diz? — perguntou.

— Alguns meses, talvez um ano.

A mulher empalideceu e soltou um gemido embargado. Seu olhar tornou-se inexpressivo.

— Depois de Pentecostes haverá uma festa na corte — murmurou —, daqui a menos de dois meses. Como poderei me apresentar neste estado? Com uma redinha de renda na cabeça? Todas as outras damas exibirão penteados elaborados, ornados de pérolas e fitas, de fios de prata e flores recém-colhidas...

A voz lhe faltou e ela começou a chorar em silêncio.

— Não se desespere — animou-a Caterina —, há um modo de evitar isso.

A condessa a olhou.

— E qual seria?

— Uma peruca. Aqui em Paris há um artesão que trabalha com essas manufaturas específicas, e eu soube que seus penteados são totalmente indistinguíveis de um cabelo verdadeiro.

— Uma peruca? Mas elas não são feitas com os cabelos dos condenados à morte? Ah, meu Deus, ter na cabeça os cabelos de um cadáver, talvez de uma enforcada! Eu não... Não, não poderia nunca... E também a Igreja condena severamente o uso desses postiços, e se viesse a saber que eu...

— Ninguém saberá. Suponho que sua criada pessoal seja de confiança e não revele nada sobre a patroa. Quanto ao artesão, se for bem pago, será muito discreto. Além disso, saiba que os fios utilizados na confecção de perucas nem sempre provêm de um cadáver: muitas vezes, para conseguir algum dinheiro, as mulheres muito pobres sacrificam seus cabelos. Portanto, como vê, a senhora não tem nada a temer.

A condessa passou as costas da mão no rosto e se levantou.

— Se esse é o único modo pelo qual eu posso participar dessa e das próximas festas da corte — murmurou, hesitante, recolhendo a touca do solo e encaminhando-se para a pequena porta —, então farei como a senhora diz.

Caterina a seguiu. Marguerite abriu um armário que escondia um cofre de prata e tirou um saquinho de moedas.

— Posso contar com seu silêncio, mestra? — perguntou, estendendo-o a ela. — A senhora também é mulher — acrescentou, trêmula — e pode compreender melhor do que um homem o quanto...

— Acima de ser mulher, condessa, eu sou médica — respondeu Caterina, mais cortante do que gostaria —, e o juramento prestado à minha arte impõe a máxima reserva em relação a qualquer cliente. Encomendarei ao boticário as doses certas dos remédios que lhe prescrevi — continuou, menos áspera — e, se a senhora quiser, eu mesma farei contato com o artesão de quem lhe falei. Tenho certeza de que, quando souber que a condessa de Mélun precisa dos seus serviços, ele não hesitará em aparecer.

Marguerite assentiu. Colocou de novo a touca, aproximou-se da parede e puxou o cordão da campainha para chamar os servos. Um momento depois, a porta se abriu e, escoltada por um criado, Caterina saiu do palacete.

O ar trazia consigo um vago odor de mar e finalmente lhe restaurou a respiração. Ela não sabia se a ansiedade que comprimia seu peito resultava apenas do ambiente sufocante do qual acabava de sair ou se o que a oprimia não teria sido o encontro com a condessa. Não que esperasse algo diferente: quer se tratasse de homens ou mulheres, ela já conhecia bem os expoentes da nobreza parisiense e sabia com que arrogância eles costumavam se dirigir àqueles a quem não consideravam seus pares. No entanto, apesar da atitude desconfiada e grosseira com que Marguerite de Mélun acolhera suas palavras, surpreendeu-se ao sentir pena dela: preocupada apenas com a elegância externa, indispensável no ambiente aristocrático, a condessa não lhe fizera sequer uma pergunta sobre as probabilidades de cura da doença. Se soubesse... Sem dúvida não era a primeira vez que Caterina diagnosticava uma infecção por fungo, mas a forma que afetara a condessa era uma das mais sérias que ela já vira: talvez muito tempo tivesse se passado desde que a moléstia começara a se manifestar, e a gravidade da situação podia ser explicada pelo retardo na terapia. Provavelmente, a vergonha de se mostrar naquele estado dissuadira Marguerite de procurar um médico. Ao menos até aquele dia e, sobretudo, ao menos até a iminência da festa da corte.

Suspirou. Não tinha nenhuma certeza de que aquela mulher recuperaria os cabelos, nem no prazo de um ano, nem nunca. E isso a faria sofrer, perder a consideração que lhe era devida, tornando-a objeto de piadas e zombarias. E então? Onde estavam os privilégios de uma alta condição social, se uma doença como aquela era suficiente para destruir uma pessoa? A verdade era que a aristocracia estava encerrada, a contragosto, em uma gaiola dourada da qual era impossível fugir. As criadas da condessa, apesar de sua vida de sacrifícios, talvez fossem mais livres do que ela.

Lembrou-se de Marion. A monja anciã do hospital lhe dissera que a moça fora liberada três semanas antes e enviada ao Filles-Dieu, o refúgio instituído pelo rei para redimir as prostitutas. Mesmo não aprovando a escolha daquele local, ela não dissera nada: Marion certamente era uma mulher de vida honesta, mas ali estaria em segurança e, ao menos por algum tempo, disporia de um teto e de comida.

Decidiu ir logo até lá. Naquela manhã não tinha outras consultas marcadas, e o abrigo era próximo, pouco adiante das muralhas. Não sabia bem o porquê, mas a sorte daquela jovem a deixava curiosa.

Deu meia-volta e enveredou pela rue du Four.

16

Paris.

A cela estava quase na escuridão. Pela janelinha, aberta numa parede com quase dois braços* de profundidade, filtrava-se pouquíssima luz. Ali dentro, ninguém diria que já passava da hora sexta. Naquela manhã o sol iluminava as ruas de Paris, mas o abrigo era tão incorporado à viela que mal se distinguia das outras construções que o circundavam: somente uma portinha em arco ogival, encimada por uma tabuleta, sugeria que aquele era o Hôtel Filles-Dieu.

Do banquinho onde estava sentada, Caterina fitava Marion. A moça, de pé do outro lado da cela, tinha o rosto na penumbra, e a médica não conseguia captar sua expressão. No início da conversa, suas respostas tinham sido ásperas, como se ela se aborrecesse com as perguntas. Caterina não se deixou intimidar por aquela atitude hostil e continuou a perguntar, compreensiva. Aos poucos, tranquilizada pela benevolência da médica, Marion se suavizou e, alternando a língua da França com a da Lombardia, contou-lhe tudo.

Disse que, desde sua chegada ao palacete de Albert de Martin, o patrão a obrigara a se deitar com ele, e que ela não se atrevera a recusar. Embora sempre tivesse vivido no campo, esclareceu, bem sabia que aquele era o preço que as criadas jovens e bonitas deviam pagar para manter o emprego. O negociante se mostrava bondoso com ela e, exceto por algum pedido desagradável durante seus encontros secretos, tratava-a sempre com gentileza. Mesmo quando ela lhe revelou estar

---

* Antiga unidade de medida linear, que variava entre 58 cm e 70 cm. Não é o mesmo que braça, que é bem maior. (*N. da T.*)

grávida, não a demitiu: disse que, apesar da criança, iria mantê-la no serviço.

O que Albert não sabia, acrescentou Marion após uma nova crise de choro, era que o bebê tinha morrido por causa da esposa dele.

Françoise de Martin, que aparentemente ignorava o caso, acabara percebendo a gravidez dela e se enfurecera a ponto de espancá-la. Esbofeteou-a com violência e depois, com um bastão surgido sabe-se lá de onde, golpeou-a várias vezes nas costas, até fazê-la desmaiar. Desde aquele dia, Marion sofrera incômodos recorrentes que se agravaram cada vez mais e culminaram naquela corrida desesperada ao Hôtel-Dieu.

À medida que a escutava, Caterina sentia a raiva crescer dentro de si. Embora tivesse consciência de que a história de Marion era somente uma das centenas que diariamente ocorriam no interior dos palácios senhoriais ou nos sótãos das espeluncas, perguntava-se por que as mulheres e seus corpos deviam sempre ser reduzidos à mercadoria de troca. Teria razão a Igreja, quando sustentava que nas vísceras femininas se escondia o malefício do Demônio? Mas essas mesmas vísceras não eram o refúgio onde germinava a vida, e não era sempre a Igreja que definia cada novo filho como um dom de Deus? Era uma contradição, e ela não podia aceitá-la. E se os homens tinham tanto medo daquele malefício, por que continuavam a buscá-lo, a desfrutar dele? E as mulheres? Por que continuavam a agradar, a satisfazer, a prostituir-se em troca de um teto ou de uma tigela de sopa?

Enquanto Marion falava, assaltou-a uma dúvida, perturbadora como uma picada de pulga: com que direito podia julgar o comportamento de outras mulheres? Ela também não era assim, pronta a entregar-se a um homem em troca de proteção? Mas ele me ama, disse a si mesma, e eu não estou me vendendo. E Marion? O que ela, Caterina, sabia do que se passava na mente da moça quando se deitava com o negociante? E se o amasse, se o visse como o único guardião de sua vida deserdada? Inquieta, tentou afastar esses pensamentos e se obrigou a escutar.

Agora, depois de explicar como era severa a disciplina ali no Filles-Dieu e com quanto desprezo maldisfarçado as monjas tratavam suas hóspedes, Marion se calou.

Caterina se levantou, avançou alguns passos e parou diante dela.

— Por quanto tempo você pensa em ficar ainda aqui? — perguntou.

— Até quando me permitirem ir embora. — O olhar de Marion se endureceu. — Não deixam nenhuma de nós sair daqui se não estiverem bem certas de nossa redenção. E, mesmo assim, depois de nos aterrorizar bastante, obrigando-nos ao jejum e nos enchendo a cabeça com sermões e preces.

— Mas é um absurdo! — exclamou Caterina. — Como podem saber quantas de vocês buscam de fato a redenção se não lhes permitem ser postas à prova?

Marion deu de ombros.

— Uma das minhas companheiras diz que o único modo de sair definitivamente daqui é dispor de uma garantia.

Caterina a encarou, sem compreender.

— Ou seja, é necessária uma carta escrita por alguém importante — explicou a jovem.

— Significa que se esse alguém for, por exemplo, um aristocrata interessado em levar uma de vocês e talvez em torná-la sua amante, as monjas concedem a autorização?

Marion assentiu.

— E isso já aconteceu?

— Não sei. Estou aqui há menos de um mês e até hoje não vi ninguém sair.

Caterina se voltou e observou a cela. Era desprovida de qualquer móvel, à exceção do banquinho e de um enxergão esburacado. Não havia sequer uma prateleira: as poucas coisas de Marion estavam amontoadas em um canto, ladeadas por uma pequena bacia que continha poucos dedos de água.

— O que você pretende fazer quando conseguir deixar este lugar? — perguntou, voltando-se de novo.

— Voltarei para minha aldeia. Aqui em Paris, todos sabem o que aconteceu comigo, a patroa contou até às pedras! Não me deram as referências prometidas, e ninguém vai me arrumar emprego.

Caterina fitou-a longamente.

— E se eu precisasse de uma criada? — disse. — Você trabalharia para mim?

Marion empalideceu.

— Mas eu não... Mas a senhora... — balbuciou, sem fôlego. — A senhora não pode...

— Posso, sim — replicou Caterina, decidida. — Se, como você diz, basta um documento de garantia, não vejo por que as monjas o recusariam: afinal, sou uma médica e tenho certo prestígio na cidade. Acredite, elas não criarão dificuldades para lhe conceder autorização. Além disso, se você sair, terão menos uma boca para alimentar. Então, o que acha?

A jovem baixou os olhos, sem falar. Quando os reergueu, a pele de seu rosto havia recuperado a cor.

— Aceito, mestra — respondeu baixinho.

— Bom. Antes de sair, falarei com a abadessa. Depois prepararei a carta de garantia e, assim que ela for aceita, virei buscar você e levá-la para minha casa. São dois quartinhos e eu moro sozinha, não será um trabalho pesado. Tenho certeza de que você dará conta logo: é uma mulher forte, e até lá o fluxo dos seus humores deverá ter retomado o curso normal. De qualquer modo, já que vai morar sob o mesmo teto de uma médica, creio que não tem nada a temer. Ah, e você também é metade lombarda, não? Verá que nós duas nos entenderemos às mil maravilhas.

O sorriso que acompanhou estas últimas palavras abateu as frágeis defesas de Marion. Apertando os braços em torno do corpo emagrecido, a jovem se refugiou no canto mais escuro da cela e explodiu em soluços. Caterina se aproximou e pousou a mão em seu ombro.

— Voltarei dentro de alguns dias — disse.

Marion deslizou para o chão e, encolhida, continuou a chorar.

17

Milão, abril.

A voz possante do arauto comunal ecoava no largo. Ereto sobre o cavalo, o homem lia uma folha de pergaminho. Atrás dele, um dominicano montado num pequeno murzelo observava com severidade a multidão reunida para escutar.

— ... e portanto, por ordem papal, os irmãos inquisidores desta cidade estão encarregados de capturar o conde Egidio de Cortenuova, atualmente refugiado em seu castelo de Mozzanica...

— Mas que história é essa? De quem ele está falando? — perguntou Francesco Aicardo, virando-se para o homem ao seu lado. Acabava de chegar e não tinha ouvido o início da proclamação.

— De Egidio de Cortenuova — respondeu lacônico o homem, que tinha todo o aspecto de ser um popular.

— Sim, isso eu entendi, mas por que devem capturá-lo?

O homem parou de fitar o arauto e se voltou para Francesco.

— Mas onde o senhor vive, santo Deus? — disse, incrédulo. — Nunca ouviu falar daquele bastardo? Não sabe que ele é um herético e que em seu castelo até fundou uma escola de heresia? Parece — acrescentou, baixando a voz — que lá dentro acontecem coisas horripilantes: missas demoníacas, atos contra a natureza, hóstias consagradas com o sangue de virgens... Pior do que o inferno! Se o senhor quer minha opinião, já era hora de o papa decidir mandar prendê-lo, ou melhor, mal posso esperar até vê-lo pendurado na forca aqui no Largo do Vetra. Será um belo espetáculo, estou lhe dizendo, realmente um belo espetáculo...

— ... e ademais — continuou o arauto — comunica-se que foi expedido mandado de captura contra Manfredi de Sesto, protetor de heréticos e cúmplice no assassínio de frei Pietro de Arcagnano, da ordem dos menores, ocorrido em janeiro passado. Como consta que o dito Manfredi se esconde aqui em Milão, pede-se a quem o tiver visto ou alimentar suspeitas a respeito que assinale sua presença às autoridades.

O arauto havia terminado. Enrolou o pergaminho, meteu-o na saca que trazia pendurada à cintura e esporeou o cavalo: seguido pelo dominicano, tomou a rua que levava ao palácio do podestade. À passagem deles, elevou-se da multidão um burburinho no qual se podiam distinguir muitas vozes de comprazida aprovação.

Aos poucos, a aglomeração se dissolveu. Os grupinhos que haviam se formado se desmancharam, e homens e mulheres voltaram às suas ocupações. Com o cotovelo apoiado ao parapeito da pontezinha de madeira que ligava as margens do Vetra, Francesco observou-os afastarem-se um a um. Quando o largo ficou deserto, endireitou-se e, em passos medidos, dirigiu-se ao consultório, que ficava pouco distante dali, logo após a curva do rio.

Enquanto caminhava, pensou nos dois heréticos: certamente não gostaria de estar na pele deles. A julgar pelas expressões que havia visto nas faces dos que escutavam o arauto, não alimentava nenhuma dúvida sobre o deplorável fim que eles teriam: se caíssem nas mãos dos populares, deles não restaria sequer um osso para dar aos cães. Seriam de fato heréticos? E se aquela acusação infamadora servisse apenas para justificar a eliminação de adversários políticos? Não seria a primeira vez: a luta entre nobres e povo pela gestão do poder ainda estava muito acesa e prosseguia sem qualquer restrição.

Ergueu os ombros. O que me importa?, perguntou-se. Aristocratas ou populares, bispos ou heréticos, todos podem quebrar uma perna ou precisar extrair dentes, e isso me basta.

Quando chegou ao consultório, viu um homem esperando diante da porta.

— Salve — disse o desconhecido —, o senhor é Francesco Aicardo, o barbeiro-cirurgião da Chiusa?

— Sou. Estava me procurando?

— Sim. Eu sou Domenico, um dos conversos da Colombetta, e fui enviado por frei Marcello, o prior, que me encarregou de lhe perguntar se o senhor pode praticar uma sangria nele.

— Uma sangria? Posso, claro, mas por quê?

— Frei Marcello sofre de falta de ar crônica e está habituado a submeter-se a sangria uma vez por mês: alivia sua respiração e restaura suas forças. Mas agora o monge enfermeiro, que se prestava a fazer isso, morreu, e não sabemos a quem recorrer, exceto aos seus serviços. O senhor tem fama de ser um excelente cirurgião, e imaginamos que, sendo seu consultório bem em frente à nossa entidade, basta-lhe atravessar a rua, e o tempo perdido seria realmente pouco.

O olhar de Francesco se deslocou para o outro lado da viela, até o portãozinho da Colombetta: estava aberto, e para além da arcada adivinhava-se um grande vaivém de pessoas.

— Está bem — respondeu —, diga ao prior que esteja pronto amanhã de manhã, depois de suas primeiras funções, e lembre a ele que não coma nada antes da sangria, é muito importante.

O converso assentiu.

— Obrigado — disse. — Deus lhe pagará a sua generosidade.

Virou-se e, em amplas passadas, dirigiu-se à instituição.

Francesco entrou. E, assim, tinha agora um encargo a mais. Não que isso lhe desagradasse: havia tempo alimentava a curiosidade de descobrir o que exatamente se fazia dentro dos muros da Colombetta. Como todos no bairro, sabia que os Irmãos da Misericórdia e seus ajudantes laicos ofereciam assistência às famílias necessitadas, e também que a congregação desfrutava do auxílio econômico de alguns benfeitores. Porém jamais transpusera a soleira do local, e para ele não estava claro como funcionava toda a organização. Agora que a oportunidade tinha se apresentado, não a deixaria escapar. Claro, por aquelas sangrias não receberia um soldo sequer, mas, no fundo, a demonstração de uma pequena dose de caridade também poderia beneficiar sua reputação.

Sentado no enxergão, frei Marcello bebia uma caneca de água. Estava pálido, e o braço no qual fora praticada a sangria se apoiava bem enfaixado sobre o travesseiro.

Do outro lado da cela, Francesco estava guardando a lanceta na caixa dos instrumentos cirúrgicos. A bacia com o sangue jazia num canto.

— Espere mais um pouco para se levantar — disse ao notar que o prior já apoiava os pés no pavimento. — Não sei como o senhor estava habituado antes, mas depois de uma sangria como esta é preciso repousar. É melhor terminar de beber a água e, mais tarde, poderá fazer uma refeição leve.

O monge sorriu para ele.

— É que sou velho, eu sei — respondeu —, e o senhor é gentil demais para me recordar isso. Mas eu percebo por mim mesmo, sabia? Já não consigo fazer o que fazia dez anos atrás, e também esta falta de ar... Parece que aumenta a cada dia.

— Os médicos a chamam de asma, e dizem que é provocada pela secura do pulmão.

Frei Marcello o perscrutou.

— Diga-me — perguntou, após um momento de silêncio —, por que o senhor não se fez médico em vez de se limitar a exercer a profissão de barbeiro-cirurgião?

Francesco hesitou. Era a primeira vez que alguém lhe fazia essa pergunta, e ele não sabia se convinha responder sinceramente. Ergueu os olhos para o prior, e a expressão atenta que leu no rosto dele convenceu-o a não mentir.

— Eu gostaria — confessou —, ou melhor, na realidade era justamente o que eu queria fazer. Mas meu pai não era suficientemente rico para pagar meus estudos: era apenas um curandeiro e, embora tenha sempre conseguido sustentar a família, o dinheiro que entrava em casa não era muito. Para estudar a arte médica, eu deveria me transferir para Bolonha, e as despesas de minha manutenção seriam insustentáveis: havia outros irmãos, e não era justo que meu pai usasse uma parte de seu patrimônio só comigo. De qualquer modo, tive a sorte de ser aceito como aprendiz por Galdino de Arconate, um dos melhores barbeiros da cidade. Galdino é um cirurgião de valor, a quem muitas vezes nossos melhores médicos recorrem para estabelecer diagnósticos ou fazer consultas: mais de uma vez escutei debates entre eles e creio que isso me permitiu aprender mais do que geralmente é concedido a um simples barbeiro.

Francesco se calou, espantado consigo mesmo por haver fornecido todas essas explicações. Já estava se arrependendo de ter feito isso quando frei Marcello recomeçou a falar.

— Andei pensando... — começou, pousando no solo a caneca vazia. — O senhor não poderia trabalhar um pouquinho para nós? Sim, em resumo, quero dizer... Se lhe sobrasse uma pontinha de tempo, ocasionalmente, quem sabe uma vez por semana... Nas intenções de nossa congregação — continuou, levantando-se do enxergão — inclui-se, em teoria, também a assistência aos doentes: digo em teoria porque até agora nenhum médico se dispôs a prestar seus serviços. E eu até compreendo: sabe-se que eles estão habituados a ser bem pagos, e nós não temos condições de contentá-los porque até hoje nenhum dos nossos benfeitores destinou recursos para esse fim. Enquanto tivemos o confrade enfermeiro, ele se ocupava dos doentes, ajudado com frequência por algum dos nossos voluntários. Agora, porém, sem um guia capaz de distinguir uma moléstia de outra e de prescrever os remédios certos, já não podemos tratar de ninguém.

Segurando o braço enfaixado com a outra mão, o prior se aproximou do barbeiro e o fitou, à espera.

Francesco tentou pensar rapidamente. Se recusasse, iria indispor-se com o monge, que, apesar da idade avançada, começava a lhe parecer muito mais astuto do que dava a perceber. Talvez, se aceitasse prestar seus cuidados ali na Colombetta, o prior viesse a elogiar suas virtudes junto aos benfeitores da congregação, os quais, pelo que ouvira falar, pertenciam quase todos ao setor mercantil. Pessoas abastadas e, portanto, clientes em potencial para seu consultório. A perspectiva era tentadora.

— Afinal, por que não? Sim, frei Marcello, tentarei dedicar algumas horas aos seus pobres.

O prior sorriu.

— Eu sabia que o senhor aceitaria! — exclamou, alegre. — Bem, se quiser, pode começar a partir de amanhã mesmo. Domenico, o converso que o senhor já conheceu, poderá acompanhá-lo até onde sua presença seja necessária.

Francesco se despediu, não sem antes recomendar novamente ao monge meio dia de repouso. Mas tinha certeza de que frei Marcello não lhe obedeceria.

18

Paris.

Marcel corria esbaforido. Estava atrasado e sem dúvida seria punido: seu pai repetira mil vezes que ele devia voltar para casa antes do toque de recolher, e já lhe acontecera experimentar o cinturão por haver desobedecido. Naquela tarde, perambulando pela margem direita com seu amigo Joseph, chegara até a cour Robert, onde, numa área coberta, abrigada da luz, uma prostituta recebia seus clientes. Era um espetáculo novo para eles, e não o perderiam por nada no mundo. Escondidos atrás de uma pilha de lenha, viram uns dez homens se aproximarem: um após o outro, puxavam das bragas o membro e se agitavam como cães excitados sobre o corpo da mulher. Fascinados, ficaram ali, sem atentar para o decorrer das horas. Somente quando escureceu, compreenderam quanto tempo se passara e partiram correndo para casa. Depois da Petit Pont, separaram-se: Joseph, que morava na saída da rue Saint-Jacques, já tinha chegado, enquanto Marcel ainda percorria alguns becos até alcançar a rue de la Bûcherie, onde seu pai tinha uma loja.

Havia chegado ao Largo de Saint-Julien-le-Pauvre quando uma fisgada na lateral do corpo lhe cortou a respiração. Parou: ofegava, e seus ouvidos zumbiam. Baixou a cabeça e se apoiou numa mureta para recuperar o fôlego. Só então percebeu uma estranha gritaria que, em ondas crescentes, enchia a rua. Olhou ao redor e constatou que o barulho provinha do Aiglon d'Or, a estalagem frequentada pelos estudantes.

A porta estava escancarada, e as tochas acesas no interior iluminavam um local devastado. O garoto se aproximou e, escondido, esticou o pescoço para olhar. Bancos e mesas estavam revirados e, num canto, jazia um barril rachado, do qual ainda escorria um riacho de vinho. Ali ao lado, sobre a palha que recobria o pavimento, um jovem estava caído. Ao redor dele, outros homens trocavam socos e empurrões, berravam palavrões e insultos.

Envolvidos na briga havia também moradores do bairro, entre os quais algumas mulheres que gritavam como se estivessem possuídas e puxavam os cabelos umas das outras. Marcel estava pasmo: normalmente aquela gente era pacífica, mas o que faziam todos ali, metidos numa barafunda tão violenta? Além disso, no meio do local, estava Yves, o policial. O homem, alto e corpulento, havia agarrado um jovem pela gola e o balançava como a um fantoche de trapos.

Pensando tratar-se de coisa grave, já que nem sequer o guarda conseguia acabar com a confusão, o garoto decidiu ir embora logo. Encolheu-se e, tomando o cuidado de não tropeçar na porta desconjuntada, começou a ladear a parede. Tinha dado apenas poucos passos quando do escuro surgiu um homem correndo em direção à estalagem. Marcel não teve tempo de se esquivar, e o homem o atropelou em cheio. O menino caiu no chão: sem nem ao menos olhar para ele, o desconhecido prosseguiu sua corrida. Atordoado, Marcel o viu afastar-se e, no cone de luz que brotava da boca escancarada da hospedaria, teve a impressão de reconhecê-lo. Era René, o aprendiz de pedreiro, e levava na mão uma marreta.

O garoto se levantou e, quando tentava se equilibrar sobre as pernas doloridas, um urro agudo cortou o ar: era uma voz de mulher e provinha do estabelecimento.

Desta vez, o medo levou a melhor sobre a curiosidade. Sem esperar para compreender o motivo daquele grito desumano, Marcel forçou a vista na escuridão e atravessou o largo em direção à sua casa.

— É Albert, e veio de Troyes. Não tenho outras informações sobre ele.

A voz do estudante estava rouca. Debruçado sobre o corpo sem vida do colega, fitava o corte que se abria em sua têmpora: o sangue ia se agrumando e formava uma horrenda mancha negra que cobria a metade esquerda do rosto.

— E o outro? Quem é aquele outro?

O jovem levantou o olhar para o homem que falara com ele. O funcionário do rei tinha o rosto corado, emoldurado por fartos cabelos brancos que se alongavam nas laterais da cabeça, cobrindo as orelhas desmesuradas até desaparecerem dentro da gola de uma garnacha de petigris orlada de pele de raposa. Seus olhos, de um azul desbotado, fitavam outro estudante que, pouco adiante, jazia no solo, ferido.

— Chama-se Jacques de Coulanges, e seu pai é um aristocrata de Auxerre.

A manga direita do rapaz caído, rasgada por uma facada, estava encharcada de sangue.

— E você quem é? — perguntou brusco o funcionário à mulher agachada junto do jovem.

Ela tremia. Suas mãos torciam um lencinho molhado e esfregavam mecanicamente o profundo decote.

— Eu sou Colette — respondeu baixinho.

— E é uma prostituta, não?

A jovem assentiu.

— E o que está fazendo aqui? Não sabe que as de sua laia não devem frequentar as hospedarias? Vá embora já, ou eu a levarei a juízo diante do rei.

Colette não replicou. Segurando o lencinho numa das mãos, levantou-se e saiu do local.

— E o senhor? — prosseguiu o funcionário, virando-se para o estalajadeiro. — O que tem a dizer em sua defesa? Como pôde deixar acontecer uma coisa dessas aqui dentro? Por que não expulsou todo mundo antes que se chegasse a esse ponto? Por que permitiu que até os moradores do bairro participassem da briga? E onde estão agora aqueles desgraçados, por que não os reteve aqui até minha chegada? Percebe que esse acontecimento lhe custará a licença e que o senhor será acusado de participação em homicídio?

O homem, encolhido contra a parede, abriu a boca para falar, mas não conseguiu. Sua mulher levantou os cotovelos do balcão, endireitou-se e deu alguns passos em direção ao funcionário. Balançou os cabelos imundos e o enfrentou, decidida.

— E como nós podíamos saber? — perguntou. — Quem esperaria que, por culpa de uma conta não liquidada, explodiria toda essa balbúrdia? Meu marido não tem culpa! São esses malditos — continuou, agressiva, apontando com um gesto circular os estudantes que permaneciam no local — que se divertem arruinando nossa vida! "Temos uma carta de privilégios firmada pelo rei", dizem. Isso mesmo! Vêm para cá e trazem suas meretrizes, escondendo-as nos quartos que nós alugamos para eles como bons cristãos, roubam o vinho na nossa cara e não saldam suas contas! Agora me diga, com que dinheiro devemos pagar ao vendedor de pão, ao açougueiro, ao fornecedor de lenha, se os estudantes não nos pagam o aluguel? Se fossem pobres, eu compreenderia, mas são quase todos filhos de nobres e de negociantes, e seus pais vivem lhes dando mais dinheiro para mantê-los estudando. Mas eles preferem gastar com as putas, e...

O funcionário a interrompeu, furioso.

— Agora chega, veja como fala, mulher! A senhora está diante de um representante do rei, por acaso esqueceu?

A esposa do estalajadeiro baixou os olhos e se calou. O funcionário olhou ao redor: os estudantes, reunidos no fundo do aposento, fitavam-no em silêncio. Em mais de um rosto havia manchas-roxas, muitos lábios estavam rachados. As elegantes roupas usadas por alguns pendiam informes dos corpos, rasgadas na fúria da briga. Apesar do aspecto esfrangalhado, os jovens mantinham uma atitude atrevida que irritou profundamente o funcionário. A soberba deles não lhe agradava e devia ser reprimida, de uma vez por todas. Aquela mulherzinha, com toda a sua vulgaridade, tinha razão: era hora de punir aqueles arrogantes, que pelo simples fato de gozarem dos privilégios universitários estavam convencidos de poder fazer na cidade o que lhes desse na telha! Foi falar com Yves, que, com dois guardas de ronda, vigiava a porta da estalagem.

— Escute bem, guarda — resmungou —, diga aos seus homens que mandem chamar os armígeros no Châtelet: estes estudantes devem ser presos e submetidos a processo pelo tribunal real.

O homem o encarou, espantado.

— Mas... — balbuciou — mas são todos clérigos e... estão sob proteção eclesiástica... Nenhum de nós pode...

— De nós? De nós quem? — sibilou o funcionário. — Vai ousar discutir minhas decisões, o senhor, um simples guarda de bairro? Faça como eu disse, e já.

Yves olhou para ele, incerto, depois se voltou e desapareceu na escuridão da viela.

19

Paris.

O funcionário observava os estudantes um a um. Os olhos que o fitavam eram duros e rancorosos.

A irritação se transformara em raiva. Será que não têm medo de mim?, perguntou-se, incrédulo; não percebem que eu posso mandar trancá-los no cárcere e destruir para sempre sua vida escolar? Ainda não entenderam com quem estão lidando, hein, pequenos bastardos? Esperem só até que os guardas do Châtelet cheguem aqui, e depois quero ver se vocês ainda vão mostrar os dentes...

Estava prestes a expressar sua exasperação quando, da penumbra da parede do fundo, apareceu um homem envolto num manto. Serpenteando entre os bancos revirados, avançou decidido e parou diante dele.

— Salve, senhor. Posso saber seu nome? — perguntou.

O funcionário o encarou.

— Eu sou Raoul de Chaumont, escabino dos comerciantes. E quem é o senhor, para se permitir me interpelar sem antes ter se apresentado? — replicou, hostil.

— Eu me chamo Guiard de Laon, e sou mestre de teologia. Alguns destes estudantes são meus alunos.

— E o que está fazendo aqui com eles? Aqueles dois — rosnou o funcionário, apontando o cadáver e o rapaz ferido — e todos os outros malditos moleques precisavam do seu apoio para desencadear uma briga tão sangrenta? O senhor é professor deles, meu Deus, não podia tentar trazê-los de volta à razão, antes que este desastre acontecesse?

O mestre não respondeu logo. Seu olhar se demorou sobre o corpo do jovem assassinado e depois voltou a pousar em seu interlocutor.

— Nunca é aconselhável — disse, pacato — julgar um fato sem conhecer as causas que o produziram. O senhor não estava presente e não pode saber o que realmente aconteceu aqui dentro. Mas eu estava, e vi. Sabe por que eu estava aqui? Certamente, não para farrear com meus alunos, como o senhor parece crer, mas para conversar com um estudante. O pai dele morreu de repente — continuou —, e ele deve ir ao encontro da família em Nevers: sua ausência de Paris se prolongará um pouco, e eu vim para lhe propor um plano de estudos alternativo, que lhe permitisse continuar o programa estabelecido, mesmo sem a obrigação de frequência. Portanto...

— Mas o que isso tem a ver? — interrompeu, impaciente, Raoul de Chaumont. — Não pode ter sido uma conversa entre professor e aluno que desencadeou a briga!

— Não, senhor, o motivo foi outro. O rapaz com quem vim falar perguntou ao estalajadeiro se, daqui a alguns meses, ainda poderia ocupar o quarto neste mesmo albergue. Inclusive adiantou certa quantia, não muito grande, mas suficiente para garantir uma futura hospedagem. Pois bem, sabe o que este homem fez? — continuou, virando-se para o estalajadeiro. — Primeiro embolsou o dinheiro e depois disse que não sabia se o quarto ainda estaria disponível. Explicou que, considerando a crescente procura por alojamento na cidade por parte de estudantes forasteiros, o albergue poderia estar lotado quando ele retornasse. Diante dessa afirmação, o jovem perdeu a calma e começou a discutir com o estalajadeiro, no que foi imediatamente imitado pelos colegas. Em poucos instantes, dos xingamentos passou-se às vias de fato, e começou a briga. Que, aliás, não teria tido esta conclusão violenta se o estalajadeiro não tivesse mandado seu ajudante de cozinha buscar reforços entre os moradores do bairro. Em pouquíssimo tempo, o albergue se encheu de burgueses e, Deus os perdoe, muitos estavam armados. E este — concluiu, amargurado — foi o resultado.

Raoul de Chaumont permaneceu em silêncio. A raiva sentida até pouco antes contra os estudantes foi sendo substituída por uma grande preocupação. Ao que ele sabia, Guiard de Laon era um dos mais estimados mestres de Paris e, considerando-se a autoridade de que ele gozava na cidade, seria no mínimo imprudente despertar sua inimizade. Além do mais, se as coisas tivessem ocorrido realmente como ele dissera, o fato de terem sido os cidadãos do bairro a causar a morte do jovem só podia criar novos problemas. Na cidade, todos sabiam que os estudantes eram mal-tolerados pelos habitantes da margem esquerda do rio, que os viam como uma população indisciplinada e barulhenta, desprovida de toda lei moral e capaz de perturbar a vida organizada de artesãos e comerciantes. Por outro lado, também era verdade que sua necessidade de alojamento havia induzido a maior parte dos albergueiros a impor aluguéis nada razoáveis, totalmente desproporcionais à qualidade dos serviços oferecidos.

Estalagens e tabernas eram lugares imundos e decadentes, refúgio de mulheres de má vida e de tráficos obscuros. Embora, havia algum tempo, tivesse sido imposta uma tabela para as tarifas cobradas aos estudantes, os hospedeiros conseguiam escapar facilmente das teias da lei. Para justificar o aumento dos aluguéis, alegavam que os jovens não tinham o mínimo cuidado com os locais a eles atribuídos, que se embriagavam com frequência, que danificavam móveis e utensílios, que seus comportamentos abusados encareciam as despesas de gestão. Talvez fosse verdade, ao menos em parte, mas o funcionário sabia também que muitos estudantes não podiam ser considerados abastados e que os sacrifícios aos quais se submetiam para prosseguir seus estudos eram pesados. Era notório que alguns deles até se ofereciam como servos aos colegas mais ricos: em troca de pequenas somas, prestavam-se a cumprir incumbências maçantes, tais como obter penas, tinteiros, manuscritos ou transmitir recados e entregar correspondência. Outros, não poucos, eram até obrigados a mendigar, misturando-se muitas vezes à multidão de pedintes que percorria a cidade.

O escabino era um funcionário experiente e já resolvera muitas questões espinhosas, mas esta última o preocupava mais do que outras. Se, por um lado, podia compreender e compartilhar a irritação dos burgueses em relação aos estudantes, por outro bem sabia o quanto o rei estava se empenhando na fundação da universidade. Havia anos, graças a expropriações e doações de personagens de alta linhagem ou do próprio soberano, muitos terrenos agrícolas da margem esquerda tinham sido alienados para abrir espaço à edificação de prédios destinados a se tornarem sede da universidade. A última aquisição imobiliária havia sido a granja pertencente a Jean de Bagneux, à rue Coupe-Gueule: as construções compreendidas naquela área se tornariam sede oficial do primeiro colégio universitário, regido por Robert de Sorbon, o confessor do rei. Aquele homem seguramente influenciara as decisões do soberano quanto à ampliação da universidade: havia anos ele controlava as mudanças, solicitava legados e impunha regras severas à vida de estudantes e professores. Dentro em pouco, iria criar-se uma situação inteiramente nova: de fato, a concentração da população estudantil em um só lugar extinguiria os ardores dos mais desordeiros e provavelmente até atrairia novos docentes de outras partes da Europa.

Raoul de Chaumont estava prestes a rebater as afirmações de Guiard de Laon quando este voltou a falar.

— Há pouco, eu o vi despachar o guarda. Posso saber que ordens lhe deu? Estou perguntando porque, se por acaso se tratar de uma medida de detenção, o senhor deve saber que não tem o direito de mandar executá-la: estes jovens estão sob proteção eclesiástica, e as autoridades civis não têm nenhum poder sobre eles.

— Mas como ousa? — replicou furioso o escabino. — O senhor, estimado mestre de teologia, que deveria conhecer bem os diversos graus de autoridade, ousa inquirir as decisões de um representante do rei? Acha que não tenho conhecimento dos estatutos que regulam os privilégios universitários? Sei muitíssimo bem que estes jovens são todos clérigos, como testemunham as tonsuras que exibem na cabeça... Como se uma tonsura bastasse para fazer deles pessoas honestas e tementes a Deus! Sei igualmente bem que eles deveriam ser submetidos ao julgamento eclesiástico, como sempre se fez até agora, mas esta é uma situação que exige...

— Talvez o senhor não se lembre — interrompeu o mestre — porque ainda não exercia seu cargo atual, mas uma briga muito semelhante a esta já ocorreu há mais de vinte anos. Naquela ocasião, as violências cometidas contra os estudantes pelos sargentos do rei tiveram como consequência uma greve que paralisou o ensino durante todo um biênio. Docentes e alunos fugiram de Paris, e o rei foi obrigado a pagar uma multa que ressarcisse as ofensas sofridas pela população estudantil. E ainda no ano passado outra greve abalou a paz da vida universitária. Quer que tudo isso se repita? Logo agora, quando parece que nosso amado soberano está prestes a retornar da Terra Santa? Por acaso desejamos acolhê-lo com novos tumultos de rua, que seguramente lhe provocarão dor e preocupação?

Raoul de Chaumont não ousou replicar. Guiard de Laon tinha razão, sobretudo no que se referia ao rei Luís: considerando o aceso interesse dele pelos destinos da universidade, o fato de encontrá-la em plena revolta depois de todo aquele tempo passado longe do reino iria causar-lhe novos problemas e o induziria a fazer rolar algumas cabeças. Talvez até a sua.

Decidiu mudar de atitude.

— Os senhores dispõem de um ilustre advogado, sem dúvida — disse, voltando-se para os estudantes —, embora eu não tenha certeza de que tão comovente defesa vá conseguir que se comportem de maneira diferente e melhor. Em todo caso, por esta vez evitarei qualquer procedimento civil contra suas pessoas. Quanto ao senhor — prosseguiu, fitando severamente o estalajadeiro —, desde já lhe anuncio que sofrerá uma inspeção por parte dos guardas do rei: se encontrarem uma só falha na administração de sua atividade, sua licença será imediatamente suspensa. E agora — concluiu, encaminhando-se para a porta — levem daqui este cadáver e que alguém se ocupe do ferido.

Indiferente ao burburinho que acompanhou a saída do escabino, Guiard de Leon se inclinou sobre o jovem caído.

— Precisamos de um médico — disse ao colega dele —, ou seu amigo morrerá dessangrado. Conhece algum?

— Eu... não... Eu não saberia quem...

— Como você se chama? — perguntou o mestre. — Somente há pouco tempo passei a vê-lo por aqui.

— Meu nome é Rutebeuf e frequento a faculdade de artes há pouco mais de um ano.

Guiard de Laon olhou para ele, curioso.

— Por acaso você é o Rutebeuf de quem ouvi falar? Um que escreve redações em rima?

— Sim, senhor, sou eu.

O mestre escondeu um sorriso. Sem dúvida, não tinha sido por acaso que aquele jovem fora parar no meio de uma rixa: entre os estudantes, e não só entre eles, Rutebeuf era famoso por suas fábulas picantes, destinadas a ridicularizar padres, monges e uma parte do corpo docente parisiense. Guiard havia lido algumas e se divertira, talvez também porque as pilhérias do jovem poeta atacavam colegas seus com os quais mantinha havia tempo um áspero conflito. Agora, encontrando-o à sua frente, perguntou-se se as teria apreciado do mesmo modo se fossem dirigidas contra ele mesmo: as fábulas mordazes de Rutebeuf podiam prejudicar qualquer um. Ainda assim, a cara daquele rapaz lhe agradava. Sentiu-se tentado a conhecê-lo melhor, e o faria de bom grado, mas o momento não era apropriado.

— Seria preferível levá-lo ao Hôtel-Dieu — disse, apontando o ferido —, mas temo que lá haja alguém pronto a fazer perguntas demais sobre as causas desta facada. E se um guarda muito zeloso resolvesse dar-lhe voz de prisão? Não: é necessário um médico, mas precisamos contar com a absoluta discrição dele.

— Sim, é verdade — respondeu Rutebeuf, desanimado —, mas não sei se Jacques tem dinheiro suficiente para pagar.

— Não se preocupe, eu resolvo isso. Prefiro que você me ajude a pensar em quem poderia cuidar deste rapaz... Pronto! — exclamou, batendo a palma da mão na testa. — Acabo de me lembrar: aqui perto, na rue Séverin, fica a moradia de uma médica. Dizem que ela é muito hábil.

— Uma mulher? Mas... o senhor tem certeza de que...

— É mestra em medicina e tem muitos clientes entre artesãos e comerciantes do bairro. Ao que me consta, todos os que se confiaram aos seus cuidados estão mais do que satisfeitos com os resultados, e, quanto à discrição, tenho certeza de que ela saberá mantê-la.

Guiard de Laon conhecia muita gente nas hierarquias do Hôtel-Dieu e estava a par das vicissitudes de Caterina de Colleaperto. Sabia também que, depois da reprimenda dada pelo decano, ela se comportara de maneira mais cautelosa, tentando manter-se na sombra. No entanto, tinha certeza de que, diante do risco de uma morte por dessangramento, Caterina não hesitaria um só instante em infringir a proibição que lhe fora imposta: no sigilo de sua casa, faria de novo uma cirurgia e ninguém iria saber. Assim como ninguém iria saber quem havia provocado aquele ferimento e o porquê.

— Venham — disse, voltando-se para os estudantes —, vamos levá-lo daqui.

Com o que restava do encosto de um banco, Rutebeuf improvisou uma maca rudimentar. Em seguida, ajudado por um colega, colocou sobre ela o amigo e, juntos, seguiram o mestre.

Os estudantes remanescentes olharam ao redor: o estalajadeiro e sua mulher tinham desaparecido. Um deles tirou o manto e envolveu piedosamente o cadáver. Depois o carregou nos ombros e o levou para fora da estalagem.

20

Paris.

O rapaz estava sedado. Caterina o observou, atenta: ele ainda levaria uma meia hora até despertar, o tempo necessário para que a dor ficasse menos violenta. Quando, já perto do fim do trabalho de sutura, o paciente começou a gemer, Caterina lhe administrou uma segunda dose de anestésico: embebeu de novo a esponja na infusão de ópio, mandrágora e meimendro e a aplicou-lhe contra a boca, fazendo-o inalar os vapores.

Ali dentro, as paredes de madeira eram finas e, se o jovem gritasse, alguém poderia ouvi-lo. Felizmente, o proprietário da loja estava fora da cidade quando os dois estudantes chegaram com o ferido: ninguém os vira entrar, mas não convinha desafiar pela segunda vez a boa sorte. Não podia se arriscar a ser novamente descoberta executando uma intervenção cirúrgica, do contrário teria todos contra ela, e desta vez para sempre.

Apalpando de leve o ombro do jovem, assegurou-se de que o braço estivesse bem fixado à tala que usara para imobilizá-lo. O corte produzido pelo punhal era grande, mas não profundo, e havia lesado apenas a parte superficial do músculo, sem atingir os tendões. O rapaz iria sarar rapidamente, desde que o membro ficasse em repouso por um período razoável.

Ela se sentou no banquinho e observou o quarto. Sobre a mesa, ao lado das seis velas acesas que ela havia disposto em círculo, bem próximas, para que fornecessem o máximo de luz possível, ainda estavam o recipiente da infusão, a esponja e as ataduras restantes. No chão, um longo rastro de sangue ia da porta até a cama: seria conveniente limpá-lo de imediato, mas naquele momento estava cansada demais. Cuidaria disso no dia seguinte. Se Marion já estivesse ali, poderia confiar a ela essa tarefa, mas a vinda da moça estava prevista somente para a outra semana. Quando recebera sua carta de garantia, a abadessa do Filles-Dieu a perscrutara com desconfiança e dissera que, antes de permitir a saída da jovem do abrigo, conferiria suas credenciais de médica. Evidentemente, a verificação havia sido satisfatória, pois dois dias depois lhe chegara um comunicado que a autorizava a encarregar-se de Marion.

Deu mais uma olhada no rapaz e se levantou. Pegou uma das velas na mesa e abriu a porta. Ali fora, encolhidos no último degrau da escada, os dois colegas do ferido aguardavam.

— Podem levá-lo — sussurrou Caterina, entregando a vela a um deles —, mas cuidado para não o deixar bater com o braço em nada. Este — acrescentou, estendendo-lhe um pacotinho — é o unguento: digam a ele que o espalhe sobre a lesão três vezes por dia, ao menos durante uma semana. E agora vão, antes que apareça alguém.

Os estudantes entraram, e o mais robusto dos dois carregou nos ombros o ferido. Depois, precedido pelo outro, que segurava a vela, desceu a escada.

Caterina fechou a porta, encostou-se nela e levou as mãos aos cabelos para ajeitá-los. Uma parte da trança havia se desmanchado, e algumas mechas desarrumadas lhe caíam pelos ombros até o avental de cirurgiã. Tirou-o: estava salpicado de manchas de sangue. Dobrou-o e colocou-o sobre a arca: deveria lavá-lo sozinha, se não quisesse que a lavadeira a quem confiava sua roupa fizesse perguntas inoportunas.

Apagou as velas e, no escuro, dirigiu-se para a cama.

21

Paris.

"... e por causa da morte repentina da mãe, sua esposa Lucrezia não poderá me acompanhar em minha viagem à terra de França. Não sei se esta minha correspondência o encontrará em Paris porque sua esposa me falou de uma provável ida sua para outra região do reino, mas se, como imagino, o senhor tiver deixado um novo endereço onde possa ser localizado, o mensageiro cuidará de fazer chegar às suas mãos esta carta. A senhora Lucrezia lhe comunica sua tristeza e se propõe a adiar sua ida até uma das minhas próximas viagens. Pietrobono Maderni mercador de especiarias escreveu. Milão. No dia 23 de março do ano de 1254."

Rolando suspirou de alívio. Por enquanto, Lucrezia não viria, e os meses que faltavam para sua chegada lhe possibilitariam tomar as necessárias precauções. Além disso, a morte inesperada da mãe distrairia sua esposa de qualquer outro pensamento, ao menos por algum tempo: a velha, viúva havia anos, tinha sido uma mulher tola e insignificante, mas dispunha de uma considerável fortuna em dinheiro, e Lucrezia estaria muito ocupada em defender a própria fatia de herança das ávidas intenções do irmão. Escreveria a ela para aconselhá-la a procurar Rodolfo de Meda, o hábil jurisconsulto a quem ele mesmo já recorrera mais de uma vez.

Em algum lugar, um sino tocou a hora terça. Já era tarde. Rolando dobrou às pressas o pergaminho, meteu-o embaixo do colchão e saiu em direção ao Hôtel-Dieu.

* * *

Uma barcaça atulhada de fardos de feno estava para atracar no porto. Outra a seguia, tão carregada de madeira a ponto de afundar na água até a linha de flutuação. Os estivadores que lotavam o cais gritavam, corriam de um lado para o outro, agitavam-se em torno das carroças nas quais estavam montadas as roldanas. Das embarcações, outras vozes exaltadas distribuíam ordens alternadas com palavrões.

Adiante, no largo que separava o cais do Grève do labirinto de vielas ao fundo, reunia-se um pequeno grupo de homens. Rolando intuiu que devia se tratar de trabalhadores braçais à espera de serem contratados pelos empresários da construção. Todos envergavam roupas esfarrapadas, e muitas faces encovadas denunciavam uma miséria antiga: em silêncio, esperavam que o mestre de obras, de pé sobre um tablado, escolhesse os candidatos.

Rolando atravessou a ponte, adiantou-se pela esplanada da Cité, ocupada por um pelotão de balestreiros que fazia exercícios de tiro, e prosseguiu rumo ao Hôtel-Dieu.

Já ia ultrapassar a entrada quando uma dezena de porcos bloqueou seu caminho. Eram espicaçados por um guarda que os impelia para o chiqueiro do hospital: os animais se chocavam, paravam, grunhiam, hesitavam, como se tivessem conhecimento de um fim muito próximo.

Rolando se afastou para o lado e falou com o guarda.

— De onde vêm estes? — perguntou. — Novas aquisições?

— Sim, senhor, estes eu confisquei entre ontem e hoje. Estavam todos chafurdando em torno da rue de la Ferronnerie: pois é, se os vendedores de Halles e os açougueiros de Châtelet fossem mais atentos aos seus refugos, não teríamos toda essa invasão de porcos nas ruas da cidade. E pensar que as multas aplicadas a quem os abandona por aí são salgadas! Por sorte, aqui estamos nós, os guardas, para fazer respeitar a lei. De todo modo, estes também vão reabastecer as cozinhas do Hôtel-Dieu: o despenseiro e as monjas ficarão contentes...

Rolando não respondeu. O problema da higiene era grave e, embora o rei Luís tivesse baixado decretos precisos sobre o assunto, suas disposições eram pouco respeitadas. Como, aliás, em Milão e em qualquer outra cidade densamente povoada. Se as normas higiênicas fossem um pouco mais obedecidas, haveria menos doenças, disso ele tinha certeza. As latrinas, por exemplo. O que custava dotar cada edifício de um cubículo ligado a uma fossa externa apropriada, onde cada um pudesse descarregar os próprios dejetos, em vez de jogar pelas janelas o conteúdo dos urinóis? Ao que sabia, essa norma já era seguida havia tempos nos países habitados pelos sarracenos, e ele não compreendia por que, na Europa, somente alguns palácios nobiliários podiam desfrutar de tal privilégio.

Balançou a cabeça e dirigiu-se à sala Saint-Denis, onde um paciente o esperava. Quando avançava ao longo do pórtico, passou pelo monge esmoler. O homem, ancião e curvado sobre as pernas, tinha os braços carregados de roupas.

— Mestre Rolando! — disse o velho, agitado, parando ao lado dele. — O senhor não vai acreditar: sabe o que encontrei nos bolsos de um destes mantos? Um grosso de prata veneziano!

O médico arregalou os olhos.

— Um grosso de prata? Mas, santo Deus, a quem pertencia o manto?

— Era justamente de um mercador veneziano, que morreu dois dias atrás de câncer nas vísceras. Não sei por que veio parar aqui no Hôtel-Dieu, em vez de ser tratado em sua própria casa por um médico! As monjas me disseram que ele parecia um pedinte e que nunca recebeu nenhuma visita. Talvez tenha ficado sozinho no mundo, ou fosse um daqueles avarentos que preferem morrer a gastar... Bom, este monte de dinheiro não irá para os herdeiros, ficará aqui conosco!

O monge abriu a boca num sorriso desdentado e se encaminhou para os alojamentos.

Enquanto o via afastar-se, Rolando refletiu sobre aquele costume, totalmente parisiense, que contribuía bastante para engordar o caixa da instituição. No ato da internação, o enfermo que tivesse dinheiro consigo confiava-o geralmente ao hospital, para não correr o risco de furtos por parte de outros pacientes. Mas, se esse mesmo enfermo morresse, o dinheiro custodiado não era restituído a eventuais herdeiros que o reivindicassem: passava a integrar a receita do Hôtel-Dieu, que cuidava inclusive de revender as roupas do falecido. Como provavelmente tinha acontecido com os pertences do mercador veneziano, às vezes ocorria que, bem-costurados nas dobras de garnachas e gibões, outros valores e até joias fossem encontrados.

Embora soubesse que as despesas de uma estrutura vasta como o Hôtel-Dieu eram enormes e que a receita devia ser realimentada continuamente, esse comportamento por parte da administração o desagradava: parecia-lhe uma rapina perpetrada contra quem já não podia se defender e um mau exemplo de moralidade pública. Se dependesse de sua vontade, tal prática cessaria imediatamente, mas ele não era o decano e não tinha nenhum título que lhe permitisse contestar uma prática tão antiga.

Transpôs a soleira da sala Saint-Denis e, acompanhado por uma noviça, aproximou-se do leito do paciente.

22

Paris.

A cobertura de madeira sombreava a banca, mas de uma larga fissura entre as tábuas descia uma lâmina de luz que iluminava o pano vermelho sobre o qual estavam dispostas as joias.

Caterina tocou com os dedos um pingente translúcido: tinha a forma de uma flor e fora talhado em madrepérola.

— Gostou, senhora? — perguntou a vendedora, vindo do fundo da barraca ao seu encontro. — É bonito, não? Vem de Veneza, e não se encontra facilmente em Paris. Não digo para me gabar, mas aqui em Halles eu sou a única a ter essas raridades. Como esses também, está vendo? — acrescentou, apontando com os dedos gorduchos uma fileira de botõezinhos coloridos. — São trabalhados em esmalte e vêm igualmente de Veneza. Se lhe interessarem, posso fazer um preço bom.

Caterina ia responder quando sentiu um esbarrão violento.

— Mas o que diabos... — reclamou, segurando-se à borda da banca.

— Peguem o ladrão, peguem o ladrão! — começou a berrar a vendedora, apontando para um garoto que corria esbaforido entre as pessoas que lotavam o mercado. Muitas cabeças se voltaram, alguém tentou uma perseguição, mas o menino desapareceu no tumulto.

Caterina estendeu a mão para procurar a escarcela, mas só encontrou o cordão que até um minuto antes a mantinha pendurada à cintura. Estava cortado na extremidade. Levantou-o e o examinou, incrédula.

— É, minha cara senhora — comentou a vendedora —, vê-se que não está habituada a esse lugar... Devia manter a bolsa atada embaixo do manto, e não por cima; aqui está cheio de ladrõezinhos, basta um minuto e eles roubam! Agora — suspirou —, nada de joias...

Caterina encarou a mulher, sem responder. Virou-se e retornou sobre seus passos, encaminhando-se lentamente para a saída de Halles.

Estava atordoada. Uma parte do dinheiro que levava naquela manhã não lhe pertencia: Rolando lhe dera para que ela comprasse uma joia. Ele sabia que Caterina só possuía uma, um comprido colar de corais herdado da mãe, mas sabia também que ela não gostava de usá-lo porque o achava incômodo e inadequado à própria imagem de médica. Quando lhe entregara aquelas moedas, ele lhe sugerira adquirir um pingente discreto, que valorizasse sua feminilidade, mas sem ostentação. Agora, em vez disso, não só não compraria nada como também sofreria uma justa repreensão por ter sido descuidada.

Uma náusea repentina a fez cambalear. Parou e tentou acalmar a agitação nas vísceras. Não conseguiu. Apoiou as mãos no muro que circundava o mercado e vomitou. Quando reergueu a cabeça, viu ao seu lado uma mulher: tinha o rosto maquilado e exibia um traje de cores berrantes. Devia ser uma prostituta.

— Ali adiante fica a fonte — disse ela, apontando o largo atrás de Caterina —; vá beber um pouco de água, a senhora se sentirá melhor.

Caterina assentiu, sem afastar-se do muro. A prostituta deu de ombros e foi embora.

Não sabia o que estava acontecendo, raramente tinha sentido aquele mal-estar. Talvez o furto que havia acabado de ocorrer a tivesse apavorado e provocado uma reviravolta dos humores. Estava agitada demais para fazer qualquer outra coisa.

Decidiu ir até a casa de Rolando e contar tudo a ele.

Bateu duas vezes, mas não obteve resposta: Rolando devia ter saído. Decidiu entrar mesmo assim. Por sorte, mantinha o hábito de levar a chave atada na cintura, e não dentro da escarcela: quando lhe dera, Rolando recomendara que ela a tivesse sempre consigo, justamente para evitar que a chave se perdesse ou que alguma pessoa mal-intencionada a furtasse.

Pegou-a e abriu.

O quarto estava desarrumado, como se Rolando tivesse saído às pressas. A cama estava desfeita, um monte de roupa suja se empilhava sobre a tampa da arca e, jogado num canto, um par de sapatos esperava para ser limpo.

Caterina despiu o manto e sentou-se na cama. O enjoo ainda não havia passado: ela se deixou cair para trás, e seu corpo afundou no colchão de plumas. Fechou os olhos. Tinha sido melhor não encontrar o amante ali para acolhê-la: enquanto o esperava, o mal-estar no estômago seguramente iria passar e, quando ele chegasse, ela estaria mais calma, em condições de justificar seu comportamento descuidado.

Um regurgitamento ácido lhe encheu a boca. Deglutiu várias vezes e tentou relaxar os músculos dos ombros: a mão deslizou ao longo da borda do estrado. Seus dedos formigavam: esticou-os devagar para restabelecer a circulação do sangue. De repente, eles encontraram um objeto pontudo.

Sentou-se e olhou: da borda inferior do colchão despontava o canto de um pergaminho dobrado.

Curiosa, pegou-o e o abriu.

Enquanto lia aquelas poucas linhas, uma espécie de névoa desceu sobre seus olhos. Piscou várias vezes para dissipá-la e leu de novo. Parecia-lhe que as letras dançavam sobre o pergaminho, cresciam e em seguida encolhiam até desaparecer.

Reprimiu uma nova ânsia de vômito. O pergaminho fugiu de seus dedos e caiu no chão. Ela o olhou, confusa. Por um longo momento, ficou imóvel: era como se a mão de um gigante envolvesse sua nuca em um aperto gelado.

Levantou-se com dificuldade, deu alguns passos pelo quarto, pegou a jarra de água e bebeu de um só fôlego.

Não é verdade, certamente há um engano, tentou convencer-se. Talvez a carta não seja endereçada a Rolando, talvez seja para um colega e ele apenas tenha sido encarregado de entregá-la.

Aproximou-se da cama e segurou o pergaminho por um dos cantos, com cautela, como se ele queimasse.

Leu mais uma vez. Não havia nenhum erro, o destinatário da carta era Rolando Lanfranchi e o texto era claro: sua esposa Lucrezia precisara adiar a viagem a Paris.

Uma esposa; Rolando tinha uma esposa...

Com gestos lentos, voltou a dobrar o pergaminho, alisou-o e o enfiou de novo onde o havia encontrado. Sem conseguir desviar o olhar do estrado, recuou até que seu dorso encontrou a parede. Encostada ali, abandonou os braços ao longo dos flancos e respirou fundo algumas vezes. Aos poucos, uma estranha calma a invadiu. Observou a mesa, a cama, os sapatos enlameados, a jarra de água, e foi como se os visse pela primeira vez. De repente, todos aqueles objetos lhe pareceram estranhos, desconhecidos.

Como o homem a quem pertenciam.

Rolando havia mentido para ela. Quando a acariciava ali sobre o colchão, quando sussurrava palavras de amor, quando lhe prometia um futuro ao seu lado. Aquele futuro nunca existiria: Rolando tinha uma mulher que o esperava, e ela era apenas o brinquedo dele, o seu passatempo.

Um sorriso irônico estirou seus lábios. Rolando havia sido esperto em escolhê-la como amante: quando a conhecera, devia ter imaginado que lhe oferecer apoio para entrar na corporação médica a ligaria a ele por muito tempo, talvez para sempre. Ela jamais trairia aquele vínculo e, sobretudo, não teria nenhum interesse em tornar pública a relação dos dois. Sentira-se dono de sua vida, de seu corpo, de sua mente. E ela, por sua vez, acolhera com gratidão aquela escravidão, sem questionar, sem exigir.

O vexame de algumas semanas antes, quando Rolando a censurara por sua conduta imprudente no Hôtel-Dieu, não era nada diante da humilhação que ela sofria agora. Naquele momento, não tivera certeza de seus sentimentos: a suspeita de ter sido tratada como uma cortesã mal viera à tona, sem convencê-la totalmente. Agora, porém, percebia ter errado em não dar importância a certos comportamentos de Rolando que lhe haviam parecido extravagâncias inocentes. Como quando, do bolso de sua garnacha, surgira um medalhão feminino. Ela o recolhera e mal tivera tempo de admirar o objeto, pois ele o arrancara de sua mão: raivoso, dissera que a joia tinha pertencido à sua mãe e a escondera às pressas dentro do gibão. Ou como quando, na presença dela, silenciara bruscamente um amigo médico que lhe pedia notícias da família.

De repente, horrorizada, deu-se conta de que provavelmente muitos colegas de Rolando sabiam da existência de uma esposa e, de igual modo, sabiam ou suspeitavam que ela era sua amante. "Caterina de Colleaperto?", diziam. "Sim, por enquanto é a concubina de Rolando, mas, quando ele voltar para a esposa, ela estará disponível. Basta lhe garantir mais alguns clientes e ela virá logo aquecer outra cama."

A raiva lhe tirou o fôlego. Eu, que nunca duvidei dele, pensou, de repente descubro ser apenas a sua meretriz. Mas como ele pode ter me enganado a esse ponto?

Eu o amo, disse a si mesma, humilhada. Ele, ao contrário, me usou, brincou comigo. Iria me contar que é casado, se eu não tivesse descoberto a carta? Não creio. Nossa relação continuaria e, mais tarde, no momento em que ele mudasse de ideia, eu seria dispensada com um pretexto qualquer.

Como a última das putas.

Inesperado, o brilho pálido de um raio iluminou o vão da janela: ia cair um temporal. O trovão que se seguiu despertou Caterina de seus pensamentos. Ela se afastou da parede, recolheu o manto do chão e envolveu o corpo com ele. Antes de sair, lançou uma última olhada ao quarto. Ali, não voltaria mais.

23

Milão.

Marco Raineri abriu a janela e deu uma olhada no beco. A carroça havia sido carregada, e os servos estavam esticando as cordas sobre o pano que cobria a bagagem. Os grunhidos e as imprecações que acompanhavam aquela operação cansativa se misturavam aos bufos e relinchos do cavalo de tração já atrelado aos varais. Outros servos tratavam de arrumar as albardas dos burros: a bagagem com as roupas viajaria ali dentro, sob seu controle constante. O caminho até Paris era longo e desconfortável, ele sabia, e a troca dos animais de carga seria frequente: de todo o percurso, o que mais o preocupava era a travessia dos Alpes. Nem seus cavalos nem seus burros, habituados à planície, conseguiriam galgar as trilhas do desfiladeiro do Mont-Joux e, se quisesse evitar que desabassem ao longo do trajeto, ele deveria deixá-los em Augusta. Ali, alugaria outros, mais robustos, com os quais alcançaria o Vale de Entremont. Quando chegasse a Agaune, no Valais, iria substituí-los por outros, pertencentes a um estribeiro com quem já combinara o aluguel, e prosseguiria até Paris.

Esperava que as condições do tempo se mantivessem clementes e que a viagem não fosse infelicitada por alguma emboscada de salteadores. Considerava isso improvável: os dois armígeros que havia contratado para a escolta ostentavam uma grande experiência e sem dúvida saberiam como proteger a caravana. Havia calculado cerca de um mês de viagem, bem a tempo de chegar para a festa de Pentecostes que seria realizada na corte. Não devia faltar, aquele evento lhe serviria para estudar a fundo a confecção das roupas da nobreza: se fosse hábil em captar detalhes e características de corte, costura e bordados, poderia repeti-los em seu ateliê, acrescentando-lhes aquele toque de criatividade pessoal que tornaria única sua próxima coleção. Além disso, o convite para uma recepção tão exclusiva testemunhava a influência que seu cliente exercia no ambiente da corte, e isso só podia favorecer o início de novas e prestigiosas encomendas.

Apalpou a bochecha. Já não estava inchada, finalmente. O tratamento do barbeiro da Chiusa havia sido eficaz, e o dente que ele temia ter de arrancar ainda estava ali: fizera muito bem em procurá-lo.

Virou-se para pegar a sacola de viagem. O gato, enrodilhado sobre uma almofada do outro lado do aposento, levantou a cabeça e miou.

O costureiro se aproximou dele, inclinou-se e passou a mão sobre seu pelo branco: o animal semicerrou os olhos e ronronou. Marco sorriu: reergueu-se e, depois de apanhar a sacola, vestiu a garnacha forrada de pele de raposa. Era pesada demais para a estação, mas ele vivia sentindo frio.

O homem da escolta separou-se da frente da caravana e voltou.

— Não é possível prosseguir, senhor — comunicou, decidido. — O largo diante do mosteiro Maggiore está ocupado pelos guardas da comuna. Dirigem-se ao Broletto, e no meio deles há um homem acorrentado, rodeado por dez monges e um abade. Está se reunindo uma grande multidão, que bloqueia qualquer acesso.

Marco Raineri deu um tapa na testa.

— Como pude me esquecer, meu Deus! — exclamou. — Os arautos haviam anunciado que seria hoje. Se eu tivesse prestado mais atenção, poderíamos ter antecipado a partida em um dia...

— Mas o que está acontecendo? — perguntou Mikail, curioso.

— É Manfredi de Sesto, aquele herético que matou um franciscano em janeiro. Uma semana atrás, descobriram seu esconderijo e o prenderam. Hoje o estão levando ao Broletto, onde terá início o processo: evidentemente, o podestade quer expô-lo ao escárnio público, pois decidiu fazê-lo atravessar a cidade a pé. Decisão louvável, não há dúvida, mas o problema é que nessas ocasiões as pessoas se espalham pelas ruas e formam aglomerações intransponíveis. E agora teremos de ficar aqui, como uns basbaques, esperando que todos resolvam voltar às suas ocupações!

Mikail desceu do cavalo, entregou as rédeas a um servo e foi até a esquina da ruela.

Uma centena de pessoas lotava o largo. Assomados às portas das lojas, encostados às paredes, esmagados uns contra os outros, homens e mulheres gritavam à passagem do cortejo comunal: alguns murmuravam ladainhas; outros, mais numerosos, lançavam insultos, cusparadas e pedras contra o herético. O homem, muito pálido, caminhava com dificuldade, tropeçando a cada passo nos ferros que acorrentavam seus pés. O abade que o precedia avançava solene, mantendo no alto um grande crucifixo.

Fascinado por aquele espetáculo, Mikail não percebeu que Marco havia se aproximado.

— Venha — disse este, segurando-o pelo cotovelo —, aqui a situação está ficando perigosa, para nós e para minhas mercadorias. Devemos voltar e tomar o caminho mais longo: não adianta querer chegar à Porta Vercellina, é melhor sair pela Poterna Giovia e percorrer um trecho do campo.

Juntos, retornaram e montaram de novo seus cavalos. O costureiro ordenou que os servos fizessem os burros retrocederem até a entrada da ruela. Dali, precedida por um dos dois homens da escolta, a caravana enveredou pelo bairro de San Giovanni sul Muro.

24

Paris, maio.

— Cuidado, a escada é estreita! E também a porta lá em cima: procurem não desconjuntá-la quando levarem para dentro este bendito estrado!

Os dois ajudantes deram risadinhas e começaram a subir, fazendo o leito oscilar sobre os ombros.

Preocupado, Nicolas ficou olhando até vê-los desaparecer depois do primeiro lance de escada. Que necessidade havia, pensou irritado, de comprar um estrado? E ainda comprá-lo de Jean de Guines, um dos artesãos mais careiros da rue de la Pelleterie! A mestra Caterina tinha dito que precisava de outro leito para a criada que ela acabara de contratar: ele lhe dera permissão para adquiri-lo, mas pensava que seria um enxergão comum. Onde já se viu uma serva ter um estrado de madeira só para si? Quem devia ter conforto eram as patroas, isso era o certo, as criadas dormiam no chão.

Bufou e recomeçou a envolver o rolo de ataduras que deixara pela metade. No fundo, o que lhe interessava aquilo? O importante era que a mestra Caterina lhe pagasse o aluguel e mantivesse em ordem os locais que ocupava, coisa que, para falar a verdade, havia feito desde o início. A presença de uma criada também melhoraria a situação, visto que seus compromissos de médica mantinham-na fora de casa cada vez com mais frequência.

Uma pancada surda, seguida por um rangido de madeira, assinalou que o estrado fora colocado no lugar. Nicolas suspirou de alívio e voltou às suas ataduras.

* * *

Marion afofou o colchão e estendeu por cima o cobertor. Estava salpicado de rasgões e buracos, mas aquecia: a patroa lhe dissera que, assim como o colchão, era um descarte do Hôtel-Dieu, e que o monge tesoureiro o dera de bom grado em troca do meio soldo que ela lhe passara discretamente.

Saiu do quartinho onde havia sido instalada sua cama e observou o outro local: era bem-arrumado, cada objeto ocupava o lugar certo. Dali a pouco, iria descer para comprar comida: na esquina do beco que desembocava em Saint-Julien-le-Pauvre havia uma barraca que vendia queijos e ovos provenientes da fazenda de Vaugirard. Eram melhores do que os encontrados em Halles: mesmo ainda sem estar familiarizada com a margem esquerda do rio, Marion não levara muito tempo até encontrar os lugares certos para comprar. Não era fácil tapeá-la: ela era uma jovem do campo e sabia distinguir à primeira vista um produto fresco de um deteriorado. Quando chegasse a boa estação, entraria sorrateiramente em uma das granjas que ainda se abriam entre as moradias do bairro e roubaria frutas. Do alto dos muros, os galhos das árvores e as videiras desciam até o lado de fora, e bastaria esticar-se um pouquinho para colher umas ameixas ou um cacho de uvas.

Foi até a janela, afastou a cortina e olhou para fora. O retângulo de céu que se divisava entre os telhados estava límpido, finalmente. A chuva, que caíra violentamente por quatro dias seguidos, tivera o mérito de limpar as ruas da imundície, que em grandes acúmulos já tinha sido carregada para o Sena.

Tirou o xale de fustão do gancho onde estava pendurado e se envolveu nele. Já ia pegar sobre a mesa as quatro moedas deixadas por Caterina para a despesa cotidiana quando um espasmo agudo lhe atravessou o ventre. Agora aquelas fisgadas repentinas eram raras, mas, quando vinham, deixavam-na sem fôlego. A mestra lhe explicara que suas vísceras ainda não tinham cicatrizado completamente e que ela deveria suportar aquelas dores por mais algum tempo: aos poucos, seriam cada vez menos frequentes e por fim desapareceriam de todo.

Sentou-se no banquinho e dobrou-se para a frente: essa posição lhe dava alívio, mas, quando a assumia, ela sentia como se ainda carregasse o bebê. Sabia bem demais que isso era uma fantasia, mas não conseguia expulsá-la: contraía-se a cada vez, e era como se seu corpo ficasse à espera de uma palpitação, de um movimento. Tal sensação de plenitude no ventre era a última coisa que lhe restava do filho que nunca havia nascido, como se ele ainda estivesse ali dentro pedindo-lhe que não o esquecesse.

Enquanto a dor diminuía lentamente, surpreendeu-se pensando na patroa. Era reservada e não lhe dava muita intimidade, mas a agradava. Quando ainda estava internada no Hôtel-Dieu, ouvira descrições de Caterina como sendo uma arrogante, uma mulher que não dava ouvidos às razões dos outros. Talvez fosse verdade, mas isso não lhe interessava: além de ter salvado sua vida, a mestra lhe oferecera um emprego. Era grata por isso e faria qualquer coisa para não decepcioná-la. Se fosse necessário, iria segui-la até o fim do mundo.

25

Paris.

A brisa balançava as folhas das árvores e produzia um leve sussurro que se misturava ao chapinhar cadenciado do Sena. Sentado num dos bancos instalados fora da taberna, Rolando observava o rio. A balsa da travessia, que partira da margem oposta pouco antes, fendia a água e estava quase chegando ao atracadouro. Sobre o pontão, quatro jumentos arreados recalcitravam, puxando a corda à qual estavam amarrados. Em torno deles gritavam outros tantos homens, e as vozes deles ecoavam até ali.

Rolando terminou de esvaziar a caneca de sidra e deu uma olhada para a esquina da viela: Caterina estava atrasada.

Irritado consigo mesmo, perguntou-se por que havia concordado em encontrá-la naquela taberna da Cité, quando poderiam se ver na casa dele, como sempre haviam feito. Tinha tentado contestar a escolha de um local tão próximo do hospital, onde alguém poderia surpreendê-los juntos, mas Caterina balançara a cabeça e o olhara com uma expressão de escárnio que o surpreendera. O temor de desencadear uma discussão que resultaria em briga o dissuadira de insistir. Fazia mais de três semanas que, por um motivo ou por outro, Caterina se recusava a vê-lo, e àquela altura ele queria entender o porquê. Não podia ser apenas a falta de tempo: embora sua clientela continuasse a aumentar, isso não bastava para justificar o fato de ela não conseguir nem sequer uma hora para ir à casa dele. Havia perguntado dezenas de vezes e obtivera sempre uma negação: somente dois dias antes, por fim, ela tinha aceitado encontrá-lo. Mas, agora que estava prestes a revê-la, tinha medo. Alguma coisa não ia bem, ele sentia, e a perspectiva de descobrir o que era deixava-o inquieto.

Naquele último período sem Caterina, compreendera o quanto ela lhe fazia falta. Surpreendeu-se pensando que aquilo que no início ele havia vivido como uma aventura agradável se transformara, com o passar do tempo, em algo mais profundo, um vínculo do qual já não podia abrir mão. Tinha plena consciência de que não podia oferecer um futuro à relação dos dois: ele não era livre, já tinha uma mulher e não podia em absoluto repudiá-la, como faziam alguns de seus colegas judeus. No entanto, não conseguia imaginar o resto de sua vida sem Caterina. Talvez, se tivesse coragem de lhe revelar a verdade, ela aceitasse a situação e se submetesse a ficar com ele sem pedir nada em troca. Não, impossível, pensou: Caterina é orgulhosa demais para se contentar com um papel subalterno; se eu lhe falasse de Lucrezia a perderia para sempre.

A balsa havia atracado. Os homens soltaram os jumentos da trave, fizeram-nos desembarcar no cais e, puxando-os pelo cabresto, arrastaram-nos para um beco. Rolando se voltou para observar a pequena caravana. Provavelmente, transportava roupa-branca para o Hôtel-Dieu. O administrador lhe dissera que havia encomendado uma nova remessa e, em sua opinião, aquela compra fora adiada até demais: várias vezes insistira em que fossem renovados cobertores e lençóis, já inservíveis e inadequados para garantir a higiene dos pacientes. Por sorte, afinal tinham lhe dado razão.

Seu olhar voltou a observar a esquina da rua, e de repente ele a viu.

Caterina avançava depressa. Os cabelos, insolitamente soltos, haviam deslizado para fora das abas do capuz e desciam até a cintura, balançando ao ritmo de seus passos. Uma onda de desejo cortou a respiração dele.

Levantou-se e se aproximou dela. Gostaria de abraçá-la, mas não o fez: quem quer que os notasse ali, juntos, deveria imaginar um encontro profissional, e uma manifestação de excessiva familiaridade pareceria suspeita.

Conduziu-a até o banco, tratando de fazê-la sentar-se no canto mais escuro, onde o teto lançava sombras.

— Finalmente... — murmurou, estendendo a mão para tocar a dela.

Caterina se crispou e ergueu os olhos para ele. Sua expressão estava gélida.

— Sim, finalmente — disse. — Quer me falar alguma coisa?

Rolando a fitou, espantado.

— O que significa essa pergunta? Claro que quero lhe falar, faz semanas que não conseguimos nos ver sozinhos! Tenho muitas coisas a lhe dizer. Por exemplo, há em Paris um médico italiano que escreveu um tratado sobre as regras de prevenção de doenças: ele vai dar aulas para ilustrar o conteúdo do livro, e é uma oportunidade que não se pode perder. Devemos ir ouvi-lo, Caterina: se a fama dele não for usurpada, creio que teremos muito a aprender. E também queria lhe contar que o conde de Mélun elogiou muito seus dotes de médica: parece que a esposa dele está satisfeitíssima com o tratamento prescrito, a ponto de estender também a você o convite para a grande festa da corte que acontecerá daqui a duas semanas. Não é maravilhoso? Tenho certeza de que o conde e a condessa vão louvá-la publicamente, e isso só poderá lhe abrir as portas da aristocracia parisiense. Consegue imaginar? Clientes elegantes e palácios suntuosos, em vez das roupas grosseiras e dos lugares fedorentos onde até agora você tratou das pessoas. Sua vida vai mudar, Caterina, e isso me deixa muito feliz...

O rosto da mulher se contraiu.

— Minha vida já mudou — disse ela, fitando o amante. — Estou grávida.

Rolando arregalou os olhos e de sua garganta brotou um som indefinível, semelhante a um estertor.

— Você... você está... mas... — balbuciou, rouco.

Com o olhar baixado sobre o tampo da mesa, Caterina descrevia com os dedos pequenas espirais, formando sulcos concêntricos na poeira que o cobria.

Sentia as lágrimas premendo por trás das pálpebras. Não queria chorar; não diante dele.

Pigarreou e voltou a encará-lo.

— Faz um mês que eu descobri — continuou, esforçando-se por manter a voz firme —, mas esperei para lhe contar porque precisava ver claramente dentro de mim. Refleti longamente, e se hoje aceitei revê-lo foi só para lhe comunicar minha decisão. Seu filho não o conhecerá nunca, nosso caso acaba aqui.

Rolando respirava com dificuldade.

— Caterina, você não... Você não pode... Eu sou o pai, e...

A mulher ergueu os olhos para ele.

— Você é o pai, sim — respondeu —, mas eu não sou sua mulher e nunca poderei ser: você já tem uma, que vive a mais de quinhentas milhas daqui.

Todo o sangue foi drenado do rosto de Rolando. Ele abriu a boca para falar, mas Caterina o silenciou com um gesto.

— Não tente — advertiu —, nem pense em tentar mentir. Chama-se Lucrezia, não? E deveria ter vindo ao seu encontro, mas perdeu a mãe de repente e precisou desistir da viagem. Eu li a carta, Rolando, aquela que você teve o descuido de deixar embaixo do colchão.

Os ombros do médico despencaram.

— Eu posso explicar...

— Explicar o quê? Que precisava de uma rameira para aquecer sua cama, e que achou mais excitante possuir o meu corpo, em vez do de uma puta qualquer da rue Glatigny? Ah, claro, o grande médico, o grande especialista em diagnósticos que conquistou Paris não podia se contentar com uma mulher da vida ou com uma serva! Não, ele precisava se vangloriar também no escuro da alcova, e então o que seria melhor do que uma mulher que exerce sua mesma profissão, mas que ainda não conheceu o prazer que um homem pode lhe dar? Por que não se aproveitar da ingenuidade dela para fazê-la acreditar ter encontrado o único e verdadeiro amor de sua vida? Por que dar importância ao fato de já ter uma esposa, tão distante que não pode sequer imaginar que o marido, a pessoa em quem depositou todas as esperanças, é na realidade um bastardo da pior espécie?

Rolando a fitava, atônito. Como aquilo podia ter acontecido? Seria possível que Caterina não compreendesse o quanto ele a amava? E aquele filho, a criatura que ele desejara tão fortemente, mas que nunca conseguira gerar no ventre de Lucrezia, não era afinal o testemunho do vínculo que os unia?

— Caterina — murmurou, torcendo as mãos —, eu sei que errei em esconder meu casamento. Deveria ter lhe contado, mas temia perdê-la. Eu amo você, Caterina, não imagina quanto. Não me deixe, por favor, isso vai destruir minha vida.

— Sua vida? — sibilou Caterina, furiosa. — E a minha? O que farei agora? O que você acha que vai acontecer, quando todos perceberem que estou grávida? O decano, os clientes, as monjas do Hôtel-Dieu, o proprietário da minha casa? Minha profissão, à qual dediquei anos de estudo, estará acabada: terei que deixar Paris e recomeçar tudo desde o início. Acha que, aonde quer que eu vá, serão muitos os hospitais ou os clientes que aceitarão confiar numa médica tão temerária que se deixou engravidar sem ser casada?

— Se você quiser, posso ajudá-la a... Sim, quero dizer, se você decidir não levar adiante a gravidez... Ninguém saberia, só nós dois... Ah, meu Deus, o que estou dizendo? Eu nunca poderia... É meu filho, e...

Rolando não concluiu a frase: ergueu as mãos para cobrir o rosto e começou a chorar.

Caterina o encarou, pasmada. Ele, chorando? Ele, que construíra a relação dos dois sobre uma mentira; ele, que a usara, que fizera dela um brinquedo útil para acalmar os sentidos? Ele, que acabava de lhe sugerir um aborto?

Desviou os olhos da figura encolhida do seu amante e deixou-os vagar sobre o rio. Se ele achava que a comoveria com aquelas lágrimas tardias, estava enganado.

— Esqueceu que eu sou médica também? — disse, voltando a fitá-lo. — E que, se quisesse, saberia me desfazer sozinha do bebê? Não, Rolando, não farei isso: nossa arte impõe salvar a vida, não a extinguir. Ficarei em Paris pelo tempo necessário para organizar a viagem, depois partirei.

Sem dizer mais nada, levantou-se e se encaminhou pela ruela que conduzia ao Hôtel-Dieu.

Rolando enxugou a face com as costas das mãos. Gostaria de ir atrás dela, mas não conseguiu: cada músculo do seu corpo estava paralisado, sua mente estava vazia de qualquer pensamento.

26

Paris, maio.

Marion acabou de ajustar o coque na nuca e fixou-o com um pente de chifre. Depois pegou a touca e, tomando o cuidado de não amarrotá-la, elevou-a diante dos olhos. Era de um pano levíssimo, festonado na orla e percorrido por bordados em ponto *ajour.* A patroa a comprara para ela poucos dias antes, com uma *cioppa* encontrada entre os trajes usados da loja de Renée, o costureiro da rue Saint-Jacques. A *cioppa*, cor de canela, era fechada na frente por uma fita de seda que se entrançava da cintura até o pescoço. A borda estava meio puída, mas o costureiro fizera uma bainha suficiente para esconder os estragos.

Jamais usara uma veste como aquela: achava-a elegante demais para uma criada, inclusive dissera isso à patroa, mas esta se limitara a balançar a cabeça. Quando, após dias de hesitação, finalmente decidira aceitar o convite para o banquete de Pentecostes na corte, a mestra Caterina lhe anunciara que ela iria em sua companhia. "Claro que não posso me apresentar sozinha. As mulheres abastadas estão sempre acompanhadas por uma criada", afirmara com uma careta zombeteira. Depois de resolver que a roupa das duas deveria ser adequada à ocasião, Caterina a levara ao costureiro, em cuja loja encontrara um novo traje também para ela mesma, uma *gamurra* muito simples, de seda carmesim, cuja única concessão à moda corrente era uma cauda de comprimento moderado. Os calçados, do mesmo tecido e cor da veste, eram despojados, mas com um salto suficiente para deixar as pontas aparecerem por baixo da bainha da roupa.

Marion se surpreendera por Caterina ter decidido participar da festa, apesar de seu estado. Embora seu corpo esbelto ainda não deixasse perceber a gravidez, a criada temia que uma indisposição repentina denunciasse os sinais no momento menos oportuno. Desde algum tempo antes, percebera que a patroa estava grávida: a palidez, as náuseas matinais, os seios inchados eram sintomas que ela mesma recordava já ter sentido. Não ousou dizer nada: Caterina não era casada e, uma vez descoberta, sua gravidez provocaria um escândalo. Marion não sabia quem era o pai, mas suspeitava de um médico famoso. Dizia-se que aquele homem era mais do que um colega e, embora nunca os tivesse visto juntos em situações comprometedoras, Marion pensava que aqueles mexericos tinham algum fundamento.

Finalmente, após passar uma manhã reprimindo ânsias de vômito, a patroa teve uma hemorragia: quando a viu deitada no colchão manchado de sangue, Marion ficou apavorada e não conseguiu evitar a pergunta sobre se por acaso ela não estaria grávida. Caterina começou a chorar e, sem conseguir conter os soluços, contou tudo: como se apaixonara por Rolando, como ele a enganara e a vergonha que sentia em relação a si mesma.

A comiseração ao ver aquele rosto congestionado pelas lágrimas e ao escutar aquelas palavras desesperadas a induziu a ousar um gesto que jamais havia feito: timidamente, abraçou a patroa e a embalou longamente, acariciando-lhe os cabelos até que ela se acalmasse. Caterina não recusou aquele contato inesperado e olhou-a agradecida.

Agora, enquanto colocava a touca e a atava no pescoço, Marion imaginava como seria o banquete na corte. Ela, claro, não participaria, ficaria à parte, junto com todos os outros criados; no entanto, a simples ideia de entrar no palácio e ver a patroa circundada pelos mais influentes personagens da aristocracia dava-lhe um arrepio na espinha.

27

Paris.

O ruído de uma porta batendo ecoou no aposento. Marco Raineri acordou sobressaltado e por um longo instante permaneceu atordoado, fitando o escuro. Pela janela, escurecida por uma cortina de cânhamo espesso, não se filtrava nenhuma luz. Foi o calor do corpo de Mikail, deitado junto dele no enxergão, que o fez compreender onde se encontrava: tocou com a mão o rapaz, que se voltou para o outro lado e continuou a dormir. O costureiro baixou os pés sobre o chão e se espreguiçou, tentando aliviar os músculos das costas. Apesar dos dois dias consecutivos de repouso, o cansaço da viagem ainda se fazia sentir.

Levantou-se e, tateando, foi até a janela. Afastou a cortina, mas só conseguiu ver a parede da construção vizinha: se estendesse o braço, poderia tocá-la. Os becos de Paris eram estreitos como os de Milão e igualmente sujos, mas aquele albergue, onde ele já se hospedara em outras ocasiões, era bastante confortável. O quartinho que ocupava era limpo e também o dormitório adjacente, onde ficavam os servos, era varrido todos os dias. Não se podia reclamar nem mesmo da comida: era servida no andar de baixo, onde carnes e sopas eram preparadas em um grande fogão que transmitia um calor agradável a todo o ambiente.

Embora seu cliente lhe tivesse oferecido hospedagem no próprio palacete, Marco preferiu recusar o convite: no albergue, iria se sentir mais livre e, sobretudo, a presença de Mikail ao seu lado não despertaria as suspeitas de ninguém. O único defeito apresentado por aquele local era o bairro: lotado de estudantes que faziam barulho por largos e ruelas a qualquer hora do dia, e ficava muito distante da margem direita, onde se encontravam as residências da nobreza. Para ir até lá, deveria percorrer a pé um bom trecho, mas isso não lhe importava: apesar de tudo, Paris continuava sendo uma bela cidade, onde sempre havia alguma nova loja a descobrir.

Uma lufada de ar primaveril entrou pela janela: cheirava a terra e rebentos.

Marco inspirou com força e sorriu. Virou-se e, na penumbra, olhou Mikail: este, imóvel, ainda dormia. Aproximou-se da cama, levantou o canto do colchão sob o qual escondera o frasco da poção, pegou-o e tomou um pequeno gole. Pronto, agora podia enfrentar o dia que se anunciava longo e difícil.

O início do banquete estava previsto para a hora nona, e ainda havia muitas coisas a fazer: a *cotta* de damasco com a qual ele se apresentaria na corte devia ser escovada e estendida com cuidado para que os babados ficassem esticados, os sapatos de cordovão precisavam ser lustrados com gordura de cervo, o medalhão que usava ao pescoço devia ser esfregado com vinho quente. Também gostaria de ter à disposição uma tina para tomar banho, mas o albergueiro não dispunha disso: o homem lhe sugerira um banho público recentemente aberto perto das Halles, explicando-lhe que, à diferença dos outros existentes na cidade, esse não permitia a entrada de prostitutas e era frequentado por notáveis e por grandes comerciantes. Havia pensado em ir até lá, mas o cansaço da viagem se sobrepusera às exigências de limpeza: por enquanto, iria contentar-se com a água da bacia e com algumas gotas do perfume de almíscar que levava sempre consigo.

Enfiou as bragas e a camisa, guardou o frasco na escarcela e pendurou-a na cintura. Depois vestiu a túnica e se aproximou do enxergão para acordar Mikail.

28

Milão, maio.

O cadáver da mulher jazia sobre a piçarra úmida, circundado por acúmulos desordenados de pedras. Um bastão grosso havia sido abandonado pouco adiante, onde o aclive da margem subia até o terreno. A veste que cobria o corpo estava encharcada de sangue e se alargava descomposta sobre as pernas nuas, das quais pendiam retalhos de carne esmagada. Os braços, já enrijecidos, estavam cruzados sobre a cabeça, num extremo gesto de defesa. A carne sanguinolenta do rosto era sulcada por mechas de cabelos pretos, arrancados em tufos do crânio.

Francesco Aicardo desviou os olhos do cadáver e observou ao redor. No alto da margem, bem diante da poterna, duas ou três mulheres ainda estavam paradas, cochichando: uma delas segurava um menino pela mão.

— Mandei um sujeito ir avisar o podestade. Daqui a pouco chegam os armígeros.

O cirurgião teve um sobressalto e se voltou: frei Marcello havia retornado e estava ali, um passo atrás dele.

— Mas — acrescentou o monge, aproximando-se do cadáver — não sei em que uma inspeção pode servir: não há mais nenhum daqueles malditos bastardos, fugiram todos, e os que assistiram à agressão vão ficar calados. Esta pobre criatura acabará numa fossa comum, e assim o caso será encerrado. Pedirei às autoridades que me deixem sepultá-la em nosso cemitério: temos espaço, e não vejo motivo para recusarem.

— O senhor a conhecia? — perguntou Francesco, curioso.

— Sim, chamava-se Luigia e mais de uma vez nos deu uma ajuda: entendia de ervas e ia colhê-las nos bosques aqui das redondezas. De vez em quando trazia algumas para nossos doentes, e devo dizer que, na maioria das vezes, essas plantas se demonstravam eficazes: eu lhe dava alguns soldos, pouca coisa, e ela ficava satisfeita mesmo assim. Pobre mulher, que fim horrível...

— Mas por que a mataram, se ela não fazia mal a ninguém?

Frei Marcello ergueu o olhar para Francesco. Nunca havia notado, mas de repente se deu conta de que aquele jovem era muito atraente: um emaranhado de cachos escuros sombreava dois penetrantes olhos castanhos, e a boca, bem-desenhada, era encimada por um nariz decidido, que se harmonizava adequadamente com a linha marcada do maxilar. Um rosto viril, constatou, e uma expressão determinada de quem sabe o que quer. Também a estatura, insolitamente alta, contribuía para dar uma tranquilizadora impressão de força.

Justamente o que é preciso para transmitir confiança aos nossos enfermos, meditou o monge.

Deixou provisoriamente de lado a ideia que estava se formando em sua mente e voltou a observar o cadáver da mulher trucidada. Deu uma olhada para trás e baixou a voz.

— Dizem que o ferreiro Giustino — explicou, indicando uma construção decadente, semiescondida em uma reentrância das muralhas — pediu a ela uma poção para curar seu filho, que vomitava sangue havia dias. No início o menino pareceu ter se restabelecido, mas depois piorou de novo e morreu. Logo em seguida, adoeceram também os outros três filhos de Giustino e, desta vez, Luigia não lhes deu ervas, mas uma beberagem estranha: parece que a fez ferver na própria casa de Giustino e que os vapores que subiam do caldeirão fediam como carne podre. Quando, um a um, os outros meninos também morreram, o ferreiro fez um escândalo, afirmando que, em vez de curá-los, a mulher havia lançado um mal sobre seus filhos e os matara. Claro, Luigia foi imprudente em preparar a poção bem à vista de Giustino, podia tê-la levado já pronta! Seja como for, os boatos correm, e depois de uma semana metade de Milão falava da bruxa da Chiusa. E isto — concluiu, apontando o cadáver — é o resultado que...

Um tropel de cavalos interrompeu as palavras do prior. Dois armígeros pararam diante da poterna, desmontaram e começaram a descer a inclinação do fosso.

— Vamos embora — disse frei Marcello a Francesco —, aqui já não temos utilidade. Espere só um pouco enquanto falo do sepultamento com estes dois, será rápido. O senhor, enquanto isso, siga para a Colombetta: Domenico está à sua espera a fim de conduzi-lo até Agnese, o senhor sabe, aquela viúva que trabalha como lavadeira junto à Porta Ticinese. Um dos filhos dela está com uma febre altíssima e cheio de pústulas: queira Deus que não seja varíola!

Enquanto subia o terreno atrás do prior, Francesco se surpreendeu pensando em como, em pouco menos de dois meses, sua vida tinha mudado. Aquelas horas dedicadas aos assistidos da Colombetta, iniciadas como simples obra de caridade, estavam se revelando úteis para aumentar sua experiência de barbeiro-cirurgião. Embora ninguém jamais tivesse lhe ensinado isso, agora compreendia que cada doente era um caso em si, e que a terapia útil para um podia ser nociva para outro. À medida que os dias iam passando, seu pesar por não ter podido dedicar-se ao estudo da arte médica aumentava. Consolava-se pensando que, conquanto não fosse mestre em medicina, era capaz de recompor fraturas, de intervir sobre olhos ofuscados pela catarata, de extirpar raízes dentárias: todas elas, operações que os médicos se recusavam a fazer e, do alto de sua sapiência, consideravam atividades de baixa açougaria.

Claro, o compromisso que tinha assumido era pesado. Muitas vezes, após um dia de trabalho no consultório, manipulando ossos e extraindo dentes, passava as noites examinando os enfermos de frei Marcello. Sozinho, ou acompanhado por Domenico, que iluminava o caminho com a tocha, percorria becos escuros e entrava em pardieiros miseráveis, às vezes já impregnados pelo odor da morte.

O prior se demonstrava agradecido de vários modos. Sempre que Francesco quisesse, havia uma sopa fumegante pronta na cozinha da instituição, e mais de uma vez ele encontrara na porta do consultório um cesto cheio de chicória com uns ovos já cozidos. E também havia os novos clientes. Continuavam chegando, e quase sempre eram pessoas abastadas, em condições de pagar sem discutir o preço. Era evidente que, para recompensá-lo pelo trabalho assistencial, o prior o elogiava perante os benfeitores da instituição, indicando seus serviços de barbeiro-cirurgião a quem pudesse precisar. Sorriu para si mesmo, pensando em como às vezes podem nascer, de boas ações executadas mesmo que só por dever, vantagens inesperadas.

O prior ainda estava parado, falando com um dos armígeros. Francesco transpôs a poterna e enveredou pela ruela que conduzia à Colombetta.

29

Milão.

Silvestro trazia nas mãos a pequena trouxa que tinha ido buscar na cozinha. Pousou-a sobre a mesa e desatou as pontas: um montinho de cerejas rosadas se espalhou sobre o tampo.

— Pronto — disse, dirigindo-se ao prior —, aqui estão as cerejas que o senhor pediu.

Frei Marcello, que acabava de fechar a porta atrás do cirurgião, assentiu. Enquanto o monge ainda estava voltado para o visitante, o garoto pegou cinco ou seis frutas e escondeu-as no bolso. Depois saiu rapidamente pela portinha que dava para o pátio.

— Venha — disse o prior, convidando Francesco a se sentar —, aqui conversaremos melhor, e também quero muito fazê-lo experimentar estas cerejas: vêm dos campos de San Colombano e são uma verdadeira delícia, como bem sabe aquele malandrinho que acabou de me roubar algumas! — concluiu, sorrindo.

— Quem é aquele menino? — perguntou o cirurgião, pegando uma cereja pelo talo.

— Chama-se Silvestro e não tem mais ninguém no mundo. A mãe morreu no cárcere, mas esta é uma longa história, prefiro contá-la em outra ocasião. Por enquanto, o menino está aqui conosco: faz um pouco de tudo, é ajudante de cozinha, descarregador, ajuda os conversos em caso de necessidade, e devo dizer que está se demonstrando mais diligente do que eu esperava. Ainda não sei por quanto tempo ficará aqui, mas, considerando que ninguém pode se encarregar dele, creio que por enquanto não tem alternativas. Veremos. E o senhor? Examinou o filho da lavadeira?

— Sim, e não creio que ele tenha varíola. Se bem me lembro, um dos médicos que frequentavam Galdino afirmava que na varíola as pústulas são disseminadas por todo o corpo, enquanto, neste caso, recobrem somente o tronco e os braços. Sem um diagnóstico seguro, a única coisa a fazer é tentar baixar a febre com folhas de rainha-dos-prados: deixei um punhado com Agnese e mandei-a preparar uma infusão. Se eu tiver tempo, dentro de alguns dias voltarei a ver o garoto.

Frei Marcello ergueu os olhos para o cirurgião.

— Quando pedi ao senhor que nos ajudasse — disse —, eu não imaginava que se dedicaria aos nossos doentes com tanta abnegação. Achava que — prosseguiu, com um sorriso benévolo —, depois de algumas consultas esporádicas, destinadas a não decepcionar minhas expectativas, o senhor não suportaria continuar vendo a desolação em que vivem nossos assistidos. No fundo, está habituado a algo bem diferente: seus clientes são mercadores, artesãos, e até alguns notáveis da comuna. Pessoas vestidas de maneira decorosa, capazes de lhe explicar os sintomas de uma enfermidade, e sobretudo dispostas a lhe pagar uma consulta. Coisa que nenhum dos nossos pobres jamais poderá fazer, nem hoje nem no futuro, e o senhor sabe disso.

O olhar indagador do monge deixou Francesco pouco à vontade. Os elogios que tinha acabado de ouvir o deixavam orgulhoso, mas, já conhecendo bem o prior, temia que as palavras dele fossem o preâmbulo para algo mais.

— Estive pensando... — recomeçou frei Marcello, pensativo. — E se, em vez de ir de casa em casa examinando os doentes, conseguíssemos montar uma estrutura à qual eles pudessem vir, os menos graves, quero dizer? Não estou falando de um hospital propriamente dito: as doações dos nossos benfeitores não seriam suficientes para mantê-lo, e nós não somos um mosteiro, as autoridades religiosas jamais nos concederiam permissão para abri-lo. Não, refiro-me a um abrigo temporário, onde as pessoas possam ir e vir, ser atendidas em consulta e depois voltar para casa com o tratamento adequado: em suma, um ambulatório.

— Mas em Milão já existem muitos asilos: acha mesmo que é necessário mais um?

— Pois é, o senhor disse bem: asilos, não ambulatórios. Os asilos oferecem um teto, uma tigela de sopa e algumas preces, mais nada. Então, por que não instituir um local onde nossos pobres necessitados também possam ser tratados?

— Mas para isso existem os hospitais.

Frei Marcello reprimiu um gesto de impaciência.

— E lhe parece que os coitados a quem damos assistência aqui na Colombetta têm coragem de ir bater num hospital? Eles, que se envergonham até de existir? Já os observou bem? Vestidos com trapos, desnutridos, com a miséria pintada no rosto: quem o senhor acha que os acolherá? Seriam expulsos imediatamente, sob os mais diversos pretextos. Além disso, mesmo que alguns tivessem a sorte de despertar a compaixão de alguma monja benévola, quem trataria deles? Todos sabemos que os médicos preferem os clientes particulares, muito mais rendosos para seus bolsos: o trabalho em hospital, pesado e malpago, sem dúvida não os motiva. Assim como nenhum deles viria prestar seus serviços no ambulatório: em geral, como o senhor sabe, tocar a miséria com as próprias mãos não é coisa que atraia os sábios...

Francesco fitava boquiaberto o velho à sua frente. Que diabo frei Marcello estava lhe pedindo? Não estaria pensando nele, certo? Por acaso, para levar adiante aquele projeto ousado, o prior iria se contentar com um simples barbeiro-cirurgião para exercer as funções de médico? E onde iria abrir aquele seu maldito ambulatório? Ao que Francesco sabia, na Colombetta não restava um só espaço livre. Não, não era possível, aquela história toda não se sustentava. E, fosse como fosse, sua clientela estava aumentando, e ele não tinha a mínima intenção de perdê-la: uma coisa era dedicar aos doentes pobres algumas horas após o trabalho regular, outra seria ocupar-se de algo semelhante a uma casa de saúde. Frei Marcello não se dava conta do compromisso que seria exigido dele e provavelmente sequer havia calculado as dificuldades que a iniciativa comportaria para a congregação.

Já ia replicar quando o prior retomou a palavra.

— Claro, aqui dentro não temos espaço suficiente para um ambulatório, mas talvez haja uma solução. No testamento de um dos nossos benfeitores, recém-falecido, há um legado que destina à Colombetta um velho moinho já em desuso. Trata-se do moinho das armas, aquele que fica além do fosso, onde o Vettabbia se cruza com o Nirone, não longe da Torre dell'Imperatore. É uma doação de valor considerável, que não recebemos todos os dias. No início eu tinha decidido colocá-lo à venda, e até já havia recebido propostas de alguns dos armeiros que têm loja na estrada atrás do Broletto. Como sabe, os moinhos de armas podem ser contados nos dedos aqui na cidade, e é óbvio que sejam muito cobiçados: se eu o vendesse, obteria uma bela cifra que serviria para cobrir todas as despesas assistenciais com que normalmente não conseguimos arcar. Agora, porém, mudei de ideia: por que não instalar o ambulatório justamente ali, no moinho? Seria preciso apenas reformar um pouco o local, limpá-lo e dotá-lo do necessário, um banco grande, umas mesas, alguns leitos, ataduras, instrumentos cirúrgicos, mais nada. O edifício é isolado, e por isso ninguém teria eventuais contágios a temer. E também creio que para garantir a higiene basta a corrente do canal. Seguramente, algum dos nossos conversos se disporia a receber os doentes, talvez auxiliado por alguns servos: só faltaria mesmo um médico...

Pronto, o monge tinha dito. Com palavras cautelosas, mas tinha dito. Era ele que frei Marcello queria, o barbeiro da Chiusa, jovem o bastante para ser empregado em um trabalho que nenhum mestre de medicina desejaria fazer e tão incauto a ponto de ter-lhe confessado seu pesar por não haver podido exercer a profissão médica.

Desconcertado, fitou o prior. Quem se escondia por trás daquela face rugosa? Uma pessoa que usava a própria argúcia para realizar meritórias obras de caridade ou um ingênuo que se deixava arrastar pelo entusiasmo, sem refletir sobre as consequências que suas iniciativas poderiam produzir? Qualquer que fosse a resposta, Francesco se sentia numa armadilha. Como podia recusar sua colaboração a um homem tão bem introduzido em todos os ambientes citadinos, a ponto de sempre obter para ele novos clientes?

Frei Marcello soltou a cereja que acabava de pegar e se levantou.

— O senhor é um homem inteligente, Francesco — disse, com um lampejo de divertimento nos olhos —, e compreendeu muitíssimo bem o que estou lhe pedindo. Não me dê logo sua resposta, eu posso esperar: prefiro que pense bem antes de decidir. Sobretudo, não se sinta obrigado: de mim, o senhor não tem nada a temer e, se recusar, compreenderei. A única coisa que eu gostaria de acrescentar, porém, é que o bem que fazemos aos outros quase sempre nos traz uma bênção, e isso enriquece nossa vida. Sei que esses discursos têm o sabor dos sermões que o senhor ouve na igreja, mas o que fazer? Sou um velho e sou um monge: acha que eu poderia me expressar de outra forma?

Francesco se levantou por sua vez e parou hesitante diante do prior.

— Deixe-me pensar por alguns dias — respondeu.

Frei Marcello assentiu, acompanhou-o até a porta e o viu afastar-se. Era quase noite, mas no pátio da Colombetta ainda havia um pouco de luz, e o ar estava menos pungente do que de costume. A boa estação se aproximava, finalmente. O monge sorriu consigo mesmo e entrou de volta, a fim de preparar-se para as vésperas.

30

Milão.

— Mas que tipo de parede é essa, que não aguenta nem um par de dobradiças? Vocês dois, Toso e Martino, venham me dar uma ajuda, já!

As esquadrias de madeira que sustentavam as dobradiças estalaram, e a pesada porta do moinho oscilou perigosamente em direção ao mestre de obras. Encharcado de suor, o homem se apoiou nela com todo o seu peso.

— E então? Vão se mexer ou não, Deus do céu? — esbravejou de novo, já sem fôlego.

Os dois rapazes vieram correndo. Enquanto um segurava a porta, o outro ajudava o mestre de obras a inserir um calço embaixo dela. Depois, todos juntos, soltaram-na dos gonzos e a deixaram cair no chão, de onde subiu uma nuvem de poeira.

— E agora vou ter que reforçar também a parede e mandar o serralheiro refazer as bisagras! — resmungou o mestre de obras, sacudido por um acesso de tosse. — Nada de coisa simples, como tinha dito o prior... Só para essa maldita porta, vamos precisar pelo menos de uma semana de trabalho, e, se ele acha que é suficiente o pagamento que me prometeu, está totalmente enganado!

Furioso, ergueu os olhos: em precário equilíbrio no alto do teto, um operário deslocava umas telhas.

— E aí em cima, como estão as coisas? — gritou.

— Nada bem — berrou de volta o operário. — Muitas telhas estão quebradas, isso aqui está cheio de buracos, e no meio se veem até as traves.

— Eu já imaginava. O que esperar de um moinho abandonado há mais de um ano, e com toda a neve que caiu no inverno passado? Já é muito que não tenha desabado... E o prior dizendo que em duas semanas devemos concluir o trabalho: mas o que ele sabe sobre o tempo necessário para isso? Todos iguais, esses monges, só servem para dar ordens, e enquanto isso nós estamos aqui trabalhando duro...

— Na verdade — ousou interferir o mais jovem dos dois rapazes —, dizem que vão fazer aqui uma espécie de hospital, e que...

O mestre de obras o fulminou com o olhar.

— Por mim, poderiam fazer até um castelo para o rei da França. Ainda não entendeu, idiota, que nós vamos enlouquecer para aprontar esse ambit... esse amblutr... essa porcaria de abrigo em tão pouco tempo? O que você pensa, que ficaremos aqui ralando a bunda só durante o dia? Não, meu querido, deveremos trabalhar também à noite: e acha que frei Marcello virá aqui com a tocha para nos iluminar, enquanto pregamos tábuas e reforçamos traves? Ora, mas que necessidade havia dessa pressa toda? Vem aí a boa estação, nada de inverno, e se o prior fosse razoável... Ah, lá vem aquela outra bela figura! Era só o que faltava, ele também querer nos controlar... — acrescentou, ao notar um homem elegantemente vestido que atravessava a ponte sobre o canal. — Aquele é o amigo do prior, o médico! Saiam, saiam, vocês dois — ordenou, brusco —, voltem a colocar o entulho na carroça.

Francesco se deteve a poucos passos de distância e considerou o estado das obras. Sem dúvida ele não era especialista em carpintaria, mas, a uma primeira olhada, pareceu-lhe que ainda faltava muito a fazer. Conseguiriam abrir o ambulatório logo depois de Pentecostes, como esperava o prior?

— Salve — disse, aproximando-se do mestre de obras —, vejo que a situação não é das melhores: o senhor acha que vai conseguir terminar no prazo que frei Marcello estabeleceu?

— Ah, não sei. O teto tem que ser consertado, as paredes, reforçadas, e também é preciso reconstruir uma parte do aterro de contenção do canal, desmontar a moenda... A única coisa que ainda funciona — acrescentou o homem com um sorriso triste, apontando a grande roda do moinho — é aquilo ali, mas agora já não é necessário.

O cirurgião observou a roda atentamente. Claro, era uma pena que um mecanismo tão perfeito ficasse sem uso, mas as necessidades dos enfermos tinham prioridade. Desde quando decidira aceitar a proposta do prior, Francesco sentia a mesma urgência dele em ver concluídas as obras de restauração. Dentro em pouco o verão chegaria, e como sempre o calor iria favorecer o aparecimento das febres intestinais que a cada ano ceifavam dezenas de vítimas entre os habitantes da cidade. Talvez, se tratados a tempo no ambulatório, alguns daqueles doentes pudessem salvar-se. Quanto mais pensava nisso, mais se convencia de que a ideia do ambulatório havia sido excelente.

Antes de decidir, refletira longamente sobre a proposta de frei Marcello: embora imaginasse que o compromisso seria pesado, a tentação de aceitar era forte. Uma prática como aquela, exercida em campo, iria lhe permitir aprofundar-se na matéria como ele jamais pudera fazer. Pensando bem, aquela podia ser a ocasião certa para comportar-se como um verdadeiro médico.

Claro, seria uma temeridade: poderia errar diagnósticos, ou então prescrever um remédio inadequado, causando mais dano do que benefício. Seu maior temor, porém, era outro. Se, na corporação, viessem a saber que ele usurpava a função de médico, talvez o punissem, impedindo-o de prosseguir inclusive em sua atividade de barbeiro-cirurgião.

Valia a pena correr semelhante risco? Não sabia. Já ousara muito quando se recusara a prosseguir com o ofício de seu pai, mas nunca havia se arrependido dessa escolha. Talvez pudesse apostar mais uma vez.

Observou a grande roda que girava preguiçosamente na água do canal e pensou que aquele moinho de armas, onde sempre haviam sido construídos objetos destinados a tirar a vida, viria a ser o lugar onde ela pudesse ser preservada.

Segunda parte

31

Paris, fim de maio.

As notas graves da viola, entremeadas pelas mais agudas da flauta, acompanhavam as estrofes cantadas pelo jogral. Sua voz de tenor era impregnada de tristeza, como convinha ao tema dramático do lai que ele estava interpretando.

O príncipe Afonso escutava-o distraído. Estava sentado no lugar central da grande mesa, ladeado por sua mulher, Joana de Toulouse, e por Isabel, também irmã do rei. Os olhos do príncipe saltavam de um lado a outro do salão: mais do que nos convidados, detinham-se nos valetes que serviam as bebidas e nos escudeiros de talho, nos copeiros, nos servos e nos dois mordomos que, empertigados no fundo da sala, vigiavam o bom andamento do banquete.

Uma grande mosca de asas iridescentes, atraída pelos restos de ovo que manchavam a toalha de linho branco, pousou bem diante do príncipe. Afonso estendeu a palma da mão aberta e a esmagou sem fazer ruído. Depois a pegou, jogou-a no chão e limpou os dedos na estreita toalha de mão que corria ao longo da borda da mesa.

O último acorde da viola assinalou o fim do lai. O jogral se calou, levou a mão ao peito, fez uma profunda inclinação dirigida ao príncipe e, sem dar-lhe as costas, recuou até a porta do salão. Enquanto os convidados murmuravam entre si, comentando a habilidade do menestrel, os oito copeiros começaram a liberar a mesa das sobras dos antepastos e dos primeiros pratos. As grandes bandejas de prata cinzelada, nas quais tinham sido dispostos morangos, massas e pudins, e as escudelas que haviam contido as sopas de carne foram tiradas para abrir espaços às iguarias seguintes. A um aceno dos mordomos, que acompanhavam atentamente os gestos dos servos, surgiram dois valetes que completaram com vinho e água as taças de todos os presentes, começando pelas do príncipe.

Sentada no lado esquerdo da mesa, Caterina escutava a baronesa de Coucy, a qual, voltando-se para ela e para a convidada ao lado, falava sem parar. Confundidas no crescente burburinho produzido pelos comensais, as palavras da mulher chegavam indistintas aos seus ouvidos: fingindo mostrar-se interessada naquela tagarelagem insossa, de vez em quando ela assentia, esboçando um sorriso. As chamas das velas que ardiam nos duplos castiçais de prata oscilavam a cada deslocamento de ar, e seu reflexo ondulava sobre as fitas da longa trança que ornava o penteado da baronesa. Sua roupa de seda, verde como a esmeralda que ela exibia no dedo médio da mão direita, era uma das mais requintadas que Caterina já vira. As mangas, justas quase como uma segunda pele, eram percorridas por um denso bordado de prata que terminava nos pulsos, perfilado pelas mesmas pérolas que contornavam o decote.

De repente a baronesa parou de falar. Saboreou o vinho da taça e encarou Caterina.

— E a senhora? — perguntou. — Disseram-me que é mestra em medicina.

— Sim — respondeu Caterina, precavida, sem dar outras explicações.

— Alguns murmuram — prosseguiu a mulher, cochichando em tom conspiratório — que em certas ocasiões a senhora exerceu até a cirurgia, mas eu não acredito, não pode ser verdade...

— Só aconteceu uma vez — mentiu a médica. — Se eu não tivesse feito isso, a paciente teria morrido.

Por um instante, a baronesa fitou-a com olhos dilatados pelo estupor. Depois, constrangida, alisou as dobras da veste, virou-se para a outra convidada e iniciou uma nova conversa.

Aliviada pela rápida conclusão daquilo que poderia tornar-se um interrogatório embaraçoso, Caterina deixou que sua vista percorresse os comensais situados à sua frente, para além do amplo espaço vazio que separava as duas alas da mesa suntuosa. Como era usual nos banquetes de corte, as mulheres eram instaladas nas extremidades dos bancos, enquanto os homens ocupavam os lugares restantes. Os notáveis, os grandes comerciantes e os membros dos graus mais baixos da nobreza ficavam longe do príncipe, ao passo que barões, duques, condes e altos prelados se sentavam mais perto dele. Até para quem não conhecesse pelo nome cada um daqueles homens, bastaria observar o aspecto das roupas para avaliar a importância de que eles desfrutavam na escala social: *cioppe* de seda multicolorida se alternavam com sobrevestes sem mangas, enfeitadas com franjas de fio de prata; cintilhos ornados por motivos em esmalte disputavam o reflexo da luz com fivelas de ouro maciço que, fixadas sobre ombros e orlas, encrespavam sabiamente pregas e babados.

Entre as damas sentadas à mesa, ela vislumbrou a condessa de Mélun. A mulher exibia um penteado bizarro. Recolhidos em um coque frouxo, os cabelos eram intercalados por fitas de prata que, atadas entre si, se reuniam no alto da cabeça, formando uma espécie de cesto do qual despontava uma grande rosa vermelha. Caterina sorriu consigo mesma. O artesão tinha sido hábil em esconder a base da peruca: sob aquele acúmulo de ouropéis, seria difícil distinguir a presença de algo postiço. Mais do que pelo requinte do penteado, contudo, sua curiosidade foi atraída pelo traje da condessa. Era escarlate, mas não brilhava como a seda: parecia que a luz, em vez de refletir-se no tecido, era absorvida por ele, sem com isso torná-lo opaco. Caterina jamais vira algo semelhante: devia tratar-se de um tecido muito caro, adquirido e empregado com a precisa intenção de ostentar riqueza.

Desconcertada por tanta vaidade fútil, Caterina baixou as mãos para o colo e apertou entre os dedos a seda de sua *gamurra*. Como esta lhe parecera elegante quando ela a escolhera na loja do costureiro! Somente agora, diante daquela abundância de luxo, percebia quanto sua roupa era modesta. Cada vez mais irritada consigo mesma por ter aceitado o convite para ir à corte, de repente sentiu vontade de ir embora. Quando chegara ao palácio e o mestre de cerimônias pronunciara seu nome diante do príncipe Afonso, compreendera logo que aquele lugar não era para ela. Também a presença de Rolando, que ao encontrá-la havia fingido a deferência devida a uma expoente de sua mesma arte, deixara-a aborrecida. Após aquela primeira saudação obsequiosa, pronunciada sob o olhar do decano, o médico tentou falar com ela a sós, mas não conseguiu: Richard d'Audicourt puxou-o de lado e iniciou um colóquio que se prolongou até o início do banquete.

Agora, relembrando a urgência que havia lido nos olhos de Rolando, perguntou-se o que ele teria a lhe dizer: do seu ponto de vista, tudo já fora dito durante aquele último encontro na taberna da Cité, e ela não tinha nenhuma intenção de voltar ao assunto.

Protegidos atrás da borda da caneca, os olhos de Marco Raineri saltavam de um lado a outro da sala. Estava atordoado: embora sua familiaridade com os personagens da aristocracia parisiense já estivesse praticamente consolidada, aquela quantidade de roupas luxuosas reunidas em um só lugar deixava-o embasbacado. Bordados, acessórios, joias, tudo cintilava à luz dos castiçais.

E também aquele tecido, pensou o costureiro, fitando o traje de uma das convidadas; nunca vi nada semelhante. Será veludo, aquele pano precioso do qual ouvi falar? Preciso tê-lo também, disse a si mesmo, animado.

Seu vizinho de mesa estava observando-o e percebeu o interesse que Marco demonstrava pela mulher que exibia aquela veste escarlate.

— Aquela é a condessa de Mélun — informou-o dissimuladamente, exalando um bafo de vinho —, e me parece um pouco murcha para despertar seu interesse. Há coisa melhor, basta olhar em torno, hein, o que acha?

O costureiro o encarou, gélido, sem responder. Decepcionado, o homem deu de ombros e sufocou um arroto na manga da roupa.

32

Paris.

— ... e o mestre Rolando Lanfranchi, alteza, além de ser um dos nossos melhores médicos, é também um cirurgião extraordinário. Como imagino que saibais também, não é fácil encontrar tais competências reunidas num só homem, e é isso que me induz a vos propor o nome dele como candidato à nomeação para médico-chefe do Hôtel-Dieu.

O decano havia falado às pressas: sabia que aquela pausa no banquete seria uma das poucas nas quais poderia apresentar seu pedido ao irmão do rei. Lançou uma olhada furtiva a Rolando, que, de pé ao seu lado, mantinha um silêncio respeitoso.

O príncipe Afonso, que já ouvira alguns notáveis da corte louvarem os dotes do médico milanês, observou este último com atenção: a julgar pelos trajes elegantes e pelos modos aristocráticos que demonstrava, ele poderia ser a pessoa certa para conferir ulterior prestígio às hierarquias do Hôtel-Dieu.

— Dizem que o senhor obteve o magistério no *studium* de Bolonha, um dos mais renomados de toda a Europa — afirmou. — Foi também lá que aprendeu a arte da cirurgia, mestre?

— Sim, alteza, mas eu nunca poderia exercê-la como desejava se Paris não tivesse me gratificado com uma acolhida tão generosa: vossa cidade é sem par, rica em inteligências clarividentes, na qual qualquer arte, e não só a minha, é favorecida e exaltada. Meus alunos...

— O senhor tem alunos? — perguntou o príncipe, curioso.

— Sim, e é justamente para eles que estou escrevendo um livro sobre cirurgia.

— Na verdade — interveio o decano —, o segundo, que é sobre a grande cirurgia. O outro, relativo às pequenas intervenções, já está à disposição dos estudantes há mais de um ano. Vede, alteza, mestre Rolando está convencido de que, na arte cirúrgica, a teoria deve confirmar a experiência e vice-versa. Uma vez estudadas as noções nos textos, os alunos as confrontam com a prática diária, evitando assim erros que poderiam se revelar fatais. Se, porém, a prática desmentir a teoria, então esta última é que deve ser mudada. O mestre Rolando sempre repete isso aos seus estudantes.

O príncipe assentiu e estava para replicar quando ouviu um rebuliço proveniente do estrado onde ainda estavam sentados os outros membros da família real. Virou-se e viu que sua irmã acabava de prostrar-se na cadeira: a caneca dourada havia escorregado de sua mão e rolado para o chão. Dois servos correram para apoiar Isabel.

O burburinho na sala extinguiu-se de repente. O príncipe fez um aceno ao mestre de cerimônias, que correu para a porta dos fundos.

— O senhor pode acompanhar a princesa Isabel aos seus aposentos e verificar de que indisposição se trata, mestre? — perguntou a Rolando.

— Certamente, alteza.

O mestre de cerimônias voltou, escoltado pela dama de companhia da princesa. Apressada, a mulher correu à mesa do príncipe e, ajudada pelo valete, segurou Isabel pelos braços e conduziu-a para fora da sala.

Todos os comensais se levantaram, em silêncio consternado.

O príncipe Afonso, de pé sob o baldaquino que encimava o estrado, esperou que a maciça porta de carvalho se fechasse. Em seguida, chamou de volta os mordomos e sentou-se de novo. Os convidados o imitaram e o banquete recomeçou.

Na outra ponta da mesa, Caterina observou Isabel avançar hesitante, apoiada pelos valetes e seguida por Rolando. Como todos em Paris, Caterina sabia de suas más condições de saúde e se espantara ao vê-la ali na festa. Normalmente, a irmã do rei residia no convento que ela mesma havia fundado dois anos antes em Longchamps, e, embora não tivesse feito os votos, dizia-se que sua vida era em tudo semelhante à de uma freira. Talvez sua decisão de retirar-se dos fastos da corte tivesse nascido da consciência da própria fragilidade do corpo, tão semelhante à de Clara de Assis, que Isabel venerava como uma santa.

Caterina sentiu uma compaixão profunda. Aquela mulher, que se destacava entre os comensais por sua roupa sóbria, pareceu-lhe deslocada ali no banquete: provavelmente o príncipe Afonso exigira sua presença.

Agora, enquanto os servos dispunham diante de cada convidado as grandes fatias de pão sobre as quais seriam consumidos os assados, Caterina refletiu mais uma vez sobre o destino que, de um modo ou de outro, marcava inexoravelmente a vida das mulheres. Quer fossem servas ou princesas, todas estavam sujeitas às vontades de um homem, um pai, um irmão, um marido, um amante...

Fechou em punho as mãos apoiadas no colo: ela não, ela jamais se submeteria a ninguém. Tinha um filho em quem pensar agora, e uma profissão a manter. Não precisava de mais nada.

Anunciados pelo som da trompa, dois valetes anciãos apareceram à porta: empurravam uma mesinha sobre rodas em cujo centro reinava um cisne. As asas da ave estavam abertas, como que para levantar voo, e o bico e as patas reluziam de ouro.

O murmúrio de maravilhamento que se ergueu dos comensais arrancou do príncipe Afonso um sorriso satisfeito. Os valetes percorreram todo o comprimento da mesa, lentamente, a fim de que todos pudessem admirar aquela obra-prima. Depois, tendo chegado diante do estrado, pararam. O escudeiro de talho que os seguia olhou para o príncipe, que, com um aceno, lhe deu permissão para fatiar o cisne.

Uma a uma, o homem removeu as penas, revelando a armação, feita com arames e madeira, que conferia à ave aquela extraordinária aparência de vida. Tiradas as patas e o bico, liberou as carnes daquela gaiola elaborada, entregou-a a um dos valetes e começou a cortar. Arrumados um ao lado do outro, os melhores pedaços foram dispostos sobre uma grande travessa dourada e colocados sobre a mesa do príncipe.

Enquanto o escudeiro continuava seu trabalho, oito servos entraram no salão trazendo nos braços pesadas bandejas cobertas por uma campânula. Depositaram-nas diante dos convidados e as destamparam. Impregnado de um intenso aroma de especiarias e ervas, o perfume de assados encheu a sala.

O odor e a visão da carne de caça provocaram uma onda de náusea nas vísceras de Caterina. Ela não conseguiria comer mais nada, disso tinha certeza, mas ninguém deveria perceber. Pegou a caneca e bebeu um gole de vinho diluído; com três dedos da mão direita tirou da bandeja um pedacinho de faisão e, sem colocá-lo na fatia de pão que estava à sua frente, levou-o à boca, fingindo mastigar. Cobrindo-se com a outra mão, fez com que ele deslizasse para a larga abertura da manga e, baixando o braço, deixou-o cair no chão. Olhou ao redor disfarçadamente: seu gesto não fora notado por ninguém, estavam todos ocupados em se empanturrar de comida.

Retomou a caneca e levou-a aos lábios: enquanto bebia mais um gole daquele líquido rascante, perguntou-se por quanto tempo ainda o banquete se prolongaria.

33

Paris.

— Você nem pode imaginar que raça de bastardo é Rolando Lanfranchi.

Guillaume falou com voz pastosa. Apoiou os cotovelos na mesa e aproximou o rosto do de seu amigo, envolvendo-o num pesado bafo de vinho. André, que ainda estava sóbrio, recuou aborrecido. Já estava farto daquele interminável desabafo de Guillaume: primeiro o pai que não lhe mandava dinheiro suficiente, depois a namorada que o traíra e agora as reclamações contra o mestre. André tinha ido ali à taberna para se divertir um pouco, e não para oferecer o ombro às lamúrias de um colega de estudos.

— No início ele me adula, prometendo isso e aquilo — continuou o jovem, servindo-se de mais vinho —, mas depois, quando percebe que já não sou útil para seus tráficos ilícitos, me joga fora como uma peça usada.

— Tráficos ilícitos? Mas de que diabos você está falando?

Guillaume pousou a caneca, limpou a boca na manga do gibão e fitou um ponto impreciso da parede oposta.

— Cadáveres — respondeu.

— Cadáveres? Como assim? — perguntou André, repentinamente interessado.

— Cadáveres a exumar.

O colega o encarou boquiaberto.

— Você não está dizendo que... — balbuciou — que... que o mestre Rolando faz... faz dissecções, está?

— Isso mesmo — disse Guillaume, olhando ao redor para conferir se ninguém o escutava —, e eu não iria lhe contar se não tivesse assistido a uma dessas operações ignóbeis.

— Mas onde... onde ele arranjou o morto?

— A morta, mais precisamente. Uma enforcada. Eu e Thomas fomos idiotas o bastante para desenterrá-la, a pedido dele, do Cemitério dos Inocentes. Rolando nos deu uma bela quantia pelo trabalho, e você sabe como Thomas precisa de dinheiro. Por mim, eu não aceitaria — mentiu —, mas Thomas insistiu tanto... E isso ainda não é nada: se você tivesse visto o que eu vi enquanto Rolando esquartejava o cadáver, garanto-lhe que perderia para sempre a vontade de ser médico.

André sentia a boca seca. Pegou sua caneca e bebeu às pressas um abundante gole de vinho. Já ia fazer outras perguntas quando Guillaume recomeçou a falar.

— E não estava sozinho, sabia? Quando chegamos ao moinho, havia uma mulher com ele. No início achei que fosse um homem, porque usava roupas masculinas: me pareceu meio efeminado, tanto que pensei em algum sodomita com quem Rolando se divertia. Mas depois, quando eu e Thomas pegamos o cadáver para levá-lo de volta ao cemitério, o que encontramos cobrindo a face da morta? Um lencinho feminino, com iniciais e tudo. De quem você acha que podia ser, senão daquela mulher?

— E que letras eram, essas iniciais?

— Como posso saber? Nem me lembro, nós dois tínhamos muito mais o que fazer! Mas me pergunto o que ela fazia ali, assistindo a uma torpeza daquelas... Mas também, o que me importa? Bem, onde eu estava, antes dessa história da mulher?

— Em Rolando fazendo a dissecção.

— Ah, sim, pois é. Então, como eu dizia, passa-se um mês e entrego a ele o último artigo para o exame de graduação. E sabe o que aquele bastardo faz? Manda me chamar e me comunica que não passei na prova e que devo repeti-la. Por quem se toma aquele homem, aquele profanador imundo de cadáveres? Acha que extraindo as vísceras putrefatas dos mortos consegue-se tratar melhor as dos vivos? Imagine! Enquanto isso, eu fico aqui perdendo uma sessão inteira de exames por causa da desfaçatez dele. O que meu pai dirá quando, daqui a duas semanas, me vir voltando para casa sem o diploma no bolso?

A voz do jovem se rompeu em um soluço sufocado. Ele segurou a cabeça entre as mãos e reclinou-se contra a parede.

André refletia. Se a mente de Guillaume não estivesse enevoada pelo vinho, aquela história jamais lhe teria saído da boca: todo estudante da arte deles, assim como todo médico, sabia que as dissecções eram severamente proibidas. Se alguém descobrisse que Guillaume também tinha participado, haveria problemas, e dos grandes. Mas, além da imprudência demonstrada pelo colega, o que o espantava era a audácia de Rolando: se, por um lado, podia compreender as exigências de experimentação do grande médico, por outro não entendia o risco ao qual ele havia se submetido. Seria possível que Rolando não tivesse pensado na possibilidade de uma denúncia? Como podia ter certeza de que, uma vez recebida a recompensa, os dois alunos aos quais havia encomendado a exumação não o trairiam?

Ele, por sua vez, jamais se prestaria a uma coisa daquelas, e ainda agradecia aos céus por ter tido um mestre diferente de Rolando. Agora que descobrirá como Guillaume se comportara, estava assustado: todos sabiam que os dois eram amigos, e se por acaso aquela história horrível viesse à tona, poderiam pensar que ele também estava envolvido nela.

E ainda havia a mulher. André acreditava saber quem era, provavelmente se tratava de Caterina de Colleaperto. Cerca de um ano antes, ela participara de um congresso de médicos provenientes da escola de Montpellier, durante o qual respondeu às perguntas dos estudantes: todos, ele inclusive, ficaram fascinados por sua beleza. Pouco tempo depois, começaram a surgir boatos sobre uma relação entre ela e Lanfranchi. André não se surpreendeu muito; todos sabiam que Rolando era um mulherengo, e a mestra Caterina era atraente demais para escapar dele.

Depois daquele primeiro encontro, procurou-a para pedir conselhos sobre o plano de estudos e ela aceitou revê-lo, mostrando-se disponível a todas as suas solicitações. Ele não pôde evitar se apaixonar, embora soubesse que isso não lhe convinha. Então se obrigou a esquecê-la e, pouco a pouco, conseguiu.

Agora, porém, a ideia de vê-la envolvida num caso escabroso como aquele o deixava preocupado: se Guillaume era tão estúpido a ponto de não compreender o quanto se arriscava ao falar daquele episódio, havia a possibilidade de que continuasse a fazê-lo. E, por consequência, mais cedo ou mais tarde a história chegaria aos ouvidos das autoridades: se de fato era a mestra Caterina a mulher presente à dissecção, haveria problemas para ela, mais ainda do que para Rolando.

Agitou-se no banco, pensando em qual pretexto inventaria para ir embora dali, mas foi seu colega quem o ofereceu. Bêbado demais para aguentar qualquer outra conversa, Guillaume emborcou para a frente e despencou sobre a mesa.

André esvaziou a caneca e saiu da taberna.

Poucos instantes depois, outro jovem surgiu de um cantinho escuro, não longe da mesa ocupada pelos dois estudantes. Sem olhar ao redor, transpôs a porta e dirigiu-se decidido para a rua que conduzia ao Hôtel-Dieu: ali estaria o decano, a primeira pessoa a quem contaria o que acabava de descobrir. Cabia a Richard d'Audicourt decidir se levaria a denúncia às autoridades ou não: em todo caso, não se importava com o prosseguimento das coisas; ele tinha direito a uma recompensa e esperava que fosse elevada.

34

Paris.

Caterina estava exausta. Havia pensado que a festa terminaria com a apresentação do segundo jogral, mas se enganara. Diante dos convidados, aos quais acabavam de ser servidos crepes e docinhos regados com hipocraz, o homem tinha recitado uma longa composição dedicada aos bretões que viviam em Paris. Ridicularizados ferozmente pelo mau francês que falavam e pela simploriedade de seus modos, estes foram definidos depreciativamente como "fabricantes de vassouras": a descrição de suas características suscitou a hilaridade de todos, inclusive do príncipe Afonso, que, quase sufocado por um acesso de riso, precisou mandar que lhe trouxessem água fresca para restaurar a garganta em chamas.

Após o fim dos gracejos, os servos começaram a tirar da mesa as sobras, que no dia seguinte seriam distribuídas aos pobres, como era usual após os banquetes do palácio. Já os restos de comida caídos no chão eram a ambicionada presa dos quatro galgos da família real, os quais, finalmente soltos das trelas que os mantinham presos até aquele momento, circulavam famintos pela sala. Metiam-se agilmente embaixo da mesa e emergiam apertando entre os dentes um osso, um pedaço de carne de caça beliscado ou uma fatia de pão impregnada de gordura.

Indiferentes aos cães que corriam entre os bancos, os comensais se levantaram e, em pequenos grupos, foram expressar seus agradecimentos ao príncipe. Enquanto esperava sua vez, Caterina percebeu que Afonso pedia a alguns convidados que fossem encontrá-lo em seus aposentos privados: ali ainda seriam servidos mais vinho e os outros aperitivos pelos quais o especieiro da corte era famoso. Caterina, que não imaginava estar na categoria dos escolhidos, acolheu aquele ulterior convite com estupor, logo transformado em desapontamento assim que ela se deu conta de que também Rolando e o decano participariam da recepção. Mascarou seu desconforto sob um sorriso convencional, curvou-se e seguiu os outros convidados até os aposentos do príncipe.

O ambiente que a acolheu, grande e suntuoso, era iluminado por cinco candelabros de seis braços dispostos sobre mesinhas móveis. As paredes, iluminadas por uma única janela estreita mas muito alta, eram inteiramente revestidas por tapeçarias bordadas com cenas campestres. O chão que ela pisava não era visível, coberto como estava por uns dez tapetes orientais de cores vivas: no fundo do aposento, o piso se erguia para formar uma pequena escada, igualmente coberta por tapetes, que dava acesso a outro local onde se entrevia um majestoso leito de baldaquino. Sobre a grande mesa, colocada abaixo da janela e forrada por uma preciosa toalha de linho, dispunham-se bandejas de prata transbordantes de amêndoas, pistaches, sementes de cravo e anis, uvas-passas, violetas e rosas cristalizadas. As canecas, alinhadas cuidadosamente ao lado das bandejas, já tinham sido enchidas, e nas jarras de vidro, de requintada manufatura veneziana, brilhava um vinho de cor vermelho vivo.

Os longos bancos maciços que acolheriam os convidados ladeavam as paredes, enquanto diante da grande lareira apagada que se abria na parede norte destacavam-se duas altas cadeiras entalhadas com motivos florais. As almofadas de seda que recobriam os assentos eram enriquecidas por bordas franjadas que chegavam ao chão.

Atordoada por aquele luxo tão excessivo a ponto de ser embaraçoso, Caterina se perguntava se teria sido a ausência do soberano a favorecer toda aquela ostentação de opulência do príncipe. Era sabido que o rei Luís, homem dedicado a cultivar uma profunda religiosidade pessoal, não gostava muito dos fastos da corte, preferindo passar o tempo livre dos compromissos de governo na Sainte-Chapelle, onde se mantinha em prece ou em colóquio com seus confessores. Afonso, ao contrário, mesmo sendo um homem de coragem e de grande integridade moral, era conhecido por apreciar todos os confortos e prazeres consentidos por seu pertencimento à linhagem real.

Agora, enquanto estudava, curiosa, a estranha casca que revestia os pistaches pousados sobre a palma da mão, Caterina sentiu tocarem seu ombro. Virou-se: Rolando surgira repentinamente ao seu lado e a encarava, divertido.

— É açúcar — explicou —, e vem da Andaluzia. Consegue imaginar algo mais raro e requintado do que este alimento? Coma — sussurrou —, em suas condições só pode lhe fazer bem.

Caterina lhe lançou um olhar gélido. Girou a mão e deixou cair no chão os pistaches.

Desconcertado por esse gesto, Rolando estava prestes a falar de novo quando um valete se aproximou dele.

— Mestre — disse o rapaz —, o príncipe o chama para apresentá-lo ao frei Eudes Rigaud.

Enquanto Rolando se dirigia ao outro lado do aposento, onde o príncipe o esperava, Caterina observou o monge a quem o valete se referira. Era alto, magro e vestia um hábito escuro, atado na cintura por uma corda branca: apesar da sobriedade de seu traje, Caterina sabia que se tratava de um personagem importante. A notícia de sua nomeação para regente do Convento dos Cordeliers, ocorrida poucos meses antes, havia circulado em Paris. Dizia-se que o frade, docente de teologia e autor do comentário oficial da Regra Franciscana, tinha um convívio assíduo com o rei Luís, de quem se tornara, havia algum tempo, um dos conselheiros mais escutados.

Caterina desviou o olhar do príncipe e se aproximou da mesa posta: sentia muita sede e de bom grado beberia água, mas só encontrou canecas cheias de vinho. Pegou uma e experimentou com circunspecção aquele líquido rubro: era doce e tinha um sabor muito intenso. Não gostou: devia provir da Sicília ou da Grécia e era decididamente forte demais para agradar às suas vísceras ainda embrulhadas. Devolveu-o à mesa e, esquivando-se discretamente entre pequenos grupos de convidados, aproximou-se da porta: as pessoas que lotavam os aposentos do príncipe ainda eram muitas, e estavam envolvidas demais em conversas mundanas para notá-la. Assim que Afonso declarasse encerrada a festa, seria uma das primeiras a ir embora.

Enquanto abria espaço entre os pequenos grupos, ouviu de repente alguém se expressar em sua língua materna. Espantada, deteve-se e, sem dar na vista, ficou à escuta.

— ...eu sabia, sentia que iria vê-lo aqui na corte! — dizia uma voz animada. — Não lembro quem, mas alguém já me falara desse tecido maravilhoso! Chamam-no veludo, e me disseram que os únicos capazes de tecê-lo são os artesãos de Veneza e de Lucca: imagine, parece que os teares têm dois cilindros em vez de um só e que a trama da base é única. Não é incrível, Mikail? Preciso absolutamente obter uma peça e experimentar trabalhar nele: tenho certeza de que meus clientes de Milão vão fazer fila para ter roupas confeccionadas com esse novo tecido. Fique aqui, vou falar com a condessa de Mélun. Se conseguir saber qual costureiro fez aquele vestido para ela, pedirei um encontro com ele para saber quem lhe vendeu o pano.

Caterina se voltou, bem a tempo de ver passar à sua frente um homem elegante, que se dirigia em passos rápidos à condessa, ocupada em conversar com a esposa do príncipe Afonso. Em contraste com sua compleição maciça, o rosto do desconhecido conservava um ar infantil, acentuado naquele momento pela expressão excitada dos olhos.

A pessoa com quem ele havia falado pouco antes ficara parada no lugar. Era um jovem de extraordinária beleza: alto e louro, usava uma cota de seda bordada que lhe chegava pouco abaixo das panturrilhas, recobertas por meias soladas de cor violácea.

Segurava uma caneca e olhava para Caterina.

Encabulada, ela baixou os olhos por um instante. Quando os reergueu, no rosto do rapaz aparecera um sorriso.

— A senhora não é francesa, certo? — disse ele na língua comum aos dois. — Por acaso é a médica lombarda de quem meu patrão me falou?

Caterina deveria se irritar com o atrevimento demonstrado pelo jovem, mas não conseguiu: embora ele tivesse transgredido todas as regras ao dirigir-lhe a palavra sem ser solicitado, a frase que pronunciara lhe pareceu totalmente desprovida de malícia.

— Seu patrão? — retrucou, fingindo um desdém que não sentia. — Eu o conheço?

— Ah, desculpe... Eu... — balbuciou Mikail, corando violentamente. — Nem sequer lhe disse... Meu patrão é Marco Raineri, um dos mais famosos costureiros de Milão, e eu sou Mikail, secretário dele.

— Não o vi no banquete.

— Não, eu não estava lá. Eu e os assistentes dos outros notáveis comemos na sala contígua. Na verdade, tampouco deveria estar aqui, mas meu patrão pediu ao mestre de cerimônias que me autorizasse a acompanhá-lo ao menos nesta recepção. A senhora sabe, para o caso de ser preciso anotar qualquer nova encomenda.

Caterina se permitiu um sorriso. A ingênua franqueza daquele rapaz começava a lhe agradar. Decidiu responder.

— E penso que ele receberá muitas, se é admirado como o senhor diz. Os parisienses gostam muito de tudo o que traz a marca da Lombardia, e sabe-se que os nobres disputam entre si os melhores artesãos provenientes da nossa terra. Quanto a mim, é verdade, sou mestra em medicina e vivo há anos aqui na França, onde exerço a profissão. Mas diga-me, como seu patrão me conhece?

— Não sei exatamente, mas creio que um dos clientes franceses dele, talvez um duque, lhe falou de sua pessoa. Quando soube que a senhora participaria do banquete, comentou que gostaria que alguém os apresentasse, mas ninguém fez isso e...

— E agora, você cuidou de preencher esta lacuna!

A voz de Marco Raineri ressoou áspera atrás de Mikail. O jovem estremeceu e se voltou: o costureiro o fitava severo.

— Como ousou se dirigir a esta senhora sem minha autorização? — sibilou Raineri. — Quem você pensa que é, Mikail? Vá embora e me espere fora do palácio: sua presença aqui já não é bem-vinda.

O rapaz empalideceu. Pousou a caneca ainda cheia sobre a mesa e saiu do aposento em silêncio.

— Desculpe-o, senhora — pediu o costureiro. — Mikail é um excelente secretário e sem ele eu não conseguiria acompanhar tudo, mas afinal é um criado. Embora saiba ler, escrever e fazer contas, suas origens servis se manifestam com frequência numa embaraçosa falta de boas maneiras. Estou verdadeiramente desolado com que nosso encontro tenha ocorrido de modo tão grosseiro...

Caterina sorriu, indulgente.

— Como aquele rapaz sem educação já deve ter lhe dito — prosseguiu o homem, esboçando uma inclinação —, eu sou Marco Raineri e tenho ateliê em Milão, na zona da Porta Orientale. Conhece minha cidade, mestra?

— Sim, um pouco. Milão foi uma das etapas da minha viagem para Montpellier, sete anos atrás.

— Pois bem, se um dia a senhora voltar lá, eu ficaria honrado em receber sua visita. Poderia lhe mostrar minha nova coleção e, se for do seu desejo, confeccionar-lhe alguma roupa nova.

Caterina não agradeceu. Não tinha lhe escapado o olhar vagamente depreciativo que o costureiro havia lançado à sua *gamurra* enquanto pronunciava essas últimas palavras. O que ele achava, que uma médica devia se enfeitar como uma duquesa? Irritada, pensou que, embora aquele homem pudesse ser um ótimo artesão, seu garbo não ultrapassava muito o de seu secretário.

Já ia retrucar com uma frase cortante quando percebeu que Afonso se dispunha a despedir-se dos convidados. Dirigiu uma saudação fugidia ao costureiro e entrou na fila com os outros. Rolando, que já estava para sair do aposento, virou-se para olhá-la. Ela fingiu não o ver.

35

Paris.

No pátio do palácio, ainda se demoravam alguns notáveis: eram aqueles que, mesmo tendo participado do banquete, não haviam sido convidados para os aposentos privados do príncipe. Mantinham-se em pequenos grupos, trocando opiniões sobre o sucesso da festa, sobre a atitude dos dignitários da corte, sobre o mal-estar de Isabel e sobre os diversos feitios dos trajes dos participantes.

Mikail dirigiu-se à saída, decidido a esperar o patrão fora do palácio: aquele falatório de vozes empastadas pelo vinho o irritava.

Ia transpor o portal vigiado pelos guardas quando sentiu que o puxavam pela manga.

Voltou-se.

Era uma criada que o interpelava. Corpulenta, mas vestida com um decoro que beirava a elegância.

— O senhor é o secretário do costureiro italiano?

— Sim — respondeu ele, surpreso.

— Minha patroa — disse a serva, apontando para uma mulher atrás dele — gostaria de lhe falar.

— E quem é sua patroa?

— É Agnès de Lagny, esposa de um bailio do rei.

Mikail observou a tal mulher. Não saberia dizer quantos anos tinha ela, mas a tez era fresca e os olhos, de um verde brilhante, fitavam-no atentamente.

Aproximou-se.

— Salve, senhora. Estava à minha procura?

Ela sorriu.

— O senhor se chama Mikail, não? — respondeu. — Antes do início da festa, eu o vi acompanhar Raineri até a entrada do salão, e depois, durante o banquete, escutei quando ele mencionou seu nome: é incomum, difícil de esquecer. Seu patrão falava a seu respeito de modo lisonjeiro e dizia que nem todos podem contar com um secretário tão eficiente.

Mikail enrubesceu.

— Marco Raineri é um homem generoso, e tento não decepcioná-lo.

— Diga-me — prosseguiu a mulher —, os senhores ainda vão se demorar aqui na cidade? Pergunto porque talvez eu pudesse recorrer aos serviços de Raineri, que, segundo me disseram, é um excelente mestre da arte da confecção.

— Ah, ele é, sim, e como! — exclamou Mikail. — É o costureiro mais renomado da Lombardia, e sua fama é seguramente merecida. É capaz de satisfazer às exigências de qualquer cliente, e tenho certeza de que ficará felicíssimo em cumprir também as da senhora. No momento, está se entretendo com outros convidados nos aposentos do príncipe Afonso, mas creio que não demora muito a sair. Se a senhora tiver a paciência de esperá-lo, poderá até falar com ele ainda hoje e marcar um encontro, talvez para amanhã.

— Não, prefiro aprofundar alguns detalhes com o senhor antes de encontrar Raineri: quero lhe mostrar as roupas que conservo em minhas arcas, a fim de que o senhor possa descrever para ele o tipo de traje ao qual estou habituada e os feitios mais adequados para mim. Espero-o amanhã no meu palacete: é perto daqui, bem atrás da residência do duque de Borgonha.

Era um pedido singular, assim como era estranho o olhar com que a esposa do bailio acompanhou aquelas palavras: tinha algo de ávido, de impudico. E se o motivo do convite fosse outro? Embora jamais tivesse se deitado com uma mulher, Mikail sabia que sua aparência as atraía: além dos olhares lânguidos das servas do palacete de Raineri, mais de uma cliente do patrão já tentara seduzi-lo. Até aquele dia, ele nunca cedera aos desejos delas, mas agora, ali naquela cidade excitante, tão longe de Milão, poderia experimentar.

Hesitou, mas só por um instante. Que mal havia, afinal?

Agnès de Lagny sorriu para ele.

— Espero-o à hora nona — disse, antes de se afastar.

36

Paris.

— Lá está, aquela é a cigana da qual falei com a senhora.

Muito cansada, a ponto de quase não conseguir se aguentar em pé, Caterina lançou um olhar distraído à mulher que Marion lhe apontava. Em Montpellier também tinha visto algumas daquelas ciganas, que circulavam atrevidas e insistentes por feiras e mercados em busca de clientes suficientemente bobos para acreditarem em profecias escritas nas linhas da mão. Dizia-se que vinham do Oriente e tinham chegado havia pouco à Espanha: talvez as de Montpellier fossem as primeiras de uma população nômade que não demoraria a invadir também o reino da França. A mulher tinha a pele azeitonada e não era jovem: sua roupa, de cores vivas como as de uma prostituta, recobria um corpo maciço, provavelmente deformado por muitas gravidezes. Enrolado ao pescoço em cinco ou seis voltas, trazia um colar que parecia feito de osso, ou talvez de dentes de algum animal.

Parada pouco distante dos muros que circundavam o palácio, a cigana acompanhava com olhos atentos o vaivém das pessoas recém-saídas pelo portal. Com certeza estava emboscando alguma presa, talvez uma aristocrata suficientemente embriagada para ceder à insana curiosidade de conhecer o próprio futuro.

Caterina se deteve um momento para recuperar o fôlego. Apoiou-se à parede de uma das primeiras casas voltadas para a Petit Pont e fitou Marion.

— Mas o que lhe deu na cabeça, para ficar escutando as patranhas daquela charlatã? — perguntou, brusca. — Não tinha nada melhor a fazer enquanto esperava o fim do banquete?

Marion baixou os olhos, mortificada.

— Não, é que... — tentou se justificar. — Eu estava ali com todos os outros criados, no pátio do palácio, e a certa altura os guardas nos colocaram para fora, dizendo que cacarejávamos como galinhas e incomodávamos o príncipe e seus convidados. Então saímos todos e ficamos diante dos muros. Pouco depois, chega a cigana e diz que por um quarto de soldo pode nos prever o futuro. A primeira que permitiu que lessem sua mão foi a criada de uma duquesa, e depois todas as outras. Eu... também fiquei curiosa e não resisti...

— Deve ter embolsado uma boa soma, aquela trapaceira, e, ao que parece, ainda não acabou — concluiu Caterina, notando uma das convidadas do príncipe estendendo a mão aberta diante da cigana: a mulher a segurava entre as suas, observando-a atentamente. Caterina balançou a cabeça, aborrecida. — E o que a espertalhona disse a você, posso saber? — perguntou a Marion, afastando-se do muro e adiantando-se ao longo da ponte.

A moça deu um longo suspiro.

— Falou de... — respondeu, hesitante — de perigo... Disse para eu tomar cuidado, porque existe alguém disposto a fazer mal. Falou de água e de...

Por uma instante, a voz lhe faltou.

— De sangue — concluiu, engolindo em seco.

Caterina parou e virou-se para olhá-la. Marion estava palidíssima, e seus lábios tremiam.

— Você não vai acreditar nessas tolices, espero — repreendeu-a. — O mundo está cheio de gente pronta para fazer mal, não me parece que essa seja uma grande profecia! Quanto à água, deve ter sido o chapinhar do Sena que a inspirou, embora eu ache que quem precisa de água é justamente ela: a julgar pelo seu aspecto, tenho certeza de que um bom banho não a prejudicaria! Venha, Marion, vamos embora daqui — acrescentou, recomeçando a caminhar. — A luz está baixando, e você bem sabe como é perigoso, para duas mulheres sozinhas, percorrer estes becos depois das vésperas.

Em silêncio, a moça apertou os braços em torno da veste e acelerou o passo atrás da patroa.

37

Paris.

Os apartamentos davam para o pátio interno do palacete. Para chegar a eles, Mikail teve de percorrer um labirinto de corredores e uma íngreme escada em caracol escavada na parede de pedra. Foi acompanhado pela criada que conhecera na véspera: sem pronunciar uma só palavra, ela o precedeu até um vestíbulo fechado por uma porta maciça. Depois de bater e entrar para anunciar a chegada dele, a mulher foi embora.

Agnès de Lagny estava de pé, esperando-o. Agora, sem aquela roupa excessivamente suntuosa exibida no banquete, parecia mais jovem. Havia desmanchado a trança e seus cabelos desciam ao longo do corpo, encaracolados em compridas ondas cor de cobre. Usava uma veste leve: os mamilos transpareciam evidentes por baixo da seda e, à luz dos castiçais, entrevia-se a curva suave dos quadris.

Mikail percebeu que aquele tecido tênue recobria um corpo nu. Ficou sem fôlego.

Imóvel no meio do quarto, Agnès o encarava, divertida.

— Devemos falar de negócios, mas há tempo — disse. Seus olhos relampejaram de malícia. — Antes, venha aqui, Mikail, perto de mim. O senhor é muito bonito, sabe disso, não?

O jovem corou e não respondeu. Hesitante, obedeceu à ordem.

— Coragem, vamos! Espero que não tenha medo de mim — gracejou a mulher, estendendo a mão para ele. Seus dedos se insinuaram no decote da túnica de Mikail e desceram até o peito, numa carícia lasciva.

— Eu não... — murmurou Mikail, sem conseguir terminar a frase. Um longo arrepio percorreu sua nuca.

— O senhor o quê? — sussurrou Agnès, pressionando o corpo contra o dele. A mão desceu mais: percorreu lentamente o ventre, descreveu círculos em torno da virilha e se deteve no pênis. Desconcertado, Mikail sentiu que ele se erguia.

A mulher riu.

— Sua verga tem menos medo do que o senhor, ao que parece!

Sem tirar a mão, Agnès lambeu os lábios dele. Mikail ofegava. A língua da mulher abriu sua boca e a explorou demoradamente.

Como podia acontecer tudo tão depressa? Não era assim que ele imaginara seu primeiro encontro com uma mulher. Quem era Agnès, a esposa de um bailio ou sua concubina? De repente, Mikail sentiu vontade de fugir.

Antes que ele tivesse tempo para isso, a mulher o empurrou para a cama. Sem esperar um sinal de assentimento, despiu-o. Seus gestos eram rápidos, seguros, como os de alguém que já os havia executado muitas vezes.

Mikail tremia.

Agnès o fez deitar-se sobre o colchão de plumas. Depois tirou a veste e ficou parada diante dele, fitando-o intensamente. Seus cabelos, longos até as nádegas, caíram para a frente, ondulando sobre o corpo nu.

Mikail se sentia atordoado. Nada do que estava acontecendo se assemelhava ao que Marco lhe ensinara. Quando decidira deixar-se tentar por aquela experiência nova, havia acreditado que tudo aconteceria como de costume: que tinha de dar prazer, como sempre fizera. Então, o que era aquela sensação jamais experimentada, aquela agitação das vísceras, aquele afã que lhe tirava o fôlego?

A mulher subiu no colchão, ajoelhou-se sobre ele e abriu as pernas.

A carne úmida de seu sexo roçou a ponta do membro ereto do jovem.

Mikail perdeu o controle. Sem compreender o que fazia, agarrou a mulher, puxou-a para si e a penetrou. Com estudada lentidão, Agnès começou a se mexer: pressionando as mãos contra os ombros dele, descia e subia, retraía-se, abaixava-se de novo.

A consciência de Mikail foi se ofuscando. Ele começou a gemer. Apertando com força as nádegas de Agnès, abandonou-se ao ritmo daqueles movimentos cada vez mais convulsos, grunhiu, gemeu ainda e, no fim, enquanto lhe parecia que algo explodia em seu quadril, arqueou a coluna e gritou.

Despencou de volta no colchão, arquejando. A mulher acariciou o peito dele demoradamente, com ternura. Depois desmontou e deitou-se ao seu lado. Tomou a mão de Mikail e a fez deslizar sobre sua virilha. Dali, com gestos hábeis, conduziu-a às profundezas do próprio corpo. Depois de alguns momentos, enquanto Mikail sentia nascer dentro de si uma nova turgidez, ela atraiu a cabeça dele para o espaço entre suas pernas.

— Agora que o senhor teve sua satisfação — murmurou, rouca —, quer conceder um pouco também a mim?

Mikail obedeceu, como fazia sempre, e nenhum assentimento lhe pareceu mais doce do que aquele.

Tinha se passado muito mais tempo do que ele havia previsto. O caminho até a margem esquerda não era curto, mas aquela tarde lhe parecera mais longa do que o normal. Estava tonto e era difícil reunir os pensamentos: aquele colóquio com a mulher do bailio iria lhe abrir novos horizontes, mas ele não sabia ao certo se queria explorá-los. Já não compreendia quem era e aonde o levaria aquela experiência inesperada. Enquanto apertava na mão as duas moedas que Agnès lhe presenteara, disse a si mesmo que tudo aquilo havia sido, mais uma vez, uma sujeição à qual, como a todas as outras ocorridas até ali, estava bem habituado. No fundo, não fizera outra coisa na vida senão obedecer: por que então agora se sentia tão perturbado? Afinal, devia haver um motivo: talvez tivesse sido a atitude da mulher, impudica a ponto de parecer uma cadela no cio. E se, ao contrário, o frenesi dela tivesse derivado dele, do fato de que ele a agradava realmente, de que a excitava? De repente percebeu que sua boca estava seca: será que Agnès o convocaria de novo ao palacete?

Ele e Raineri ainda ficariam mais um pouco em Paris. Havia muito tempo para outro encontro.

38

Paris.

— Pronto, madre, agora pode repousar tranquila.

A voz de Bernard de Noyon, um dos mais consagrados médicos da cidade, soou tranquilizadora aos ouvidos da abadessa de Saint-Antoine-des-Champs. A freira puxou a coberta até o queixo, fechou os olhos e murmurou uma prece. O ponto do tornozelo onde havia sido praticada a sangria ainda doía muito.

A noviça saiu do aposento levando nas mãos a tigela com o sangue.

O médico observou o rosto da abadessa: a cor era a de um cadáver. Totalmente normal, pensou, para alguém com um abscesso renal daquela gravidade.

Lavou as mãos na água da bacia e, sem fazer ruído, deixou a cela de Blanche de Senlis.

Enquanto descia a escada que conduzia ao claustro do mosteiro, relembrou o que o príncipe lhe havia dito. Quando, dois dias antes, confiara a abadessa aos seus cuidados, Afonso recomendara que estes fossem os mais apropriados. "Como o senhor certamente sabe, meu irmão, o rei, e eu mesmo nos importamos muito com o destino do mosteiro de Saint-Antoine-des-Champs, e o fato de saber que a madre Blanche está tão enferma nos preocupa bastante. Tente devolver a saúde a ela, saberemos como ser gratos."

E ele faria isso: por enquanto, bastavam as sangrias, úteis para retomar o fluxo correto dos humores; depois, os remédios certos e uma alimentação adequada se encarregariam do restante. A abadessa ocupava uma posição de prestígio junto à família real, e era indispensável que o tratamento dado por ele tivesse sucesso: se conseguisse curá-la, finalmente iria coroar suas esperanças de tornar-se médico-chefe do Hôtel-Dieu. Aspirava àquele cargo havia anos, e já poderia tê-lo obtido se Rolando Lanfranchi, aquele presunçoso médico milanês tão bem-relacionado na corte, não tivesse interferido. Também desejava o mesmo cargo e, pelo que Bernard ouvira, parecia que o decano ainda não decidira a quem concedê-lo. Seguramente Lanfranchi, aquele intrigante, gozava de uma clientela mais prestigiosa do que a sua, e isso certamente influenciaria a escolha do decano.

Não, disse a si mesmo, eu sou o único a merecer esse posto, e vou obtê-lo.

— Mestre Rolando, eu lhe seria grato se o senhor pudesse examiná-la. Como eu disse, a abadessa de Saint-Antoine-des-Champs está muito doente, e quero ter certeza de que os cuidados aos quais está submetida sejam os mais adequados ao seu estado de enfermidade. O que lhe peço é um parecer executado com a máxima discrição: prefiro que Bernard de Noyon não fique sabendo.

Esforçando-se por esconder a excitação provocada pelas palavras do príncipe Afonso, Rolando assentiu.

— Farei como dizeis — respondeu, em tom grave.

— O senhor pode até ir de imediato ao mosteiro. As irmãs já foram avisadas e estão à sua espera.

Rolando esboçou uma saudação e se despediu.

Enquanto caminhava em passos rápidos, tentou refletir. Aquela podia ser sua oportunidade: se conseguisse desacreditar Bernard de Noyon, o cargo de médico-chefe seria finalmente seu. Ainda não via com clareza o que faria. Esperava que o diagnóstico sobre a doença da abadessa estivesse errado, a fim de poder lançar lama sobre o colega. Em caso contrário, pensaria em outra saída.

Rolando agitou a mátula da urina e observou a cor. Ainda não estava límpida, mas não mostrava vestígios de sangue, sinal de que o tratamento de Bernard começava a dar resultado.

Aquele bastardo fez o diagnóstico certo, pensou, decepcionado. E agora? Durante meses, Bernard continuará se vangloriando por ter salvado esta gralha velha! O príncipe lhe será grato e induzirá o decano a conferir a ele o posto de médico-chefe.

Não, não vai ser assim, decidiu.

Puxou do bolso o saquinho de digitális. Aquele remédio, precioso em doses mínimas, tornava-se tóxico se fosse administrado em excesso: a quantidade contida no saquinho seria capaz de provocar um distúrbio cardíaco que, nas condições em que a abadessa se encontrava, podia se revelar fatal. Abriu a pequena ânfora que continha a poção preparada pelo colega e deslizou ali dentro todo o pó. Fechou-a, sacudiu-a e virou-a várias vezes. Naquela papa de ervas, ninguém perceberia a digitális.

Pronto, disse a si mesmo, agora só resta esperar.

Lançou uma última olhada para a abadessa e saiu.

— Creio que a terapia instaurada por Bernard de Noyon seria eficaz se a madre Blanche sofresse efetivamente de um abscesso renal. No entanto, como suponho que se trata de outro tipo de moléstia, penso que o tratamento deveria ser modificado, ao menos em parte. Desde que ainda haja tempo: a abadessa me pareceu muito fraca, e eu não gostaria que...

Uma ruga de preocupação surgiu na fronte do príncipe Afonso.

— Mestre Rolando, está me dizendo que nossa amada Blanche corre o risco de morrer? Que poderíamos tê-la salvo se, em vez de Bernard de Noyon, tivesse sido o senhor a fazer o primeiro diagnóstico?

— Não, com toda a franqueza não posso afirmar tal coisa. E, seja como for, jamais me permitiria contestar a opinião de um colega tão experiente. O tempo dirá se a terapia que ele decidiu instaurar produzirá efeitos benéficos. Esperemos para ver, senhor príncipe. De minha parte, estou à disposição para qualquer parecer ulterior que decidirdes me pedir.

— Eu mesmo vou fazer uma visita à abadessa — declarou Afonso de Poitiers, levantando-se da cadeira —, a fim de verificar as condições dela. Depois o informarei, mestre — concluiu, encaminhando-se para a porta da sala de recepção.

* * *

Sentado à mesa da taberna, Rolando bebeu um pouco de vinho. Na sopa que estava à sua frente, ainda boiava quase toda a carne: havia comido pouco, não tinha fome.

Com a ponta do dedo, tocou distraidamente a borda untuosa da tigela. Não fiz nada de maldoso, disse a si mesmo, apenas submeti à prova a resistência daquela mulher. Não é certo que sobrevenha um espasmo cardíaco, talvez a constituição da abadessa seja tão robusta que a torne imune ao efeito tóxico da digitális. Se, ao contrário, ela vier a sofrer algum dano, significa que mais cedo ou mais tarde seu coração cederia de todo modo.

Suspirou. Dali a poucos dias, saberia como tudo acabaria.

39

Paris.

Os dois negociantes, envoltos em preciosas capas de seda, avançavam pela rue de la Ferronnerie e conversavam animadamente. Eram seguidos por quatro servos que arrastavam pelo cabresto outros tantos burros carregados de fardos volumosos.

— Devem ser mercadorias destinadas às lojas da rue Saint-Honoré — afirmou Marco Raineri, analisando as cargas com olhar experiente. — Você viu quantas existem naquela rua? Armeiros, bolseiros, sapateiros, marceneiros, chapeleiros, cordoeiros, peleteiros, luveiros, especieiros... É de enlouquecer, estou lhe dizendo!

Mikail, que caminhava ao lado dele, assentiu distraído. Atordoado pelo burburinho incessante e pelo frenético vaivém que tomava conta do caminho, observava uma prostituta parada em um canto. Era muito jovem, pouco mais do que uma menina: o profundo decote da veste amarela deixava adivinhar um colo ainda imaturo. Os olhos, escuros e febris, saltavam de um lado a outro para identificar possíveis clientes. Quando pousaram sobre Mikail, a boca revelou um sorriso convidativo, ressaltando duas covinhas maquiadas nas laterais do rosto. Mikail desviou o olhar.

— Pois é — prosseguiu o costureiro, contornando uma carroça transbordante de armaduras —, quem dera que em Milão existisse um bairro como este, com todas as mercadorias reunidas em menos de meia milha quadrada. Mas não, somos obrigados a correr para lá e para cá pela cidade, o luveiro aqui, o ourives ali, o açougueiro fora das muralhas... Não se pode fazer nada, Milão não é Paris! — concluiu, com um suspiro.

Continuando a caminhar, os dois enveredaram por uma rua transversal àquela que acabavam de percorrer. Era mais larga, mas não menos apinhada, e o centro da pista era ocupado quase por inteiro por um punhado de armígeros a cavalo. Embora estes avançassem de modo lento, as pessoas se deslocavam às pressas: como em qualquer outra cidade, ali também já acontecera de alguém ser pisoteado pelos cascos daqueles animais poderosos. Mesmo o ambulante que até aquele momento se esgoelara apregoando fitas, tachinhas e passamanes fechou a grande caixa com suas mercadorias e se posicionou junto à parede de uma casa.

Raineri estacou.

— A loja de Cambray é ali adiante, não? — perguntou a Mikail, erguendo-se na ponta dos pés. — Você foi vê-la ontem, então deve saber.

— Sim, patrão, é lá no fundo, não falta muito.

O grupo de armígeros estava dobrando numa rua lateral, provavelmente dirigindo-se ao Châtelet. A rua se reanimou em um instante, e os dois homens aceleraram o passo.

— Lá está a loja, o senhor a vê? — disse Mikail, apontando um largo pouco distante.

— Sim, vejo — respondeu Marco —, e há também uma tabuleta, se não me engano. Vamos. Ou melhor, não, espere um momento: minha veste está em ordem? Com todo o percurso que fizemos da estalagem até aqui, deve ter ficado enlameada.

Mikail o esquadrinhou com olhar crítico.

— Não, eu diria que está bem. Somente aqui... — acrescentou, batendo delicadamente com a mão na orla posterior da roupa. — Pronto, agora o senhor está em ordem.

Tranquilizado, o costureiro se encaminhou para a loja de Guillaume de Cambray, o colega parisiense a quem havia solicitado um encontro.

Mikail, que fora anunciar a visita, havia voltado elogiando para Raineri as dimensões do ateliê: disse que este se estendia por dois andares lotados de trabalhadores e que nos fundos, depois de um pequeno pátio, havia um enorme depósito que, a julgar pelo vaivém dos servos, devia estar cheio de peças de tecido.

Agora, aproximando-se do local, Raineri achou que o rapaz tinha exagerado: a fachada da casa era estreita, e ele não entendia como os espaços ali dentro podiam abrigar a quantidade de pessoas de que Mikail havia falado.

Chegaram. Antes de entrar, Marco ergueu os olhos para a tabuleta: o nome do costureiro, dourado e habilmente ressaltado na placa de cobre, era encimado por uma composição pictórica que reproduzia um feixe de peças coloridas. Foram feitas em esmalte e brilhavam como pedras preciosas: ainda mais ao alto, na borda superior da placa, destacava-se o relevo de uma tesoura.

Espantado por tanto requinte, Marco decidiu: assim que retornasse a Milão, mandaria fazer uma tabuleta semelhante: a sua era muito mais comum e não chamava a atenção como aquela que ele acabava de admirar.

Recebidos por um criado, os dois foram conduzidos através de um corredor muito comprido, para o qual se abriam várias portas, das quais era possível ver trabalhadores inclinados sobre pranchetas. No fundo, uma escada interna levava ao andar superior. Ali, em locais idênticos aos de baixo, fervia a mesma laboriosidade: aprendizes, bordadores, cortadores, tosadores, cosedores, todos trabalhavam animadamente. À passagem do grupo, nenhum levantou a cabeça.

O criado bateu na última porta e anunciou o visitante.

— Pode entrar — respondeu uma voz profunda.

O costureiro transpôs a soleira, seguido por Mikail. Guillaume de Cambray, que estava recortando um molde em papel dobrado, pousou a tesoura sobre a bancada e foi ao encontro deles

— Salve, colega — disse, dirigindo-se a Marco —, estou feliz por acolher na minha oficina um artesão com sua fama: ouvi falar do senhor como o melhor costureiro de Milão.

Marco Raineri se eximiu.

— Não tão bom quanto o senhor, Guillaume, que presta seus serviços às excelências da nobreza parisiense.

O costureiro sorriu.

— Não me adule, não há necessidade. Prefiro que me diga qual é o motivo que o traz aqui. Quer dar uma espiada nas minhas novas criações para poder copiá-las?

A pergunta foi feita em tom brincalhão, e Marco sorriu por sua vez.

— Não — respondeu —, eu queria saber algo mais sobre aquele tecido com o qual foi feita a roupa usada pela condessa de Mélun no banquete do príncipe. É o que chamam de veludo, não?

— Sim, é um tecido novo, vendido por pouquíssimos comerciantes. É difícil de ser trabalhado, talvez ainda mais do que o brocado, mas, depois que o cortamos e costuramos, o resultado é surpreendente. Todas aquelas sombras que se sucedem entre as pregas, a luz que se reflete nos refolhos, a maciez... Ao tato, parece até que estamos acariciando o seio de uma mulher, não acha?

Marco enrubesceu.

— Não sei dizer, nunca toquei naquele pano, apenas vi o vestido da condessa.

— Ah, então preciso lhe mostrar! — exclamou o costureiro, voltando-se para um grande armário atrás dele. — Os outros tecidos mantenho no depósito, mas esse é muito precioso, prefiro guardá-lo aqui neste aposento, onde só eu trabalho.

Com a peça sob o braço, Guillaume afastou o papel dobrado para abrir espaço. Em seguida, com gestos delicados, desdobrou-a sobre a bancada. Marco tocou o veludo com a ponta dos dedos.

— É... é maravilhoso... — balbuciou. — Eu não... nunca vi nada igual. Mikail — disse, animado —, veja que esplendor!

O rapaz, que se mantivera respeitosamente à parte, aproximou-se.

— É um tecido realmente extraordinário — comentou.

— E também esta cor, este azul... — continuou Marco, sempre mais admirado.

— É o glasto, ou pastel-dos-tintureiros, que dá essa tonalidade especial, e o procedimento para obter a tinta é demorado e custoso. Imagino que o senhor também saiba disso.

— Sim, eu também trabalho sedas tingidas com glasto, e o tintureiro é um judeu toscano.

— Ah, deve ser a mesma pessoa a quem confio meus tecidos. Como se chama?

— Beniamino de Lucca.

— Não, não é ele; é outro. A Toscana é cheia de tintureiros, e são todos judeus: ninguém gosta daqueles homens sem Deus, mas são os únicos que aceitam fazer um trabalho tão malcheiroso! O que seria de nós, costureiros, sem eles? Talvez, se...

— Se puder me permitir uma pergunta — interrompeu-o Marco —, qual mercador o senhor procurou para adquirir este tecido? Porque também estou interessado nele.

— Sem dúvida! O veludo é maravilhoso, e em minha opinião tem um grande futuro: estou convencido de que, em pouco tempo, será o tecido mais pedido pela aristocracia, e não só aqui em Paris. Aliás, meu fornecedor é veneziano, e sei com certeza que justamente agora ele está começando a procurar os costureiros mais famosos de seu país. Não duvido de que, daqui a pouco, entrará em contato também com o senhor. Chama-se Angelo Gaspare.

Guillaume enrolou a peça de veludo e guardou-a de volta no armário. Depois virou e estendeu de novo o papel dobrado sobre a bancada.

— O senhor certamente se perguntará por que estou fazendo as marcas no papel, em vez de confiar este trabalho a um dos meus cortadores — disse, empunhando a tesoura. — Isto aqui é o molde para uma cota de armas encomendada pelo príncipe Afonso: considerando o cliente, prefiro cuidar eu mesmo dos detalhes aparentemente mais insignificantes. O senhor sabe o que dizem sobre nós, costureiros: desenhamos mil vezes, mas só cortamos uma. Frase sagrada, ainda mais se o guarda-roupa for para um príncipe... Claro, se para cada roupa eu tivesse de marcar ou cortar, não me restaria tempo para coordenar tudo: por sorte disponho de cortadores competentes, que me dispensam dessa incumbência. A propósito, o senhor visitou o ateliê?

— Não — respondeu Marco —, mas não gostaria de fazer o senhor perder mais tempo...

— Não diga isso, um colega com seu prestígio! — exclamou Guillaume de Cambray, pousando a tesoura. — Venha, venha comigo, este molde pode esperar.

O costureiro precedeu Marco e Mikail ao longo do corredor, detendo-se na soleira de cada uma das salas. Visivelmente orgulhoso do fervor demonstrado pelos seus trabalhadores no cumprimento das respectivas tarefas, mostrou ao visitante cada setor de sua atividade. Marco se espantou ao ver que, além de roupas e tecidos, no ateliê de Guillaume também eram mantidos os acessórios geralmente expostos apenas em oficinas de produção: franjas, passamanes, bolsas, gorros, botões, taças de sutiã douradas, sapatos, sandálias e meias já confeccionadas ocupavam ordenadamente várias prateleiras.

Por fim, Guillaume mostrou seus bonecos, manequins recheados com palha e dotados de trajes prontos ou semitrabalhados. Ocupado em ajeitar uma bainha que pendia torta de um deles, o aprendiz que havia errado ao costurar o arremate olhou atemorizado para o patrão, à espera de uma reprimenda. O costureiro fingiu não perceber a falha.

— Pois é, se o senhor soubesse quanta paciência é necessária com estes aprendizes! — disse a Marco enquanto o acompanhava até a porta. — Para um que trabalha com cuidado, há dois que erram: imagino que isso também deve acontecer em Milão.

Marco assentiu, distraído. Através da arcada que levava ao pátio, na extremidade oposta do corredor de entrada, observou quatro carpinteiros ocupados em pregar tábuas a fim de formar uma estrutura semelhante a uma pequena ponte. O olhar curioso do colega não escapou a Guillaume.

— Sabe o que é aquilo? — perguntou, com malícia.

— Não... uma ponte, um estrado?

— Uma passarela. E sabe para que serve?

— Não.

— Para apresentar meus modelos.

Marco o encarou, sem compreender.

— Resolvi expor sobre esta passarela móvel meus bonecos vestidos — explicou, satisfeito, o costureiro. — Em datas prefixadas, vou colocá-los fora do ateliê e convocar os clientes para admirarem as novas criações. Na verdade, o que eu gostaria de fato seria poder fazer pessoas de carne e osso usarem minhas roupas e enviá-las à corte ou fazê-las circular pelos palacetes dos nobres, mas não creio que conseguirei. Por enquanto me contento com a passarela, depois veremos.

Boquiaberto com o que acabara de ouvir, Marco não percebeu de imediato que o costureiro já se despedia dele. Agradeceu pela acolhida e foi embora, seguido por Mikail.

Guillaume de Cambray ainda ficou à porta por um momento. Estava realmente satisfeito: o estupor que havia lido no rosto do costureiro milanês o fez achar que agira de maneira astuta quando decidiu mostrar-lhe seu ateliê. Ainda que não soubesse disso antes, agora estava certo de não ter nada a temer. Aquele homem era só um pequeno provinciano, jamais conseguiria igualar sua fama.

40

Paris.

Apesar do dia primaveril, no escritório do decano fazia frio. Incrustado no fundo de um corredor do Hôtel-Dieu, o local nunca recebia a luz do sol: a única janelinha que se abria na parede dava para um estreito pátio interno que servia para comunicar duas enfermarias.

Mesmo que o ar ali dentro fosse mais tépido, Rolando se sentiria igualmente tomado por calafrios, como acontecia naquele momento. As palavras de Richard d'Audicourt tinham-no abalado, sobretudo porque eram inesperadas.

Alguém o acusara de haver executado a dissecção. Embora não tivesse sido revelado o nome do delator, ele estava certo de que se tratava de Guillaume, seu aluno: decepcionado por ter-lhe sido negado o diploma, vingara-se denunciando-o. Era culpa sua, fora um idiota ao não prever tal consequência.

Fechado em um silêncio sombrio, continuava a escutar: a voz do decano tornava-se bem mais baixa, e a cada nova frase se impregnava de irritação.

— E então, mestre — perguntou finalmente Richard d'Audicourt —, tem algo a dizer como justificativa?

— Sim, mas antes de responder eu gostaria de saber o nome da pessoa que me denunciou.

— Foi um estudante, não posso lhe dizer mais nada.

— E esse estudante tem provas que confirmem o que ele diz? Por acaso estava presente à dissecção? E, se estava, quem ou o que o induziu a participar de semelhante evento?

Richard d'Audicourt franziu o cenho.

— Mestre — disse, brusco —, não estamos aqui para nos confrontarmos em uma discussão dialética, portanto não perca tempo esquivando-se do assunto, não é útil nem ao senhor nem a mim. Essa dissecção de que é acusado: o senhor a executou ou não?

Rolando suspirou.

— Veja bem — começou —, alguns mestres em medicina, sobretudo orientais, afirmam a necessidade dessas práticas cruentas. Dizem que, para ser bom cirurgião, é preciso observar a disposição de cada órgão dentro do corpo, e isso, como o senhor pode imaginar, só pode ser feito em um cadáver. Além do mais...

— E o senhor compartilha dessa impiedade? — interrompeu-o Richard d'Audicourt, tremendo de indignação.

— Não — mentiu Rolando —, mas, queiramos ou não, creio que o caminho das dissecções é o único que nós médicos deveremos percorrer se quisermos compreender de fato como funciona o corpo humano.

O decano o encarou severamente.

— O senhor me espanta, Rolando: eu nunca imaginaria que um médico do seu valor cultivasse semelhantes teorias. Percebe que suas próprias palavras o acusam? Que suas afirmações confirmam o fato de que realmente o senhor executou aquela dissecção e, o que é pior, diante de dois jovens ainda incapazes de saber distinguir entre o bem e o mal? Ou melhor... — acrescentou, estreitando os olhos —, aquele que o denunciou falou também da presença de outra pessoa que, apesar dos trajes masculinos, tinha toda a aparência de uma mulher. Era a mestra Caterina? Não terá sido ela a induzi-lo a fazer a dissecção, ela que foi aluna daqueles mesmos mestres orientais de quem o senhor acabou de falar?

Rolando ficou sem fôlego.

Se havia decidido ser franco com Richard d'Audicourt, expondo-lhe as próprias teorias sobre a arte médica, era porque acreditava poder se permitir isso: estava convencido de que o decano não acharia conveniente tornar pública aquela acusação, não depois dos elogios que lhe fizera diante do príncipe. Se aquela história fosse divulgada, não prejudicaria só a ele, o grande mestre em medicina, mas também colocaria em dúvida o bom nome da autoridade máxima do Hôtel-Dieu.

Para Caterina, porém, a situação era diferente. Ele tinha certeza de que o decano a denunciaria: depois do episódio da intervenção cirúrgica naquela moça grávida, Richard mal suportava a presença dela, e o fato de que suspeitava do vínculo entre os dois só piorava as coisas.

Tentou raciocinar depressa: não podia se expor ao risco de um desentendimento com o decano, não depois que ele dera a entender claramente que o cargo de médico-chefe seria seu, e não de Bernard de Noyon. Estava quase certo de que o motivo daquela decisão estava relacionado ao fim repentino da abadessa de Saint-Antoine-des-Champs. Bem sabia como a morte dela havia abalado o príncipe Afonso: ele seguramente se arrependera de tê-la confiado aos cuidados de Bernard e ordenara ao decano que nomeasse Rolando como médico-chefe do Hôtel-Dieu.

Era justamente o que estava esperando. Agora, porém, não podia permitir que uma história como aquela sobre a presença de Caterina à dissecção arruinasse tudo.

Olhou o decano e exibiu no rosto uma expressão de pesar.

— Eu... — começou. — Eu não sei como lhe dizer, mas... Foi... Sim, de fato foi a mestra Caterina quem quis a dissecção. Vinha insistindo havia tempos, bajulou-me e suplicou até me convencer. Errei em satisfazê-la, sei disso, mas como podia decepcioná-la, logo eu, que, tanto quanto ela, fiz da arte médica uma razão de vida? Hesitei muito, mas por fim aceitei: procurei me persuadir de que, apesar das proibições vigentes, não haveria nenhum mal em seccionar um cadáver. Esperava descobrir novos detalhes sobre a fisiologia humana que me permitissem elaborar diagnósticos mais precisos. — Exalou um suspiro trêmulo. — Se ao menos eu soubesse o que me esperava... Eu nunca havia feito aquilo — mentiu —, e a experiência me transtornou. Aquele pobre corpo, profanado sem piedade... Cometi o maior erro da minha vida, só agora me dou conta — concluiu, baixando os olhos.

O decano o fitava, incrédulo. O tom entristecido com que o médico pronunciara as últimas palavras não o convencia. O que acabava de escutar era só uma meia confissão, tinha certeza: conhecia bem Rolando e não acreditava que apenas a insistência da mestra Caterina o fizera executar a dissecção. Não, devia ter sido ideia dele.

— Mestre — disse, severo —, não tente me enganar, é algo que não lhe convém. Isso que o senhor me contou não é toda a verdade, ambos sabemos. Foi o senhor quem quis fazer a dissecção, e a mestra Caterina ficou muito feliz por assistir.

— Mas não, acabei de dizer que...

— Chega, Rolando — interrompeu o decano com aspereza. — Cale-se, é melhor que me escute. Embora eu saiba que deveria seguir o procedimento e puni-lo por ter se comportado de maneira ímpia, não o farei. Não, certamente, por benevolência em relação ao senhor. O motivo é outro: se viessem a saber que estou prestes a nomear médico-chefe do Hôtel-Dieu um cirurgião que pratica dissecções, minha honra de decano e o prestígio de que desfruto na corte ficariam comprometidos, talvez de modo irremediável. Se eu quiser salvaguardá-los, só me resta uma saída: acusar apenas a mestra Caterina, deixando-o fora de toda a história. Posso fazer isso porque, exceto eu mesmo, ninguém sabe que recebi uma denúncia contra sua pessoa, e aquele que a apresentou foi silenciado com uma adequada recompensa. Os outros dois, aqueles estúpidos que estavam lá com o senhor, já foram ameaçados como mereciam: se soltarem uma só palavra sobre a dissecção, serão expulsos da universidade. Portanto, na queixa que encaminharei ao preboste de Paris, aparecerá apenas o nome de Caterina de Colleaperto.

Rolando o encarava atento, prendendo a respiração.

— Minhas declarações — continuou o decano — serão acolhidas com alívio também pelas autoridades eclesiásticas, que há muito tempo me pedem para afastar aquela mulher das enfermarias do Hôtel-Dieu. Quero que fique claro um ponto: o fato de utilizar esta mentira certamente não me honra, e tenho perfeita consciência de que deverei prestar contas a Deus por um comportamento tão indigno. Isso, contudo, tem a ver com minha consciência: quanto ao senhor, repito, não estarei agindo por uma maldisfarçada condescendência, mas por um cálculo preciso de conveniência recíproca. Estou lhe propondo um acordo, mestre: em troca do meu silêncio quanto à sua ação, o senhor evitará informar a mestra Caterina sobre o conteúdo desta nossa conversa. A detenção à qual ela será seguramente submetida deve chegar de modo totalmente inesperado, ou corre-se o risco de que consiga fugir. Esta, com toda a franqueza, parece-me a única solução possível para tirá-lo da confusão em que o senhor se meteu com tão culpável leviandade.

Rolando exalou um silencioso suspiro de alívio.

— Isso não é um acordo — disse, fingindo profunda aflição —, é uma chantagem. A mestra Caterina não merece ser acusada injustamente, e o senhor bem sabe. Embora tenha sido ela a solicitá-la, a dissecção foi obra minha. Não creio que posso aceitar: minha ética de homem, antes mesmo que a de médico, me impede de...

— O senhor não tem escolha — interrompeu-o Richard d'Audicourt. — Se não aceitar, sua carreira acaba aqui.

Rolando fechou os olhos.

— Então, que seja como o senhor quer — respondeu, em um sopro.

41

Paris.

"A dissecção foi descoberta, e em breve a senhora poderá ser denunciada. Fuja enquanto há tempo. Um amigo."

André releu as duas linhas do texto. Foi tentado a assiná-las, mas não o fez. No dia anterior, havia conversado de novo com Guillaume, o qual, já sóbrio, lhe fornecera uma descrição bastante detalhada da mulher presente à dissecção. Àquela altura, teve certeza de que se tratava da mestra Caterina. Havia refletido por algumas horas e decidira: devia avisá-la. Ainda que ela tivesse errado em participar daquele ato de impiedade, ele não a condenava: Caterina era uma médica muito habilidosa para merecer ver sua carreira interrompida por uma denúncia tão grave.

Dobrou de novo o pergaminho, colou as bordas com cera e saiu.

Sabia que Caterina morava em cima da loja de Nicolas, o artesão de instrumentos cirúrgicos: esperava encontrá-la lotada, a fim de poder deslizar a carta sobre o balcão sem ser notado.

O cirurgião estava negociando com Nicolas o preço de uma serra de amputação: o homem era alto e robusto e ocupava boa metade do espaço diante do balcão. Ao lado dele, duas pessoas esperavam sua vez: eram curandeiros e trocavam opiniões sobre a eficácia de um novo unguento recém-chegado do Oriente.

André se manteve à parte. Enquanto o cirurgião ia embora, Nicolas se voltou para os outros clientes, que, em uníssono, pediram para ver lancetas e pinças de extração. O artesão os conduziu ao fundo da loja, onde, alinhados numa prateleira, jaziam os instrumentos de uso mais comum.

O estudante esperou que os três homens lhe dessem as costas. Girou o pergaminho, de tal modo que o nome da destinatária ficasse bem visível, deixou-o cair sobre o balcão e saiu.

Caterina fitava o bilhete. Não fazia ideia de quem podia tê-lo escrito, mas, quem quer que fosse, devia saber da dissecção. Talvez um dos dois estudantes encarregados de obter o corpo da enforcada tivesse falado demais: alguém havia escutado e se preparava para apresentar uma denúncia contra eles.

Contra nós? Não, contra mim, disse a si mesma, repentinamente consternada. O prestígio de Rolando é grande demais para que o decano ouse manchá-lo com uma denúncia de profanação de cadáver: aquele homem me detesta e não perderá a oportunidade de me afastar do hospital. Somente eu vou sofrer as consequências do que aconteceu, tenho certeza. Assim como tenho certeza de que Rolando não tomará o meu partido. Ao contrário: para se defender, pode até chegar a me acusar de ter praticado a dissecção. Afinal, não sou eu a mestra em medicina tão temerária a ponto de querer exercer também a cirurgia? Todos vão acreditar nele, o decano, os colegas, a corporação inteira.

Percebeu que tremia.

Tenho que ir embora. Não posso ficar aqui, ou passarei o resto dos meus dias nos calabouços do Châtelet. Acabou tudo, o hospital, os clientes, esta casa, Rolando... Não, com ele já estava tudo acabado, pensou amargamente, e esta é a digna conclusão de uma história que jamais deveria ter começado.

Engoliu as lágrimas, dobrou o pergaminho e vestiu o manto de seda.

Assim que Marion voltasse da fazenda de Vaugirard, as duas arrumariam a bagagem. Não tinha certeza de que a moça a seguiria: devia dar-lhe explicações sobre aquela partida repentina e talvez, sabendo que ela havia assistido à profanação de um cadáver, Marion a considerasse uma bruxa, e não uma mestra em arte médica. Pois que pensasse o que quisesse: se Marion se recusasse a acompanhá-la, ela partiria sozinha.

E havia também outra questão. Embora fosse o único lugar onde gostaria de se refugiar, não podia voltar a Montpellier.

Ali ainda vivia Jacques de Toulouse, o médico famoso sob cuja orientação ela fizera seu aprendizado. Jamais confessara isso a ninguém, mas ele havia sido a causa de sua decisão de transferir-se para Paris. A amizade dos dois, nascida durante o curso, transformara-se pouco a pouco numa espécie de cumplicidade amorosa que, no entanto, jamais desembocara em uma relação mais íntima. Caterina estava satisfeita assim, não precisava de mais nada. Terminados os estudos, o médico a convidou para um encontro em sua casa e ela, incautamente, aceitou. Depois de alguns copos a mais, as propostas dele, em geral discretas, tornaram-se grosseiras e apressadas: diante de sua recusa a deitar-se com ele, Jacques se enfureceu e tentou usar de violência. Caterina se defendeu desesperadamente e fugiu. No dia seguinte, ele a convocou à sua sala e ameaçou-a. "Se não quiser se tornar minha amante", disse, "pode desistir de trabalhar aqui em Montpellier. Eu vou impedi-la, tenho todos os meios para isso."

Caterina teve que ir embora, sabendo que jamais voltaria para lá. Paris lhe pareceu o destino certo: cheia de notáveis, aristocratas, mercadores e artesãos e, dotada de um dos mais importantes hospitais da França, poderia revelar-se o lugar mais adequado para iniciar uma carreira. No entanto, agora devia fugir também dali.

Talvez seja melhor que eu vá embora da França, refletiu. Enquanto permanecer em solo francês, as autoridades têm todas as possibilidades de me procurar, me achar e me trazer de volta a Paris, talvez acorrentada. Tenho que ir mais longe, transpor os limites do reino.

Desceu apressadamente a escada e saiu, dirigindo-se à Porte Saint-Germain. Dali partiam as caravanas, talvez encontrasse uma que fosse para o sul.

Marion abriu a arca de Caterina e tirou a veste de lã fina, as *gamurras*, os sapatos, a bata de médica, a garnacha forrada de peliça, a roupa de baixo, um par de robustas botas de couro, duas escarcelas e um estojinho de prata. Em seguida, recolheu três grandes sacos do canto onde estavam e começou a enchê-los. No outro lado do quarto, a patroa reunia em uma bolsa espaçosa os volumes de medicina e a caixa com os instrumentos de sua arte.

Enquanto, com mãos trêmulas, atava os laços dos sacos, Marion se perguntou o que seria delas duas. Aquilo que a mestra Caterina lhe havia contado a deixara transtornada. Mas o que se passou na cabeça dela?, perguntara-se, horrorizada. Não sabia que ao fazer aquilo se expunha à condenação eterna? E, se no dia do Juízo os mortos deviam ressurgir, como se apresentariam diante de Deus? Todos retalhados, em pedaços, desmembrados como carcaças de animais... Não que ela acreditasse muito na história da ressurreição dos corpos, mas afinal, se os padres diziam isso, alguma coisa devia ser verdade.

E ainda aquela história de Milão. A patroa lhe dissera que seguiriam para lá. Explicara que a caravana partiria ao amanhecer do dia seguinte e que já conseguira um cavalo e um burro. Mas por que justamente Milão, a cidade de Rolando? Marion não ousou pedir explicações: talvez, com toda aquela pressa, a caravana para Milão fosse a única disponível. Ou talvez a escolha fosse por causa de outro médico milanês: a mestra Caterina afirmara lembrar-se de um cuja fama chegara até Paris. Tinha dito que iria procurá-lo, na esperança de que ele pudesse ajudá-la a conseguir trabalho em algum hospital.

E esperemos que consiga suportar a fadiga da viagem, disse Marion a si mesma, notando como a patroa estava pálida. É uma mulher forte, mas está grávida, e todo mundo sabe que os primeiros meses são os mais perigosos. Esse pensamento lhe devolveu à mente a mísera conclusão de sua gravidez. Expulsou-o depressa. Não era hora de se deixar abater.

42

Paris.

Mikail fitava incrédulo o conteúdo do urinol. Acima da poça malcheirosa que o enchia, os respingos de sangue iam até as bordas.

O costureiro, afundado no colchão e envolto na garnacha de petigris, continuava a tremer. O rosto insolitamente avermelhado era percorrido por dezenas de pequenas veias que aqui e ali se reuniam em grupos, formando manchas violáceas. Os olhos estavam fechados, e os lábios, encrostados de vômito, moviam-se mudos. Ele havia delirado durante horas, mas agora já não saía nenhum som de sua garganta, a não ser um estertor rascante.

O jovem sentia medo. Que diabo estava acontecendo ao patrão? Passara-se um dia inteiro desde que aquele mal-estar havia começado, e ainda não dava sinais de cessar. Algumas horas antes, Marco ingerira um fármaco que trazia no saco de viagem, mas o remédio não surtira efeitos benéficos: logo depois de tomá-lo, o patrão fora atacado por novas ânsias de vômito e começara a defecar sangue.

Apesar do delírio, não perdera totalmente a consciência. Quando Mikail lhe sugeriu procurar um médico, ele se recusou com ênfase, chegando até a ameaçá-lo. Depois, exausto, jogou-se sobre o colchão e lhe ordenou acrescentar a garnacha à colcha de lã que o cobria.

Agora estava reabrindo os olhos.

— Estou com sede — disse em um sopro. — Quero água, muita água.

Mikail correu a pegar a jarra, encheu o copo e ajudou o patrão a se apoiar nos travesseiros. O costureiro bebeu avidamente.

— Mais, quero mais — murmurou febril, estendendo o copo ao rapaz.

— Mas... quase não resta nenhuma e...

— Desça e peça mais ao estalajadeiro, pelo amor de Deus! — grasnou o outro, rouco.

Mikail obedeceu. O estalajadeiro lhe deu uma jarra grande, cheia até a boca. Embora seus clientes costumassem exigir o bom vinho da Borgonha e não a água do Sena, não se espantou: desde o início aquele italiano lhe parecera um tipo estranho, então era melhor contentá-lo sem pedir explicações.

O jovem retornou ao quarto: sem sequer lhe dar tempo de servir a água no copo, o costureiro começou a beber diretamente da jarra. Esvaziou-a em poucos e demorados goles. Depois pediu a bacia, meteu um dedo na garganta e vomitou todo o líquido que havia bebido.

Sacudido por calafrios, estendeu-se no colchão e se encolheu todo: aos poucos, o tremor diminuiu e o corpo se aquietou.

Mikail deslocou o urinol e a bacia para um canto do aposento, cobriu-os com um pano e sentou-se no banquinho, à espera.

— Partiremos amanhã. Vamos voltar para Milão.

O tom do costureiro não admitia réplicas. Mikail o encarou, perturbado.

— Mas... — conseguiu dizer — o senhor tem certeza de que está suficientemente forte para enfrentar a viagem? Só se passaram dois dias desde daquela indisposição nas vísceras, e...

— Estou bem, já passou tudo. Foi aquela maldita perdiz assada que comi no almoço do barão de Vitry: provavelmente a carne estava estragada e eu não percebi. Com todos os temperos que usam, esses franceses conseguiriam fazer parecer apetitoso até um cadáver!

— E as encomendas que o senhor pretendia recolher? Talvez, se ficássemos mais um pouco, pudessem surgir outras: estamos aqui somente há três semanas e, se não me engano, sua intenção era ficar por um período bem mais longo.

Marco Raineri fitou o rapaz.

— Mikail — disse, severo —, não me faça perder a paciência. Compreendo que, para alguém como você, não é todo dia que surge a oportunidade de uma temporada em Paris, mas acho que já lhe permiti até demais: você me acompanhou à corte, esteve em ambientes que jamais imaginaria frequentar, conheceu a cidade. O que mais pode querer? Se eu digo que chegou o momento de voltar, é porque vamos voltar. Quanto às encomendas, já temos pedidos para uns dez guarda-roupas destinados à estação fria. Acha que, daqui até o inverno, eu consigo confeccionar mais do que isso? Esqueceu que há outros clientes me esperando em Milão? Pare de reclamar e arrume nossas coisas: ao amanhecer, espera-nos uma caravana que está de partida. Quando terminar aqui, vá avisar aos servos: cavalos e burros deverão estar prontos até a hora das vésperas.

Mikail assentiu. Acabou tudo, pensou decepcionado: nada de convites para a corte, banquetes, ocasiões excitantes. Iam voltar para casa, para a vida de sempre, para os hábitos costumeiros. Toda aquela viagem, cansativa e interminável, para ficar ali menos de um mês. Seu pensamento correu ao corpo nu de Agnès de Lagny, ao seu perfume, aos seus olhos verdes, à sua boca escancarada nos gemidos de prazer.

Um nó apertou sua garganta. Ele engoliu em seco várias vezes e foi abrir as três arcas que conteriam a bagagem.

43

Paris.

— Foi embora? Como assim, foi embora?

A expressão de Rolando era incrédula. O colega, que estava lavando as mãos na bacia, olhou-o curioso. Por acaso tinham começado a falar da mestra Caterina, e ele jamais imaginaria que Rolando não soubesse que ela havia partido. Era sua amante, todos sabiam disso, como podia ter deixado a cidade sem avisá-lo?

— O senhorio não faz ideia de para onde ela foi — respondeu o médico. — Sabe apenas que lhe pagou o aluguel do mês e que, ao amanhecer, dois dias atrás, viu-a sair em companhia da criada: montaram um cavalo e um burro e levaram toda a bagagem. Talvez estivessem prestes a se juntar a uma caravana.

— E como o senhor conseguiu ficar tão bem-informado?

— Um dos meus estudantes me disse. Eu o encarreguei de comprar novas mátulas e alguns rolos de ataduras: quando ele chegou à loja de Nicolas, na rue Séverin, havia um homem pedindo notícias da mestra Caterina. O rapaz me contou que, ao saber que ela não estava, o homem ficou muito contrariado e se conteve para não ser grosseiro com o pobre artesão. Meu aluno também disse que Nicolas parecia apavorado.

Era certamente um emissário do decano, pensou Rolando, enviado até lá incógnito para verificar se o pacto tinha sido respeitado. Mas, por Deus, ele não dissera nada a Caterina! Quem teria dito? Porque aquela partida repentina só podia ter uma razão: alguém a avisara sobre a denúncia.

E agora, o que vou dizer a Richard d'Audicourt?, perguntou-se angustiado. Que eu não sabia de nada? Ele nunca vai acreditar. Além do mais, o fato de já se ter passado um dia desde que ele descobriu a fuga e ainda não ter me convocado para pedir explicações me faz temer o pior. E se tiver mudado de ideia e pretender dar andamento ao processo judiciário contra mim, sem sequer me avisar?

O colega, que se preparava para sair do pequeno consultório da sala de internação, continuava a encará-lo.

— Se ela partiu mesmo, alguém terá de informar seus clientes, assim como o decano e as monjas do hospital — disse-lhe Rolando, com um sorriso forçado. — Eu mesmo vou fazer isso, e já — concluiu, desaparecendo às pressas pela porta.

44

Beaune, junho.

As barracas do mercado, alinhadas ao longo do muro externo do mosteiro, estavam cheias de mercadorias. Frutas e hortaliças disputavam o espaço com pães, garrafas de vinho, aves, cereais, legumes, peças de tecido, louças, fardos de palha, feixes de lenha e sacas de feno. Criados e pessoas do povo lotavam a viela, aproximavam-se das bancas, olhavam, comparavam, escolhiam, negociavam preços, enchiam cestos e demoravam-se conversando. Sobre o burburinho constante que enchia a rua, de vez em quando se elevavam a voz possante de um vendedor, o grito de uma criança, o latido de um cão.

Parado diante da banca do sapateiro, Matthew observava um par de botas. O couro parecia sólido, e as costuras davam a impressão de robustez: justamente o tipo de calçado que lhe serviria para o resto da viagem. As suas, que ele possuía havia cinco anos, estavam quase completamente rasgadas.

Experimentou-as: eram perfeitas. Manteve-as nos pés e guardou as velhas no saco que carregava nos ombros: era melhor não jogá-las fora por enquanto, poderiam ser úteis em caso de emergência. O caminho até Milão ainda era longo e, embora o verão estivesse prestes a chegar, sempre havia o risco de uma tempestade repentina reduzir a estrada a um rio de lama, sobretudo no desfiladeiro de Mont-Joux.

Pagou o sapateiro e se encaminhou à hospedaria onde estava alojado. Não precisava de mais nada, já comprara pão e uma fôrma de queijo duro, e isso lhe bastaria para dez dias de viagem.

Já estava chegando quando, surgido não se sabe de onde, um cão correu ao seu encontro e parou à sua frente. Ofegava, com a língua pendente:

o pelo, louro e espesso, estava pontuado por fios de palha. Ergueu-se nas patas traseiras e se apoiou no ventre dele, fazendo-o cambalear.

Matthew o acariciou entre as orelhas, enquanto o animal levantava o focinho.

Com delicadeza, afastou-o e continuou a caminhar, decidido. O cão o seguiu, hesitou um pouco na soleira da hospedaria, precedeu-o ao longo da escada externa e parou, arquejante, diante da porta que levava ao dormitório comum.

— Você não pode ficar aqui — repreendeu-o Matthew. — Volte para o seu dono.

Acabava de lhe dar uma ordem, mas já sabia que não seria obedecido. O animal o fitou e permaneceu imóvel. Balançou a cauda algumas vezes e depois se sentou, à espera.

Matthew se obrigou a ignorá-lo e entrou. Chegou ao seu enxergão e sentou-se. Pelo vão da porta aberta, o cão enfiou a cabeça para olhá-lo e ganiu.

— É seu aquele cachorrão pulguento que impede a passagem dos hóspedes? — A serva, atarracada e desgrenhada, vinha do fundo do aposento com os braços carregados de cobertores imundos. — Porque, se for seu, o senhor deve deixá-lo no estábulo com os outros bichos. Eu já tenho muito que fazer aqui dentro, só me faltava ter que recolher merda de cachorro!

A mulher saiu e tentou dar um pontapé no animal: mais ágil do que ela, ele se esquivou e correu para dentro do dormitório. Agachou-se junto de Matthew e apoiou a cabeça sobre os joelhos dele.

— Bem — suspirou Matthew —, creio que aqui já não somos bem-vindos. Será melhor arrumar a bagagem e ir embora.

Tirou o cobertor do enxergão, dobrou-o e guardou-o em um segundo saco. Este era muito maior do que aquele levado ao mercado e continha todos os seus pertences: duas camisas de baixo e dois gibões, um manto, três pares de bragas e outras tantas camisolas, quatro lenços, uma cota de lã fina, uma pele de lobo e uma caixinha de madeira. No fundo, enrolado, estava seu antigo hábito de monge. Jamais quisera separar-se dele: embora tivessem se passado quase oito anos desde que renunciara aos votos, aquela veste rústica e pesada sempre o acompanhara. Era uma advertência, um convite para não esquecer.

Atou a escarcela na cintura e a fez deslizar por baixo do cós das bragas: ainda continha bastante dinheiro e, escondida ali, ninguém a notaria. Acomodou os dois sacos nos ombros e saiu.

Pagou a conta ao hospedeiro e, sem olhar para trás, encaminhou-se ao estábulo. Não precisava conferir: tinha certeza de que o cão o seguia.

— E este aí, quem é? Seu novo companheiro de viagem? — perguntou o estribeiro apontando para as costas dele, enquanto lhe devolvia o murzelo. — Está olhando fixamente para o senhor, parece quase um cristão! — concluiu, rindo.

— Não é a primeira vez que desfruto de uma escolta dessas. — Matthew sorriu. — A propósito, por acaso o senhor não tem aí uma cesta usada? Qualquer uma me serve, basta que não esteja furada: eu poderia voltar ao mercado para procurar uma; mas, se o senhor tiver, me pouparia tempo. Eu compro, claro, não estou pedindo de presente — acrescentou, tirando umas moedas do bolso da veste.

Ao ver o dinheiro, o homem assentiu. Saiu do estábulo e desapareceu pela porta da cocheira contígua. Quando voltou, trazia nas mãos uma grande canastra.

— Esta aqui serve? — perguntou.

Matthew a sopesou. O junco era bem-trançado e suficientemente leve para ser carregado sobre o cavalo.

— Está perfeita.

Atou a alça da cesta à sela e pagou.

— O senhor está partindo por algum tempo ou pretende voltar logo? — quis saber o homem. — Pergunto porque me disseram que está para chegar de Paris uma comitiva de mercadores: já sei que vão encher as cocheiras e o estábulo. Se for preciso guardar um espaço livre...

— Não, não vou voltar — respondeu Matthew.

Pegou as rédeas do murzelo e se encaminhou a pé para a saída da cidade. O cão foi trotando atrás dele.

Os dois armígeros de guarda devolveram o salvo-conduto ao chefe da caravana.

— Pode entrar — disse um deles, apontando para a porta que se abria nas muralhas. — Sua permissão de estada aqui em Beaune vence em quatro dias: ao amanhecer do quinto, o senhor deve partir de novo.

O homem assentiu e, acenando ao primeiro grupo de pessoas que o seguia, adiantou-se sob a arcada, encaminhando-se confiante para o centro da cidade. A estalagem não era distante e ele a conhecia bem, já estivera ali ao menos umas dez vezes, durante seus deslocamentos de Paris a Lyon. O dormitório destinado aos clientes era espaçoso, e a cozinha, bem-abastecida de alimento e vinho. Estábulo e cocheiras eram contíguos, ideal para evitar furtos: somente uma vez os ladrões esvaziaram a carga de sua caravana, mas foi o suficiente. Ele teve de restituir parte do valor das mercadorias roubadas e quase acabou na miséria: assim que lhe foi possível, contratou servos que mantivessem sob controle os animais e as mercadorias que estes transportavam.

A porta da estalagem estava aberta. Ele desmontou do cavalo e entrou para anunciar a chegada dos hóspedes.

Marion bateu com força o enxergão onde iriam dormir. O resultado foi decepcionante: a palha estalou, mas o afundamento no centro permaneceu intacto.

Ela e Caterina eram as únicas mulheres da caravana, e, quando perceberam que deveriam compartilhar com todos os outros hóspedes o dormitório comum, pediram um cantinho mais apartado. O estalajadeiro contentou-as: jogou um enxergão no chão, atrás de uma cortina de cânhamo pendurada em uma trave. Não era grande coisa, mas, pelo menos, ali as duas não seriam alcançadas pelos olhares indiscretos de seus companheiros de viagem.

— Esqueça este enxergão, Marion, é totalmente inútil — sussurrou Caterina. — É melhor descermos: faz dois dias que não consigo comer nada, e não creio que isso faça bem ao bebê.

A moça a observou: não se notava o ventre arredondado, escondido como estava pelas roupas largas que usava. Quando, três noites antes, a patroa sofrera aquele prolongado ataque de vômito, acompanhado por dores violentas, ninguém desconfiou. Afundados na palha imunda de um estábulo onde haviam pedido e obtido abrigo, os integrantes da caravana continuaram a dormir. O único a despertar foi o jovem secretário do costureiro: levantou-se e, com discrição, perguntou-lhe se podia ser útil de algum modo. Ela recusou a ajuda, afirmando que a indisposição da mestra Caterina devia ser atribuída ao alimento recém-consumido, provavelmente estragado.

A patroa, quando descobrira, ao partirem de Paris, que Marco Raineri fazia parte da comitiva, ficara estupefata. Durante alguns dias, não ousou dirigir-lhe a palavra, mas aos poucos foi mudando de atitude. Encorajada pelo respeito e pela cortesia demonstrados por ele, durante as paradas escutava-o de bom grado. Marion, que ainda recordava bem a língua materna, ouvia disfarçadamente as conversas e, embora o significado de algumas frases lhe fugisse, compreendia que o costureiro falava sobretudo de sua profissão.

Caterina, por sua vez, mantinha a máxima discrição sobre si mesma. A quem lhe perguntava o motivo da viagem, respondia que precisava resolver alguns assuntos relativos à sua família. Não dava outras explicações, e sua reserva dissuadia qualquer um de pedir outros esclarecimentos.

Apesar da aparente tranquilidade, Marion sabia que a patroa tinha medo. Os olhares cautelosos que lançava à retaguarda da caravana se tornavam cada vez mais frequentes: estavam viajando havia uns quinze dias, tempo necessário para que um grupo de armígeros a cavalo as alcançasse. A região que estavam atravessando não fazia parte da Coroa da França, mas as autoridades parisienses, se quisessem, não teriam dificuldade para estipular um trato com o duque de Borgonha: os embaixadores perderiam alguns dias nos acordos, mas depois, obtidas as devidas autorizações, os guardas partiriam em perseguição.

Marion esperava que a fuga de Caterina tivesse feito o decano desistir de seus propósitos, mas não estava nada segura quanto a isso. Preferiria já ter atravessado os Alpes, mas os dias de viagem que as separavam daquelas montanhas ainda eram muitos.

Suspirou e, com a patroa, desceu à sala comum da estalagem. O local já estava lotado: atraídas pelo aroma convidativo de sopa que impregnava o ar, as duas mulheres entraram e foram até a mesa onde o costureiro havia se instalado.

45

Vale de Entremont.

A chuva incessante escondia todo o vale e ofuscava até mesmo a trilha: para além de uns dez braços, não se via nada. Matthew já havia percorrido mais de uma vez aquele caminho, mas nunca encontrara uma tempestade tão violenta. Mantinha o cavalo a passo, atento a evitar os pequenos deslizamentos de seixos que às vezes rolavam da encosta da montanha.

Acreditava que, adiante do espigão que ele estava prestes a contornar, havia algumas construções, um estábulo semidesabado e uma pequena cabana de pedras empilhadas. Pretendia parar ali a fim de esperar o temporal passar: não lhe restava muita comida, mas seria melhor sofrer um pouco de fome do que ser arrastado pela cheia de uma torrente engrossada pela chuva.

Transpôs a curva e parou. As duas edificações ainda existiam. Desmontou, tirou o cão da cesta instalada sobre o murzelo e protegeu sua montaria sob o telheiro do estábulo.

O cão, depois de se sacudir vigorosamente, dirigiu-se a uma moita e urinou. Matthew foi até a cabana e empurrou a porta: ela resistiu, rangeu perigosamente, mas por fim se abriu. O interior estava escuro: guiado apenas pela claridade pálida que entrava pela porta, ele avançou tateando. Depois de poucos passos, topou com um obstáculo. Inclinou-se para apalpá-lo: era um montículo de palha molhada e ladeava a parede esquerda.

O cão, que apesar da chuva forte permanecera lá fora, sacudiu-se de novo e entrou. Matthew pegou um dos sacos e abriu: remexeu ali dentro até encontrar a pederneira, a arma e a vela que ele sempre levava consigo.

Com toda aquela umidade, não seria fácil acendê-la, mas certamente não lhe faltava tempo para isso.

Caterina tremia. Embora a chuva tivesse ficado menos intensa, seu manto estava encharcado e já não a protegia: o tecido de lã estava gélido e se endurecia em dobras que penetravam na carne.

A dor no ventre, branda até algumas horas antes, tornara-se lancinante: as contrações vinham em ondas, reduziam-se e recomeçavam ainda mais violentas, favorecidas também pela andadura do cavalo, o qual, naquele terreno áspero, continuava afundando na lama e esquivando-se entre os seixos.

Marion, que a seguia no lombo do burro, viu-a dobrar-se sobre si mesma e oscilar perigosamente. Esporeou o animal, foi até ela e debruçou-se para segurá-la. Debaixo do capuz gotejante apareceu-lhe um rosto de cera no qual se destacavam os lábios arroxeados.

Marion se apavorou. Sem falar, agarrou as rédeas do cavalo e o deteve.

Os dois burros que as seguiam empacaram, quase derrubando da sela os servos que os montavam.

— Mas que diabo você está fazendo, sua estúpida? — esbravejou um dos homens. — Que ideia foi essa de bloquear os animais sem avisar antes? Quer que nos precipitemos todos no barranco aqui ao lado?

— Minha patroa está doente, precisamos encontrar um abrigo para ela.

O rapaz desmontou, aproximou-se e olhou para Caterina.

— Pela Santa Virgem, essa aí está realmente mal. Venha cá — disse, exaltado, ao outro servo —, me ajude, essa mulher não pode continuar cavalgando. Pronto, senhora, assim... Devagar... Apoie-se em mim...

Caterina se deixou escorregar da sela e, sem um gemido, desabou no chão.

— Ah, meu Deus, patroa! — gritou Marion, tentando segurar o corpo inerte de Caterina.

— O que está acontecendo aí atrás? — gritou o chefe da caravana, alarmado por todo aquele estrépito. Virou o cavalo e alcançou o grupinho formado no final da fila.

— Essa mulher... — respondeu um dos servos — essa mulher desmaiou e...

Marion, ajoelhada na lama da trilha, mantinha Caterina entre os braços.

O chefe da caravana alcançou-as: bastou-lhe uma olhada para compreender que se tratava de um mal-estar grave.

— Levantem-na, rápido! — exclamou. — Não veem como está pálida e respira com dificuldade? Carreguem-na nos braços, daqui a pouco menos de meia milha há um abrigo: ali acenderemos fogo e lhe daremos comida. Você — ordenou a Marion, que soluçava desesperada —, cuide dos animais e pare de ganir como um cão: não será chorando que vai salvar sua patroa!

O mais robusto dos dois servos ergueu Caterina e carregou-a nos ombros. Marion agarrou as rédeas do burro e do cavalo e o seguiu.

O cachorro latiu. Matthew entreabriu a porta e ficou à escuta: entremeadas com o estrondo da chuva, ouviam-se vozes.

Levantou o capuz do manto e saiu para a trilha, bem a tempo de ver despontar da curva uma caravana, provavelmente composta de mercadores. Atrás dos dois armígeros avançava um homem a cavalo, que se aproximou da cabana e desmontou.

— Somente o senhor está aqui? — perguntou, desconfiado, ao desconhecido que ia ao encontro dele.

Nunca o vira e, pelo aspecto, parecia um burguês. Os cabelos curtos e alourados emolduravam um rosto marcado pelos anos. Um esboço de barba bem-tratada sombreava suas faces semiescondidas pelas bordas do capuz.

Matthew abriu as abas do manto para mostrar que não portava armas.

— Sim — respondeu, na mesma língua do interlocutor —, eu sou um mestre de gramática e estou indo para a Itália. Preferi parar aqui: adiante há uma torrente para atravessar e, enquanto durar esta tempestade, é perigosa. A correnteza pode ter ficado muito impetuosa e submergido a ponte.

— Imagine se eu não sei, faz anos que conduzo caravanas por este desfiladeiro! O senhor fez bem em parar aqui, é o único lugar protegido antes do refúgio para viajantes. Mas agora não há tempo para conversas: em nossa comitiva há uma mulher que está muito mal, precisamos abrigá-la.

Enquanto o outro falava, do grupo de cavalos que já enchia a trilha saiu um homem carregando nos ombros um corpo desfalecido. Seguia-o uma moça em pranto. Matthew entrou de volta na cabana, pegou a vela que havia acendido e iluminou o interior.

— Pronto, coloquem-na aqui — disse, apontando o montinho de palha.

O servo acomodou Caterina naquele enxergão improvisado e saiu. Marion, que tinha entrado atrás dele, inclinou-se sobre a patroa e sacudiu-a pelos ombros.

— Acorde, patroa, por favor, acorde! — soluçou desesperada.

Caterina moveu os lábios. Abriu os olhos por um instante, mas logo os fechou.

Matthew recolheu sua pele de lobo do canto onde a deixara e se aproximou.

— Tome — disse, estendendo-a a Marion —, cubra sua patroa com isto. Mas primeiro tire o manto dela, está molhado demais.

Marion tentou tirá-lo de Caterina, mas não conseguiu: suas mãos tremiam.

— Espere — interveio Matthew —, vou ajudá-la.

Enquanto a moça virava o corpo inerte da patroa, Matthew desatou os laços do manto e o puxou. Na parte de trás da roupa alargava-se uma grande mancha escura.

Matthew compreendeu de imediato. Hesitou por um momento antes de falar.

— Sua patroa está grávida? — perguntou a Marion.

A moça fitava boquiaberta a veste de Caterina. Assentiu.

— Fique aqui. Vou falar com o chefe da caravana.

Marion despertou do torpor. Foi fechar a porta e voltou para perto de Caterina. Com delicadeza, levantou a roupa da patroa e desceu os calções: através do linho impregnado de sangue, seus dedos deslizaram sobre uma massa viscosa, fugidia.

Foi tomada de vertigens, acompanhadas por uma onda de náusea. Temia saber o que havia escorrido e deixou escapar um gemido. Com os olhos embaçados pelas lágrimas, dobrou com cuidado os calções, fez uma trouxinha e depositou-a sobre a palha. Depois se virou, baixou de novo a veste de Caterina e cobriu-a com a pele de lobo.

A patroa dormia, ou talvez tivesse desmaiado. Melhor assim, pensou Marion, ao menos aquele sofrimento lhe fora poupado. Assim que o homem que as tinha acolhido voltasse, iria para trás da cabana, procuraria uma árvore sob a qual sepultar aquela trouxa sanguinolenta e recitaria uma prece.

Caterina se moveu, abriu os olhos e murmurou alguma coisa.

— Framboeseira... Folhas de framboeseira...

A voz era pouco mais do que um sopro. A jovem aproximou o ouvido da boca de sua patroa.

— O que a senhora disse?

— Folhas de framboeseira... para a hemorragia...

— Eu... Sim... Espere só um momento, daqui a pouco eu vou procurar. Fique aqui no quentinho, agora...

A porta rangeu e se abriu. Matthew se aproximou e, ao seu olhar atento, não escapou o invólucro que jazia sobre a palha. Fitou Marion: não foi preciso dizer-lhe nada, ela já havia pensado em tudo sozinha.

— Os mercadores estão abrigados no estábulo aqui ao lado — disse —, nenhum deles virá incomodá-las. Se quiserem, posso ajudá-las: tenho alguma noção de medicina e creio saber o que deve ser feito nestes casos.

— Sim, mas... O senhor também é médico? Ah, meu Deus, graças aos céus! A patroa está acordada agora e me mandou procurar folhas de framboeseira. Ela é mestra em medicina e conhece bem as ervas...

Matthew se espantou, mas não fez comentários. Não era o momento de falar, as explicações viriam depois.

— Pode ir, as encostas da montanha são cheias de arbustos, certamente a senhora encontrará o que precisa. Mas fique atenta: embora a chuva tenha quase parado, a grama ainda está encharcada, e basta um instante para escorregar e cair num precipício.

Marion assentiu. Recolheu a trouxa ensanguentada e, de olhos baixos, saiu da cabana.

Matthew tirou o cantil do saco de viagem e sentou-se junto de Caterina. Levantou a cabeça dela e aproximou de seus lábios o frasquinho de couro.

— Tome, senhora. É água, vai trazer-lhe alívio.

Caterina o encarou. Seus olhos estavam vigilantes agora.

Soergueu-se num cotovelo, bebeu em pequenos goles e depois se deixou cair sobre a palha.

— Quem é o senhor? — perguntou, rouca.

— Eu me chamo Matthew de Willingtham e sou mestre de gramática. Já precisei socorrer alguns doentes e farei isso também com a senhora. Conheço o uso de ervas curativas e neste vale existem muitas que podem lhe devolver a saúde.

Caterina quis replicar, mas não conseguiu. Diante de seus olhos passavam imagens confusas: as mãos de seu pai remexendo as vísceras do porco durante a dissecção, o corpo nu de Rolando acariciado pelos reflexos da vela, o cadaverzinho calcificado do bebê de Marion, o penteado grotesco da duquesa de Mélun...

Piscou os olhos várias vezes para expulsar aquelas sombras e por fim baixou-os. Matthew se levantou e a observou. O rosto havia recuperado um mínimo de cor; talvez o pior tivesse passado. Ele prendeu a pele de lobo em torno do corpo dela. Vasculhou a bagagem, tirou o cobertor e, com a faca, cortou uma faixa larga o suficiente para conter uma pá de terra. Ali fora, esta certamente não faltava e, com toda aquela chuva, seria fácil cavar, até mesmo com as mãos nuas: depois de recolhê-la, iria envolvê-la no tecido de lã e pousá-la sobre o ventre da mulher. O peso da terra e sua temperatura fria seriam úteis para fazer a hemorragia cessar.

Foi até a porta e olhou o céu: a oeste, as nuvens pareciam menos compactas. A tempestade havia acabado.

46

Vale de Entremont.

O servo se reergueu, baixou a túnica e subiu de volta à depressão onde havia se escondido para esvaziar o intestino. Finalmente havia conseguido liberar-se depois de todos aqueles dias de constipação, e agora se sentia melhor.

Segurou-se a um galho que brotava da escarpa e se içou até a margem da trilha. Pouco adiante, debruçada sobre uma moita de sarças, a jovem criada da mulher que se sentira mal remexia entre os ramos. Havia levantado a veste em torno dos quadris e enrolado as mãos na bainha, a fim de protegê-las dos espinhos.

O homem se agachou atrás de uma touceira e ficou ali, quase sem respirar. A visão daquelas coxas nuas, que sugeriam outras apetitosas graças escondidas, excitou-o. Meteu a mão direita dentro do cós dos calções e começou a acariciar o pênis.

Marion ouviu um roçar, sobressaltou-se e se voltou. Não havia ninguém. Conferiu o conteúdo do cesto: estava quase cheio, aquela primeira colheita talvez bastasse. Ajeitou a veste e olhou a montanha: para além dos cumes ainda nevados, entreviam-se uns poucos rasgões de azul. Por sorte, a chuva havia parado: com o sol, seria mais fácil distinguir os vários tipos de ervas, e ela estava certa de que aquele bosque de arbustos escondia muitas outras. Voltaria na manhã seguinte e procuraria mais. Se pelo menos não houvesse tantos espinhos... Embora tivesse enfaixado as mãos com o tecido da veste, as costas delas estavam profundamente arranhadas e alguns dedos sangravam. Sugou-os, e em seguida, cautelosamente, desceu a ladeira que levava à trilha.

O servo a viu desaparecer entre as árvores e recomeçou a respirar regularmente. Deixou enfim sair o ar que havia contido até aquele momento e deu definitivo desafogo ao prazer solitário que se proporcionara.

— Parece que a chuva parou, mas ainda não podemos nos mover. Fui conferir a ponte: a correnteza escavou a base de um dos apoios. Acabei de ordenar a dois homens que recolhessem madeira e pedras para consolidar a margem sob o pilar: não será um trabalho fácil, precisaremos de uns dois dias.

A expressão do chefe da caravana parecia resignada. Matthew, que o escutava diante da soleira da cabana, pensou que aquela parada forçada seria benéfica para a mestra Caterina.

— Seguramente, ter que esperar mais será um incômodo — disse —, mas talvez outros dois dias de repouso façam bem àquela senhora.

— Como está ela agora? — perguntou o guia.

— Um pouco melhor, mas ainda muito fraca.

— O queijo que destinei a ela foi entregue? Eu o deixei com a criada, aquela Marion...

— Sim, o senhor foi muito gentil em privar-se dele. As reservas de comida da mestra Caterina estão quase esgotadas: tudo o que lhe resta é um pouco de pão duro, e eu também não tenho muito a oferecer.

— Não se preocupe: quando chegarmos ao topo do desfiladeiro, os monges do refúgio para viajantes nos alimentarão devidamente e, antes de partirmos, nos venderão queijo, carne seca e frutos do bosque. O que vai faltar é vinho, mas o compraremos quando estivermos na planície, no Vale Augusta*: claro, não é o nosso néctar da Borgonha, mas pode-se beber. Bom, agora que o alertei, é melhor que eu vá avisar os outros mercadores...

O homem arrastou os pés no chão e não se moveu. Matthew estava quase certo de que ele esperava uma explicação sobre o mal-estar que atacara a mestra Caterina. Parecera aliviado quando o mestre em gramática havia lhe dito que cuidaria dela usando seus conhecimentos em medicina. Por sua vez, Matthew tinha achado melhor silenciar sobre o

---

* Antigo nome do atual Vale de Aosta. (*N. da T.*)

aborto: parecia que, na caravana, ninguém sabia que aquela mulher estava grávida, e não havia motivo para divulgar isso. Na tarde anterior, depois de retornar do bosque com o cesto cheio de folhas de framboeseira, Marion esperou a patroa beber a poção. Depois, ao se certificar de que Caterina dormia, contou tudo a ele. Sobre como Caterina lhe salvara a vida, sobre Rolando, sobre a denúncia e a fuga de Paris. No fim daquele desabafo doloroso, olhou-o apavorada, como se de repente percebesse ter falado demais. Ele compreendeu e a tranquilizou, explicando-lhe que seu passado de monge beneditino lhe impunha considerar as palavras dela como se pronunciadas sob o segredo da confissão. Marion se espantou e já ia perguntar o motivo de sua renúncia aos votos quando a patroa acordou. A conversa acabou ali: poderiam retomá-la quando houvesse oportunidade.

Agora, olhando o chefe da caravana que o fitava constrangido, Matthew decidiu satisfazer-lhe a curiosidade com uma mentira inócua.

— A mestra Caterina sofreu uma grave indisposição das vísceras, causada provavelmente pelo cansaço da viagem a cavalo. O senhor sabe — acrescentou, com um sorriso cúmplice —, achaques de mulheres...

— Bom, afinal ela é médica — replicou o homem —, e certamente sabe o que se deve fazer nestes casos, não? Se o senhor precisar de alguma coisa — concluiu, acenando uma saudação —, sabe onde me encontrar.

Matthew assentiu e entrou na cabana.

O céu estava límpido, finalmente: o vento que subira na noite anterior o livrara de qualquer nuvem restante. Um sol decidido iluminava as encostas das montanhas e fazia brilharem a vegetação e as rochas, ainda gotejantes.

Marco Raineri avançava a passos largos. Estava contente por poder visitar a mestra Caterina: quando a vira sendo carregada nos braços de um dos servos da comitiva, quis segui-la de imediato e oferecer-lhe seus serviços. Naquele grupo de mercadores ordinários, ele era o único a ter modos senhoris, e tinha certeza de que Caterina aceitaria com gratidão a sua ajuda.

A criada, porém, aquela moça bonitinha que a acompanhava, impedira-o de vê-la, dizendo que a patroa precisava descansar e não estava em condições de encontrar ninguém. Ele havia esperado pacientemente durante dois dias, e pouco antes, quando vira Marion sair da cabana, perguntara se afinal podia ver sua patroa. De início a jovem tinha hesitado, mas depois consentira, não sem manifestar desaprovação com um resmungo sonoro.

Mas veja só se eu vou receber ordens de uma serva, pensou Marco enquanto batia à porta da cabana.

Marion abriu, e a luz vívida do sol clareou o interior.

Caterina estava sentada sobre o montículo de palha e apoiava as costas na parede de pedras. Da pele de lobo que a envolvia, despontava um rosto pálido. Mantinha as mãos no colo e seus olhos, rodeados por sombras escuras, fitavam o visitante.

— Como está, mestra? — perguntou condoído o costureiro, aproximando-se alguns passos.

— Melhor. Se continuar assim, acho que vou poder retomar a viagem.

Marco Raineri a observou. Que aquela mulher quisesse partir de novo com o resto da caravana era compreensível, mas, a julgar pelo seu aspecto ainda sofrido, ele tinha certeza de que, ao menos por alguns dias, ela não conseguiria cavalgar. Seria necessária uma padiola, ou algo semelhante, que a mantivesse firme na sela e a impedisse de cair.

— O chefe da caravana me disse há pouco que a partida está marcada para depois de amanhã: os homens reforçaram a ponte e parece que agora é possível passar sem perigo. O caminho até a travessia não é curto, e o trajeto até a planície do Vale Augusta é ainda mais longo: tem certeza de que está suficientemente recuperada?

Caterina assentiu.

— Bom, mas sabe o que vamos fazer? Vou encarregar meus servos de preparar uma liteira a ser instalada em cima do seu cavalo, a fim de que a senhora possa viajar com mais conforto. Com todos os galhos que a tempestade quebrou, não será difícil juntar alguns e construir uma espécie de cadeirinha macia: aqui já temos a palha, e um pedaço de cânhamo para contê-la certamente não falta na minha bagagem. O que acha?

Caterina estirou os lábios em um sorriso cansado.

— O senhor é muito gentil, e lhe sou grata por isso. Quando chegarmos a Milão, encontrarei um modo de retribuir — concluiu, fechando os olhos.

Marion, que até aquele momento não se movera da soleira, aproximou-se da patroa, ajeitou-lhe o manto em torno do corpo e lançou um olhar eloquente para o costureiro.

Irritado com aquela nova ordem silenciosa, Marco Raineri se voltou e saiu. Por pouco não tropeçou no cão do preceptor, deitado ao sol diante da porta. Conteve uma imprecação e encaminhou-se para o estábulo.

47

Vale de Entremont.

— São estas as plantas que você deve procurar. Semelhantes entre si, está vendo? Todas têm flores amarelas, mas as folhas são diferentes. Estas em forma de coração são de ficária; estas peludas, de arnica; e estas compridas, de genciana: as gencianas são escassas porque a floração mal começou, mas as poucas que você encontrará serão suficientes.

Marion observava atenta as flores: depois de colhê-las, Matthew as espalhara sobre uma pedra e agora as mostrava a ela, uma a uma. Não devia confundi-las: aquelas plantinhas constituiriam a provisão de fármacos para a mestra Caterina e deveriam ser suficientes para toda a viagem. O mestre lhe explicara que as mais eficazes entre as ervas medicinais só crescem na montanha e que, uma vez na planície, seria impossível ter à disposição tal abundância de remédios.

— Tome — disse Matthew, estendendo-lhe um saco vazio —, coloque aqui dentro as flores que colher, o cesto que você usou da outra vez é muito pequeno. Não se preocupe se elas se misturarem: quando você as trouxer, eu cuido de separá-las. Vá até lá no alto — acrescentou, apontando uma pastagem alpina que se alargava pouco acima do espigão. — A trilha parte daqui de trás, você não vai demorar muito.

A jovem pegou o saco e desapareceu atrás da cabana. O cão a seguiu.

O estrondo de uma cachoeira estava próximo. Marion a vira reluzir além dos lariços: não devia ficar longe do ponto onde ela se encontrava agora. Olhou para o céu. Tinha tempo, o sol ainda não havia baixado.

Abriu o saco e verificou o conteúdo: estava cheio até a borda, o mestre ficaria contente com seu trabalho. Carregou-o nos ombros e seguiu em frente: ali, o terreno era quase plano, e seus tamancos de madeira se firmavam bem sobre a grama escorregadia.

Estava realmente curiosa por ver de perto uma cachoeira na montanha: aquela que ficava vizinha à sua aldeia natal era uma espécie de riacho lamacento que saltitava preguiçoso entre os seixos e produzia um ruído fraquinho, pouco mais do que um chapinhar. Já esta, a julgar pelo estrondo que ecoava no espaço aberto ao seu redor, devia ser transbordante de água. Talvez se lançasse na torrente que a caravana atravessaria no dia seguinte ou se precipitasse por alguma escarpa.

À medida que se aproximava, o rumor se transformava em estrépito, tornando os ouvidos surdos a qualquer outro som. Ela voltou-se, estranhamente inquieta: a grande pastagem parecia deserta. Percebeu que o cão tinha desaparecido: até pouco antes, estava ali com ela, girando ao seu redor e farejando rastros de animais selvagens. Devia ter ido embora e ela não se dera conta. Por um instante, hesitou, incerta, mas em seguida retomou o caminho.

A espuma se levantava da água, formando uma névoa gelada que beliscava seu rosto.

Sentada contra o tronco do lariço, Marion fechou os olhos. Não sabia por que, mas tinha a sensação de que aquela carícia úmida teria o poder de purificá-la, de lavar todas as desgraças sofridas nos últimos anos.

Suas mãos, abandonadas sobre a grama, atormentavam a base de um ranúnculo: era alto, e o cimo florido, movido pelo vento, fazia-lhe cócegas no queixo.

De repente ouviu passos.

Abriu os olhos de súbito.

O servo estava de pé ao seu lado e a fitava.

— Ah, meu Deus, Pierre, o senhor me assustou! — gritou ela, levando as mãos ao peito. — Mas... o que está fazendo aqui?

— Eu vi você subir e achei que um pouco de companhia, quem sabe...

Marion sorriu, apanhou o saco no chão e levantou-se.

— Vim procurar umas plantas medicinais para minha patroa, mas já acabei, é melhor eu voltar — disse, dando alguns passos pela grama.

O homem segurou-a pelo cotovelo.

— Não, espere, por que tanta pressa?

Marion o encarou: os olhos do homem estavam febris, e a careta que estirava seus lábios era desprovida de alegria.

A moça tentou se soltar, mas a pressão da mão em seu braço ficou ainda mais forte.

— Solte-me, eu já disse que preciso ir! — exclamou, amedrontada.

— Não, lindinha, você não vai a lugar nenhum — replicou o homem, arrastando-a com força. — Você agora vem comigo: está vendo aquela rocha lá na frente, aquela que se projeta pela metade sobre a cascata e forma uma espécie de caverna? Pois é, vamos nos meter ali embaixo, assim ninguém nos vê.

O saco deslizou do ombro de Marion e caiu entre duas pedras cobertas de musgo. A moça começou a berrar.

Pierre a sacudiu com violência.

— E pare de gritar, sua puta, quem vai ouvi-la aqui em cima? — esbravejou, puxando-a pelo braço até embaixo da rocha. Ali, com um empurrão, jogou-a no chão e, com gestos frenéticos, enrolou a túnica em torno dos quadris.

Aterrorizada, Marion afundou os cotovelos no leito de grama úmida que havia suavizado sua queda e tentou se reerguer: o homem foi mais ágil e em um segundo já estava em cima dela. Imobilizando o corpo da jovem com um joelho, com as mãos levantou a veste dela e separou suas coxas.

Marion gritou de novo. O servo a penetrou às pressas e continuou agitando-se dentro dela por um tempo que pareceu infinito à moça. Depois se retraiu, sentou-se sobre o peito de sua vítima e tomou nas mãos o pênis.

— E agora, abra a boca — ordenou, aproximando-o do rosto dela.

Os olhos da jovem o fitaram: estavam vazios de expressão.

— E então, está esperando o quê? Não vai me dizer que é a primeira vez, vai? Como se eu não soubesse que, em Paris, as servas se dispõem a fazer de tudo com seus patrões — disse ele, entre risadas.

A lembrança repentina e humilhante daquele ato ao qual Albert de Martin já a forçara atingiu-a como uma chicotada. Em um instante, Marion recuperou as forças e se soltou com fúria, mas o peso daquele corpo sobre o seu não lhe permitiu se esquivar.

Pierre riu de novo e agarrou-a pelos cabelos, puxando sua cabeça para a virilha. O membro pressionou os lábios dela.

Marion os fechou com força, e o servo lhe deu um tapa violento. Desesperada, ela se debateu mais, e estava prestes a sucumbir quando o rosto de Pierre se contraiu numa careta de dor. Gritando como um possesso, ele saltou de pé, mas logo caiu: sua panturrilha estava rasgada e sangrava.

O servo se voltou para a entrada da caverna: o cão do preceptor estava ali, mostrando os dentes. Rosnava. O homem arregalou os olhos, chocado: era aquele o animal que o atacara? Mas o que eu fiz a ele, Deus do céu, por que me mordeu?

Tentando ignorar as fisgadas lancinantes que se irradiavam até acima da coxa, levantou-se e, apertando a túnica contra o corpo, mancou para fora da caverna. Conseguiu dar uns 15 passos, mas a perna ferida cedeu e o derrubou de novo. De quatro, tateou freneticamente a grama até que sua mão encontrou o seixo que procurava: agarrou-o e o lançou.

A pedra errou o alvo. O cão rosnou e o ameaçou de novo: estava com o pelo eriçado e a cauda abaixada.

— Saia daí, me ajude! — berrou Pierre. — Não vê o que esse bicho me fez? Quer que ele me mate, sua estúpida?

A voz retumbante do homem superou o estrondo da cascata, mas Marion mal a escutou: aquela figura, que se recortava curvada contra a névoa iridescente produzida pela água, parecia-lhe desfocada, irreal como o fantasma de um sonho.

Ela se afastou da parede rochosa, ajeitou a veste e avançou na grama.

— Ah, finalmente você se decidiu! Vamos, mexa-se, chame o...

O salto do cão foi fulminante. A última palavra morreu na garganta do servo e se transformou num grito desumano. O maxilar do animal tinha se fechado novamente sobre a perna ferida: desesperado, Pierre deu um soco no flanco do cão, que ganiu, soltou-o e foi ao encontro de Marion.

Apertando a panturrilha, o homem tentou se reerguer, mas não conseguiu: engatinhando como uma criança, voltou em direção à cascata, apoiou-se no tronco de um lariço e ali ficou, ofegante.

Marion continuava a caminhar. Estava atordoada. Onde fora parar o saco? Devia encontrá-lo e voltar logo à cabana, o pôr do sol se aproximava.

O que eram todos aqueles lamentos que ouvia, de onde vinham? E o cão do preceptor, o que fazia ali, agachado no solo, lambendo o pelo? E aquele sujeito que choramingava encolhido atrás da árvore, quem era?

— Marion! Vá chamar alguém, por caridade, ou eu vou morrer sangrando! — soluçou Pierre ao vê-la se aproximar.

A voz dele trouxe-a de volta à realidade.

Encarou-o. Aquele era o homem que a violentara.

O gemido começou sufocado e se fortaleceu aos poucos. Tornou-se um grito que ecoou na clareira.

Marion se dobrou sobre si mesma e vomitou. Quando ergueu o rosto, viu o do servo à sua frente: distava menos de um palmo e estava contraído pelo terror.

A moça limpou os lábios com a manga da veste e olhou a água. A espuma já não era lambida pela luz do sol e perdera o brilho: agora rodopiava plúmbea, opaca como poeira de cinzas.

Marion se debruçou sobre Pierre, agarrou-o pelos ombros e, com um puxão, separou-o da árvore. Depois, sem proferir uma palavra, envolveu a cintura dele com os braços e o empurrou para a frente.

O homem cambaleou, tentou manter-se em equilíbrio, escorregou, tropeçou numa pedra e despencou na água.

O berro se extinguiu logo. O corpo girou por um instante, chocou-se contra uma rocha, afundou de novo e desapareceu no turbilhão de espuma que dominava a saliência de onde o leito se precipitava no vale.

Por um longo momento, Marion permaneceu imóvel à beira da água. Depois se virou e começou a procurar o saco. Achou-o pouco adiante, entre as duas pedras onde ele havia caído.

Recolheu-o, içou-o no ombro e enveredou pela trilha que atravessava a pastagem.

48

Vale de Entremont.

— Não sabem onde está, como assim?

A voz do chefe da caravana soou ameaçadora. Os três servos olharam-no amedrontados: foi o mais velho quem falou.

— Desapareceu, patrão. Não o vemos desde ontem.

— Mas onde diabos ele foi parar? Vocês o procuraram?

— Fomos para todos os lados, mas não o encontramos.

— E a bagagem? Ainda está aí ou ele a levou?

O servo apontou para um saco de couro esfarrapado pousado no chão entre as embalagens que iam ser colocadas no lombo do burro.

— Está tudo aqui.

O homem estava estupefato; nunca lhe acontecera algo semelhante. Inquieto, investigou com os olhos a encosta da montanha: e se Pierre tivesse sido atacado por um lobo? Não, impossível, o animal abandonaria em algum lugar os restos dilacerados e os companheiros dele os encontrariam. E se tivesse sido um urso? Alguém lhe contara que alguns anos antes, justamente no vale ao lado, uma dessas feras fizera uma carnificina em um rebanho de ovelhas: parecia que, depois de matá-las, levara-as para a toca a fim de devorá-las. Se as coisas tivessem sido assim, de Pierre não restariam sequer os ossos.

Sentiu um calafrio. Era melhor sair dali às pressas.

— Carreguem a albarda sobre o burro — ordenou, brusco. — Não podemos ficar aqui perdendo tempo por um idiota que desaparece no nada: aquela maldita tempestade já nos atrasou muito, precisamos nos mover!

Os servos obedeceram. O guia observou-os por um momento e em seguida, em largas passadas, alcançou seu cavalo, à frente da caravana.

Matthew segurava o murzelo pelas rédeas, à espera de que o restante dos homens se movesse. Após uma adequada remuneração, o chefe da caravana lhe permitira agregar-se a eles: agora estava no fim da fila, logo atrás das montarias das duas mulheres, e observava os cimos da montanha. O céu estava limpo, e o ar começava a ter o cheiro do verão: ele tinha quase certeza de que conseguiriam chegar ao Vale Augusta sem outras tempestades.

A voz do guia ressoou sobre a trilha e a caravana partiu. Mestra Caterina fora acomodada numa espécie de assento estofado, preso à sela, e sua criada a ladeava montada no burro.

Naquela manhã, pouco antes da partida, a jovem desaparecera por uma meia hora. Caterina estava prestes a ir procurá-la quando a viu retornar da trilha que levava ao desfiladeiro: cambaleava, e seu rosto estava lívido. Afirmou ter ido ver a ponte que atravessariam dali a pouco e não acrescentou mais nada. Caterina achou estranho, mas não houve tempo para explicações: o guia dera ordem de montar, e todos tinham obedecido.

A caravana começou a se mover. O cão, instalado na cesta içada sobre a sela, levantou-se nas patas da frente e esticou a cabeça além da borda. Olhou ao redor, farejou e depois se deitou de novo.

O nível da torrente ainda era alto, e a água espumava a pouco mais de um braço do tablado da ponte. Cavalos e burros se enfileiravam, um atrás do outro, esperando para atravessar: embora o espaço fosse suficientemente largo para acolher dois animais lado a lado, o chefe da comitiva havia decidido que só passasse um de cada vez. O pilar fora consertado cuidadosamente, mas, com aquela corrente tão impetuosa, havia o risco de um novo abalo.

Parada a poucos pés do parapeito da ponte, Marion observava a água. Seus olhos dilatados esquadrinhavam a grama da margem, seguiam a espuma que reluzia sobre as pedras e corriam até o vale, onde a torrente era engolida pelo precipício. Quando o cavalo que a precedia tocou a outra margem, a moça afrouxou as rédeas do burro: o animal se moveu cauteloso, como se temesse um perigo. Havia quase chegado à metade do percurso quando seu olhar caiu sobre um galho meio submerso, enraizado no fundo da torrente. Preso numa bifurcação da madeira, um comprido trapo esbranquiçado emergia na água, turbilhonava, afundava, emergia de novo.

Ela o fitou, aterrorizada. Por um longo instante sua respiração parou e ela perdeu a consciência. O que a fez voltar a si foi a esquiva do burro diante de um montículo de pedras: Marion se voltou para trás, a fim de olhar de novo. Já não se via a túnica de Pierre, a corrente a tinha arrancado do galho.

49

Refúgio do Mont-Joux para viajantes.

Apesar dos braseiros acesos nos dois cantos do enorme aposento, o frio era intenso. Envoltos em garnachas de peliça, os homens estavam deitados no chão e dormiam ao lado dos fardos das mercadorias, que nenhum deles se arriscara a deixar no depósito.

À sua chegada, os monges tinham lhes dado comida e também alimentado os animais. Caterina perguntara se podia fazer sua higiene e fora acompanhada a uma fonte que jorrava de uma fenda protegida, pouco distante da construção. Ali, enquanto Marion tentava remover as manchas de sangue da veste, Caterina lavara rosto, mãos e pés, o suficiente para se sentir menos suja. Depois se envolvera no manto e voltara ao refúgio, onde repousara até a hora das vésperas.

Embora poucos dias tivessem decorrido desde o aborto, sentia-se melhor: as fisgadas no ventre e na coluna tornaram-se esporádicas e a hemorragia cessara quase totalmente. O que não ia embora era um sofrimento mais profundo, uma dor aguda que a impedia de concatenar os pensamentos. Estes se amontoavam confusos, sustentados por uma única certeza: no espaço de um mês, ela perdera tudo: seu papel de médica, o de mulher e agora o de mãe. Deitada na palha úmida da cabana, havia procurado desafogar o pranto, mas as lágrimas não vieram, e foram substituídas por uma raiva surda que enchia seu peito e cortava sua respiração. Mais do que com qualquer outro, estava furiosa consigo mesma: fizera uma série de escolhas erradas e sequer fora capaz de gerar um filho. Talvez a perda da criança fosse a justa punição por sua inépcia, ou talvez tivesse sido um destino clemente a impedi-la de criar um filho: sem dúvida, seria também uma mãe incompetente.

Sentia-se esvaziada. Enquanto subiam rumo à passagem, mais de uma vez seus olhos se demoraram sobre os precipícios que ladeavam a trilha: bastava simplesmente esporear o cavalo em direção a um penhasco e o salto no vazio daria fim ao seu desespero. Porém, mesmo que o quisesse, não poderia fazê-lo: como se intuísse seus propósitos, Marion se mantivera sempre junto dela, ladeando-a no lombo do burro.

Agora, ali naquele dormitório fedendo a mau hálito e sujeira rançosa, Caterina não conseguia pegar no sono. Com a cabeça apoiada num fardo de tecido pertencente ao costureiro, fitava a escuridão, rompida somente pelos lampejos esporádicos das brasas. Marion, deitada ao seu lado, continuava a fazer estalar a palha sobre a qual estava deitada: também não conseguia adormecer.

— Por que não vamos lá fora um momento? — disse Caterina, baixinho. — Aqui dentro não se pode respirar.

As duas mulheres se levantaram, saíram e se detiveram sob o pequeno pórtico que ladeava a construção. O vento havia livrado o céu das nuvens, e o frio era cortante: à luz da lua cheia, os cimos das montanhas ainda nevadas branqueavam, imóveis como corpos de gigantes adormecidos.

Caterina inspirou com força, e o ar gélido fez seus pulmões arderem. Deixou-o sair lentamente e foi atravessada por uma súbita contração no ventre: suas pernas cederam e ela se dobrou sobre si mesma. Marion se inclinou para segurá-la.

— Está se sentindo mal, patroa? — perguntou, apavorada.

Caterina balançou a cabeça e se reergueu.

— Já passou — disse, em um sopro.

Ia acrescentar algo quando, de um canto do refúgio, viu surgir uma figura encapuzada. Ela segurou Marion pelo cotovelo e se encolheu contra o muro.

— É a senhora, mestra Caterina?

Conhecia aquela voz; era do preceptor.

— Sim, sou eu — respondeu.

— O que está fazendo aqui fora? Não creio que já esteja suficientemente forte para suportar uma temperatura tão rígida.

— Eu sei, mas lá dentro estávamos nos sentindo sufocadas, e...

— O mesmo motivo pelo qual eu saí — explicou Matthew. — Venham, vamos para a capela: os monges nunca trancam a porta, nem mesmo à noite. Acabo de entrar lá: não há nenhum braseiro, mas as tábuas que recobrem o piso isolam o frio, e em um canto estão amontoados uns cobertores. A senhora precisa descansar, mestra, e ali talvez consiga.

Caterina o seguiu. Um grande círio ardia sobre o altar de pedra e iluminava o ambiente. Na parede do fundo abria-se a única janela do oratório, e a profundidade do vão fazia intuir a poderosa espessura das paredes. A madeira estalava sob os pés deles, mas parecia ser muito robusta: era incomum encontrar um pavimento daqueles numa construção tão modesta, e Caterina se surpreendeu. Matthew pegou dois cobertores, estendeu um no chão e entregou o outro a Marion.

— Pronto, cubram-se com isto e tentem dormir, as duas. Se tiverem medo de ficar sozinhas, eu posso ficar aqui: vou me instalar ali naquele canto, assim não as incomodarei.

Marion espiou a porta.

— Onde está o cão? — perguntou, inquieta.

Matthew sorriu.

— Deixei-o no estábulo com os outros animais: aquele sem-vergonha cavou um buraco na forragem e ficou ali no quentinho, encostado em uma das vacas. Daquele bicho pode-se dizer tudo, menos que seja estúpido! Provavelmente já está habituado a passar as noites no calor dos estábulos, e...

— Por que provavelmente? — interrompeu-o Caterina. — Aquele cachorro não é seu?

— Não, pelo menos até umas duas semanas atrás. Ele me seguiu em Beaune e não consegui mais me livrar dele: quando compreendi que de qualquer modo me seguiria, preferi colocá-lo numa cesta e trazê-lo comigo. O caminho que resta é longo demais para ser percorrido a pé, mesmo para um cão.

— E por que o senhor também está se dirigindo a Milão?

— É uma longa história — respondeu Matthew, hesitante.

Caterina abraçou as pernas e apoiou o queixo sobre os joelhos: essa posição aliviava a dor no ventre.

— Conte — disse —, tempo para escutá-lo não me falta.

A luz trêmula do círio dançava sobre seu rosto: seus olhos estavam velados pelo cansaço, mas a expressão era atenta.

— Venho de Saint Albans, na Inglaterra — começou Matthew — e estou viajando há mais de um mês. Em Saint Albans existe um grande mosteiro...

— Ouvi falar dele: se não me engano, é famoso por um manuscrito com iluminuras.

— Sim, é um saltério, realizado pelos monges há mais de um século. É muito precioso e não está exposto a todos: a mim, foi dada a possibilidade de admirá-lo uma só vez, durante uma procissão. Eu tinha uns 30 anos, e minha vida de beneditino ainda era tranquila.

— Monge? O senhor é monge? — exclamou Caterina, surpresa.

— Era. Renunciei aos votos há oito anos.

A mulher puxou o cobertor até o queixo e não fez comentários.

— Entrei para o convento ainda criança e ali fiquei por vinte anos. Depois, me afastaram e me impuseram uma peregrinação penitencial que de início me levou à França e mais tarde à Itália.

— Por quê? O que o senhor tinha feito de tão grave?

— Fui acusado de proteger uma... — Ele hesitou. — Uma bruxa, diziam, mas era só uma pobre mulher perseguida que buscava asilo no convento. Foi levada à fogueira — concluiu, com uma careta amarga.

Caterina sentiu um arrepio.

— E o senhor?

— Parti, atravessei a França e cheguei à Itália. Em Milão, encontrei hospitalidade em San Simpliciano, um mosteiro da mesma ordem à qual eu pertencia.

— Conheço — disse Caterina —, fica do lado de fora da Porta Comasina, não?

— Sim, é esse mesmo. Ali fiquei por alguns anos, compartilhando a vida dos outros monges: o abade, um homem de grandes inteligência e caridade, acolheu-me como um irmão, e nossa amizade se tornou cada vez mais sólida. Não se pode afirmar que o período que passei em Milão tenha sido dos mais tranquilos: confrontos políticos e revoltas de rua eram constantes, e com frequência o clamor daqueles dias difíceis perturbou a paz do mosteiro. Em certa ocasião, eu mesmo arrisquei a vida e...

— Mas por que abandonou o hábito, se estava seguro nos muros do convento, enquanto lá fora havia toda aquela confusão? — interrompeu-o Marion, veemente.

Caterina foi tentada a repreendê-la pela desfaçatez, mas desistiu: a jovem tinha expressado as mesmas dúvidas que ela sentia. Quem era aquele homem? O que havia acontecido naqueles dias difíceis dos quais ele falava? Teria sido envolvido na luta entre facções políticas que havia anos tumultuava a vida em Milão? E, se assim era, qual teria sido o seu papel? O que induzira o abade de San Simpliciano a tornar-se amigo dele, um forasteiro surgido por acaso no mosteiro?

Antes que ela pudesse tentar encontrar respostas verossímeis, Matthew voltou a falar.

— Veja, Marion — disse, pacato —, às vezes as circunstâncias nos obrigam a refletir sobre nós mesmos, e eu compreendi que meu destino era outro. Talvez minha vocação não fosse suficientemente forte, ou talvez a fraqueza residisse em mim: para nos dedicarmos aos nossos irmãos, não é necessário vestir o hábito, basta tentar aliviar as necessidades deles. E, sobretudo, deve-se fazer isso com honestidade, a mesma que me induziu a renunciar aos votos quando conheci a mulher que viria a ser minha esposa. Fiz uma escolha ditada pela consciência, Marion, e acredito não ter errado.

— E onde está sua esposa, por que não veio com o senhor? — perguntou Caterina, curiosa.

— Morreu.

Caterina o perscrutou: a dor que encontrou no olhar dele era mais eloquente do que muitas palavras.

— Eu a amava muito — continuou Matthew — e, quando fiquei sozinho, precisei reconsiderar toda a minha vida desde o início. Já fazia algum tempo que eu me sustentava como mestre de gramática, e decidi continuar nesse caminho. Durante alguns anos fui preceptor, ensinando aos filhos de aristocratas e de grandes negociantes. Por fim, abri uma pequena escola em Milão: ficava na Poterna do Guercio e era frequentada por jovens cujas famílias jamais poderiam pagar um professor.

— Ou seja, não lhe pagavam? — espantou-se Caterina.

— Não, eu não recebia nenhum salário. A escola havia surgido por vontade de uma pequena confraria de monges, e era assistida por uma doação privada: nos dois anos que passei lá, foram cerca de trinta os jovens que aprenderam a ler e escrever.

Uma repentina rajada de vento uivou em torno das paredes da capela e se insinuou por baixo da porta. A chama do círio tremeu.

Marion, que compartilhava com a patroa uma nesga do cobertor, arrastou-se para mais perto dela e se encolheu ao seu lado. Caterina silenciou: fitava sem parar os olhos azuis do mestre.

Diante de sua expressão indagadora, Matthew percebeu que devia dar outras explicações. Contaria o mínimo indispensável: afinal, embora a curiosidade daquela mulher fosse legítima, ele mesmo não sabia nada sobre ela, exceto aquilo que Marion lhe contara.

— Na primavera do ano passado — continuou —, fui chamado a Saint Albans. Eu já não era monge, portanto não devia obediência, mas preferi satisfazer o pedido do capítulo, até porque o motivo da minha convocação era no mínimo curioso. O novo abade me escreveu relatando que, no lugar onde muitos anos antes havia sido preparada a fogueira da suposta bruxa, crescera espontaneamente um grande arbusto de bagas vermelhas. Tinham tentado arrancá-lo várias vezes, mas a planta sempre crescia de novo: das bagas brotava um líquido semelhante a sangue que parecia ter poderes benéficos sobre muitas doenças. Os habitantes da aldeia já consideravam aquilo um milagre: embora tivessem sido justamente alguns deles a acusar de bruxaria aquela pobre mulher, agora exigiam aos brados a reabilitação pública dela.

— E, por conseguinte, a do senhor também — intuiu Caterina.

— Não exatamente. Digamos que o reitor do mosteiro devia cumprir uma disposição testamentária do abade precedente, aquele que tinha me expulsado mais de dez anos antes. Em suas últimas vontades, ele afirmou que eu tinha sido objeto de um grave erro e impôs que minha inocência fosse declarada publicamente. O novo abade não pôde deixar de obedecer, e me pediu que voltasse a Saint Albans por algum tempo. "No capítulo, tomamos uma decisão: consagraremos o arbusto miraculoso", escreveu. "A devoção popular exige isso, e sua presença é necessária, porque só o senhor pode explicar quem era de fato Mary Bychance, a mulher levada à fogueira injustamente." Foi esta última palavra que me convenceu a partir. Não sei até que ponto o novo abade estava convencido da inocência de Mary, mas essa era a única oportunidade que eu tinha para fazer justiça a ela, sobretudo porque desconfiava de que todo o episódio escondia razões mesquinhas e convenientes. A árvore que chorava sangue e operava prodígios atrairia a Saint Albans multidões de peregrinos, favorecendo a fama e as finanças do mosteiro. Por que os monges perderiam semelhante ocasião?

Caterina o encarou, desconcertada.

— Suas palavras parecem as de um homem que perdeu a fé — disse.

— Não, mestra, são palavras de quem conheceu bem a miséria humana. Ela está por toda parte, entre os populares e os aristocratas, entre os religiosos e os reinantes. Ninguém está imune, nem mesmo nós que estamos aqui falando disso... O que preserva a fé é a consciência de nossa imperfeição: o que faríamos sem Deus, qual seria o objetivo do nosso viver?

Caterina não respondeu.

Matthew a olhou: gostaria de acrescentar muito mais sobre aquele assunto, mas preferiu se calar. Aquela mulher já sofria bastante, e ele não tinha nenhum direito de transformar-se em pregador.

— Fiquei oito meses em Saint Albans — prosseguiu. — No início, depois de respirar de novo o odor do rio onde eu brincava quando criança e de encontrar alguns velhos que ainda se lembravam de mim, pensei em permanecer para sempre na aldeia: afinal, aquela era minha terra, e meus pais estavam sepultados no cemitério da igreja. Eu poderia ensinar gramática a alguns jovens dos arredores ou aos noviços do mosteiro. Mas preferi partir. Ainda tenho umas coisas a fazer em Milão.

Marion escancarou a boca e bocejou.

— E quais seriam? — perguntou, apoiando a cabeça na mão.

Caterina lançou-lhe um olhar severo, mas a moça não percebeu.

— Devo cumprir uma promessa — disse Matthew sucintamente.

Essa resposta lacônica convenceu Marion a não insistir. Ela se envolveu mais no cobertor e fechou os olhos.

Com uma pontinha de desconforto, Caterina ainda se perguntou se o mestre não escondia algum segredo: devia ser grave o motivo que o induzira a enfrentar uma viagem tão cansativa para retornar a uma cidade que não era a sua. Talvez ele também estivesse fugindo de uma situação insustentável, ou talvez tivesse de fato uma tarefa a desempenhar, da qual, por enquanto, não queria falar. Impôs-se não pensar nisso: embora não tivesse certeza absoluta da sinceridade dele, a impressão que o homem diante dela lhe dava era a de quem teve de suportar injustiças e vexames. Se tal sensação estivesse correta, as reticências de Matthew seriam mais do que compreensíveis. Quem pode saber disso melhor do que eu?, perguntou-se, amargurada. E de qualquer modo, pensou, o caminho que faremos juntos ainda é longo, talvez haja outras explicações.

Já ia deitar-se no chão quando um rangido repentino soou no silêncio da capela. Ao seu lado, Marion se sobressaltou. A porta se abriu e, na soleira, recortou-se, bem distinguível contra a luz da lua, a silhueta do cão. O animal permaneceu imóvel por um momento. Depois, batendo as unhas sobre as tábuas do piso, adiantou-se pela pequena nave, alcançou o mestre e se encolheu contra a lateral do corpo dele.

Matthew o acariciou.

— Não foi uma boa ideia, sabe? — disse-lhe, severo. — Se os monges do refúgio o descobrirem aqui dentro, acho que expulsariam nós quatro: em geral, os homens consagrados ao Senhor não amam os seres sem alma, e você não a tem, não é?

O cão ergueu o focinho e olhou para ele com uma expressão que parecia desmentir esta última afirmação.

Matthew sorriu. Levantou-se, pegou-o pela coleira e o dirigiu para a entrada da capela: decepcionado, o animal hesitou na soleira, virou-se esperançoso e em seguida saiu. O mestre voltou para as duas mulheres: agora estavam deitadas e já tinham adormecido.

50

Milão, junho.

A corrente do fosso fluía silenciosa, refletindo o muro de tijolos que circundava o moinho: a imagem da construção, trêmula e inconstante, perdia-se entre os longos tentáculos das plantas aquáticas que flutuavam sob a superfície líquida. Deitados em meio ao entulho amontoado em um lado do moinho, dois gatos se protegiam sob as amplas copas de alguns pés de cicuta.

Francesco olhou para eles, supondo que os dois felinos teriam confundido o fedor de rato emanado pela cicuta com a efetiva presença de roedores. Não sabia se estavam decepcionados com a falta de comida: o calor transmitido pelos escombros aos seus corpos macilentos parecia contentá-los.

Atravessou a ponte, dirigindo-se ao consultório. Sentia-se fatigado, mas não podia se permitir dar atenção ao cansaço: dois clientes o aguardavam antes da hora das vésperas e temia que um deles fosse ocupá-lo por muito tempo. Tratava-se de um negociante com uma grave luxação no tornozelo e, conhecendo-o bem, imaginava que precisaria de toda a sua paciência para não fazê-lo gritar enquanto tentasse imobilizar o pé.

Naquela manhã, tinha sido grande o movimento no ambulatório, como sempre lotado de enfermos. Eram muitos a chegar: velhos que não se equilibravam nas pernas, mães que traziam no colo seus filhos febris, populares consumidos por doenças jamais tratadas. Quase todos moradores do bairro, aos quais volta e meia se acrescentava algum aldeão da região limítrofe. Apresentavam-se sozinhos ou, com mais frequência, em pequenos grupos, como para encorajar-se reciprocamente: ultrapassavam o portal em arco, olhavam hesitantes a fachada da construção, detinham-se sob o pórtico e depois entravam, incertos sobre o que encontrariam.

O local que os acolhia não era grande. O teto em abóbada se erguia a pouca altura sobre um chão revestido de grandes placas de pedra: entre uma e outra, a distâncias regulares, ficavam as quatro aberturas que comunicavam o térreo com o canal subjacente. Agora já não eram necessárias, e o prior mandara cobri-las com alçapões de madeira. Duas janelinhas, sombreadas pela folhagem de uma fileira de choupos, iluminavam o interior. O ambiente fora dividido por uma espessa cortina de cânhamo: ao longo das duas paredes tinham sido alinhados alguns bancos e, na terceira, no canto onde outrora eram empilhadas as armas, instalaram-se três enxergões. Do outro lado da divisória, um espaço ainda mais reduzido hospedava a sala de consultas: ali, sobre uma prateleira que ocupava toda a parede, estavam dispostos recipientes de botica, rolos de ataduras, ampolas para exames de urina, bacias de várias dimensões, talas de madeira e, bem-dobrados, dois amplos aventais de cirurgião.

Os únicos móveis da salinha consistiam em uma mesa e dois escabelos. No fundo, encostada aos tijolos da construção, erguia-se a velha escada do moinho. Era íngreme e corria ao longo de duas paredes, formando um ângulo, mas o carpinteiro que a tinha reformado providenciara um corrimão para impedir quedas perigosas. O último degrau ficava diante de uma portinha que levava àquele que havia sido o vão da tremonha: o grande tronco de cone invertido que durante anos servira para alimentar a mó do moinho ainda se destacava no centro do local. Desmontar aquele artefato imponente colocaria em risco a estabilidade de toda a construção, e o prior havia ordenado deixá-lo onde estava: após uma vistoria feita com Francesco, decidira que aquele espaço viria a ser a sala de cirurgia e o dotara de todos os instrumentos necessários. Arrumados sobre uma longa mísula e protegidos por um pano, tinham sido dispostos bisturis, lancetas, pinças, cautérios, tenazes e fórceps, enquanto os trépanos, as serras e os separadores foram pendurados em ganchos fixados às traves do teto. De um benfeitor da Colombetta, frei Marcello conseguira até a doação da soma necessária a adquirir uma cadeira cirúrgica dotada de correias. Francesco gostaria de ter uma também no seu consultório, mas tratava-se de um equipamento caro, que por enquanto ele não podia se permitir.

Sem dúvida, fazer subirem até ali os doentes que seriam operados não era fácil, mas o vão da tremonha tinha a qualidade de ser isolado do térreo: a portinha fechada e a espessura das paredes evitariam que os gritos dos pacientes submetidos às práticas cirúrgicas mais dolorosas apavorassem as pessoas à espera de consulta.

Também essa dificuldade fora resolvida: o prior tinha transferido para o moinho dois conversos da Colombetta, encarregando-os de transportar os inválidos até o andar superior e, em caso de necessidade, de auxiliar o barbeiro-cirurgião.

Com tudo isso, a atividade do ambulatório desenvolvia-se sem obstáculos e, apesar do cansaço, Francesco estava satisfeito. Mesmo ocupando muito de seu tempo no moinho, até aquele dia conseguira não perder nenhum de seus clientes habituais, e isso já lhe parecia um bom resultado.

Tinha chegado. O mendigo que ficava habitualmente na esquina da ruela olhou-o e o gratificou com um sorriso desdentado. Francesco jogou-lhe uma moeda e entrou no consultório.

51

Milão.

— Aqui está seu pagamento, Fiorenzo. O senhor fez um bom trabalho.

O bordador conferiu as moedas colocadas em sua palma por Giacomo Gambari, o costureiro de Sant'Eufemia. Satisfeito, fechou a mão em punho e virou-se para sair.

— Ah, eu ia esquecendo — deteve-o Gambari —, dentro de alguns dias terei outro trabalho para o senhor: estou terminando de cortar as mangas de uma túnica que devem ser bordadas com fio de prata. O senhor ainda o tem ou devo lhe fornecer algum?

— Não sobrou muito no carretel, é melhor me dar mais.

— Bem, mas cuidado para não o desperdiçar, porque ainda vou precisar dele para uma *gamurra* que pretendo começar daqui a pouco. Será uma veste especial, e o bordado deve ser realizado com o máximo capricho: foi encomendada pela esposa de um negociante que até dois meses atrás recorria a Marco Raineri e que agora decidiu mudar de costureiro — explicou Gambari, com um sorriso satisfeito. — O senhor terá de se superar, Fiorenzo; não é todo dia que se furta um cliente de Raineri. A propósito, circula o boato de que ele já voltou a Milão: sabe se é verdade?

— Sim, e já chamou todo mundo à oficina: os bordadores, o cortador, os aprendizes. Ontem mesmo encontrei o servo dele, aquele rapaz louro como uma mulher, que corria esbaforido ao tintureiro de Monte Volpe a fim de solicitar novas peças tingidas com urzela. Parece que, em Paris, Raineri recebeu muitas encomendas, e que de agora até o inverno vai exigir muito de todos os seus trabalhadores.

O sorriso se extinguiu nos lábios do costureiro.

Gambari sabia que não desfrutava do mesmo prestígio de Raineri, mas estava convencido de ser quase tão hábil quanto ele e, considerando que cobrava preços muito mais baixos, pensava poder roubar-lhe uma fatia do mercado. Claro, nunca poderia oferecer seus serviços a aristocratas de alta linhagem, mas bastavam-lhe alguns comerciantes abastados, um jurisconsulto, o secretário de um prelado, a cortesã de um personagem importante...

Mordeu os lábios, despeitado. Jamais conseguiria igualar a fama do outro. Aquele homem era mais esperto do que ele e via bem mais longe: assim que suspeitara de uma queda nos negócios, correra a Paris a fim de procurar nova clientela. De fato, à exceção das encomendas de poucos notáveis e de algum grande negociante, a procura por vestes elaboradas tornara-se escassa em Milão: os contínuos confrontos políticos dos últimos anos tinham canalizado o dinheiro das famílias mais ricas para a aquisição de armas e cavalgaduras, mais do que para guarda-roupas caros. E, como se não bastasse, desde algum tempo antes tinham se metido no assunto os padres, que, trovejando do alto dos púlpitos contra o luxo excessivo, ameaçavam de excomunhão quem perseverasse na ostentação da indumentária. Dizia-se até que as hierarquias eclesiásticas pretendiam promulgar leis específicas que regulamentassem o aspecto dos trajes e estabelecessem as oportunas multas em caso de desobediência.

Mas o que achavam, que um costureiro podia sobreviver consertando roupas usadas? Para isso já existiam os remendeiros, artesãos respeitáveis, mas desprovidos da competência necessária para criar novos modelos. Como se fosse fácil tornar-se um costureiro estimado. Só mesmo ele sabia quantos anos passara como aprendiz, cortando e cosendo, descobrindo a diferença entre um tecido e outro, ou entre uma tintura bem-feita e uma medíocre... E agora, depois de toda aquela trabalheira, surgiam guerras inúteis e pregadores irascíveis para impedir que um artesão se esmerasse em seu trabalho.

Ele também deveria ir a Paris. Lá havia um rei, um líder seguro, e não toda aquela alternância de chefes que existia em Milão. Como podia uma cidade ser governada de maneira estável se a cada ano mudava o podestade, se o povo queria um arcebispo e os nobres elegiam outro, se de repente aparecia um *condottiero* qualquer que se autodenominava governador e causava mais danos do que quem o precedera? Com semelhante situação, sem dúvida não se podia esperar que os negócios corressem bem.

Se pelo menos não existisse aquele maldito concorrente... Devia buscar um modo de deter a ascensão de Raineri, e o encontraria.

Fiorenzo tinha ido embora. O costureiro pegou o véu de linho recém-entregue e o levantou contra a luz da porta aberta: sim, o bordador havia realmente feito um bom trabalho. Dobrou-o, satisfeito, e recolocou-o sobre a bancada.

52

Milão.

— Bassén? E que diabos é um bassén?

O albergueiro fitava Marion com impaciência. Afinal, por que a mestra Caterina não descia para pedir o que necessitava, em vez de mandar aquela moça que mal falava italiano?

— Eu tenho muito o que fazer, não posso ficar aqui o dia inteiro escutando você! — reclamou com grosseria.

— É... *est une chose... un... truc* para água — insistiu Marion, fazendo o gesto de lavar o rosto.

— Ah, você quer dizer uma bacia! Afinal, era assim tão difícil falar certo? Mas já não existe uma no quarto que lhes aluguei? Vai querer outra?

Marion assentiu.

— Ora, o que mais vocês têm para lavar? — resmungou o homem entre os dentes. — Está bem, mas saiba que há um sobrepreço: entendeu o que eu falei? Dinheiro — disse, esfregando o polegar e o médio —, mais dinheiro... Diga à sua patroa.

O albergueiro se abaixou para procurar embaixo do balcão, pegou uma bacia de estanho e a entregou a Marion. A moça a recebeu e dirigiu-se ao fundo da construção, onde uma escada de madeira conduzia aos quartos da hospedaria.

O homem serviu para si uma caneca de vinho e começou a saboreá-lo. Tinha feito um bom negócio com aquelas duas: a mestra Caterina havia pedido para ocupar o quarto por um mês, ao menos enquanto não encontrasse outra acomodação mais estável. Embora, ao chegar, parecesse muito sofrida, pelas roupas e pelos modos aparentava ser alguém que podia se permitir pagar qualquer preço: ele se aproveitou logo disso e lhe cobrou uma tarifa mais alta do que a praticada habitualmente. Ela aceitou sem pestanejar.

Fora Marco Raineri quem a tinha levado até ali. Ele e o proprietário do albergue se conheciam havia anos, e o costureiro sabia que aquele estabelecimento era frequentado por gente de bem. "Esta é a hospedaria do Falcone, uma das melhores de Milão", dissera a Caterina diante do dono. "Não é frequentada nem por prostitutas nem por pessoas de má reputação: aqui vocês podem dormir tranquilas, e ninguém as incomodará."

Raineri explicara ao albergueiro que a mestra Caterina era médica e recomendara que fosse tratada com o respeito devido à sua profissão, acrescentando que, durante a longa viagem de Paris até ali, ela sofrera uma grave indisposição e que a convalescença exigiria algum tempo. Ele não tinha feito comentários, o estado de saúde de sua hóspede não lhe interessava.

A caneca estava vazia. O albergueiro colocou-a sobre o balcão, limpou os lábios com a orla do avental e se encaminhou para a adega.

Caterina se debruçou à janela e olhou o beco lá embaixo. Estava lotado e sujo: o lixo se amontoava ao longo das paredes até o portal da Igreja de San Satiro. A igreja, minúscula, era encimada por um campanário tão alto que sombreava boa parte da ruela. Um lugar milagroso, dissera-lhe Raineri, onde de repente uma imagem da Virgem havia começado a sangrar: o costureiro lhe explicara que, em consequência desse fato prodigioso, a paróquia aumentara desmedidamente o número de fiéis, os quais, com doações e legados, continuavam a abastecer suas finanças.

Um pombo voou do teto do albergue e pairou sem qualquer graciosidade sobre Caterina, para em seguida pousar no beiral: agitou as asas por um instante, equilibrou-se e inclinou a cabeça para ela, fitando-a. Era quase do tamanho de um frango. Caterina se surpreendeu pensando que a ave era uma fêmea: talvez estivesse cheia de ovos e procurasse um ninho onde pudesse depositá-los.

Suas vísceras se contraíram, e ela ficou sem fôlego.

Comprimiu os lábios. Não podia desabar, não devia. Eu abortei, pensou, mas a quantas mulheres isso acontece? E Marion, então? Com ela foi até pior, seu filho estava prestes a matá-la. Quanto deve ter sofrido, comparada comigo? Ela já sentia sua criatura mover-se em seu ventre, virar-se, espernear: aquela vida, saboreada dia após dia dentro de si, havia sido ceifada pela morte. Eu, porém, nem tive tempo de compreender, de me habituar à ideia. Dores lancinantes, um rio de sangue, e meu ventre se esvaziou: tudo acabado, meu filho não existe mais, dissolveu-se, nunca existiu.

Eu sou médica, disse a si mesma, e sei que uma gravidez pode acabar mal: conheço a fisiologia de um aborto, sei o que acontece ao corpo da mulher, sei que depois de algum tempo as lacerações internas cicatrizam, os humores restabelecem seu fluxo correto, tudo recomeça...

Inclinou-se, apoiou os cotovelos no peitoril da janela e segurou a cabeça entre as mãos. Suas vísceras ficariam bem, tinha certeza, mas sua alma sararia algum dia? Quando cessaria de ter aquele sonho angustiante, no qual a cigana lhe arrancava dos braços o recém-nascido e fugia pela margem do Sena sem olhar para trás? A visão já a atormentava havia semanas e, embora compreendesse que isso se devia à perturbação provocada pelo que tinha acontecido, ela não conseguia tirar da mente a profecia feita a Marion. Talvez aquela mulher que previra um futuro nefasto fosse uma bruxa, talvez seu malefício a tivesse levado a perder o bebê.

Endireitou-se. Não, não era típico dela abandonar-se a certas fantasias, ou se tornaria como os habitantes de Saint Albans, que haviam enviado à morte uma inocente.

Lembrou-se do preceptor. Estava certa de que lá no Mont-Joux ele fora o único a compreender o que estava acontecendo com ela, mas, apesar disso, jamais perguntara nada. Ela havia apreciado a discrição dele.

Dali a alguns dias, iriam se rever. No dia seguinte, porém, ela deveria encontrar Ruggero Capeletti, o médico de quem ouvira falar em Paris. Perguntaria se ele podia ajudá-la a conseguir trabalho na cidade: ainda não sabia o que seria de sua profissão, mas esperava poder recomeçar a exercê-la, ao menos um pouco. Precisava voltar a acreditar em si mesma e na arte médica, à qual havia sacrificado tão grande parte de sua vida. Quanto ao futuro, o destino decidiria.

53

Milão.

Sentado no banquinho encostado ao tronco da pereira que se destacava no canto esquerdo do pátio, frei Marcello conversava animadamente com Matthew. Seus olhos brilhavam de animação.

— Bem, o senhor compreendeu o tipo de compromisso que assumi com a abertura do ambulatório, logo agora que as doações estão começando a escassear? Às vezes me pergunto quem me levou a fazer isso, mas depois, quando vejo os moradores do bairro se acotovelando diante da porta do moinho, todas as dúvidas desaparecem: quem disse que, por serem pobres, eles não devem ser tratados? Ah, esperemos que Deus me conceda a possibilidade de levar adiante essa iniciativa: se pelo menos eu fosse mais jovem... Mas continuo a tagarelar e ainda não escutei suas novidades: belo anfitrião me tornei, comportando-me desse modo!

Um acesso de tosse interrompeu as palavras do prior, e sua respiração tornou-se sibilante.

— Como anda sua falta de ar? — perguntou-lhe Matthew, solícito. — O senhor melhorou um pouco desde a última vez que nos vimos?

— Para falar a verdade, não, mas já me acostumei. O que fazer? Na minha idade, estar vivo já é muito... Mas e o senhor? Diga-me, encontrou conforto ao voltar à sua terra? Foi bem acolhido entre seus confrades?

Matthew balançou a cabeça.

— Restavam muito poucos: alguns morreram, outros foram transferidos para mosteiros mais distantes. Eu não diria acolhida fraterna, e sim hospitalidade obrigatória: lembra-se do motivo pelo qual voltei a Saint Albans?

O prior assentiu.

— Pois é, então será fácil compreender. Como lhe disse antes de partir de Milão, já então eu desconfiava de que a decisão do abade de me convocar ao mosteiro era ditada por razões oportunistas, mais do que por arrependimento sincero. De fato, assim foi, mas não importa: essa viagem me deixou em paz com minha consciência e me permitiu fazer justiça a Mary Bychance.

Frei Marcello não disse nada. Quatro anos antes, quando o encontrara pela primeira vez, Matthew estava no cárcere. Tinha sido condenado por falso testemunho, depois de um sério caso ligado ao desaparecimento de um manuscrito. Os fatos, nos quais até um inquisidor estava envolvido, se passaram em um castelo da região de Lodi e terminaram de maneira dramática: uma inundação destruiu o castelo e fez dezenas de mortos. Matthew, um dos poucos a se salvar, dirigira-se a Milão, onde, após algum tempo, foi convocado a juízo a fim de dar explicações sobre o ocorrido. Seu depoimento não foi suficiente para dissolver as suspeitas sobre o caso, e o juiz o considerou responsável por falso testemunho, impondo-lhe um ano de reclusão. À primeira conversa entre os dois, ocorrida na cela fétida onde Matthew estava isolado, seguiram-se outras, nas quais frei Marcello pôde conhecê-lo melhor: e assim veio a saber muitos fatos de sua vida, sobretudo o episódio que havia causado o afastamento dele de Saint Albans.

O já antigo convívio de frei Marcello com encarcerados o ensinara a adivinhar a mentira nas proclamações de inocência que estes faziam, mas com aquele homem isso não acontecera. Embora não dispusesse de elementos para confirmar a veracidade do que Matthew lhe contara, bastara-lhe sua pesarosa defesa de Mary Bychance para convencê-lo. Também ele, como Matthew, alimentava dúvidas sobre a possibilidade de os mortais serem capazes de malefícios. O único que de fato os executava era o demônio, de cuja existência estava mais do que convencido: muitas vezes sentira transpirar do corpo das pessoas más um fétido humor, uma vez até o captara na expressão de um moribundo, e aquele olhar o importunou durante dias. Quanto às bruxas, não sabia dizer: as três ou quatro populares apontadas como feiticeiras lhe haviam parecido mulheres possuídas pela loucura ou perseguidas por eventos desafortunados, e não criaturas de Satanás. Jamais manifestara tal opinião porque temia que as pessoas, com frequência inclinadas a juízos sumários, considerassem-no um herético.

— E agora que o senhor voltou — falou, recobrando-se do devaneio —, o que pretende fazer? Algum notável já o contratou como preceptor?

— Ainda não, mas dê-me um pouco de tempo e o encontrarei. Sabe, frei Marcello, quando eu estava lá na minha terra pensei muito no senhor.

— Em mim? — espantou-se o prior.

— Sim, e sabe por quê? Porque, das pessoas que conheci na vida, o senhor é uma das pouquíssimas capazes de cuidar dos outros mais do que de si mesmas: o senhor dedica diariamente suas forças a levar conforto, como demonstra inclusive esta última iniciativa do ambulatório. Talvez não saiba, mas os presos esperam suas visitas como um bálsamo, e não só pela comida que o senhor lhes fornece, mas também pelo encorajamento que consegue dar: creio que deve acontecer o mesmo aos que batem à porta da Colombetta.

Frei Marcello corou.

— Oh, mas eu não poderia fazer nada disso que o senhor menciona se não contasse com os conversos, os voluntários, até os servos, para ajudar nossos pobres...

— Sim, mas quem sugeriu a eles essa escolha de vida, senão o senhor? Quem se esforça por procurar os benfeitores, por convencê-los do fato de que doar o próprio supérfluo pode contribuir para salvar os mais desafortunados? Não creio que seja fácil, e tenho certeza de que poucos se empenham com tanta dedicação em favor dos humildes. Eu tenho mais de 40 anos, frei Marcello, e os últimos dez, passados no mundo, fora dos muros do meu velho mosteiro, me ensinaram a reconhecer vícios e virtudes nos homens: também aprendi, muitas vezes pagando o preço, quão pouco servem as riquezas para melhorar as pessoas. Foi também por isso que voltei: quero ajudar os outros, exatamente como o senhor faz.

A expressão hesitante do prior impeliu Matthew a esclarecer suas palavras.

— Recorda que, durante nossos encontros no cárcere, eu lhe falei de Arnolfo de Sala, o abade de San Simpliciano?

— Sim, claro.

— Eu lhe contei sobre a nossa amizade, sólida e fraterna, mas não mencionei uma coisa, e agora chegou o momento de revelá-la. Em seu testamento, Arnolfo me nomeou herdeiro de todo o seu capital.

— Uma herança? Ele lhe deixou uma herança?

— Sim, mas com uma cláusula precisa: a de empregar o dinheiro em obras de caridade, de preferência destinadas a crianças pobres. Eu o fiz, utilizando uma pequena parte do legado para abrir a escola do Guercio, mas aquele maldito ano de prisão me impediu de continuar desempenhando meu trabalho de mestre: agora, naquela mesma sede foi fundada uma nova escola, bem maior, dirigida pelos monges de San Marco.

Um lampejo de esperança iluminou o olhar do prior.

— E o dinheiro da herança? — ousou perguntar ele. — Restou algum?

— Sim, e uma soma considerável. Arnolfo provinha de uma família aristocrática, proprietária de vastas terras no campo, e, como descobri pelo testamento, só os seus bens líquidos chegavam a muitas centenas de liras.

O prior arregalou os olhos.

— Ah, meu Deus! Imagino que o senhor não andou por aí durante todo esse tempo levando semelhante montanha de moedas!

— Não, o dinheiro permaneceu sempre aqui em Milão. Na iminência do processo, confiei-o a um cambista: ainda está depositado nas mãos dele.

— E agora... — murmurou frei Marcello, com um fio de voz.

— E agora vou destinar uma parte à Colombetta. Servirá para custear as despesas de gestão do ambulatório, a atividade que mais importa ao senhor neste momento: creio que, considerando o quanto isso será útil, o próprio Arnolfo veria com bons olhos a minha decisão. O senhor me disse que ainda não pôde pagar nem os materiais para o moinho, nem o mestre de obras que o reformou: pois bem, com este dinheiro conseguirá saldar suas dívidas e, quem sabe, começar até a retribuir os serviços do cirurgião de quem me falou, ou enfrentar qualquer outra despesa imprevista. E então, o que me diz, frei Marcello?

— Digo que... que o senhor... — balbuciou o prior — ... o senhor é uma bênção dos céus... que... que...

Levantou-se em um pulo e, todo corado, começou a saltitar em círculos, como um menino.

Matthew o encarou, divertido.

— Acalme-se, acalme-se, frei Marcello — repreendeu-o —, ou sua falta de ar vai piorar.

O prior se deixou cair de novo no banquinho, tentando recuperar o fôlego.

— E... — ofegou — ... o senhor já decidiu onde vai ficar aqui em Milão?

— Não, por enquanto estou no albergue do Uomo Selvatico, perto da Poterna dei Fabbri, mas depois preferiria morar em uma casa: não tenho grandes exigências, espero encontrá-la logo.

— Agora que pensei nisso — disse o monge —, creio ter exatamente o que lhe serve. Logo aqui atrás, no Largo do Vetra, fica a casa de um tecelão de fustão: tem dois andares e está bem-conservada. O coitado morreu em abril, e a viúva, que decidiu se mudar para outro bairro, me perguntou se eu podia cuidar da venda do imóvel. Com frequência nós, frades da Colombetta, somos nomeados executores testamentários de bens destinados à ajuda aos mais pobres, mas desta vez as coisas foram muito além das minhas expectativas. Quando comentei com a viúva a escassez atual de doações por parte de nossos benfeitores costumeiros, ela não só decidiu adiar a venda como também me ofereceu a casa em uso gratuito por dois anos. Em troca, pediu que todo mês, no aniversário da morte do marido, seja celebrada uma missa na paróquia de San Michele. Pois bem, o senhor poderia se estabelecer lá: bastaria fazer uma limpeza e acrescentar alguns móveis. Se lhe for conveniente, seria o ideal: um dos dois aposentos no térreo poderia até ser adaptado para sala de aula. Moradia, escola e nenhum aluguel a pagar: o que acha?

— Obrigado, tenho certeza de que a casa me será muito útil.

— Ah, e outra coisa — disse frei Marcello, levantando-se num impulso repentinamente decidido. — Aceitarei seu dinheiro, mas desde que o senhor o administre. Não, espere — acrescentou, levantando a mão para calar Matthew, que já ia replicar —, eu explico: sou apenas um pobre monge que não sabe fazer nada, e nossa congregação é tolerada a muito custo pelas autoridades eclesiásticas. Tenho certeza de que, ao mínimo erro de minha parte, elas cancelariam um trabalho de anos, sobretudo se intuíssem que a Colombetta pode dispor de recursos relevantes. Essa história do ambulatório já suscitou alguns resmungos dos interessados em adquirir o moinho, e eu não gostaria que uma falha involuntária de minha parte na gestão de todo esse dinheiro desse margem a equívocos. Para o senhor, seria apenas necessário passar algumas horas do dia aqui comigo, conferindo registros e verificando se tudo está conforme as regras; em seguida, poderia voltar à sua atividade de mestre. Não recuse, por favor, faça-me esta última concessão, depois não lhe pedirei mais nada.

— Como queira, prior. — Matthew sorriu. — Vou inventar para mim uma nova profissão, a de administrador, mas não tenho certeza de que saberei exercê-la melhor do que o senhor...

Frei Marcello retribuiu o sorriso.

— Ah, saberá muito bem! E agora vamos — disse, encaminhando-se para seu quarto —, é hora de comer alguma coisa, meu estômago está começando a reclamar. Vê aquele garoto que se aproxima? Chama-se Silvestro e vem me avisar que meu almoço está pronto: vou mandá-lo acrescentar mais sopa e um segundo copo.

Depois que o prior lhe deu as ordens, Silvestro parou para observar o desconhecido que o acompanhava. Quem seria? A julgar pela familiaridade que demonstrava perante frei Marcello, parecia conhecê-lo havia tempos: então, por que nunca o vira ali? Deu de ombros: no fundo, não era da sua conta.

Voltou-se e, em passos ágeis, dirigiu-se à cozinha, no outro lado do pátio.

54

Milão.

Marco Raineri cuspiu na tigela a colherada de sopa que acabara de sorver.

— Mas que diabo é este caldo ralo? — resmungou irritado consigo mesmo, limpando a boca. — Será possível que aquela idiota não seja capaz nem de cozinhar carne e verduras juntas?

Afastou a tigela e bebeu um gole de vinho. Precisava procurar uma nova cozinheira, que substituísse aquela recém-contratada após a demissão de Fiorina. Não que fosse fácil encontrar alguém que soubesse cozinhar sem exagerar na gordura: sabia havia muito tempo que Fiorina era a cozinheira certa para ele, mas não pôde deixar de despedi-la depois de descobrir que era uma ladra. Embora sempre tivesse desconfiado de que alguém surrupiava coisas na cozinha, jamais imaginaria que aquela maldita lhe subtraísse até mesmo carne.

Surpreendera-a em flagrante assim que retornou de Paris. Fiorina estava no porão escondendo duas galinhas em um saco cheio de palha. Quando ele lhe perguntou que diabos estava fazendo, ela o olhou apavorada e começou a balbuciar desculpas sem sentido. Ele logo compreendeu que ela havia roubado as aves e resolveu conferir a despensa, descobrindo que grandes quantidades de alimento tinham sido reduzidas de modo inexplicável: havia menos fôrmas de queijo do que recordava, sacos de maçãs, favas e cereais tinham desaparecido, mas o que o deixou furioso foi a pimenta-do-reino. Faltava quase um terço do sortimento que encomendara no ano anterior: o mercador de quem a comprara era um dos mais careiros de Veneza, e ele ainda se aborrecia ao pensar em quanto havia pagado por ela. Aquela puta roubara a pimenta para vendê-la, tinha certeza!

Demitiu-a imediatamente. Ela tentou protestar, mas por fim desistiu: foi embora cheia de raiva, proferindo entre lágrimas uma série de ameaças confusas.

E agora, aquela nova cozinheira que não sabia preparar nem uma sopa! Suspirou. Encarregaria Mikail de encontrar outra com mais experiência: talvez isso demorasse um pouco, mas depois tudo se ajeitaria.

De repente percebeu que se sentia fraco. Levantou-se da mesinha, pegou o frasco no armário e deu-se conta de que ele estava muito leve. Destampou-o e encostou um olho ao bocal: o líquido se reduzira à metade.

Está acabando, pensou: e agora, onde vou conseguir mais? Alvino desaparecera e ele não encontraria outro fornecedor igualmente discreto.

Fechou a garrafinha, escondeu-a atrás de uns registros empilhados na prateleira mais baixa do armário e desceu à loja.

Caterina dobrou a esquina do beco que a conduzira ao pequeno espaço circular em cujo centro se erguia a Igreja de San Giovanni. Segundo as indicações que recebera, a residência de Ruggero Capeletti devia ficar pouco adiante, logo depois de uma ruela que partia dos fundos da igreja.

Enquanto caminhava, atenta a evitar as imundícies amontoadas ao longo das paredes das casas, refletiu sobre a melhor atitude a tomar. Ainda estava incerta sobre o que lhe convinha dizer: se devia estender-se sobre sua experiência no Hôtel-Dieu ou, de preferência, enaltecer a prestigiosa classe social dos clientes dos quais tratara em Paris.

Não tinha nenhuma certeza de que aquele homem se disporia a ajudá-la: sem uma carta de um colega que a credenciasse, seria difícil convencer qualquer médico de suas efetivas capacidades profissionais.

Suspirou. Milão a decepcionara. Pelo pouco que pudera captar naquelas duas primeiras semanas que passou recuperando as forças em perambulações pelos bairros, pareceu-lhe palpável a diferença em relação a Paris. Como na capital do reino da França, também aqui a higiene das ruas era discutível e o contínuo vaivém de pessoas, muito semelhante, mas essas eram as únicas afinidades.

Todo o resto se revelava diferente. As casas eram, em sua maioria, de madeira pintada, como em Paris, mas bem menos conservadas: telhados tortos, largas rachaduras nas paredes, janelas com menos de um braço de largura, portas desconjuntadas, escadas oscilantes. As construções mais sólidas eram poucas: moinhos, igrejas, mosteiros, os edifícios que circundavam a Praça do Broletto e alguma residência provavelmente aristocrática. Os tijolos de que eram feitas absorviam a luz e davam a Caterina, habituada aos reflexos suaves restituídos pela pedra nos palacetes parisienses, uma impressão sombria.

Assim como lhe pareciam sombrios os habitantes. Ali não se ouviam os pregões alegres dos ambulantes misturando-se aos gritos das crianças que brincavam na rua, e era raro escutar o estardalhaço das servas diante das casas dos patrões. Era como se todos tivessem medo, como se temessem um perigo iminente.

Milão lhe transmitia uma estranha angústia, sutil e indefinida. Não, aquela cidade não lhe agradava, ela não a sentia como sua.

Mas, sobretudo, sentia falta do Sena. O rio perfumado de musgo, os cavalos que bebiam na corrente, as lavadeiras que estendiam as roupas nas enseadas mais protegidas, as chatas carregadas de mercadorias. E também as árvores, as pontes, as fachadas das casas: lá, qualquer coisa que refletisse na superfície da água parecia ganhar vida.

"Milão é uma cidade de águas", dissera-lhe certa vez Rolando, com um orgulho difícil de compartilhar. Se as águas das quais ele falava eram as que ela vira até aquele dia, não parecia haver motivo para alguém se envaidecer delas: canais lamacentos, valetas que se insinuavam entre as construções, erodindo seus alicerces, riachos insignificantes, e aquele fosso que circundava a cidade em um abraço imundo. Talvez existissem outros cursos de água em algum lugar, em bairros que ela ainda não tinha percorrido. Talvez corressem mais impetuosos e mais límpidos, mas alimentava dúvidas.

Impôs a si mesma não se perder em saudades inúteis. Já estava ali, e era dali que devia recomeçar.

Contornou os fundos da igreja, enveredou pela ruela e viu-se diante de uma casa cujo requinte desmentiu as reflexões que acabava de fazer.

Espantada, deteve-se para admirá-la. O portal de pedra, ricamente decorado sobre os pilares, era sombreado por uma pequena torre de tijolos ao lado da construção, enquanto uma sacada de madeira corria ao longo de todo o primeiro andar. De uma trave desse balcão pendia uma gaiola em cujo interior cantava um passarinho.

Seguramente, era a casa de Ruggero Capeletti: a diferença em relação às habitações adjacentes, muito mais modestas, era evidente demais para deixar dúvidas.

Hesitou, parada no meio do beco. Deveria mesmo mostrar suas credenciais àquele homem? E se tentasse arranjar-se sozinha para encontrar clientes, talvez se apresentando em um dos muitos hospitais da cidade? Não, isso não iria funcionar, ninguém a conhecia, jamais lhe dariam crédito.

Respirou fundo, empertigou-se e bateu à porta do médico.

55

Milão.

— Posso ir, patrão?

O costureiro, debruçado sobre o papel no qual estava terminando de traçar o esboço de uma *cioppa*, sobressaltou-se. Estava tão concentrado no desenho que sequer havia percebido a presença do rapaz. Mikail tinha acabado de acender as duas velas do castiçal pousado sobre a mísula ao lado da bancada de trabalho, e esperava de pé diante da escada.

— Ah, meu Deus, mas que horas são? — perguntou Marco, olhando lá fora pela janela. O sol tinha baixado, e as primeiras sombras da noite se alongavam no beco.

— Quase as completas — respondeu Mikail, sufocando um bocejo.

— Vá, pode dormir. Ah, já que está aqui, pegue aqueles três registros e guarde-os no armário, lá no meu quarto. Tome a chave: quando sair, deixe-a sobre a escrivaninha.

O jovem obedeceu e subiu ao primeiro andar.

O costureiro baixou o olhar sobre o desenho. Não era nada especial, uma *cioppa* como tantas outras, longa até os tornozelos e enriquecida com debruns. Devia inventar algo novo se quisesse contentar o duque que a encomendara. Pegou o castiçal e o pousou na borda da bancada: a luz das velas iluminou o papel, revelando com mais precisão os claro-escuros que tracejavam as pregas.

Marco observou-as por alguns instantes e aos poucos uma ideia abriu caminho em sua mente: e se, em vez de drapear a *cioppa* daquele modo, ele a cortasse nas laterais? Seria uma coisa ousada, porque em geral somente a veste curta de montaria era dotada de fendas laterais: mas se, nas bordas das fendas, ele pregasse franjas de seda, talvez de cores contrastantes, daí resultaria um modelo totalmente incomum, capaz de surpreender todo mundo.

Animado, puxou do bolso o apagador e começou a eliminar os claro-escuros. Depois pegou o bastãozinho de carvão e, com mão segura, desenhou as linhas verticais das fendas e as ondulações das franjas. Mudou também o traçado do decote: deixou-o mais profundo e o enriqueceu com uma guarnição.

Quando o considerou terminado, examinou com olho crítico o novo esboço. Sim, agora sim, pensou. No dia seguinte aperfeiçoaria o desenho e depois começaria a cortar o tecido. Satisfeito, pousou o carvão e o apagador sobre a mesa de trabalho, trancou a porta e fechou as persianas da janela. Em seguida, pegou o castiçal e subiu a escada.

Mikail observou a gota de líquido que havia pingado na palma da mão. Tocou-a com a ponta do indicador e o lambeu: nenhum sabor estranho, só vinho. Limpou o dedo na veste, fechou o frasco e o recolocou no mesmo ponto onde o encontrara. O recipiente havia rolado para sua mão quando ele arrumava os registros no armário: jamais o tinha visto e não sabia do que se tratava. Seguramente não era um remédio daqueles que o costureiro costumava tomar para suas indisposições de estômago, porque as ervas medicinais eram guardadas na despensa. Então, o que era?

Enquanto fechava as portas do armário, de repente lembrou-se de um episódio ao qual assistira meses antes: certa manhã, após uma noite passada com o costureiro, voltou ao quarto dele para anunciar a chegada imprevista de um cliente e, pela pressa, esqueceu-se de bater. Ao vê-lo surgir dentro do quarto, o patrão ficou paralisado com as mãos no ar, segurando na direita algo muito semelhante ao objeto que ele acabava de descobrir. Ficou muito ruborizado e logo o fez sumir no bolso da veste. Depois, furioso, repreendeu-o com uma aspereza incomum, ameaçando-o com um castigo adequado se ele ousasse entrar de novo em seu quarto sem bater.

Relembrando isso agora, Mikail foi invadido pela suspeita de que o frasco que Marco havia escondido no bolso fosse aquele. Mas que diabo podia conter de tão sigiloso? Decidiu que descobriria, embora não soubesse como.

Do lado de fora da porta, a escada estalou sob os pesados passos do costureiro. Mikail colocou a chave sobre a escrivaninha e foi abrir para ele.

Finalmente surgira um pouco de vento, dizimando a camada de mormaço que havia dias pesava sobre a cidade. Enquanto liberava o fabricante de meias diante da entrada da loja, Marco Raineri encheu os pulmões com aquela brisa inesperada: esta não duraria muito, disso tinha certeza; era melhor desfrutá-la enquanto ela existia.

— E então, ficou tudo claro? — perguntou ao artesão. — O senhor deve confeccionar para mim quatro pares de meias em tecido ordinário vermelho e dois em *perpignan* azul-celeste. Atenção à costura de trás, que fique bem reta: a do penúltimo par que o senhor fez para mim estava torta, e precisei mandar um dos meus operários refazê-la, está lembrado?

— Não se preocupe — respondeu o homem —, desta vez tomarei mais cuidado. Para quando o senhor disse que precisa das meias?

— Mas isso é pergunta que se faça? — questionou o costureiro. — O mais depressa possível, como sempre!

O artesão se despediu e tomou a viela que conduzia à poterna.

Marco sorriu consigo mesmo: o preço que havia negociado era inferior ao previsto. Satisfeito, encaminhou-se para o canalzinho que corria por uma ruela estreita, depois da esquina de seu palacete. Era o lugar adequado para descansar um pouco: ali havia sombra, e o ar, umedecido pela evaporação da água, ainda estava fresco. Fechou os olhos e respirou fundo.

Quando os reabriu, viu Alvino à sua frente. Estava envolto numa veste mais elegante do que as de sempre: um início de barba circundava seu rosto e, de uma boina de pano verde, os cabelos despontavam em ondulações ordenadas.

— Que diabos você está fazendo aqui? — exclamou. — Não lhe recomendei sempre que não viesse até onde eu moro? Pela Santa Virgem, quer que alguém nos descubra juntos?

Alvino sorriu, zombeteiro.

— Mas o senhor não percebe como eu mudei? Nem sequer minha mãe me reconheceria!

— O que você quer? — perguntou Marco, lançando um olhar alarmado para a esquina.

— Bem, não nos vemos há um bom tempo, e então pensei: devo procurar Raineri, talvez ele ainda precise de mim.

— Em vez de ficar falando bobagens, quer me dizer aonde você foi parar? Eu o procurei por todos os cantos, onde diabos você estava?

— Não é coisa do seu interesse — respondeu Alvino, mudando repentinamente de tom —, nem hoje nem nunca: onde estive e onde estou agora são assuntos só meus. Talvez o senhor não tenha entendido, mas eu vim aqui para lhe fazer um favor. A bebida: restou alguma ou acabou?

O costureiro hesitou: antes de responder, devia saber. Obrigou-se a conferir à voz um tom áspero.

— Foi você quem matou o boticário? — perguntou, severo.

— Como? Ah, aquela história... Imagine, eu pareço o tipo que mata uma pessoa?

A expressão de estudada candura que acompanhou as palavras de Alvino confirmou as suspeitas de Marco.

— Dizem que estão procurando uma testemunha — insistiu o costureiro —, alguém que tenha visto.

— Ah, é? Bem, boa sorte: de noite, por aquelas bandas só há putas e bêbados, belas testemunhas seriam! E, também, o senhor não vai achar que eu sou idiota a ponto de circular perto da loja de um boticário, tenho fornecedores bem melhores!

— Então por que desapareceu da cidade? Por que ninguém sabia onde você estava?

O olhar de Alvino se endureceu.

— Escute, ou acabamos com este interrogatório ou eu vou embora neste instante e o senhor não me verá mais. Então, ainda quer a poção ou não?

Essa pergunta tão direta extinguiu qualquer tentativa de firmeza nas palavras do costureiro.

— Sim, ainda quero — suspirou, um segundo antes de assustar-se com um ruído repentino.

Virou-se de repente. Seu gato escapulira pela porta da loja e estava se aproximando. Marco pegou-o no colo e começou a acariciá-lo: esse contato acalmou o animal.

— A qualidade é a mesma da última vez? — perguntou, esforçando-se por parecer indiferente.

— Eu mesmo verifiquei e posso garantir que é até melhor. Aliás — acrescentou Alvino, tirando do bolso uma pequena galheta de estanho e colocando-a na mão do costureiro —, tome uma amostra: é um brinde, experimente hoje mesmo, depois o senhor me dirá. Na próxima semana, voltarei aqui e tentaremos entrar em acordo: como sabe, este produto é cada vez mais difícil de encontrar, e creio que precisarei aumentar um pouco o preço.

— Não, você não pode voltar aqui, temos de nos ver em algum outro lugar, como fazíamos antes.

— Pelo contrário, é muito menos arriscado nos encontrarmos em sua loja do que num beco mal-afamado: se algum dos seus clientes nos visse num lugar assim, talvez à noite ou de madrugada, iria se perguntar o que o senhor fazia ali. Já pela sua loja circulam muitos criados que vão retirar a mercadoria para os clientes, e um a mais não chamaria a atenção. Eu não pareço um criado, vestido assim? O senhor me prepara uma trouxa com uma *cioppa* ou uma veste, qualquer coisa que faça os outros pensarem que eu fui buscar as roupas do meu patrão. Sem contar que realmente estou precisando de um traje novo — ele deu uma risada —, posso até ficar com o que o senhor me entregar, hein, o que acha? Então, deixemos assim: daqui a uma semana eu volto. Mais ou menos à hora sexta: atenção, deixe tudo pronto.

O costureiro não falou. Abraçou o gato e fechou os olhos: quando os reabriu, Alvino tinha desaparecido. O gato se soltou, pulou para o chão e correu apressado para a loja.

Marco sentiu as pernas cederem. Encostou-se à parede da casinhola que avançava sobre o canal e tentou organizar os pensamentos. Não fazia ideia de onde Alvino morava agora, mas seu novo aspecto, um pouco mais respeitável, sugeria que ele estava em boa situação financeira. Isso o fez supor que os negócios dele iam melhor do que antes: devia ter conseguido novos compradores. Desconfiava de que não era o único a saber que aquela bebida revigorava as forças. Embora as autoridades proibissem sua venda sem uma adequada prescrição médica, estava convencido de que havia outras pessoas dispostas a correr o risco de uma denúncia só para poder consumi-la. Fosse como fosse, se sua impressão estivesse correta e se Alvino tivesse de fato ampliado a clientela, isso só podia significar uma coisa: considerando o alto preço pelo qual ele vendia a mercadoria, todos os compradores deviam dispor de bons recursos econômicos. Isso gerava uma consequência óbvia: eram pessoas do mesmo ambiente dele, Marco; notáveis, aristocratas, comerciantes.

Amaldiçoou-se por jamais ter avaliado tal possibilidade. O que acontecerá se Alvino apregoar diante dos seus novos compradores que eu também faço parte de sua clientela? Que desastre se abaterá sobre minha loja quando souberem que o mais famoso costureiro de Milão se relaciona com um delinquente da pior espécie?

Começou a tremer e percebeu que a boca estava seca. Abriu-a e tentou inspirar profundamente, mas o ar que lhe desceu pela garganta estava quente como vapor.

56

Milão.

Ruggero Capeletti esfregava a papada que, larga como um bolso, transbordava da gola da veste.

Não estava claro o que passava pela mente daquela mulher: era uma ingênua ou era muito esperta? Por acaso pretendia usar o próprio fascínio para obter favores profissionais? Se assim fosse, estava enganada: ele não se deixava em absoluto enfeitiçar pelas lisonjas femininas. E também aquela história da transferência temporária não o convencia: por que, tendo decidido sair de Paris, ela não retornara a Montpellier, onde havia obtido o título de mestra e onde seguramente tinha relações já consolidadas?

Desconfiava de que o motivo da chegada de Caterina escondia algum ponto obscuro. Ela era de fato quem dizia ser, e efetivamente havia trabalhado no Hôtel-Dieu? O fato de que não dispusesse de nenhuma carta de apresentação por parte do decano daquela prestigiosa instituição fazia-o duvidar.

Quanto mais refletia, mais sentia crescer a exasperação. Com todos os problemas que devia resolver, só lhe faltava aquela dor de cabeça!

Observou-a: sentada diante dele, com as mãos no colo, a mestra Caterina espiava os títulos dos volumes de arte médica alinhados sobre a escrivaninha. Pelo olhar atento, parecia interessada.

Talvez seja realmente uma estudiosa, pensou Ruggero Capeletti, mas isso não muda nada, aqui em Milão não há espaço para ela.

Respirou fundo e se endireitou na cadeira.

— Lamento ser obrigado a dizer isto, mestra, mas a corporação médica milanesa não admite mulheres. Não estamos em Paris, e nenhum doente confiaria em alguém do seu sexo. A única arte que a senhora pode exercer aqui em Milão é a de parteira: já existem muitas, é verdade, porém uma a mais não faria diferença.

Um rubor difuso coloriu as faces de Caterina.

— Não é justo — replicou ela, esforçando-se por manter a calma. — Nós mulheres estudamos tanto quanto os senhores e, como os senhores, nos submetemos a um longo estágio: temos o mesmo direito de exercer a medicina.

Irritado por aquela réplica franca, o médico a encarou.

— Sinceramente, creio que a senhora poderia ter permanecido em Paris, onde, ao que parece, suas competências eram apreciadas — respondeu, áspero. — Seja como for, não me parece o caso de enveredar por uma discussão sobre as possibilidades profissionais das médicas. Aqui não há lugar para a senhora, e eu não pretendo criar perturbação na corporação apresentando um pedido como o seu. E agora, queira me desculpar, mas tenho consultas urgentes a dar — concluiu.

Caterina se levantou.

— Eu lhe agradeço, mestre Ruggero — murmurou, encaminhando-se para a porta da saleta.

O médico observou-a sair. Depois pegou o manto no cabide e o vestiu. Tipo estranho, esta mulher, pensou. Estou realmente curioso por saber se ainda vou ouvir falar dela.

Caterina transpôs a soleira do quarto: estava vazio.

Sentou-se no banquinho e permaneceu imóvel. Sua vista se embaciou: as lágrimas que não havia derramado na presença do médico chegaram de repente, e ela não fez nada para contê-las. Aliás, por que deveria? O que ainda precisava demonstrar, e sobretudo a quem? De que valera a determinação que lhe parecera indispensável para guiar suas ações até aquele dia? Por que insistira em querer exercer uma profissão tão árdua para uma mulher? Não poderia ter feito como todas as outras, levar uma vida normal junto a um marido respeitável, com quem geraria filhos?

A lembrança do bebê perdido transtornou-a como jamais lhe acontecera até então. Descalçou as sandálias e levantou-se. Com gestos frenéticos, arrancou a veste, fez uma trouxa e jogou-a longe. Depois, vestida só com a bata, começou a circular pelo aposento, batendo os punhos nas paredes, na mesa, no colchão. O pente de chifre se soltou dos cabelos e o coque sobre a nuca se desfez. Agarrando com mãos trêmulas os cachos desfeitos, deixou-se cair num canto e abandonou-se aos soluços, cada vez mais violentos.

Não percebeu o retorno de Marion. A moça se apavorou ao entrar: jamais vira a patroa naquele estado. Pousou o cesto no chão e aproximou-se dela. Agachou-se ao seu lado e abraçou-a. Caterina apoiou a cabeça em seu ombro e continuou a chorar. Marion não sabia o motivo de tanto desespero, mas desconfiava de que era resultado de uma resposta negativa do médico. Sabia que naquela manhã a patroa tinha ido procurá-lo e sabia também quantas esperanças ela depositava naquele encontro. Caterina lhe falara disso muitas vezes nos últimos dias, e com crescente ansiedade. Marion a escutara com paciência, já sem espantar-se muito com aquela nova familiaridade demonstrada pela patroa em relação a ela: percebia que tudo era provocado por medo e solidão, estados de espírito que aquela cidade hostil certamente não contribuía para aliviar. Não alimentava a ilusão de que semelhante intimidade continuaria para sempre: estava certa de que, uma vez superadas as próprias incertezas, Caterina recomeçaria a tratá-la como convinha a uma serva. Era justo, não se lamentaria.

De repente, Caterina se soltou dela e abriu a boca para falar, mas o som que brotou foi só um gemido sufocado. Marion se manteve em silêncio: gostaria de consolá-la, mas não se atreveu. Com delicadeza, afastou os cabelos dela do rosto e os trançou, deixando-os cair às costas. Depois se levantou, pegou um paninho e o molhou na bacia cheia de água: torceu-o e comprimiu-o sobre a pele avermelhada das pálpebras e das faces da patroa.

Aos poucos, Caterina se acalmou. Marion, quando achou que a crise havia passado, resolveu falar do preceptor.

— Depois que a senhora saiu — começou —, o mestre Matthew veio procurá-la. Disse que vai voltar à hora nona: parece que deseja falar com a senhora.

Caterina a encarou, perturbada.

— Ah, meu Deus, mas falta pouco para a nona! Como vou recebê-lo neste estado?

— Não se preocupe, em um instante ficará apresentável de novo. A veste que a senhora estava usando ficou muito amassada, vou pegar outra no cabide: trate de refrescar o rosto um pouco mais, e depois eu arrumo seu coque na nuca. Mas onde está o prendedor? Ah, achei: venha, precisamos nos apressar.

A patroa se levantou, ajeitou a bata em torno do corpo e, obediente, deixou-se vestir.

A folhagem densa dos choupos que se destacavam no fundo do prado projetava sobre o terreno uma larga sombra.

— Vamos até ali — disse Matthew, apontando o grupo de árvores —, naquele ponto seguramente está mais fresco.

Caterina assentiu e o seguiu ao longo da trilha que se desdobrava pela grama. Se não tivesse visto com os próprios olhos, jamais imaginaria que no centro da cidade, ao lado do formigueiro de edificações que lotavam as ruelas, se escondia um lugar como aquele. Tratava-se, como lhe explicara o mestre, do pomar que se estendia entre a Basílica dos Apóstolos e o recinto meridional das muralhas: era uma espécie de grande jardim repleto de arbustos e árvores. Alguns estavam carregados de frutos, drupas escuras, cerejas, peras, minúsculos pêssegos rosados: sobre uma elevação do terreno, quase junto à muralha circundante, uma pequena fila de videiras disputava o espaço com duas jovens figueiras e uma velha oliveira cujos galhos retorcidos se alongavam até quase tocar o solo. Um riacho, que parecia partir do lado sul, atravessava boa parte do pomar: seu traçado terminava em uma vala que ladeava a abside da basílica.

Quando alcançou os choupos sob os quais iriam parar, Caterina se deu conta de que era justamente aquele o ponto de onde brotava o pequeno curso de água: provavelmente, tratava-se de uma canalização oriunda do fosso que corria pouco além das muralhas.

Agachou-se contra o tronco de uma das árvores e recolheu a veste em torno das pernas: o ruído da seda assustou uma lagartixa imóvel no alto de uma pedra. Fulminante, o réptil deslizou pela grama e desapareceu.

Sentado ao lado dela, Matthew tentava encontrar as palavras adequadas para a proposta que ia lhe fazer: não tinha certeza de que esta seria recebida de bom grado, mas sentia-se no dever de tentar. Enquanto se dirigiam ao pomar, ela contara a ele o encontro com o médico e explicara que tudo se concluíra com uma recusa. Conhecendo bem demais a intransigência das corporações milanesas, ele não se surpreendeu.

Nos últimos dias de viagem, enquanto aos poucos recuperava as forças, Caterina havia começado a lhe contar algumas coisas pessoais: devia ter intuído que podia confiar nele e, à medida que o conhecimento recíproco se aprofundava, as explicações se tornaram mais claras. Não lhe escondeu nada, nem de seu afastamento forçado de Montpellier nem da relação com Rolando. Falou também da dissecção e da temeridade com que exercera a cirurgia. Relatou a denúncia que pendia sobre sua cabeça e sua fuga precipitada de Paris, para onde, confessou, esperava poder retornar quando as águas se acalmassem. O único assunto que ela sequer mencionou foi a perda da criança: ele compreendeu que aquela dor tão recente ainda não podia ser compartilhada, e não pediu que o fizesse.

Agora, enquanto a via arrancar um talo de grama e mordiscá-lo, perguntou-se se ela seguiria o conselho do médico e aceitaria trabalhar como parteira: onde poderia encontrar a serenidade necessária para trazer à luz os filhos de outras mulheres, depois do que lhe havia acontecido?

Matthew não hesitou mais e começou.

— Lembra que lhe falei da Colombetta?

— Sim, claro, a confraria cuja sede fica perto da Porta Ticinese.

— Pois bem, frei Marcello, o prior, me pediu para exercer em seu lugar as funções de administrador, e aceitei de bom grado. Eu o conheço há muito tempo e tenho grande admiração por ele. Mesmo sendo um ancião, não hesita em arcar com as mil obrigações exigidas pela gestão da instituição: encarrega-se das famílias mais pobres, visita os presos, coordena os auxílios dos benfeitores, dá ordens a servos e conversos... Em suma, passa o dia correndo de um lado a outro da cidade e se cansa mais do que devia: sofre de uma crônica falta de ar que o atormenta há anos e que ele trata com algumas sangrias. Aliás, a próxima poderia ser praticada pela senhora, se permanecer aqui por tempo suficiente.

— Sim, claro — respondeu ela, absorta —, mas a essa altura não sei o que fazer. O exercício da medicina me é proibido em Milão, creio que deverei ir embora. Talvez voltar para casa, abandonar a profissão...

Sua voz se embargou. Ela baixou os olhos para o colo e se calou.

— Mas a senhora poderia analisar outra possibilidade — disse Matthew, fingindo ignorar aquela perturbação. — O que eu ainda não lhe disse é que frei Marcello acabou de abrir um ambulatório, um local de consulta e tratamento destinado aos doentes pobres do bairro. É uma estrutura independente, desligada de qualquer autoridade, tanto comunal quanto religiosa: por enquanto, o trabalho se mantém apenas com a atuação gratuita de um barbeiro-cirurgião que, como a senhora pode imaginar, não basta para garantir diagnósticos certos e as terapias mais corretas. Se a senhora quiser, poderia acrescentar sua experiência médica à prática manual dele. Ainda não falei disso com o prior, mas tenho certeza de que ele aceitaria com gratidão sua colaboração.

Caterina o fitou, hesitante.

— Mas eu não sei se...

— E também — recomeçou Matthew, às pressas — creio que frei Marcello estaria disposto a recompensar seu trabalho: a confraria dispõe de muitos benfeitores, e algum deles poderia destinar uma parte de suas doações justamente a esse fim. Não seria muito dinheiro, imagino, mas provavelmente lhe bastaria para ser autônoma, ao menos por algum tempo. Desse modo, a senhora não precisaria apressar uma decisão da qual mais tarde poderia se arrepender. A senhora é médica, Caterina: por que desperdiçar sua arte quando poderia ser útil para aliviar os sofrimentos alheios?

Com a cabeça reclinada contra o tronco do choupo, a mulher o encarou demoradamente, sem responder.

— Vou pensar — disse, afinal. — Fale com o prior, depois veremos.

Matthew se levantou e estendeu a mão para ela.

— Farei isso esta noite mesmo, e amanhã volto a procurá-la para lhe comunicar a decisão dele. Venha, mestra, eu a acompanho até o albergue.

— O que o senhor sabe sobre ela?

Matthew já esperava por essa pergunta: era compreensível que, antes de nomear Caterina como médica do ambulatório, o prior quisesse ser informado sobre os motivos que a tinham induzido a deixar Paris. Matthew havia pensado longamente nisso e decidido que contaria somente uma parte da verdade: não podia esconder de frei Marcello a dissecção, claro, mas nada o obrigava a falar das vicissitudes pessoais da mestra.

— Sei o que ela mesma me contou — começou, cauteloso. — Que obteve o título em Montpellier e depois se transferiu para Paris, onde trabalhou no Hôtel-Dieu.

— E por que saiu de lá, tendo um cargo tão importante?

— É um assunto delicado, frei Marcello.

— Ah, pronto, eu sabia que havia alguma coisa por trás!

— Trata-se de uma dissecção.

O monge o encarou com olhos arregalados.

— Uma dissecção? Ah, Virgem Santa, o senhor quer dizer que a mestra Caterina fez uma dissecção?

— Não exatamente. Digamos que assistiu a uma: foi um colega dela que a praticou.

— Mas o que deu na cabeça dessa bendita mulher? Não sabe que as dissecções são proibidas? E esse homem, esse médico, quem é e como se chama?

— Não sei — mentiu Matthew —, mas o importante não é isso. O problema é que, embora a coisa tenha acontecido em segredo, alguém ficou sabendo e avisou a mestra Caterina sobre uma provável denúncia contra ela. Mesmo não tendo sido a autora da dissecção, ela poderia ser presa e levada a juízo. Então, preferiu fugir.

Frei Marcello não replicou logo. Absorto, deixou vagar o olhar sobre a mesa, o genuflexório, o enxergão. Por fim, seus olhos se detiveram no crucifixo pendurado à parede oposta e o fitaram longamente.

Depois, virou-se de novo para Matthew.

— Meu contato cotidiano com todos os aspectos da miséria humana me tornou impenetrável a qualquer tipo de escândalo, sabe? Talvez seja por isso que não consigo me indignar como deveria com isso que o senhor acaba de me contar. Oh, claro, seccionar os corpos dos mortos significa profaná-los. Mas privações, padecimentos e fome por acaso não são um sacrilégio perpetrado sobre os corpos dos vivos? E também — acrescentou, hesitante —, se essa prática cruenta realmente aprimora os conhecimentos médicos, permitindo-lhes fornecer tratamentos mais adequados, por que proibi-la? Não é pior abandonar à voracidade dos corvos os restos desmembrados dos mortos em batalha? Se o senhor soubesse quantos cadáveres insepultos eu já vi no campo aqui ao redor, depois das escaramuças com as tropas do imperador Frederico! E então, qual é a diferença? No dia da ressurreição dos corpos, seremos todos iguais diante do Onipotente, quer nossa cabeça tenha sido arrancada por um golpe de espada, quer tenha sido cortada pelo instrumento de um cirurgião. Acha que estas minhas considerações são as de um herético? — concluiu, incerto.

Matthew balançou a cabeça e sorriu.

— Não, creio que são os pensamentos de um homem justo.

Frei Marcello suspirou.

— Espero que o senhor tenha razão, mestre. Seja como for, minha decisão está tomada. Se quiser, a mestra Caterina poderá trabalhar no ambulatório. Vamos experimentá-la, veremos se é de fato uma boa médica e, sobretudo, se saberá ganhar a confiança das pessoas. Essa história que o senhor me relatou ficará entre nós, não a contaremos a ninguém, nem mesmo ao barbeiro-cirurgião. E agora, vá dizer a ela: quanto mais cedo começar a trabalhar pelos nossos doentes, melhor será.

57

Paris, julho.

O ar da capela estava tão estagnado que não movia nem as chamas dos círios.

O representante do rei, ladeado por outros notáveis e pelos mais insignes membros da corporação médica parisiense, estava de pé, a pouca distância do ataúde, e o fitava absorto: de vez em quando, enxugava a fronte com um lencinho de seda que mantinha na mão fechada.

Em meio aos colegas, Rolando mal respirava, tentando ignorar o fedor de decomposição que subia do cadáver. Dali a pouco, terminada a cerimônia, o caixão seria fechado, liberando finalmente os presentes daquele odor de morte que ele, ao contrário dos outros, considerava perigoso para a saúde dos vivos.

Discretamente, levantou a mão e protegeu a boca com a manga da veste. O médico ao seu lado notou o gesto e o imitou, furtivo.

Enquanto as ladainhas fúnebres cantadas por um coro de monges enchiam a nave, Rolando deu uma rápida olhada para o corpo do decano. A veste de precioso brocado escondia-o quase de todo, só as mãos e o rosto eram visíveis. Os dedos, entrelaçados sobre o peito, estavam inchados, e a pele esverdeada do rosto formava intumescências que iam até as pálpebras, fechadas sobre órbitas fundas.

Quando, em meados de junho, haviam-no chamado com urgência para socorrer Richard d'Audicourt, Rolando logo compreendera que não podia intervir de nenhum modo. A apoplexia sofrida pelo decano era muito grave e já provocara dano demais para ser tratada: o paciente não recuperara a consciência e, depois de um mês de tratamento inútil, havia expirado.

Agora, enquanto as preces dos monges eram substituídas pela voz baixa do preboste de Saint-Christophe, viu-se pensando nas palavras pronunciadas pelo decano durante o último encontro entre os dois. Acontecera pouco mais de um mês antes, alguns dias depois que ele soubera da fuga de Caterina pelo colega do Hôtel-Dieu.

Richard d'Audicourt mandara chamá-lo. Com uma ira contida, que o deixou apavorado, manifestou-lhe todo o seu desprezo por ele não ter cumprido o pacto estabelecido.

— O que o senhor acha? — sibilava, gélido. — Que eu sou um idiota, que não percebi que Caterina é sua amante e que foi o senhor quem a ajudou a fugir? No entanto, nosso acordo era claro: ou o senhor ou ela. Creio que fez sua escolha, mestre Rolando, e pagará as consequências. Assim como Caterina de Colleaperto pagará também: não existe país da cristandade que não persiga os culpados de profanação de cadáver, e pode ter certeza de que aquela mulher será encontrada e punida como merece. Quanto ao senhor, a esta altura não posso impedi-lo de tornar-se médico-chefe do Hôtel-Dieu, não agora que a cerimônia de investidura desejada pelo príncipe Afonso já foi marcada. Contra a minha vontade, o senhor se tornará responsável pela atividade médica do hospital, Rolando, mas saiba desde já: usarei qualquer pretexto para prejudicar sua ascensão profissional. De hoje em diante, esse será meu único objetivo.

Rolando nem tentou convencê-lo de que não tinha nada a ver com a fuga de Caterina, não adiantaria. Passou os três dias seguintes esperando ouvir sobre a captura dela, mas não lhe chegou nenhuma notícia. Em vez disso, veio aquele ataque apoplético, que impediu Richard d'Audicourt de ordenar a busca pela fugitiva. Quando, depois daqueles intermináveis dias de agonia, o decano morreu, o médico se sentiu aliviado: sem aquela presença incômoda, estaria a salvo. Mais ninguém tinha conhecimento da denúncia, ou pelo menos ninguém tão poderoso e em condições de tomar medidas punitivas contra ele.

Quanto a Caterina, ignorava onde ela estava. Havia esperado uma carta, uma breve mensagem, mas não recebera nada. No início, pareceu-lhe que a dor de perdê-la era incurável, mas depois, pouco a pouco, em sua mente abriu caminho uma raiva surda, que expulsou qualquer saudade. Como Caterina ousara ir embora às escondidas? O que achava, que havia concebido sozinha aquele filho que carregava no ventre? Era ele o pai, só ele podia reivindicar direitos sobre a própria descendência, e não aquela cadela arrogante! Se algum dia a encontrasse de novo, iria fazê-la pagar, ora se não!

O serviço estava terminando. Precedidos pelo preboste, quatro monges levantaram o ataúde, carregaram-no sobre os ombros e seguiram ao longo da nave em direção ao cemitério ao lado da capela. Rolando suspirou de alívio: pronto, pensou, isso também acabou. Saudou respeitosamente o representante do rei e, com os outros médicos, dirigiu-se à saída.

58

Milão.

Agachado atrás de um grande fardo de tecidos, Mikail esperava que o costureiro saísse do depósito. Suas pernas doíam, mas ele não as moveu: qualquer barulhinho podia denunciar sua presença.

Esticou-se o suficiente para ver aonde ia o patrão e percebeu que ele se dirigia para a porta. O jovem recuou novamente e conteve a respiração até ouvir o rangido das dobradiças. Ficou naquela posição ainda por alguns instantes e depois, quando teve certeza de estar sozinho, levantou-se.

Havia corrido um grande risco em se esconder ali, mas estava contente por tê-lo feito: agora finalmente começava a compreender.

Desde que descobrira aquele estranho líquido no armário do patrão perguntara-se várias vezes de que substância se tratava, mas não chegara a nenhuma conclusão. As palavras pronunciadas casualmente pelo boticário que ele havia procurado para adquirir ervas medicinais provocaram-lhe as primeiras suspeitas.

O homem, ocupado em atender outro cliente, alertava este último sobre as propriedades venenosas do arsênico, recomendando-lhe que não o usasse nem mesmo com objetivos terapêuticos. Alguns médicos germânicos, dizia, tinham o hábito de receitar pequenas doses para fortalecer os humores, mas em sua opinião o tratamento era muito perigoso: além da possibilidade de o paciente se tornar dependente do remédio, existia também o risco de uma dose errada causar morte. Ele mesmo, concluiu o boticário, mantinha um registro no qual anotava cada venda de arsênico, acompanhada do nome de quem o havia prescrito, a fim de que ninguém pudesse pensar em comércios não autorizados, que, segundo ele sustentava, existiam em outras cidades.

Depois de escutar aquela conversa, Mikail intuiu alguma coisa. Relembrou a estranha atitude do patrão quando ele o surpreendera escondendo o frasquinho, e aquele grave mal-estar que Marco sofrera em Paris: e se, em vez de uma indisposição estomacal, tivesse sido um princípio de envenenamento por arsênico? Pelo que ele sabia, nenhum médico lhe receitara aquilo, mas era possível que, tendo sabido dos supostos benefícios proporcionados à saúde por aquela substância, o patrão tivesse decidido consumi-la em segredo. De fato, Marco alternava dias de grande desânimo com outros de enorme energia, o que comprovaria o efeito excitante provocado pelo consumo do remédio. Sim, refletia Mikail, podia ser, mas onde ele obtinha o arsênico, se a venda era submetida a controles tão severos? Certamente não com o boticário, que, sem uma prescrição escrita de próprio punho por um médico, jamais o forneceria.

A primeira resposta às suas dúvidas havia chegado uma semana antes. Um criado, que até então ele nunca vira, apresentou-se na loja. Marco o recebeu com circunspecção: sob um pretexto, afastou todos os funcionários e, diferente do que costumava acontecer, pediu também a ele que saísse.

O encontro com aquele homem pareceu estranho a Mikail: o costureiro nunca perdia tempo com um simples criado; em geral confiava as entregas a um dos trabalhadores. Mais tarde, Raineri lhe disse que, além de receber um traje confeccionado, o sujeito fizera uma nova encomenda em nome do patrão, uma *cioppa* em lã cinzenta e grossa para o inverno vindouro. Mikail não se surpreendeu: a julgar pela vestimenta despojada do criado, o cliente devia ser uma pessoa de classe baixa, habituada a usar roupas de tecido ordinário, justamente como aquela lã.

Não pensou mais nisso até aquela manhã, quando, após uma noite insone por causa do calor sufocante, viu o patrão esgueirar-se para o depósito: não era seu hábito começar o trabalho antes do amanhecer, e essa atitude deixou Mikail desconfiado. Aproveitando a luz ainda escassa, seguiu-o e, sem que Marco percebesse, escondeu-se atrás de um dos grandes fardos de tecido empilhados ao longo da parede e aguardou.

Sua espera não foi em vão. Dali a pouco, apareceu o criado da semana anterior, mas não houve menção à *cioppa* a ser confeccionada: do canto onde estava escondido, o jovem não podia ver, mas no silêncio reinante no depósito ouviam-se perfeitamente as palavras dos dois homens. A conversa foi breve, e o significado, claro: daquele dia em diante, o desconhecido se apresentaria na loja, em datas fixas, para reabastecer o costureiro de arsênico.

Agora, enquanto esticava as pernas entorpecidas e alcançava furtivamente a porta, Mikail procurou refletir. O homem que ele ouvira falando com o patrão era sem dúvida um personagem suspeito: se a história do arsênico chegasse a ouvidos errados, aquela respeitabilidade tão prezada por Marco Raineri desapareceria em pouquíssimo tempo. Após a previsível fuga dos clientes mais importantes, a atividade da confecção acabaria arruinada. Se havia uma coisa da qual os milaneses se vangloriavam, esta era a retidão, e, embora alguns a interpretassem a seu modo, adaptando-a às necessidades do momento, a aparência de respeitabilidade era o terreno sobre o qual cresciam fama e fortunas.

Mikail não sabia muito sobre a tal bebida, mas, pelas palavras do boticário, compreendeu que era um veneno e podia matar uma pessoa. Mas então, perguntava-se, por que as autoridades não proíbem a venda disso de uma vez por todas?

Sentiu-se invadido por uma tristeza profunda. Que necessidade o patrão tinha de consumir uma substância que o expunha ao risco de morrer? Ele já desfrutava de mil fontes de satisfação, o que mais procurava? Era o costureiro mais apreciado de Milão e conseguira montar uma confecção bem organizada, a melhor da cidade. Tinha uma casa mobiliada com certo luxo, dispunha de servos, ajudantes de cozinha, cavalariços... Para não falar da clientela: quantos outros artesãos gostariam de prestar seus serviços a aristocratas e grandes negociantes, quantos teriam o privilégio de frequentar a corte da França?

Claro, para chegar àqueles resultados, Marco Raineri havia trabalhado muito, e talvez as renúncias tivessem sido mais numerosas do que ele gostaria. Talvez, mesmo não tendo consciência disso, a falta de uma esposa pesasse nele. Mas não havia alguém para aquecer seu leito, um companheiro sempre disposto a satisfazer seus desejos, como a mais fiel das consortes?

Mikail sentiu um calafrio. Ele não era uma esposa, era um escravo e um sodomita, a escória da sociedade. De que lhe serviria saber ler e escrever, ter capacidade de redigir livros contábeis, conhecer mais de um idioma, se depois fosse descoberto, processado e banido da cidade? Iria tornar-se um réprobo, repelido por todos, marcado para sempre.

Aos poucos, enquanto esses pensamentos sombrios atravessavam sua mente, a tristeza de pouco antes se transformou em raiva. Uma raiva surda, dolorosa: ele jamais teria uma vida própria, uma mulher, filhos, uma profissão. Passaria o resto de seus dias observando a ascensão incontível de Marco Raineri, transpondo com ele a entrada dos palácios dos nobres, desfrutando das migalhas de sua magnanimidade. "Este é Mikail, meu secretário", diria o patrão diante de clientes distraídos e indiferentes. O máximo a que podia aspirar era o interesse de alguma aristocrata atraída pela sua beleza, como acontecera em Paris com Agnès de Lagny. A lembrança daquele encontro não havia se apagado, ainda o perturbava. Quando fechava os olhos, ainda sentia o perfume almiscarado do corpo dela e ouvia sua voz, enrouquecida no afã de dar ordens licenciosas.

De repente, a consciência de ser pouco mais do que um objeto destinado a proporcionar prazer golpeou-o como uma chicotada.

A vergonha o fez ofegar. Em passos incertos, ele alcançou a porta e abriu-a devagar para não fazer barulho. Seus olhos, velados pelas lágrimas, exploraram o pátio: estava deserto. Saiu do depósito e deu os poucos passos que o separavam da loja.

59

Milão.

— Vá, Rufo, vá buscar, corra!

O pequeno galho lançado por Silvestro descreveu um arco no ar, bateu no muro que circundava o moinho e caiu sobre o cascalho da trilha. O cão disparou para pegá-lo: mantendo-o entre os dentes, voltou e o depositou aos pés do menino. Silvestro o recolheu e o lançou de novo. Se dependesse dele, ficaria ali até a hora das vésperas, em vez de retornar para trabalhar, mas não podia: uma nova remessa de víveres estava para chegar à Colombetta e ele deveria ajudar a descarregá-la.

Virou-se para o pórtico. O prior saía do moinho e conversava animadamente com a mulher que o acompanhava. Era muito bonita e parecia gentil: quando frei Marcello havia permitido que ele o seguisse até o moinho com o cão, ela lhe dirigira um sorriso.

Chamou Rufo, caminhou ao longo do aterro de contenção e entrou na ponte.

Frei Marcello trancou a porta com a chave e deu uma olhada para o garoto.

— Para Silvestro, aquele animal foi uma verdadeira bênção: permite-lhe brincar, coisa que, creio, ele jamais fez na vida — afirmou voltando-se para Caterina, que o esperava pouco adiante. — E pensar que, quando mestre Matthew me pediu para deixar o cão aqui enquanto ele dá aula aos seus alunos, hesitei um pouco...

— Quem são os alunos? — perguntou Caterina.

— Os filhos de Ambrogio Bordone, o comerciante de lã que tem loja atrás de San Lorenzo: quando soube que havia por aí um mestre de gramática, logo quis saber se ele estava disponível para ensinar os primeiros rudimentos de escrita aos seus filhos. Mas o que eu estava dizendo? Ah, sim, o cão. Eu dizia que tive dúvidas sobre se o deixaria circular por aqui: pensei que ele traria problemas, assustaria nossos gatos, tão preciosos em nos livrar dos ratos. Mas nada disso: os gatos o circundam, olham-no sem temor, às vezes até se enroscam ao seu lado, como se o cão fosse um deles. Deve ser porque é um animal de bom caráter, não sei... Em todo caso, devo dizer que ele trouxe uma lufada de alegria à nossa instituição, e isso é seguramente uma boa coisa. Sabia que o menino até lhe deu um nome? Chamou-o de Rufo, como se soubesse que, em latim, *rufo* significa ruivo, avermelhado, a cor do pelo dele. Silvestro é um garoto desafortunado, como tantos aqui da região, mas sua inteligência é vivíssima. Mestre Matthew está começando a dar aulas também a ele, e parece que o menino tem vontade de aprender. Não é incrível? Um ladrãozinho de rua que se dedica de bom grado ao estudo! Bem, veremos... E a senhora, mestra — concluiu, encaminhando-se para a ponte —, agora que viu o local, já tem uma ideia do nosso ambulatório? O que achou? Em sua opinião, temos todo o necessário para garantir um serviço de diagnóstico e tratamento? A senhora trabalhou num dos maiores hospitais da França e, portanto, quem melhor que a senhora para fazer uma avaliação desapaixonada de toda a estrutura? O que lhe pareceu? É modesta demais para ser útil aos nossos doentes?

Caterina se deteve e fitou o prior.

— Não — respondeu, séria —, nem um pouco. Pelo contrário, eu me pergunto como o senhor pôde montar em pouco tempo um local tão bem-organizado: os espaços são reduzidos, é verdade, mas suficientes para examinar os pacientes e prestar os primeiros cuidados. O senhor teve uma intuição genial, prior; não creio que na cidade exista nada semelhante. Sim, os hospitais não faltam, mas servem principalmente para acolher peregrinos ou enfermos tão graves que já não podem ser tratados. Este, ao contrário, poderia se tornar uma espécie de observatório, isto é, um lugar para acompanhar a evolução das doenças com o objetivo de preveni-las, quando possível.

Frei Marcello a encarou, boquiaberto.

— A senhora está dizendo que... que seria possível evitar a difusão de uma enfermidade? Mas como, mestra?

— Com a higiene, por exemplo. Sujeira e promiscuidade favorecem a mistura dos humores nefastos e criam um terreno fértil para o surgimento de epidemias. Se nós, médicos, conseguíssemos convencer as autoridades a dotarem as cidades de latrinas, e se as pessoas aprendessem a lavar mais vezes o próprio corpo e as roupas que usam, teríamos seguramente menos doenças.

— E a senhora acredita que a atividade do ambulatório poderia servir também para isso?

— Certamente: ainda que o objetivo principal continue sendo o de oferecer tratamento aos que de outro modo não o receberiam nunca, fazer essas pessoas compreenderem como a higiene é importante poderia ajudá-las a adoecer menos. Não que seja fácil, considerando as condições de extrema indigência dos seus assistidos, mas pode-se tentar.

— Claro, e se vier trabalhar para nós aqui no moinho, a senhora poderá fazer isso. O mestre Matthew me explicou que a senhora tem uma longa prática no Hôtel-Dieu de Paris.

— E, pelo que ele me disse, a congregação do senhor está levando adiante uma obra de caridade verdadeiramente meritória. Portanto, se é de um médico que precisam, sim, trabalharei aqui. Pelo menos enquanto não volto para Paris.

Frei Marcello a fitou, penetrante.

— Tem certeza de que deseja voltar? Porque, fique sabendo, às vezes é melhor deixar o passado para trás e recomeçar tudo desde o início.

Pronto, ele sabia. Matthew lhe contara sobre a dissecção. Óbvio, pensou Caterina, amargurada, o mestre não poderia esconder isso dele: antes de me confiar um cargo de tanta responsabilidade, este homem deve ter querido saber quem eu sou, de onde venho e por que estou aqui. Estudou a expressão do prior, e o que leu em seu olhar tranquilizou-a.

— Talvez o senhor tenha razão, frei Marcello — disse, calma. — Vou tentar.

O prior sorriu.

— Bem. E quando imagina que pode começar?

— O mais cedo possível. Dê-me apenas alguns dias para encontrar uma moradia melhor do que um albergue, e depois virei ao ambulatório para atender aos enfermos.

— Verá que não vai se arrepender, mestra Caterina. A experiência que a senhora está para começar será preciosa, e tenho certeza de que, além de aumentar seus conhecimentos médicos, servirá para enriquecer sua alma. Ah, a propósito, seguramente mestre Matthew lhe falou que temos também um barbeiro-cirurgião no ambulatório...

Caterina assentiu.

— Chama-se Francesco Aicardo e é um jovem competentíssimo: especialista em traumatismos, doenças dos dentes, sabe até operar catarata. Tem consultório bem aqui em frente, e se a senhora quiser conhecê-lo posso acompanhá-la até lá agora mesmo.

Sem esperar resposta, o prior acelerou o passo em direção à poterna.

Terceira parte

60

Milão.

— Uma passarela? O que é uma passarela?

Giacomo Gambari fitava o mercador à sua frente: seus olhos arregalados estavam injetados de sangue.

Quase arrependido por ter lhe dado aquela notícia, o comerciante de sedas procurou as palavras mais adequadas para completar o discurso recém-iniciado.

— Vou explicar. Parece que Marco Raineri tem intenção de preparar um estrado removível de madeira e, no início de setembro, montá-lo na frente da loja: sobre ele colocará seus bonecos, vestidos com as roupas mais nobres e mais requintadas. E não só isso: dizem que, durante cada uma dessas exposições, convidará clientes e fornecedores oferecendo-lhes um banquete, a fim de que possam se demorar o máximo admirando suas criações. Também parece que, no futuro, deseja transportar a passarela por Milão, instalando-a nas praças ou dentro de palácios nobiliários.

— Imagine! — explodiu o costureiro. — Com todas essas novas normas que os padres estão inventando sobre os excessos do luxo! Nunca o deixarão fazer isso!

— Não tenha tanta certeza. Não esqueça que Raineri goza de grande prestígio e que muitos dos seus clientes são personagens influentes, capazes de abrandar até as hierarquias eclesiásticas.

— Mas como semelhante coisa lhe veio à cabeça? Aqui entre nós, não me parece uma ideia tão esperta assim: expondo suas coleções em praça pública, qualquer outro costureiro poderia copiar os modelos, ou pelo menos se inspirar neles. Não é melhor continuar como sempre se fez, ou seja, aproveitar a discrição da própria loja para mostrar as roupas aos clientes?

— Pode ser, mas essa novidade da passarela talvez venha incrementar os negócios: os bonecos vestidos seriam visíveis a uma grande quantidade de pessoas que, admirando os modelos, poderiam desejar ter iguais. Então, haveria mais pedidos de tecido para nós, comerciantes, os preços subiriam e, por fim, haveria mais trabalho para todos, até para os costureiros que não se chamam Marco Raineri, o senhor não acha?

Giacomo Gambari não respondeu. Quanto ao incremento dos negócios, o mercador tinha razão, não havia dúvida: apesar das reprimendas da Igreja, os ricos continuariam a gastar somas consideráveis em vestimentas, disso ele tinha certeza. Aristocratas e notáveis dariam um jeito de contornar as leis, pagariam as devidas sanções e seguiriam adiante como sempre, competindo na ostentação da elegância. Tudo bem, mas o problema era outro: aquela ideia engenhosa ocorrera a Raineri. Se ao menos ele tivesse sido o primeiro a pensar nisso...

O mercador o encarava, à espera de uma réplica.

— Mas é claro — disse o costureiro, com um sorriso forçado —, o senhor tem razão: nossas respectivas atividades certamente serão beneficiadas pelas passarelas. E digo mais: vou procurar Raineri e pedir que ele me explique melhor a coisa toda. Afinal, somos colegas e nunca houve nenhum atrito entre nós. No futuro, talvez eu possa pensar em algo assim, quem sabe? Bom — concluiu, estendendo ao mercador um saquinho cheio de moedas —, este é o dinheiro que lhe devo pelas peças de seda: quando o senhor conseguir encontrar outras da mesma qualidade, por favor, me informe.

Sozinho na loja, Giacomo Gambari sentou-se no banco atrás da bancada. Com gestos mecânicos, repôs os carretéis de linha na gaveta, guardou as agulhas na respectiva caixinha e alinhou as tesouras sobre o tampo. Por último, pegou o *passetto** e o manuseou: aquele instrumento, o aliado mais precioso de um costureiro, ainda lhe seria útil?

Começou a refletir. Aquilo não ficaria assim, não mesmo: se Raineri queria guerra, pois bem, teria guerra. Até aquele dia, havia hesitado, mas

* Literalmente, "passinho", antiga unidade italiana de medida de comprimento, usada antes da adoção do sistema métrico decimal. (*N. da T.*)

agora não o faria mais: por que manter segredo sobre certos comportamentos do seu concorrente, só para não enlamear a corporação inteira? Iria divulgá-los sim, e logo: que todos finalmente soubessem, e que Raineri fosse obrigado a recolher-se à mísera categoria que lhe cabia.

Fiorina empunhou a escova, mergulhou-a na bacia e começou a esfregar vigorosamente: a mancha tinha um palmo de largura e ocupava toda a beirada do decote.

Nada, não saía. Esfregou mais, no direito e no avesso do tecido, mas o resultado não mudou. Exasperada, pegou a roupa e jogou-a no chão: e agora, o que iria vestir? Aquele era o único traje decoroso que ela possuía, o único que poderia usar para suscitar uma boa impressão na mulher do comerciante em cuja casa começaria a trabalhar. Se pelo menos tivesse percebido antes aquela maldita mancha! Teria lavado a veste por inteiro, deixando-a em um molho de cinzas peneiradas e secando-a ao sol.

Não há mais tempo, pensou com raiva; o caminho até a Poterna Giovia é longo e aquela mulher está me esperando na hora sexta. Se eu não me apressar, chegarei atrasada.

Recolheu a túnica, sacudiu-a para remover o pó e vestiu-a. Em seguida colocou a touca e deixou os laços caírem sobre o decote: uma vez chegada ao seu destino, iria drapeá-los com cuidado, a fim de que ficassem justamente sobre a mancha e a escondessem.

Pegou o saco que continha suas coisas e, antes de sair, deu uma olhada no quarto. Sua irmã, que a hospedava desde que ela fora demitida, era uma velha mal-humorada com mania de ordem e se, ao voltar da oficina de fiação, encontrasse um só objeto fora de lugar, faria um escândalo.

Finalmente, estava prestes a ir embora dali. Aquela convivência aborrecida e irritante acabaria e, uma vez na casa do comerciante, ela poderia retomar seus hábitos. Apalpou a lateral da veste para conferir se estava levando a carta de referências que Giacomo Gambari escrevera: estava bem ali, dobrada no fundo do bolso.

Surpreendeu-se sorrindo: era engraçado pensar em quantas mentiras podiam ser escritas sobre uma folha qualquer! Depois de levar seu mexerico a Gambari, fizera-o entender claramente que esperava uma recompensa pelas informações dadas e acrescentara que, mais do que em dinheiro, estava interessada em um novo emprego. O costureiro não se fez de rogado e, no prazo de uma semana, já o conseguira. Quando ela voltou a encontrá-lo para pegar a carta de referências, ele a leu em voz alta e ela se controlou para não rir diante dele ao escutar todos aqueles elogios totalmente inventados. "Fiorina trabalhou por três anos em casa de um parente meu recém-falecido", escrevera Gambari, "e posso assegurar que esse homem sempre decantou as virtudes dela, tanto como cozinheira quanto como pessoa honesta e temente a Deus".

Saiu e se encaminhou em passos rápidos para a Porta Tosa, quase adjacente à casa da irmã. Para chegar ao seu destino, deveria passar perto do palacete de Marco Raineri: se por acaso o visse de longe, tomaria o cuidado de evitá-lo. Estava realmente curiosa para descobrir o que aconteceria a ele dentro de algum tempo. Riu consigo mesma: se dependesse dela, Raineri estava perdido.

No aposento ainda pairava um perfume. O cirurgião decidiu que, por mais agradável que fosse, ali não era o lugar para aspirar uma essência tão acentuadamente feminina. Escancarou a porta para arejar o ambiente, deteve-se por um momento na entrada do consultório e, em seguida, voltou e começou a preparar os instrumentos para a extração que iria executar. Faltava pouco para a chegada do cliente, e o encontro com o prior e aquela médica já o fizera perder tempo demais.

Enquanto friccionava com um pano embebido em vinagre as duas pinças que usaria para a intervenção, sua mente voltava àquilo que o prior lhe dissera.

Não conseguia compreender o que aquele bendito monge ainda queria: ele já não cuidava dos pacientes da instituição? Qual era a necessidade de um mestre em medicina, ainda por cima mulher? Poderia concordar se se tratasse de uma parteira, mas, pelo que havia entendido, a mestra Caterina era médica e tinha a precisa intenção de exercer sua arte no ambulatório.

Pensando bem, a presença de um verdadeiro mestre em medicina, capaz de elaborar diagnósticos e instaurar terapias, poderia reduzir um pouco sua fadiga: o trabalho se revelara mais pesado do que ele pensara no início, e o tempo dedicado aos clientes particulares estava se reduzindo bastante. Havia chegado ao ponto de atender alguns ao amanhecer ou mesmo depois das completas, mas percebia estar cansado demais para continuar assim.

No entanto, a perspectiva de ver-se posto de lado pela mestra Caterina no ambulatório deixava-o perplexo: pelo modo como se expressara ao falar de sua arte, ela lhe parecera, sim, uma médica de valor, mas talvez um pouco sabichona. E se resolvesse discutir tudo? Se reprovasse os métodos dele? Qual dos dois decidiria o remédio a ser ministrado a um doente?

Lamentou não ter esclarecido logo quais tarefas caberiam a cada um, mas faria isso em seguida: frei Marcello tinha dito que a mestra Caterina demoraria uns dias para começar a trabalhar. Ainda havia tempo para pedir esclarecimentos.

61

Milão.

Giacomo Gambari dobrou em quatro a pequena folha de pergaminho, guardou-a no bolso e entreabriu a porta. Espiou para fora e saiu.

O beco onde ficava sua loja, pouco distante da Igreja de Sant'Eufemia, desembocava na Via Porticata, da qual, caminhando a passos ágeis, chegava-se bem depressa à Praça do Broletto. Ajeitou o manto sobre os ombros e levantou o capuz: sentia calor, mas aquela capa de fustão, parda e gasta, era a única peça de vestuário que lhe permitiria passar despercebido. Estava quase certo de não encontrar ninguém àquela hora, mas nunca se sabia: bastaria ser notado por um guarda que estivesse retornando ao alojamento para ter de justificar aquela insólita saída noturna.

Caminhou, mantendo-se rente às muralhas. A rua parecia deserta. Percorreu-a até o Largo de San Giovanni in Conca e depois, guiado pela luz da tocha presa à parede da loja de um espadeiro, enveredou pela viela que conduzia à Porta Cumana, uma das entradas do Broletto. No final, parou e se escondeu sob um telheiro: dali era possível controlar a ronda do armígero. Sabia que, entre uma passagem e outra, decorreriam alguns minutos, justamente o tempo necessário.

O guarda, que empunhava um archote, havia acabado de entrar na Via degli Orefici. O costureiro esperou a claridade desaparecer e, em seguida, em passos abafados, alcançou a entrada da praça e ficou imóvel atrás da arcada. A porta de acesso estava semicerrada. Silencioso, insinuou-se pela abertura.

Sorriu consigo mesmo: se não tivesse tido a ideia genial de substituir os calçados que usava habitualmente por aqueles silenciosos chinelos de pano, provavelmente o armígero o escutaria. Havia sido astuto, sem dúvida, mas agora devia se apressar se não quisesse ser surpreendido no caminho de volta.

Apalpou a parede do palacete à sua esquerda até que sua mão tocou um pilar de pedra esculpida. Tinha chegado à sede da corporação. Deu mais um passo, percorreu com os dedos a madeira maciça do portão e encontrou a cesta das mensagens pendurada num gancho. Levantou a tampa, que rangeu. Maldizendo aqueles juncos velhos demais, que ninguém ainda havia pensado em substituir, tirou a carta do bolso e meteu-a às pressas ali dentro.

Não perdeu tempo fechando a cesta, temia que ela rangesse de novo. Recuou até a arcada. Esticou a cabeça: o guarda se aproximava. Gambari perguntava-se como evitaria chamar a atenção dele quando o homem pousou o archote sobre uma mísula de tijolos e, após uma rápida olhada ao redor, começou a urinar contra a muralha.

O costureiro não esperou mais. Sem fazer ruído, esquivou-se para fora da Porta Cumana e retomou o beco do qual tinha vindo.

— Esta é uma circunstância de máxima gravidade, caros colegas, mas digam-me: como faremos para denunciar o réu, se da carta anônima não consta o nome dele? Poderia ser qualquer um de nós!

O tom irritado das últimas palavras pronunciadas por Guidone Acerbi provocou um forte burburinho, acompanhado pelos olhares desconfiados que os participantes da assembleia trocavam entre si.

O costureiro os silenciou.

— Entre nós circula um sodomita — continuou — e, se esta notícia se tornar pública, a corporação inteira será desacreditada. Basta uma maçã podre para fazer parecer estragado todo o saco, os senhores bem sabem. Os negócios já não vão como gostaríamos: se ainda por cima acrescentarmos essa história, as hierarquias eclesiásticas terão as cartas na mão para nos atacar: trovejarão dos púlpitos contra o luxo excessivo, multiplicarão multas e anátemas, e os clientes diminuirão ainda mais. Não, enquanto não conseguirmos descobrir a quem se refere a acusação — acrescentou, agitando na mão a carta anônima —, essa história deve permanecer secreta. Exorto os senhores a não falar disso com ninguém, nem mesmo com os colegas que hoje não compareceram à reunião. Enquanto isso, peço a cada um que mantenha os olhos abertos: todos nós dispomos de criados e de trabalhadores, pessoas que em geral não se destacam pela discrição. Pois bem, aproveitem os mexericos deles, solicitem-nos até, se necessário. Devemos saber o nome do culpado, repito, se quisermos defender a honra da corporação inteira. Depois, mas só depois, trataremos de informar as autoridades: dessa vez, impor punições não cabe a nós, como fazemos no caso de infrações cometidas pelos nossos membros. Esse assunto é grave demais, não podemos nos encarregar dele. Se, porém, não conseguirmos descobrir a identidade do sodomita, esqueceremos a questão e fingiremos não ter recebido nenhuma denúncia. Concordam?

Todos assentiram.

— Bem — concluiu Guidone —, com isso declaro encerrada a assembleia. Qualquer um dos senhores que tenha novas informações é instado a vir à minha loja para comunicá-las: discutiremos o assunto durante a próxima reunião, que pretendo convocar para o mês de setembro.

Os costureiros se levantaram e saíram da sala. Nenhum deles falou, e a expressão de muitos estava carrancuda. Giacomo Gambari atravessou o Broletto e foi para casa. A decisão de contemporizar, manifestada por Acerbi, deixara-o decepcionado, e não era pouco. A qualquer outro menos temeroso do que ele, as palavras da carta anônima teriam bastado para repassar a denúncia às autoridades. E nenhum dos colegas ousara discordar... Ovelhas, eis o que são todos, um rebanho de ovelhas. Deus do céu, o que importava o fato de não ter sido mencionado um nome? Por acaso encontrar culpados não era tarefa dos juízes? Agora, se não aparecesse mais alguém tão loquaz quanto Fiorina, Raineri continuaria a satisfazer impunemente os próprios vícios. A única coisa que o consolava era que Marco não participara da reunião: se, como Guidone havia recomendado, os colegas presentes mantivessem silêncio sobre a carta anônima, o costureiro não saberia de nada. E isso daria tempo a ele, Gambari, para preparar outra carta. Mas, dessa vez, o nome de Marco Raineri seria escrito com tanta clareza que se destacaria sobre a folha como o traçado de um molde.

62

Milão, agosto.

— Cheguei, mestra, cheguei!

Marco Raineri ofegava, e sua cor, em geral terrosa, havia assumido um tom lívido. As dobras da veste caíam descompostas em torno do corpo, e a preciosa seda azul estava enlameada na bainha.

— Desculpe o atraso — continuou ele, tentando recuperar o fôlego —, mas se a senhora soubesse a multidão que está nas ruas nestes dias de feira! É difícil até abrir espaço entre as pessoas! Felizmente a basílica é aqui perto, e ainda falta uma boa meia hora para o serviço solene. Está esperando há muito tempo?

— Não — mentiu Caterina —, cheguei há pouco: como o senhor sabe, o lugar onde vivo agora fica em cima da loja de Berto, o sapateiro, vizinha ao mosteiro de Santa Maria delle Vetere, e o trajeto de lá até o centro da cidade não é curto.

— Eu fui um idiota! Devia ter lhe mandado um dos meus servos com um burro, em vez de marcar encontro aqui no albergue do Falcone... Como não pensei nisso, meu Deus?

Caterina sorriu.

— Não se preocupe — disse, apontando para Marion, de pé ao seu lado —, caminhamos até aqui de bom grado.

— E mestre Matthew? Não veio junto?

— Não, preferiu esperar: parece que esta manhã o prior da Colombetta teve um novo ataque de falta de ar, mais grave, e não se sabe se ele poderá assistir ao serviço em Santa Tecla. Quem veio me avisar foi Silvestro, o senhor sabe, aquele pequeno órfão que mora lá: disse-me que o mestre foi chamar o cirurgião para uma sangria e que, assim que fosse feita, viria ao nosso encontro.

— Bom, então... Ah, salve, Egidio! — exclamou o costureiro, voltando-se para um homem que acabava de aparecer à porta do albergue. — Também vai assistir à cerimônia na basílica?

O dono da hospedaria, trajando uma *cioppa* de seda inadequada à sua figura, juntou as mãos sobre a barriga proeminente, naquilo que ele pretendia que fosse um gesto piedoso.

— Claro, por acaso pode-se faltar à celebração da Assunção de Nossa Senhora, uma das mais importantes do ano litúrgico? É um prazer que também tenha vindo, mestra — disse cerimonioso a Caterina. — Verá quanta gente comparece à festa; geralmente em Santa Tecla nem cabe todo mundo! E também a feira: a senhora nem imagina as mercadorias que encontrará expostas nas bancas! É realmente um evento ao qual não se pode faltar. Claro, para a senhora, que vem de uma cidade onde procissões e cortejos são frequentes, esta nossa festa parecerá pouca coisa. Eu soube que, em certas ocasiões, Paris é enfeitada como uma noiva, que espalham flores por toda parte e cobrem as ruas com passadeiras vermelhas e que até lançam fitas de uma margem a outra do rio... Pois é, mas eles podem se permitir isso, têm um soberano que se preocupa com seus súditos, ao passo que nós, pobres-diabos, estamos sempre nos defendendo das intrigas dos nossos governantes... Depois as pessoas se espantam se as caravanas se perdem pelos caminhos, se os salteadores infestam as ruas, se as estalagens ficam vazias, se não há comida suficiente para todos...

— Bom, não parece que ao senhor falta o pão para encher a pança! — gracejou o costureiro, dando-lhe um tapinha na frente da veste.

O estalajadeiro olhou agastado para ele. Marco sorriu e precedeu Caterina ao longo do beco.

As barracas que lotavam a fachada de Santa Tecla eram tão numerosas que escondiam o pórtico. Ancoradas à parede por grossas estacas, apoiavam-se sobre tábuas: outras, ainda mais próximas entre si e cobertas por esteiras, sucediam-se ao longo das laterais da basílica. O contínuo vaivém de pessoas impedia a passagem: homens e mulheres enfeitados com requinte misturavam-se a burgueses, populares, criados, monjas e mendigos. Muitos transeuntes se detinham, curiosos, diante das bancas;

alguns regateavam o preço da mercadoria escolhida, outros a adquiriam sem discutir. Às vezes, o vozerio constante era dominado pelas notas alegres de uma carola executada por uma companhia itinerante: ao som de três flautas diferentes e da batida rítmica de um tamborim, os músicos esboçavam breves passos de dança, imitados com entusiasmo pelas mais jovens entre os populares. Pouco adiante, dois malabaristas roubavam a atenção de um grupo de crianças lançando para o alto esferas coloridas e círculos de diâmetros variados.

— Veja, senhora, veja que lindas fitas de seda; ficariam muito bem nos seus cabelos! Aqui, venha aqui, pegue uma, sinta que maciez!

A vendedora pousou a delgada tira de tecido sobre o pulso de Caterina: a fita era carmesim, e tão leve que parecia sem peso.

Caterina hesitou. A compra a tentava: a seda era de ótima qualidade, e o enfeite combinaria perfeitamente com a *gamurra* que ela tinha usado no banquete do príncipe Afonso.

— Quanto é?

— Um soldo cada uma, mas, se a senhora comprar quatro, posso fazer por três soldos e meio.

Não era pouco. Todavia, sem saber por que, de repente Caterina decidiu que aquelas fitas deviam ser suas: afinal, nunca comprava nada para si, pelo menos uma vez podia se permitir uma despesa supérflua. Afastou uma das abas do manto de seda para pegar o dinheiro na escarcela, mas sentiu que a mão de alguém pousava em seu braço.

— Não, espere — disse Marco Raineri, que havia escutado tudo. — Se me permitir, quero lhe dar de presente estas fitas. Desde que... — acrescentou, esquadrinhando ameaçador a vendedora — que esta... senhora... reduza um pouco sua petulância. Quanto aos três soldos e meio, está bem, mas as fitas devem ser cinco. Do contrário, nada feito.

A mulher franziu a testa: onde já tinha visto aquele sujeito? Em outra feira da Assunção, talvez? Ou o encontrara circulando pela cidade? Fosse como fosse, devia ser alguém que entendia de tecidos, senão jamais lhe teria feito aquela contraoferta. Talvez fosse um costureiro, melhor não criar inimizade com ele, nunca se podia saber...

— Aceito — disse com um suspiro resignado, estendendo a mão para receber o dinheiro. — O senhor está tirando o pão da minha boca, mas... Pronto, aqui estão — concluiu, enrolando as cinco fitas nos dedos e entregando-as a Caterina —, a senhora fez um ótimo negócio, estou dizendo, ao passo que eu...

A chegada de outra provável cliente interrompeu aquele início de lamúria: a julgar pela elegância, devia tratar-se de uma aristocrata. Da gola da *cotta* de damasco azul-turquesa que ela usava pendia uma corrente de prata em cuja extremidade havia um medalhão cravejado de pedras preciosas. As mãos, quase totalmente escondidas por mangas longuíssimas, estreitavam um pequeno volume de couro historiado, provavelmente um livrinho de orações.

A vendedora logo se voltou para a mulher, exibindo seu melhor sorriso. Caterina e Marco se afastaram da banca e se dirigiram à basílica. A cerimônia estava para começar.

As notas do último salmo entoado pelos monges se extinguiram, e o burburinho dos fiéis, até então bastante contido, subiu de tom. As vozes espalhafatosas dos populares que se aglomeravam alegres fora da basílica misturavam-se às conversas mais discretas de notáveis, mercadores e aristocratas que, em pequenos grupos homogêneos, se dirigiam para a saída.

Caterina, que havia tempo não participava de um serviço solene, sentia uma perturbação estranha. Era uma espécie de fraqueza que, subindo das vísceras, se espalhava pelo corpo, acelerando sua respiração. Talvez as preces e os salmos cantados com tanta mestria haviam tocado as cordas mais profundas de sua alma, ou quem sabe o próprio ambiente da basílica, tão semelhante àquela aonde fora levada quando criança por seu pai.

Naquela época eu rezava à Virgem, disse a si mesma, e com grande devoção: por que agora não faço mais isso? Que arrogância íntima me fez decidir não mais necessitar de prece? Por acaso creio que basta estudar a estrutura de ossos, músculos e sangue para conhecer as formas da alma? De repente, um arrepio a percorreu. Se eu tivesse me confiado à Virgem, pensou, se tivesse pedido sua proteção, talvez não perdesse a criança.

Violenta como aquelas de dois meses antes, uma onda de náusea a fez cambalear. Ela se apoiou no braço de Marion, que ia ao seu lado.

— Está se sentindo mal, patroa? — cochichou a jovem, alarmada.

— Não, já passou — respondeu Caterina, enxugando o suor da fronte. — Foi só um momento. Você sabe, a multidão, o calor...

— É claro — comentou Marion, sarcástica —, toda essa gente que vem aqui para se exibir... A senhora viu? Não houve um só que acompanhasse a cerimônia; todos ficaram ali conversando sobre uma coisa e outra, conferindo quem estava mais elegante, farejando-se como cães! Ora, não sabiam que estavam na igreja, e não na corte do rei da França? Coisa esquisita, estou dizendo... Vamos, patroa, que é melhor. Vamos para fora: lá pelo menos se pode respirar...

Caterina não se surpreendeu com a franqueza de Marion: já a conhecia bem e sabia que, apesar das origens modestas, sua compreensão era superior à de muitos supostos eruditos. Sorriu. No fundo, as duas se pareciam: ambas entediadas pela ostentação de riqueza, pela altivez dos poderosos, pela hipócrita benevolência deles. Talvez, surpreendeu-se refletindo, o desconforto que as reunia diante de personagens de alta linhagem mascarasse o temor oculto de não estar à altura, de destoar deles.

Seus pensamentos foram interrompidos pela voz de Marco Raineri.

— Ah, achei a senhora, mestra! Onde estava? Na confusão, eu a perdi de vista: precisei me afastar um momento para atender um comprador que mandou um criado me chamar, e depois não consegui mais encontrá-la. E pensar que eu queria apresentá-la a alguns dos meus clientes mais ilustres! Um deles pode precisar de um médico algum dia, e, considerando que são todos ricos, pensei que poderia lhe ser útil.

— Fica para outra vez, creio que as oportunidades não faltarão, e eu...

De repente Caterina sentiu um puxão na manga da roupa.

— Mestra, mestra! Venha ver os malabaristas! São muito bons, venha ver!

Com uma das mãos na coleira de Rufo e o rosto corado de animação, Silvestro a fitava impaciente. Por um momento balançou-se de uma perna para a outra e, em seguida, sem esperar um sinal de assentimento, deslizou entre as vestes farfalhantes de duas mulheres e desapareceu no tumulto em direção ao largo diante da basílica.

— Como vê, fui convocada a outro lugar, Marco — disse Caterina com um sorriso. — Agradeço-lhe ter me convidado para a cerimônia e também o presente das fitas: vou usá-las na próxima festa importante.

Raineri saudou-a com uma inclinação e, enveredando pela ruela que conduzia ao Broletto Vecchio, dirigiu-se para casa. Estava exausto. O que sentia era uma debilidade estranha, cuja causa ele acreditava conhecer: fazia três dias que não tomava a poção. Não restava muita no frasco, e esse era o motivo pelo qual havia tentado reduzir o consumo. Agora, porém, a fadiga começava a se fazer sentir. Felizmente, dali a duas semanas Alvino lhe traria uma nova provisão.

Silvestro partia um biscoito crocante e Rufo, que trotava ao seu lado, levantava continuamente a cabeça, esperando alguma migalha. Depois de acompanhar a exibição dos malabaristas, Caterina havia comprado uns docinhos de um ambulante e os dera ao menino. Agora, enquanto observava aquela figura magrinha que caminhava alguns passos à sua frente, deu-se conta de como estava se afeiçoando a Silvestro. Não sabia bem por quê: afinal, ele era um garoto como tantos outros, e ela mal o conhecia. Talvez tivesse sido seu temperamento esquivo a conquistá-la, ou talvez o olhar reflexivo, tão semelhante ao de um adulto: Caterina não entendia como, depois de passar os primeiros anos de vida roubando para sobreviver, ele conseguira se adaptar ao trabalho e à obediência. Estava até aprendendo a ler e escrever: Matthew lhe dissera que, apesar da compreensível dificuldade de distinguir as letras do alfabeto e de desenhá-las, Silvestro acompanhava as aulas com atenção e empenho. Era também curioso e, de vez em quando, fazia perguntas que surpreendiam o mestre, como daquela vez em que ele quis saber quem tinha inventado a escrita e há quanto tempo.

Ocupada em seguir os movimentos dele, Caterina não percebeu logo que Marion tinha parado. Virou-se: encolhida contra a parede de uma casa, a moça fitava Rufo, que, imóvel ao seu lado, olhava ameaçador para um mendigo agachado no chão. A expressão de Marion era de pavor, e Caterina se perguntava o motivo daquilo. Não era a primeira vez que a via tremer diante do cão, e isso a espantava: Rufo jamais se mostrara agressivo, nem com ela nem com outras pessoas. Limitava-se a seguir seu instinto, como naquele momento, quando com toda a certeza seu faro aguçado captava um fedor tão grande que se tornava perigoso.

Prometeu a si mesma que perguntaria a Marion. Silvestro, que se voltara para procurar o cão, chamou-o com um assovio: o animal abandonou sua presa e correu para ele.

Já não faltava muito para o bairro da Chiusa: mais um largo, três becos e pronto, chegariam. Caterina estava cansada: aquelas duas longas caminhadas e o tempo transcorrido de pé na basílica começavam a lhe provocar dores nas costas. Antes de voltar para casa, passaria pela Colombetta para se informar sobre as condições de frei Marcello. O fato de Matthew não ter comparecido à missa solene a fazia suspeitar de que não eram boas.

63

Milão, setembro.

Giacomo Gambari estava pasmo. De pé, atrás de uma das mesas de cavalete que Raineri já mandara preparar diante de seu palacete, observava os últimos retoques que os trabalhadores do costureiro davam nas roupas expostas nos bonecos.

A passarela de madeira se elevava a mais de dois braços do chão e, em comprimento, ocupava uma boa metade do beco. Nos oito manequins, distribuídos em distâncias iguais e sustentados por barras fixadas às tábuas, estavam drapeadas vestes de grande requinte: uma *gamurra* de seda oriental, três *cottas* de lã inglesa, uma túnica de seda pesada, duas garnachas de petigris, uma sobreveste de damasco. Sobre cada traje haviam sido acrescidas as respectivas coberturas de cabeça, fixadas ao tecido por broches de prata, ou, caso fizessem parte do conjunto, luvas bordadas, cintilhos com fivelas em esmalte e bolsas de renda veneziana.

Embora conhecesse a grande maestria do colega em confeccionar peças exclusivas, Gambari não conseguia acreditar nos próprios olhos: jamais vira semelhante profusão de luxo reunida em um só lugar. Até o pano que continha os corpos dos bonecos parecia diferente do usado normalmente: enquanto, em geral, era o cânhamo grosseiro que encerrava a palha do enchimento, os manequins de Raineri estavam revestidos por um tecido macio, capaz de lhes conferir uma aparência de vida. Seria algodão? Impossível, pensou o costureiro, algodão é muito caro para ser utilizado como forro: mas então o que é, onde diabos ele conseguiu aquilo?

Já ia se aproximar da passarela para dar uma olhada quando ouviu a voz de Raineri. O costureiro havia saído da loja e estava dando as últimas ordens aos criados. Gambari se retraiu atrás da cortina que protegia a lateral da mesa: ele não tinha sido convidado para a exposição e, ao menos por enquanto, preferia não ser visto. Se depois Raineri percebesse sua presença, sempre poderia justificá-la alegando a obrigatória homenagem a ser prestada a um colega de valor.

A rua, já apinhada, estava se enchendo além de sua expectativa. Aristocratas acompanhados pelos respectivos criados, negociantes e notáveis da comuna iam chegando aos poucos e se detinham diante da passarela, para logo se dirigirem às mesas preparadas, cheias de todas as delícias: panetones, biscoitos recheados com mel, amêndoas, pistaches, frutas cristalizadas, ameixas, uvas e até romãs. Entre uma e outra bandeja de madeira que continha esses requintados aperitivos, haviam sido dispostas numerosas canecas já cheias de vinho.

— Veja como brilha aquele tecido! E aquela guarnição! Já viu coisa mais bonita?

A voz que Gambari acabava de escutar provinha de detrás dele e pertencia a uma mulher vestida com elegância. Ao lado dela estava um homem que, igualmente boquiaberto, observava uma túnica de seda escarlate. Esta era presa nos ombros por dois broches dourados e percorrida em todo o comprimento por um precioso bordado que, ao longo da borda, se encrespava naquilo que parecia a onda de um rio.

— Mas não deve ser fio de ouro, não? — perguntou-se a mulher, incrédula.

O casal se afastou da mesa e se aproximou da passarela para conferir de perto.

Giacomo Gambari fremia de raiva: mesmo que os visitantes não encomendassem a Raineri nenhum guarda-roupa, bastavam aqueles detalhes suntuosos e a prodigalidade demonstrada com aquele banquete para convencê-los da importância da loja dele. Na verdade, o costureiro não era apenas um artesão ímpar, mas também um homem astuto: único entre todos, compreendera que a exibição de riqueza atrai outras riquezas que, ostentadas, chamam outras e assim por diante, ao infinito.

Desde que não lhe desfechem um golpe certeiro, pensou Gambari, notando Mikail, que circulava atrás de Raineri. Espere, espere, regozijou-se, espere só mais uns dias e verá onde vão parar todas essas demonstrações de magnanimidade, de elegância, de opulência...

Os manequins estavam prontos. O costureiro subiu à passarela e bateu palmas para chamar a atenção: ia apresentar seus modelos. Alguns dos presentes se afastaram das mesas para escutar e ver de perto; outros permaneceram onde estavam, uns mastigando com gosto, outros bebericando das canecas. Houve quem se aproveitasse da confusão do momento para pegar um doce ou um punhado de pistaches e escondê-lo no bolso.

Já vi tudo o que devia ver, pensou Gambari, despeitado.

Puxou o gorro sobre a testa e voltou sobre seus passos.

— Pois é, foi mesmo uma bela festa. Eu não imaginava que viria tanta gente: imagine que convidei só umas cinquenta pessoas, mas apareceu mais que o dobro. Evidentemente, a notícia se espalhou: por acaso eu podia mandar embora todos aqueles espectadores, fazê-los sentir-se indesejados? Não, certamente: não faz parte dos meus hábitos expulsar quem vem me procurar. Veja — continuou Marco, apontando para Caterina as bandejas vazias sobre as mesas —, varreram tudo! E por sorte o vinho foi suficiente, mas acho que vou precisar reabastecer logo a minha adega...

A julgar pela voz rouca e pelo hálito pesado, Caterina concluiu que Raineri também participara abundantemente das libações em sua homenagem. Apesar da expressão satisfeita, o costureiro parecia muito cansado: suas mãos tremiam, e os olhos avermelhados mostravam uma estranha fixidez.

— Bem — disse ela —, acho que chegou o momento de voltar para casa: passei tempo demais — acrescentou, com um sorriso — fingindo ser uma grande dama como suas clientes, é hora de voltar ao meu nível.

— Nada disso, mestra, se as damas de que fala fossem todas como a senhora! Se soubesse o que sou obrigado a ouvir de suas bocas... Mas não importa. Agradeço-lhe ter aceitado participar deste evento tão importante para mim. Ah, e repito: quando precisar de um novo guarda-roupa, venha à minha loja, certamente saberei como contentá-la.

Caterina assentiu e, após um aceno de despedida, virou-se para ir ao encontro de Marion e Matthew, que a esperavam no final do beco.

O mestre, que, assim como Caterina, fora convidado para a exposição, chegara havia pouco. Trocara uma frase ou outra com o costureiro e em seguida permanecera num canto, à espera de que tudo acabasse. Marion ficou ao lado dele, observando de longe os modelos expostos nos bonecos e, de perto, as pretensiosas roupas usadas pelas pessoas que a circundavam. Por fim, voltou-se para Matthew e, com a franqueza habitual, expressou seus pensamentos: "Bem, sabe o que lhe digo? Que prefiro mil vezes a mestra Caterina, o senhor e frei Marcello a todos esses almofadinhas que se pavoneiam aqui ao redor, enquanto se entopem de doces e de vinho! Ora, não sabem que metade da cidade morre de fome? Por que não dão algum dinheiro de esmola à Colombetta, em vez de gastá-lo com os costureiros?"

Matthew balançou a cabeça, sem responder. Levaria tempo demais expor à jovem as razões da economia, dizer-lhe que, mantendo-a próspera, Estados inteiros podiam se salvar da ruína. Como podia explicar a ela que uma roupa luxuosa exigia a colaboração de dezenas de pessoas, e que, sem esse trabalho, essas mesmas pessoas poderiam passar fome? Que, para confeccionar um traje de seda, alguém devia enovelá-la, torcê-la, decruá-la, fiá-la, transportá-la em navios ou em carroças, revendê-la e depois tingi-la, cortá-la e costurá-la? Claro, todos esses trabalhos, como muitos outros, na maioria das vezes eram malremunerados, mas e se não existissem de todo? Se aristocratas, notáveis, príncipes ou reis se vestissem com batinas sem forma como as dos monges, por acaso o mundo seria melhor? Duvidava. Certo, ele também não suportava a exibição de luxo, sobretudo se acompanhada pela ignorância, como frequentemente acontecia aos medíocres que se fazem poderosos ou que acreditam sê-lo. Por outro lado, o mundo era assim desde a aurora dos tempos, e o desprezo que ele e Marion sentiam não iria mudar as coisas.

A rua tinha se esvaziado. Raineri estava parado na entrada do palacete e gerenciava os servos ocupados em tirar as mesas. Ao seu lado, Mikail acompanhava o trabalho dos carpinteiros que desmontavam a passarela.

Matthew observou os dois homens e experimentou uma sensação estranha, um constrangimento que ele não conseguia definir. A chegada de Caterina tirou-o de suas reflexões.

— Está tarde — disse ela, notando a sombra que começava a escurecer o beco.

— Sim, mestra — respondeu Matthew —, é melhor irmos embora; daqui a pouco será noite.

As duas mulheres se apressaram. Ele deu uma última olhada para o costureiro, voltou-se e caminhou atrás delas.

64

Milão.

Francesco Aicardo desceu a escada do ambulatório. O sino de San Michele já tinha tocado a hora sexta e, considerando que até aquele momento ninguém havia se apresentado para pedir sua assistência, decidiu voltar ao consultório. O atendimento ao único cliente do dia estava marcado para dali a algumas horas: tratava-se de um mercador afligido por um incômodo abscesso num dente. Já tratara dele uns dez dias antes, tendo conseguido reduzir o inchaço, mas agora o dente devia ser extraído.

A salinha de consultas estava vazia. Este é um dia de sorte, pensou o cirurgião, nenhum doente, nem mesmo para mestra Caterina. Sua reflexão foi imediatamente desmentida por uma série de gemidos provenientes da sala adjacente.

Uma moça com as roupas rasgadas e encrostadas de vômito acabara de entrar e se deixara cair no chão, tomada por uma agitação incontrolável. Murmurava palavras sem sentido e olhava apavorada para todos os lados do aposento. Caterina estava debruçada sobre ela e tentava contê-la.

Francesco se aproximou.

— Espere, vou ajudar a senhora.

Juntos, levantaram-na e a sentaram no banquinho. A moça batia os dentes e tremia. O cirurgião segurou-a pelos ombros e apoiou suas costas.

— É uma febre terçã — disse Caterina, enquanto conferia os batimentos do pulso.

— Como a senhora sabe? — perguntou Francesco, não muito convencido.

— O pulso está forte, a cútis está úmida e emana um odor adocicado. Seria conveniente verificar a urina para ter certeza, mas, nas condições em que se encontra esta pobrezinha, eu não conseguiria nem fazê-la usar o urinol. Por enquanto, darei eupatório, depois veremos.

O cirurgião franziu a testa.

— Desculpe, mas não concordo. Não seria melhor rainha-dos-prados, que é capaz de extinguir qualquer inflamação das vísceras? A causa da febre não poderia ser outra, artrítica, por exemplo? As articulações — acrescentou, apontando para os tornozelos da doente — estão inchadas e o humor desta mulher é seguramente bilioso: se conseguisse falar, em vez de se limitar a gemer, ela nos diria que está sentindo dores insuportáveis e que...

— Desde quando o senhor se tornou mestre em arte médica? — interrompeu-o Caterina, incisiva. — Quer pôr em dúvida meus diagnósticos e a eficácia das terapias que prescrevo?

Francesco a olhou, contrariado. A arrogância que Caterina continuava a demonstrar era insuportável. Até então, ela não errara nenhum diagnóstico, e isso devia ser reconhecido, mas os modos impetuosos com que expressava suas opiniões certamente não tinham o garbo adequado a uma mulher, pareciam mais os de um homem.

O cirurgião se obrigou a calar. Caterina o fitava, hostil: quando compreendeu que ele não responderia, foi preparar a infusão no outro aposento. Francesco se sentou junto da jovem febril e fez com que ela se apoiasse nele.

Caterina voltou com a caneca.

— Tome, beba — ordenou à jovem, aproximando o recipiente dos lábios dela. — Este remédio vai fazer sua febre passar. Amanhã de manhã, volte aqui e eu lhe dou mais.

A jovem bebeu e olhou para ela, apalermada.

— Não podemos deixá-la ir para casa sozinha — decidiu Caterina —, ela está muito mal. Um de nós dois deve acompanhá-la.

— Eu faço isso — disse Francesco. — Não creio que more longe, ou não teria conseguido vir caminhando até aqui.

Ajudou a moça a se levantar e conduziu-a para fora do moinho.

Caterina observou-os sair. Absorta, fitou o pequeno retângulo luminoso que o sol forte do meio-dia desenhava na soleira da porta aberta.

Tinha sido desnecessariamente áspera com Francesco, sabia disso. Aquele homem não merecia repreensões, muito menos dela: era consciencioso, executava com empenho seu trabalho no ambulatório, não reclamava nunca. Então, por que ficava tão agressiva sempre que atendia um doente com ele? Francesco não era mestre em medicina, mas na verdade demonstrava capacidades diagnósticas incomuns, conseguindo até, na maioria das vezes, prescrever os remédios certos para cada enfermidade. Como acontecera pouco antes. E se ele tivesse razão? Se a rainha-dos-prados fosse realmente mais eficaz do que o eupatório? Por que, diante de sua legítima dúvida, ela se insurgira daquele modo? Teria retrucado com tanta veemência se a pessoa que discutisse seu diagnóstico fosse um médico, em vez de um barbeiro-cirurgião?

Não, eu não faria isso, disse a si mesma; teria sido respeitosa, escutaria.

Devia pedir desculpas a Francesco. Jogou o manto sobre os ombros e saiu do moinho, decidida a segui-lo.

65

Milão.

O beco era pouco mais do que um corredor estreito, e a casa lá no fundo, onde Francesco entrara, dava a impressão de que desabaria a qualquer momento. Não que as adjacentes estivessem em melhores condições: estreitas e perigosamente tortas, pareciam abrir espaço entre os espinheiros. O terreno era cheio de buracos e valas que dificultavam o caminhar.

Caterina avançou com cautela até a porta escancarada. O aposento era pequeno e quase totalmente despojado: a mesa, duas cadeiras e o enxergão constituíam os únicos móveis. O odor de mofo que permeava o ar se misturava a outro, pungente e adocicado.

O cirurgião estava agachado junto da moça deitada no catre e segurava a mão dela. Quando ouviu Caterina entrar, virou-se. Estava muito pálido.

— Decidi vir também — disse ela, incerta —, para o caso de o senhor precisar de ajuda...

Francesco não respondeu e apontou uma cesta pousada no chão.

Caterina se aproximou: de um xale cheio de buracos despontava o rosto lívido de um recém-nascido. Estava morto.

— Ah, meu Deus! — soltou Caterina, cambaleando para trás.

— E isto — disse Francesco, em tom opaco — desmente tanto o meu quanto o seu diagnóstico. Não era febre artrítica nem terçã — acrescentou, sem se afastar da cabeceira da jovem —, é febre puerperal.

Caterina não conseguia articular palavra. Estava furiosa consigo mesma. Como não havia percebido que a jovem tinha parido havia pouco tempo? Quando ela se apresentara no ambulatório, sequer a fizera se despir e, sobretudo, havia dispensado o exame de urina: se o tivesse feito, compreenderia que as vísceras estavam infectadas. E o bebê? Estava morto havia quanto tempo?

A moça gemia, murmurando palavras incompreensíveis. Francesco acariciou a fronte dela e a cobriu.

— Calma — disse, com doçura —, você verá, daqui a pouco melhora. Não tenha medo, agora procure dormir.

Caterina se aproximou do enxergão, e o cirurgião se levantou.

— A senhora fica — sussurrou ele —, eu levo a criança para a Colombetta; frei Marcello cuidará de sepultá-la e de fazer uma prece. Vou pedir que ele mande uma conversa até aqui para cuidar da moça por alguns dias: nestas condições, ela não pode ficar sozinha, e, ao que parece, aqui não há mais ninguém.

O olhar de Francesco era febril, e seus movimentos, nervosos. Ele tomou nos braços o cadáver do recém-nascido e saiu.

Ainda atônita, Caterina o viu desaparecer além da porta.

A jovem gemeu de novo e ela se agachou ao lado. Tomou a mão dela, como fizera Francesco: aos poucos, a paciente adormeceu.

Tentando ignorar o fedor nauseabundo que a envolvia, Caterina se obrigou a não pensar no que aconteceria quando a jovem acordasse: quando se arrastara até o ambulatório ela já sabia que o filho estava morto ou o aturdimento provocado pela febre a impedira de perceber? Perguntou-se se teria coragem de contar: se eu não conseguir, Francesco irá fazê-lo, tranquilizou-se.

Não: cabia a ela. Já se comportara suficientemente mal com ele, não podia acrescentar, a todas as grosserias que lhe fizera, aquela tarefa ingrata. Desde o primeiro encontro dos dois, tratara-o com altivez, com a arrogância de quem acredita já saber tudo. No entanto, desta vez tinha errado o diagnóstico, talvez por pressa ou por superficialidade.

Devia aprender a ver além, a escutar inclusive as palavras não ditas. De que lhe havia servido estudar e praticar os ensinamentos dos mestres se depois não conseguia compartilhar a dor das pessoas das quais tratava? Só fizera isso uma vez, com Marion, e talvez até naquela ocasião tivesse sido impelida pela vontade de demonstrar suas capacidades aos olhos dos outros. O que havia buscado até aquele dia era a aprovação, o respeito de clientes abastados, capazes de retribuir suas competências, nada mais. E Rolando, o grande médico que escolhera como seu mentor, sempre se comportara do mesmo modo: somente agora, ao ver o quanto o espírito de sacrifício animava Francesco, ela compreendia que o conhecimento da matéria médica não era tudo.

Ouviu passos provenientes de fora.

À porta surgiu uma mulher de meia-idade, magra e ossuda. Trazia nas mãos uma jarra de madeira coberta por um pano.

— Quem é a senhora? — perguntou a Caterina, olhando-a desconfiada.

— Sou a médica do ambulatório.

— Médica? Uma mulher? Mas desde quando existem...

Interrompeu-se de repente: aproximara-se da cesta e, quando a viu vazia, arregalou os olhos.

— Onde está o bebê? — gritou.

Caterina se ergueu.

— O bebê está... — disse, engolindo em seco. — Meu colega cirurgião o levou para a Colombetta, nós o encontramos morto agora há pouco, quando viemos acompanhar esta moça até aqui. Nós não sabíamos que ela... Ela foi ao moinho esta manhã e tinha febre, mas não nos disse que...

A mulher a encarava: estava boquiaberta e por um longo momento pareceu não respirar. Deixou a jarra cair das mãos: o leite se espalhou pelo chão. A mulher se agachou.

Caterina se aproximou.

— Você é a mãe dela? — perguntou, apontando a jovem no enxergão.

A mulher assentiu em silêncio.

— Qual é seu nome?

— Guarina — murmurou a outra. Mal se ouvia sua voz.

— Lamento, Guarina. Se alguém tivesse nos avisado que...

— Mas avisar o quê? — prorrompeu a mulher. — Como se alguém pudesse ajudá-la! O que os senhores, os patrões, sabem de nós, os pobres? Eu bem que a mandei procurar a aborteira do Bottonuto, mas ela não, ela queria ter o seu bastardinho! Ah, Virgem Santa! E ela? Agora também vai morrer?

Caterina puxou para perto da mulher uma das duas cadeiras capengas e a fez sentar-se.

— Diga-me, há quanto tempo sua filha pariu? Preciso saber, para dar a ela um medicamento que a faça sarar.

Guarina esfregou as lágrimas do rosto. Suas mãos tremiam.

— Foi no domingo passado. Eu a ajudei, mas tudo deu errado: o bebê não nascia e depois, quando finalmente saiu, veio sangue que não acabava mais. Quando parou, eu a lavei, e parecia que ela estava bem, e também o menino. Gritava como um possesso e logo começou a mamar. Já Maria — continuou, apontando a filha — começou a passar mal no dia seguinte: não comia nada e não parava de vomitar. Continuou tendo leite por dois dias, depois acabou. Anteontem e ontem fui pedir um pouco ao vaqueiro de Monte Volpe, um bom homem, e ele me deu, e hoje de manhã também fui lá. Como podia saber que, enquanto eu estava fora, ela iria ao ambulatório e deixaria o menino sozinho aqui? E como conseguiu, se não se aguentava em pé?

Ela foi porque sabia que o bebê estava morto, Caterina gostaria de responder, agora tenho certeza: ela jamais o abandonaria aqui se pensasse que ele ainda vivia.

De uma coisa, porém, não tinha certeza: se conseguiria salvar a moça. Aquele grito agudo lançado pela mãe não a despertara do torpor, e isso fazia a médica temer que a infecção dos humores fosse bem grave. Não era de espantar, aliás: a julgar pelas condições daquele ninho de rato, os panos que a mulher usara durante o parto deviam ser imundos.

Sentou-se ao lado de Guarina e tomou as mãos dela.

— Será necessária alguma paciência, mas sua filha vai ficar boa, você vai ver — tranquilizou-a, esperando não estar mentindo.

A mulher a olhou, atordoada.

— A senhora não imagina que vida infernal... — começou, fungando. — Primeiro morre meu marido, eu ainda grávida, depois fecha a loja do costureiro para quem eu bordava as roupas e tenho que procurar outro trabalho. Por sorte encontrei um remendeiro da Via della Balla que me deu roupas usadas para consertar, e assim pude criar esta filha. E ela, como me retribui? Engravida de um estribeiro, que quando soube da criança, escapuliu. Não sei nem onde foi parar aquele filho da puta! E agora ela também pode morrer...

Guarina recomeçou a chorar.

— Eu mereci isso, eu mereci isso... — soluçou. — Os padres vivem dizendo: quando a pessoa não vai bastante à igreja e não comunga uma vez por ano, Deus castiga.

— Por que nunca procurou a Colombetta? Você deve saber que o prior ajuda todo mundo, basta pedir.

— Ora, por que eu deveria ir lá? Para mostrar minha miséria? — argumentou Guarina, raivosa. — Todo mundo ia dizer que eu sou uma desgraçada, com uma filha prostituta! Quem me obriga a contar em praça pública os meus problemas? O que a senhora acha? Que, por sermos todos pobres nesta rua, somos melhores do que os outros? Todos sempre prontos a falar mal, a apontar, a tirar proveito das desgraças dos outros, é isso que nós somos. Inclusive eu. Nem ajudei a tal que morava aqui antes de mim: diziam que era puta, mas não era verdade, era só uma sujeita meio doida que ia atrás de todos os homens que passavam, mas sem fazer nada, só mesmo para ter companhia. Sei disso porque conversei muitas vezes com ela, mas quando a expulsaram não falei nada, nem a defendi...

Caterina se sentiu invadida por uma pena profunda. Embora frei Marcello tivesse lhe explicado como era difícil convencer os pobres do bairro a pedir ajuda à congregação, nunca percebera totalmente o quanto aquela gente se envergonhava do próprio estado de indigência. Embora mal-orientado, aquele extremo pudor era a única atitude de que eles eram capazes e permitia-lhes conservar uma pontinha de dignidade, sentirem-se homens ainda, e não bichos.

De repente compreendeu que era aquele o lugar onde seguiria adiante em sua profissão. Permaneceria ali, naquela cidade que lhe parecera tão degradada: procuraria abrir uma brecha na desconfiança que a circundava e lutaria contra a hostilidade de hierarquias e corporações. Somente dedicando-se a pessoas como Maria e Guarina conseguiria dar sentido à sua arte. Mas sobretudo, pensou, à própria vida.

66

Milão.

O dia tinha sido cansativo, e agora estavam ambos exaustos. A serva da Colombetta, que tinha acabado de arrumar o ambulatório, entregou a chave a Francesco. Caterina o seguiu para fora do moinho.

— Quer que eu a acompanhe? — perguntou o cirurgião. — Ficou mais tarde do que o habitual e está quase escuro: fazer sozinha todo o caminho até as Vetere não me parece muito seguro.

— Sim, talvez seja melhor. Ouvi dizer que dias atrás um bandido fez um assalto logo adiante da Torre dell'Imperatore...

Encaminharam-se ao longo da margem do fosso. Enquanto escutava os toques dos sinos de San Lorenzo soando as completas, Caterina se surpreendeu pensando que Francesco nunca tinha visto sua casa. Decidiu convidá-lo: o jantar preparado por Marion, se bastava para um, seria suficiente também para dois.

Queria dizer umas coisas a ele, e aquela podia ser a ocasião apropriada.

— A sopa estava ótima — disse Francesco depois de sorver a última colherada. — A senhora tem uma criada excelente, Caterina.

Marion, que escutava atrás da porta fechada do outro quartinho, corou de prazer. Aproximou-se ainda mais do batente e continuou a escutar.

O cirurgião se levantou e se aproximou da prateleira onde se empilhavam os textos de arte médica. Tocou timidamente as lombadas.

— Pode até folheá-los — disse Caterina. — Ou melhor, se quiser, posso emprestá-los por alguns dias.

Francesco sorriu agradecido.

— A senhora faria isso, realmente?

— Claro. Ambos precisamos continuar estudando a matéria médica, ou nos arriscaremos a cometer erros como o desta manhã. Ainda não consigo entender por que não compreendi que aquela moça havia parido recentemente: como posso ter sido tão cega? Aliás, a respeito disso — acrescentou —, devo lhe pedir desculpas: quando a examinamos, eu fui desnecessariamente agressiva com o senhor. Não havia motivo, assim como nunca houve em todas as outras vezes em que me mostrei áspera e insolente.

— Mas eu não preciso que a senhora...

— Não, espere. Ainda não terminei. Hoje, quando estava naquele pardieiro escutando Guarina, senti vergonha. De mim mesma, principalmente, mas também do modo como interpretei até agora a arte médica.

— O que está dizendo, mestra? A senhora estudou durante anos, e sua experiência no Hôtel-Dieu certamente lhe possibilitou...

— É justamente esse o ponto — interrompeu Caterina. — No Hôtel-Dieu, examinei patologias, confrontei sintomas e terapias, tentei curar. Mas, em última análise, sempre considerei os enfermos como portadores de enfermidades, não como pessoas. Somente hoje, diante daquelas duas pobres mulheres, me dei conta de que nunca me envolvi, de que sempre me distanciei das dores alheias. Não é esse o objetivo de um bom médico, e o senhor compreendeu isso antes de mim. Pronto — concluiu —, era só o que eu queria lhe dizer.

Francesco a fitou longamente, em silêncio. Gostaria de responder, dizer que as palavras dela revigoravam um sentimento que ele tentava inutilmente sufocar, mas não ousou. Temia arruinar tudo.

Espantada com o inesperado discurso da patroa e com o silêncio que se seguiu, Marion ainda permaneceu alguns instantes inclinada, com o ouvido colado à porta. Depois se endireitou, despiu-se e se deitou no enxergão.

67

Milão.

— Rufo! Onde diabos você se escondeu, Rufo?

A voz do menino ressoava aguda entre as abóbadas do pátio. Silvestro já o percorrera de um lado a outro, procurara no depósito, na despensa, na cozinha, nos quartos dos conversos e até na cela do prior, mas não havia rastros do cão.

A culpa era toda daquele servo odioso com quem dividia o cubículo. Quando, na noite precedente, descobrira que o cão dormia sobre seu enxergão, o homem havia começado a gritar com ele e o expulsara a pontapés. Silvestro não pôde fazer nada, mas se consolou pensando que na manhã seguinte encontraria Rufo à sua espera, em algum lugar ali na Colombetta.

Mas o animal não estava lá. Talvez tivesse saído um pouco, para seguir o rastro de uma cadela no cio. E se, em vez disso, tivesse acabado sob as rodas de uma carroça?

Cada vez mais agitado, Silvestro saiu da Colombetta e, chamando-o pelo nome, começou a correr pelos becos à procura do cão. Cruzou o Largo do Vetra, passou pela poterna, atravessou a ponte e chegou ao ambulatório. Talvez Rufo tivesse se refugiado ali, protegido pelo pórtico: afinal, costumava percorrer o trajeto até o moinho e conhecia muito bem as trilhas ao longo do fosso, onde os dois brincavam juntos.

De repente, Silvestro gelou.

O poço. Aquele maldito poço em desuso que se abria abaixo da Torre dell'Imperatore. Coberto por arbustos, era quase invisível: ele quase tinha caído lá dentro certa vez. Apressara-se a contar o fato a um dos conversos da Colombetta, e o homem prometera que cobriria o buraco com umas tábuas: será que havia feito isso?

Correndo, contornou o moinho, desceu ao longo da barreira de contenção e chegou à moita de arbustos sob a qual ficava o poço. Ajoelhou-se e, sem atentar para os espinhos que arranhavam seus dedos, afastou folhas e ramos. Debruçou-se com cuidado e olhou.

Na penumbra, pouco abaixo da entrada do buraco, teve a impressão de ver uma massa indistinta. Com o coração na garganta, agachou-se no terreno e esticou a cabeça.

Centenas de vermes se agitavam frenéticos, banqueteando-se sobre o que parecia a carcaça de um animal. No corpo, quase completamente coberto pelas larvas, destacavam-se algumas placas de pelo ruivo.

A ânsia de vômito chegou violenta. Silvestro mal teve tempo de se afastar da mureta do poço e suas vísceras já se revolviam. Acocorou-se no chão, sem fôlego: sua cabeça girava e ele não conseguia se mover. Vomitou mais. Quando lhe pareceu que seu estômago havia se acalmado, limpou a boca na manga e, lentamente, rastejou de novo em direção ao buraco. Tentando ignorar a repulsa, obrigou-se a olhar mais uma vez: as larvas, perturbadas por sua presença, haviam se espalhado pelas paredes, deixando visível uma porção mais vasta do cadáver do animal. A cabeça, voltada para o fundo, não era reconhecível, mas o dorso exposto e as patas cobertas por um manto avermelhado não deixavam dúvidas: aquele era Rufo.

Atordoado, Silvestro se levantou e retornou. Subiu o aterro e começou a vagar sem rumo ao longo das trilhas que se estendiam em direção ao campo. De vez em quando chutava uma pedra, apanhava-a e a chutava de novo. Por fim sentou-se embaixo de uma árvore, encolheu-se todo e começou a chorar.

A porta do ambulatório se abriu de repente. Matthew, que trazia nos braços o corpo desfalecido de Silvestro, entrou às pressas e, ignorando as pessoas que esperavam para serem atendidas, afastou com o cotovelo a cortina da saleta de consultas.

— Mas que diabos... — exclamou Caterina, virando-se de repente. O velho que ela estava auscultando ergueu um olhar espantado para os recém-chegados.

— É Silvestro — disse Matthew, ofegante. — Tinha desaparecido e nós o procuramos desde esta manhã: por fim encontrei-o no bosque, a cerca de uma hora daqui, não longe do curso do Vettabbia. Não sei o que ele fazia lá, mas parecia estar fora de si: não respondia às minhas perguntas e me encarava como se eu fosse um fantasma. Quando voltávamos, tropeçou numa pedra e caiu de mau jeito: quando se levantou, perdia sangue pelo nariz. Tentei estancá-lo, mas não adiantou, a hemorragia continua há mais de meia hora. Vim logo para cá, espero que pelo menos a senhora saiba o que fazer.

A metade direita do rosto do menino estava coberta de sangue. Narinas, lábios, queixo e pescoço mostravam longas estrias vermelhas que escorriam até a frente da veste. Silvestro estava com os olhos fechados, lábios e pele lívidos, e respirava com dificuldade.

Horrorizada, Caterina olhou para ele: se não conseguisse conter a hemorragia, o menino morreria por causa da perda de sangue.

— Vá para casa — disse ao velho, dispensando-o — e fique deitado. Mais tarde eu mandarei para o senhor um dos conversos com a poção: deve tomá-la dez vezes durante cinco dias.

O homem assentiu e foi embora.

Caterina acomodou o garoto sobre a maca e se inclinou sobre ele. Depois de limpar a superfície do nariz com um chumaço de estopa, tentou examinar o interior das narinas. Não conseguiu; o fluxo de sangue era intenso demais.

— Eu... — murmurou, hesitante. — Eu acho que a queda provocou a ruptura de um vaso. Creio que... Sim, talvez eu pudesse tentar com o cautério...

— Não, espere.

A voz do cirurgião sobressaltou-a. Francesco, que acabava de descer do andar superior, aproximava-se da maca e procurava alguma coisa em uma prateleira.

— Pronto — disse, pegando uma cordinha comprida —, dê-me a mão direita do garoto.

Caterina olhou para ele, incrédula. Mais uma vez, não conseguiu se conter.

— O que o senhor pretende fazer com essa corda?

— Estancar a hemorragia.

— Está brincando, não?

— Não, mestra, sei o que estou fazendo.

Matthew estendeu o braço de Silvestro para o cirurgião. Francesco esticou os dedinhos e enrolou a corda em cada um deles. Depois deu uma segunda volta, apertou-a e fechou em punho a mão do menino, mantendo-a firmemente entre as suas.

— E agora? — perguntou Caterina, fitando aquela mãozinha que começava a ficar roxa.

— Agora, vamos esperar. Não vai demorar muito, só alguns minutos.

Caterina balançou a cabeça. Iam perder um tempo precioso com aquela tolice. Abriu o estojo dos instrumentos cirúrgicos e tirou o cautério. Estava prestes a subir a escada para ir aquecê-lo no braseiro do cirurgião quando ouviu a exclamação sufocada de Matthew.

— Está cessando! O sangue quase não sai mais!

Boquiaberta, ela se aproximou do garoto. Era verdade, a hemorragia se reduzira visivelmente: o que brotava agora do nariz de Silvestro era só um minúsculo fio de sangue.

— Vamos sentá-lo — disse Caterina, com voz hesitante — e inclinar a cabeça dele para trás.

Matthew obedeceu. Francesco, que continuava a manter bem apertada a corda em torno da mão do menino, olhou para Caterina. Ela evitou esse olhar.

— Mãe... A senhora está aqui, mãe? Mãe, não vá embora... Mãe...

Agora os olhos febris de Silvestro estavam abertos, fixos em Caterina. O balbucio rouco de sua voz encheu o silêncio do aposento.

— É a senhora, não é, mãe? A senhora voltou...

O garoto estava recuperando um pouco de cor.

Caterina respirava com dificuldade. Pousou o cautério e tocou a testa de Silvestro. Estava quente.

— Estou aqui, Silvestro — sussurrou, enquanto um súbito nó apertava sua garganta —, estou aqui. Calma, já passou.

Francesco afrouxou a cordinha e, com cuidado, desenrolou-a dos dedos do menino.

— Creio que a hemorragia parou — disse.

Caterina assentiu. Após alguns instantes de silêncio, aproximou-se da prateleira e pegou o pote que continha a erva-de-gato. Colocou uma pequena quantidade em um paninho e o estendeu a Matthew.

— Convém preparar uma infusão e fazê-lo beber duas vezes, até a hora das vésperas, e também amanhã, por três vezes: isso o acalmará e baixará a febre. O senhor cuida disso, mestre?

— Sim, claro. Antes, porém — disse Matthew, virando-se para o menino —, vamos descansar mais um pouquinho. Depois eu o levo para a Colombetta: você poderá dormir bastante e até a noite ficará de novo muito bem.

Silvestro fechou os olhos e cochilou.

Caterina percebeu que estava trêmula.

— Francesco, o senhor pode... pode dar uma olhada nas pessoas que estão esperando lá fora? Eu... — balbuciou Caterina — estou exausta e... gostaria de voltar para casa.

— Sim, mestra, se a senhora me achar à altura de fazer isso.

Caterina lhe dirigiu um olhar cansado.

— Creio realmente que sim — respondeu em um sopro. Depois saiu do aposento.

— O senhor foi hábil em interromper a hemorragia — disse Matthew, virando-se para Francesco. — Eu não conhecia essa técnica da cordinha, quem lhe ensinou?

— Meu pai, muitos anos atrás.

O cirurgião não disse mais nada. Levantou o menino e colocou-o no chão. Silvestro reabriu os olhos e fitou primeiro Francesco e depois o mestre.

— Rufo está...

— Shhh... — calou-o Matthew —, agora vamos voltar ao frei Marcello, de Rufo falaremos depois. Venha, coloque os braços em torno do meu pescoço... Pronto, ótimo, isso mesmo. Vamos.

O menino se encolheu contra o corpo dele e saíram os dois do ambulatório.

Por um instante, Francesco permaneceu imóvel, fitando a cortina. Depois afastou-a e chamou o próximo paciente.

— Como ele está? Acha que a febre baixou?

Parada na soleira do cubículo, Caterina falava baixinho, temendo acordar Silvestro. Matthew sorriu e abriu um pouco a porta.

— Veja a senhora mesma — disse.

O menino estava sentado no enxergão e acariciava Rufo, que, deitado entre as pernas dele, esticava a língua para lamber suas mãos.

— Dormiu a noite toda — contou o mestre — e teria continuado assim, se ao amanhecer Rufo não o tivesse acordado arranhando a porta.

— E a hemorragia?

— Nada, nem sequer uma gota de sangue. A febre também desapareceu, acho que se devia apenas à agitação.

— Mas o senhor conseguiu saber o que aconteceu de tão grave a ponto de deixá-lo naquele estado?

— Sim, foi por causa do cão. Quando, esta manhã, vim conferir se ele havia melhorado, Silvestro estava ali no colchão, abraçado a Rufo, e seus olhos transmitiam uma felicidade que eu nunca tinha visto nele. Ainda parecia muito confuso, e tive um trabalhão para conseguir que me explicasse tudo. Ao que parece, o cão havia sumido, não se encontrava em nenhuma parte aqui na Colombetta. Ele foi procurá-lo fora e seguiu até além do moinho, mas não o achou. Então se lembrou de um velho poço abandonado e foi conferir: a má sorte quis que no poço tivesse caído um animal, provavelmente uma raposa, e o menino achou que se tratava de Rufo. A carcaça estava infestada de vermes, Silvestro se apavorou e se sentiu mal. Não se lembra do que fez em seguida, mas, a julgar pelo local onde o encontrei, creio que fugiu dali e perambulou por no mínimo duas milhas. Graças aos céus nós o encontramos, ele poderia ser comido por um lobo ou escorregar, cair em um canal e se afogar! Claro, se eu tivesse conseguido segurá-lo pela mão enquanto o trazia de volta, ele não teria caído e aquela maldita hemorragia não aconteceria.

— Não é garantido — discordou Caterina. — Talvez o sangramento e a febre tenham sido causados pelo pavor: o senhor sabe, às vezes uma emoção forte pode provocar alterações na circulação do sangue, que por sua vez podem originar hemorragias inesperadas.

— O importante é que ele agora está melhor, e que aquele bendito cão não saia mais por aí em busca de cadelas complacentes, como seguramente fez ontem — concluiu o mestre, sorrindo. — Mas e a senhora? Conseguiu dormir? Faz algum tempo que tem um aspecto fatigado, mestra, talvez devesse reservar mais umas horas para repouso...

Caterina o fitou. Matthew teria compreendido? Provavelmente sim: aquele homem tinha uma sensibilidade particular, e a perturbação que ela sentira na véspera não deveria ter lhe escapado.

Naqueles breves instantes em que Silvestro a confundira com a mãe, ela gostaria de sê-lo de fato. Aquelas poucas palavras pronunciadas pelo garoto no delírio da febre deixaram-na transtornada. Ela experimentara uma sensação de vazio, um atordoamento profundo que a induzira a fugir.

Ele compreendeu, Caterina pensou ao captar o olhar penetrante que o mestre lhe dirigia, ele compreendeu tudo.

— Dormi bem — respondeu, baixinho —, e hoje me sinto muito melhor. Quanto a espaçar as consultas, acho que não é possível. Agora que todos sabem da existência do ambulatório, são cada vez mais numerosas as pessoas que vêm pedir um diagnóstico ou um remédio: eu assumi um compromisso, mestre, e não posso me subtrair aos meus deveres só por um pouco de cansaço. Aliás, Francesco, que se dedica aos doentes tanto quanto eu, também está...

— Mestra, é a senhora, aí fora?

A voz hesitante de Silvestro interrompeu as palavras dela. Sem concluir a frase recém-iniciada, Caterina empurrou a porta e entrou no quartinho.

68

Milão.

Carrancudo, Tazio Mandelli fitava Brunone, o monge camareiro. Este, de pé diante da imponente escrivaninha de carvalho atrás da qual se sentava o abade de San Simpliciano, mantinha os olhos abaixados à espera da explosão de ira que, ele tinha certeza, viria dali a pouco.

— O senhor está me dizendo que Matthew de Willingtham não só voltou a Milão como também tem entendimentos com o prior da Colombetta? — perguntou o abade, com voz surda.

— Sim.

— E que, mais uma vez, esses entendimentos se referem à herança que meu predecessor teve a infeliz ideia de deixar para ele?

— Sim — repetiu o camareiro. Estava apavorado: naquele momento, preferia encontrar-se em qualquer outro lugar que não fosse o escritório do abade.

— Então me explique — prosseguiu Tazio Mandelli, levantando-se da cadeira e contornando a escrivaninha —, e comece do início: Matthew decidiu empregar boa parte da herança nas obras beneficentes da Colombetta, é isso?

Brunone assentiu.

— E todo aquele dinheiro vai cobrir as dívidas e a manutenção daquele abrigo para pobres, aquele ambulatório, como o chamam...

O camareiro assentiu de novo.

— E, ainda por cima, Matthew teria se tornado o administrador da Colombetta.

Brunone baixou a cabeça sobre o peito.

O abade deu dois passos em direção a ele. Agora estava tão perto que o camareiro podia sentir seu hálito: cheirava a alho.

— E, diga-me, quem lhe deu essas informações? Conhecendo a cautela de frei Marcello, suponho que deveriam ser mantidas em segredo.

— Eu soube pelo tabelião que presta serviço ao mosteiro, e ele, por sua vez, soube pelo jurisconsulto que se encarregou de redigir os documentos da doação.

— Bem, é melhor que tratemos de mudar de tabelião, se aquele em quem confiamos tem uma língua tão comprida! Se foi suficientemente indiscreto para expor os assuntos alheios, também pode fazer isso com os nossos, e isso não deve acontecer. Mas voltemos ao caso. Então, onde estávamos?

— Em frei Marcello.

— Certo, isso mesmo. E frei Marcello aceitou, sem pestanejar, uma doação que, como foi estabelecido no testamento do abade, era destinada à fundação de uma escola, ao passo que agora será empregada para tratar de enfermos, para fornecer medicamentos, para efetuar operações cirúrgicas, para extrair dentes?

O camareiro não respondeu.

O abade Tazio fitou-o por um longo momento, depois se virou e se sentou de novo na cadeira. Sem falar, tirou um pergaminho da gaveta da mesa, mergulhou a pena de ganso no potinho de tinta e começou a escrever.

Brunone fechou os olhos: no silêncio do escritório, o rangido da ponta da pena sobre a folha áspera lembrava o som de lâminas sendo afiadas.

O abade preencheu a primeira face do pergaminho, depois o virou e prosseguiu no verso. Escrevia às pressas, sem hesitações.

— Pronto — disse, agitando a folha para secar a tinta —, esta carta deve ser levada logo ao frei Marcello. E, quando digo logo, significa imediatamente, assim que o senhor sair daqui. Leve-a e entregue-a pessoalmente: se, à sua chegada, o prior não estiver lá, espere até que ele volte. Não a deixe nas mãos de mais ninguém.

Tazio Mandelli enrolou o pergaminho, lacrou-o e entregou-o ao camareiro. O monge saiu sem replicar.

Se aquele maldito inglês acha que as coisas vão ficar assim, está muito enganado, pensou o abade. Primeiro se mistura aos nossos confrades, ganhando sorrateiramente a amizade deles, depois alicia o abade a ponto de fazer-se nomear herdeiro de seu patrimônio, por fim abandona o hábito e agora, como se não bastasse, decide gerir o legado a seu bel-prazer. Não conseguirá: apesar da imprevidência demonstrada pelo meu predecessor em decidir confiar seus bens a um desconhecido, aquele dinheiro retornará ao mosteiro, ao qual cabe por direito.

Levantou-se, pegou a capa no cabide, vestiu-a e abriu a porta do escritório. Procuraria o tabelião de sempre, não havia tempo para encontrar outro. Ordenaria que ele mantivesse a boca fechada e, juntos, estudariam como mover uma ação legal: se Matthew e frei Marcello não pudessem preparar uma defesa muito convincente contra as acusações que ele lhes fazia na carta, dali a pouco se veriam no tribunal.

69

Milão.

Frei Marcello desmontou do burro, imitado por Matthew, que o seguia no murzelo. O criado que estava de guarda no palacete foi ao encontro deles, pegou as rédeas e confiou os dois animais ao estribeiro.

— Esperem aqui — disse, introduzindo-os num amplo vestíbulo —, eu vou avisar a patroa da chegada dos senhores.

— Bonita esta casa, hein, mestre? — sussurrou o prior, olhando ao redor. As quatro portas do vestíbulo eram contornadas por delgadas colunas espiraladas de pedra, enriquecidas nos intradorsos por pequenas esculturas zoomorfas que se sucediam até as bases. Através dos únicos dois batentes abertos, divisavam-se peças de grande valor, como tapetes do Oriente, bancos com encosto e cadeiras de carvalho com almofadas de seda.

— Parece a moradia de um aristocrata — acrescentou o monge —, não a de um médico.

Matthew assentiu em silêncio. Estava inquieto demais para falar.

Quando frei Marcello lhe pedira que o acompanhasse à residência daquela nova benfeitora, ele aceitara de bom grado. Além de verificar, no papel de administrador, os termos da doação, procuraria evitar que o prior se cansasse muito: suas forças, reduzidas pela grave crise de asma ocorrida um mês antes, ainda eram exíguas. De início, o prior não lhe disse quem era a mulher: limitou-se a explicar que se tratava da esposa de um importante médico milanês, a qual lhe escrevera uma carta em que manifestava a intenção de incluir-se entre os benfeitores da Colombetta. Somente no dia anterior, quando o monge lhe mostrara a carta, Matthew havia compreendido: tratava-se de Lucrezia, a esposa daquele Rolando

Lanfranchi de quem Caterina lhe falara. Alarmado pelas implicações que um possível encontro no futuro entre as duas mulheres poderia acarretar, esteve prestes a comentar isso com frei Marcello, mas depois preferiu deixar prevalecer a prudência e não disse nada.

Agora, enquanto aguardava para conhecê-la, perguntava-se como manter Caterina na ignorância: tinha certeza de que, se a doação fosse de fato destinada à gestão do ambulatório, o prior decidiria homenagear a benfeitora revelando a identidade dela.

Um inesperado rangido proveniente do fundo do vestíbulo interrompeu suas reflexões. Após ter descido o último degrau de uma escada que, até aquele momento, ele não tinha notado, uma mulher vestida com sóbria elegância dava uns passos em direção aos dois.

— Seja bem-vindo à minha casa, frei Marcello — disse ela. — E o senhor — continuou, dirigindo-se a Matthew —, imagino que seja o administrador que o prior mencionou em sua mensagem de resposta.

O mestre esboçou uma mesura.

— Eu me chamo Matthew de Willingtham, senhora.

Lucrezia observou-o por um instante e depois se voltou.

— Venham comigo até o pórtico — prosseguiu, indicando o espaço aberto que se entrevia no fundo do vestíbulo. — Meus criados prepararam uma jarra com vinho, vamos bebê-lo ali.

Os dois homens a seguiram até o pátio. Era quadrado e em cada lado se abriam três arcos em alvenaria, sustentados por colunetas de pedra: era uma espécie de pequeno claustro, fechado pelas paredes do palacete, que se erguiam em dois andares. No alto, sob o beiral do telhado, adivinhava-se um terceiro, um solário. No centro do pórtico destacava-se um poço circundado por roseiras. Embaixo de uma das arcadas fora disposta uma mesinha de cavaletes sobre a qual havia uma jarra e três canecas.

— A senhora vive numa casa esplêndida! — exclamou frei Marcello, saboreando um gole de vinho.

— Sim, é bonita e confortável. Pertencia à minha família de origem, e minha mãe morou aqui comigo até há poucos meses, quando faleceu. Ali atrás — acrescentou Lucrezia, apontando para a frente do pórtico — fica o consultório do meu marido, onde estão guardados muitos de seus tomos de arte médica e alguns de seus instrumentos cirúrgicos.

— Não deve ser fácil viver longe dele por tanto tempo — disse o prior.

— Não, não é — respondeu ela, com maldisfarçada altivez. — Por outro lado, Rolando conquistou em Paris uma fama que jamais obteria aqui e, portanto, embora sua decisão de se transferir para lá tenha pesado muito sobre minha vida de esposa, não tenho ânimo de reprovar essa escolha. Meu marido conseguiu ganhar a confiança de clientes que fazem parte da aristocracia, e muitos pertencem ao círculo da família real. O senhor compreenderá que, a esta altura da carreira do meu esposo, eu não posso pretender ser o centro de suas atenções. A mim, bastaria poder encontrá-lo de vez em quando, como tive intenção de fazer alguns meses atrás, mas minha mãe morreu em seguida e tive que adiar a viagem.

— É uma verdadeira pena que nossa cidade não possa desfrutar de mestres com a sapiência dele — comentou o prior. — Todos sabemos o quanto é precária a presença de médicos de valor aqui em Milão, assim como de efetivos locais de tratamento. Muitos dos nossos mosteiros dispõem de um hospital próprio, é verdade, e também existe aquele grande do Brolo. Porém, mais do que garantir assistência médica, eles oferecem hospitalidade aos peregrinos e preces aos desvalidos. Não que a prece não sirva para curar as doenças, mas creio que acompanhá-la com diagnósticos corretos e terapias adequadas pode contribuir para aliviar os sofrimentos dos enfermos, sobretudo quando vivem em condições de indigência — concluiu ele com um sorriso.

Lucrezia o fitou, perplexa. Para um homem de Igreja, aquele velho tinha ideias bastante inovadoras: não era a primeira vez que ela escutava semelhante afirmação, mas nunca da boca de um monge.

— Foi por isso, então, que o senhor decidiu abrir o ambulatório? — perguntou.

— Sim, foi por isso. Fornecer comida aos mais necessitados me parecia insuficiente, se depois a primeira febre não tratada os levava embora. Não foi fácil convencê-los a vir ao ambulatório para mostrar chagas, úlceras e membros fraturados: todos estão convencidos de que a doença constitui uma punição divina aos seus malfeitos ou, coisa ainda mais grave, à sua miséria. Agora, porém, tudo indica que estão se tornando menos desconfiados, e os que nos pedem ajuda são cada vez mais numerosos: graças a Deus conseguimos salvar bem mais pacientes do que eu pensava no início. Provavelmente o mérito cabe, além de ao Onipotente, aos tratamentos prestados pelos profissionais que ali atuam.

Pronto, assustou-se Matthew, agora frei Marcello vai falar de Caterina. Lançou a ele um olhar apreensivo, mas o prior silenciava: por enquanto, havia concluído as explicações. O mestre exalou um suspiro de alívio.

— Já tinham me falado em termos lisonjeiros de sua congregação, prior — replicou Lucrezia —, mas suas palavras me convenceram totalmente: ficarei feliz em fazer parte das fileiras de seus benfeitores, assim como meu marido ficaria, se estivesse aqui escutando o senhor. Agora, se fizerem a gentileza de me acompanhar até lá dentro, prepararemos os termos da doação: creio que, considerando quem serão os beneficiários da soma que estou para doar, o consultório de um médico é o local mais apropriado, não acha?

Sem esperar resposta, Lucrezia se virou e encaminhou-se para o outro lado do pórtico.

Brunone esperava diante da cela do prior. Estava ali havia uma boa meia hora e começava a se irritar: o monge porteiro lhe dissera que frei Marcello tinha saído, mas voltaria até a hora sexta. O sino da capela já havia soado, mas o prior não aparecia.

Já se perguntava se teria de ficar ali o dia todo quando o viu chegar montando um burro. Frei Marcello desceu do animal, conduziu-o à estrebaria e dirigiu-se a ele.

— Estava me esperando? — perguntou.

— Sim, prior. Fui enviado pelo abade de San Simpliciano: tenho aqui uma carta que ele me pediu para entregar diretamente em suas mãos.

O monge camareiro lhe estendeu o pergaminho enrolado.

Frei Marcello recebeu o documento e o olhou, curioso: que diabos Tazio Mandelli queria dele?

— Bem — disse —, vou lê-la. E se a carta exigir uma resposta, mandarei entregá-la no mosteiro.

— Pois é, mas creio que... — O camareiro torceu nervosamente as mãos. — Creio que talvez... que seria melhor se o senhor fosse pessoalmente. Pelo que entendi, penso que se trata de um assunto delicado: talvez seja preferível uma conversa.

Desconcertado, o prior o encarou. A julgar pela expressão que exibia, aquele homem parecia amedrontado.

— Como queira. Diga ao abade que irei a San Simpliciano assim que for possível.

Brunone esboçou uma saudação e foi embora.

Frei Marcello entrou e, sem sequer se sentar, tirou da gaveta da escrivaninha uma pequena lâmina para remover o lacre. Depois desenrolou o pergaminho e começou a ler.

Sentada diante do grande espelho de prata que reinava sobre a penteadeira, Lucrezia ajeitou os cabelos: cinco ou seis fios brancos ficaram presos nos dentes do pente. Pegou-os com a ponta dos dedos, observou-os e soprou-os, deixando-os cair no chão.

Suspirou e se ergueu. Em última análise, estava satisfeita com o encontro com o prior: além de generoso, ele lhe parecera uma pessoa dotada de bom senso. Não era em absoluto um conformista e ia direto ao assunto, coisa incomum entre os muitos monges que conhecera. Alguém já havia lhe descrito frei Marcello como um homem justo, e era esse o motivo pelo qual ela escolhera justamente a Colombetta, entre as muitas outras congregações milanesas.

O prior faria bom uso do seu dinheiro, disso tinha certeza. A pequena cota da herança de sua mãe que ela ia doar à instituição serviria para aliviar os sofrimentos de muitos desafortunados, e ela mesma extrairia disso indulgência divina e gratidão humana. Os confortos e o luxo de que sempre havia desfrutado não lhe bastavam mais. Chegada àquela altura de sua vida, sem um filho e com um marido ausente há tanto tempo, o que podia fazer, exceto dedicar-se às obras de caridade?

Agitou a campainha e, enquanto esperava sua criada pessoal, debruçou-se à janela: o outono ainda não tinha chegado, mas o ar já sugeria seu perfume.

70

Milão.

Era quase a hora sexta. Enquanto da sala de cirurgia provinham os gemidos de um homem sob os cuidados de Francesco, o qual tratava de sua fratura no ombro, Caterina saía do ambulatório e dirigia-se à casa de Maria.

Era a terceira visita que lhe fazia ao longo de um mês e, embora a jovem ainda estivesse muito fraca, suas condições se revelavam em nítida melhora. Caterina se sentia contente por tê-la salvado, mas achava que, mais do que à eficácia do tratamento, a cura se devia à força vital dela. A mesma que faltara ao bebê, pensou amargurada, um dos muitos pequenos desafortunados que jamais teriam a possibilidade de crescer, de fazer manha, de brincar.

Evitando as pilhas de imundícies putrescentes que como sempre atravancavam o caminho, chegou a casa.

Sentada à mesa, Maria estava tomando uma sopa. Sua mãe, ocupada em consertar uma veste rasgada, havia deslocado a cadeira até a única janela, a fim de ter mais luz.

— Como vai nossa doente? — perguntou Caterina, aproximando-se da moça.

— Estou melhor, mestra — respondeu Maria, pousando a tigela.

Caterina a observou: a tez ainda estava pálida, mas os olhos já não mostravam a cintilação insana da febre.

— Bem, creio que a partir de hoje você pode suspender a poção — disse, tomando-lhe o pulso e verificando os batimentos. — Mas deve comer algo mais, um pouco de pão e algum ovo. Se não os tiverem — continuou, dirigindo-se à mãe —, o prior da Colombetta lhes dará o que falta. Já expliquei mais de uma vez que não há motivo para se envergonhar de pedir ajuda, mas me parece que, até agora, a única a fazer isso foi sua filha. O que teria acontecido se, um mês atrás, Maria não tivesse ido ao ambulatório? Você sabe que ela estaria morta, não? — concluiu, em tom de reprimenda.

Guarina enrubesceu.

— Sim, eu sei, mas nós somos pobres, mestra — suspirou, pousando agulha e linha. — E também eu já disse à senhora, devemos pagar nossos pecados, cometemos muitos...

— Chega dessa conversa, Guarina! — explodiu Caterina, com raiva. — Pecados e erros todos nós cometemos, mas só os verdadeiramente graves devem ser punidos, certamente não os seus e os de sua filha. Maria é jovem, tem a vida inteira pela frente: sofreu, é verdade, mas ainda pode trabalhar, encontrar um marido, conceber e ter outros filhos. Pare de remoer essa história, sou pobre e portanto devo ser castigada. Ora, não vê quantas pessoas ruins circulam por aí? Acha que todas são punidas pelo mal que fazem?

Guarina balançou a cabeça e começou a chorar.

— E agora não fale mais dos seus pecados, o Onipotente cuidará de fazê-la pagar quando chegar diante dele. Por enquanto, apenas vá em frente, cuide de si e de Maria. Comece por esta casa: está suja, o enxergão está imundo, as roupas de vocês não veem água e cinzas há meses. Lave-as, varra o chão. Existe algum poço aqui perto?

A mulher assentiu.

— Bom, então vá até lá! — continuou Caterina, veemente. — Traga um, dois, três baldes de água, os que forem necessários, e lave tudo, cada coberta, cada veste, cada camisola, cada caneca. E depois procure uma ocupação para Maria. Sei que não é fácil, mas podemos pedir a frei Marcello: ele conhece muita gente e encontrará alguma coisa para ela.

Calou-se, ofegante.

Olhando a expressão exaltada que animava o rosto de mestra Caterina, Guarina compreendeu que suas palavras eram ditadas por uma compaixão sincera. Jamais conhecera alguém assim.

Levantou-se, deixou cair sobre a cadeira a veste que estava consertando e aproximou-se dela.

— Farei como a senhora diz, mestra — murmurou entre as lágrimas —, farei como a senhora diz...

Caterina puxou-a para si e envolveu seus ombros. Maria, ainda sentada à mesa, olhou-as atônita por um momento, depois se levantou e, hesitante, uniu-se a elas no abraço.

71

Paris.

O trabalhador balançou o espelho diante de Rolando: a placa de vidro veneziano era pesada, e a moldura que a continha estalou.

— Devagar com esse espelho — reclamou Guillaume de Cambray —, ou ele acaba se quebrando. Ah, já que você está aqui, desloque aqueles embrulhos e coloque-os no canto: com todas essas coisas amontoadas aí no meio, não se consegue nem andar!

O homem obedeceu. No centro da salinha reinavam quatro fardos, em precário equilíbrio uns sobre os outros: era uma carga de tecidos recém-entregue, e o costureiro mandara colocá-la ali, à espera de abri-la e conferir o conteúdo, como sempre fazia antes de liberar os transportadores. Rolando, que havia chegado justamente quando os servos estavam empilhando os pacotes no chão, tinha mostrado certa pressa: Guillaume de Cambray mandara o carregador esperar na rua e acomodara o médico, desculpando-se várias vezes pela desordem.

Agora, recuando um pouco até o espaço recém-liberado dos fardos, o costureiro examinou com olhar crítico a túnica sem mangas vestida por Rolando.

— Sim, creio que está bom — disse, tirando a agulha dos lábios —, convém apenas sobrepor melhor esses dois babados, a fim de que o tecido tenha um caimento mais suave. Pode se trocar, mestre: vou chamar o cosedor, que dará o acabamento. Mandarei entregar-lhe a roupa até hoje à noite.

Rolando assentiu.

— E quanto ao pagamento? — perguntou.

— Ah, não se preocupe com isso, fica para depois! O importante é que a túnica esteja do seu agrado. Quando o senhor disse que será a posse?

— Em 2 de setembro, a próxima quinta-feira.

— Pena que o rei Luís ainda não voltou. A presença dele na cerimônia tornaria sua investidura ainda mais... ainda mais...

Rolando sorriu.

— Importante, o senhor que dizer? Não, Guillaume, o que me interessa não é o pomposo cerimonial da corte, mas sim os boatos que circulam sobre o *studium* de arte médica. O novo decano me disse que, numa das últimas cartas enviadas da Terra Santa, o soberano expressou a vontade de providenciar a inauguração o mais depressa possível, e sei com certeza que Robert de Sorbon já mandou realizar as obras para o colégio onde serão recebidos os estudantes.

— Mas é magnífico! Quem sabe quantos mestres em medicina chegarão aqui a Paris, de todas as partes da Europa!

E quantos novos clientes com dinheiro para pagar minhas roupas, pensou animado Guillaume de Cambray.

Rolando acabou de se vestir, saudou o costureiro e saiu da loja.

Estava muito satisfeito com a túnica: era perfeita e caía maravilhosamente bem em sua figura. Óbvio, pensou, com tudo o que me custou! Não importava: por uma vez, podia permitir-se um traje como aquele, o mais adequado à ocasião que o esperava.

Não era absolutamente verdade que ele desdenhasse os fastos do cerimonial da corte, mas não podia mostrar-se muito presunçoso diante do costureiro; sua imagem pública se ressentiria disso. Já pregustava os discursos que o decano e o príncipe Afonso fariam, enaltecendo seus dotes de grande terapeuta e ilustrando os motivos que os tinham induzido a nomeá-lo médico-chefe do Hôtel-Dieu. Aristocratas, notáveis, monjas, altos prelados, todos escutariam essas palavras e as difundiriam: a fama dele aumentaria e, com o retorno do rei, seria muito fácil tornar-se também o mais respeitado professor do *studium*.

Satisfeito, enveredou pelo beco que ladeava a Igreja de Sainte-Opportune.

72

Milão.

Alvino atou os laços da mochila, vestiu o manto de fustão e pegou a vela na mesa. Abriu um pouco a porta e espiou: no escuro, não se ouvia nenhum ruído. O único som era o da corrente contra as margens do fosso.

Saiu e fechou a porta cuidadosamente, de tal modo que o barracão parecesse habitado: pelo menos até o dia seguinte, ninguém deveria perceber sua partida. Não que fosse provável. Prostitutas maltrapilhas, mendigos e ladrõezinhos eram os únicos a frequentar aquele trecho do terreno onde ele havia se estabelecido dois meses antes, e todos tinham bem mais o que fazer do que controlar seus movimentos.

Iluminando-se com a vela, encaminhou-se pela trilha que, menos de uma milha depois, entrava no bosque. Iria parar ali, entre as primeiras manchas de vegetação, durante as poucas horas que o separavam da alvorada: acenderia uma fogueira que afugentasse os lobos e ficaria acordado. Depois, tendo-se assegurado de que ninguém o seguia, rumaria para o norte: tinha dinheiro em abundância, podia comprar um burro ou até um cavalo, e em quinze dias estaria em segurança, além da fronteira. Ainda não sabia o que faria depois, mas de qualquer modo prosseguiria, o importante era escapar de Milão.

Passara-se somente um dia desde que ele soubera dos desdobramentos das investigações sobre a morte do boticário, e foram as horas mais longas de sua vida.

Tinha sido informado por Francina, a prostituta com quem ele se deitava habitualmente: fora visto por uma colega dela, uma megera que ele visitara poucas vezes e que justamente na noite do incêndio se abrigara com um cliente sob o telheiro da Via delle Armi. "Disse que era você", declarou Francina, "e que o viu fugindo da botica pouco antes do incêndio. Até agora não revelou nada, por medo de ter que falar com as autoridades, mas acabou fazendo confidências a outra colega nossa e aquela vadia a convenceu a denunciá-lo". Ficou ali olhando para ele, com uma careta zombeteira no rosto e a mão aberta, à espera de uma recompensa. Sem pestanejar, Alvino pagou, e ela embolsou o dinheiro. "Se tiver amor à sua pele, vá embora logo", sibilou. "Dentro de uma semana, os guardas do podestade chegarão aqui."

Agora, enquanto atravessava cautelosamente a pontezinha de madeira sobre uma vala pouco distante do limite do bosque, surpreendeu-se pensando em Raineri. Como ficaria depois que ele não comparecesse ao encontro do dia seguinte? Segundo seus cálculos, a bebida estimulante que lhe fornecera na última vez devia ter acabado. Como o costureiro faria para conseguir mais? Procuraria um médico complacente, disposto a prescrevê-la? Duvidava. Seus outros clientes também teriam o mesmo problema.

Que se arrebentem, pensou, vão procurar o arsênico em outro lugar, raça de idiotas! Deu uma risadinha de escárnio, estendeu a mão que segurava a vela e perscrutou o escuro: a vegetação se adensava, e bem ali à frente havia uma moita de sarças. Avançou uns passos e tateou os ramos: os mais altos, secos pelo calor estival, estalaram entre seus dedos. Justamente o que é necessário para fazer uma bela fogueira, constatou satisfeito. Pousou a mochila, puxou a faca e começou a cortá-los.

Carlotto Ferro terminou de esvaziar a caneca e colocou-a sobre a mesa do pequeno escritório. Marco preferira recebê-lo ali, e não na oficina, porque, ao chegar, o colega lhe dissera que eles iam falar de um assunto delicado.

— E então, Carlotto — perguntou o costureiro, levantando sua caneca e começando a saborear o vinho —, vai me dizer do que se trata?

— Eu... — começou o homem, embaraçado. — O senhor... o senhor não estava na última assembleia da corporação, certo?

— Não, tive de ir à casa de um cliente, fora da cidade.

— Pois é, justamente. Então não sabe da carta.

— A carta? Que carta?

— A anônima.

Marco o encarou, sem entender.

— Eu não...

Carlotto baixou os olhos para a ponta das próprias meias soladas e deu um longo suspiro.

— Pouco tempo atrás — começou —, deixaram uma mensagem anônima na sede de nossa corporação, e nela se denunciava a presença de um... Em suma, dizia-se que entre nós, costureiros de Milão, circula um sodomita.

Marco arregalou os olhos. Lentamente inclinou-se para a frente e apoiou a caneca nos joelhos.

— Na carta, que foi lida justamente durante a assembleia — continuou Carlotto —, denunciaram a culpa, mas não deram o nome do culpado, como se quem a escreveu quisesse apenas criar transtorno. Pois bem, nessa circunstância extremamente desagradável, nosso atual dirigente demonstrou uma prudência que eu considero excessiva. Ele nos impôs não divulgar a notícia, ao mesmo tempo exortando-nos a vigiar. Como creio ter entendido, todos obedeceram, visto que o senhor não foi informado.

Marco permaneceu imóvel, sem replicar. Tinha a garganta seca.

— É isso. E agora o senhor deve estar se perguntando por que eu transgredi as ordens de Guidone e vim lhe contar tudo. Fiz isso por considerar que, sendo sua loja a mais prestigiosa de Milão, é justo que o senhor tome conhecimento dessa história terrível antes da realização da próxima assembleia. Certamente falaremos de novo da carta e, sabendo o peso que suas opiniões têm entre os colegas, preferi, como direi, "preparar o terreno". Se essa história do sodomita for verdadeira, devemos indispensavelmente descobrir a identidade dele e denunciá-lo: se, porém, for mentira, precisaremos saber quem a fez circular e com qual objetivo.

Com a mesma lentidão de pouco antes, Marco Raineri pousou a caneca sobre a mesa. Em seguida, esforçando-se por manter firme a voz, finalmente respondeu:

— Fez bem ao me avisar. Ou melhor, peço-lhe que me mantenha atualizado sobre os eventuais desdobramentos do caso: se, daqui até a data da assembleia, for revelado o nome desse homem, eu agradeceria se o senhor me informasse.

Carlotto Ferro assentiu e se levantou. Marco o acompanhou até a porta, fechou-a a chave e apoiou-se nela.

Tremia e sentia vertigens. Uma onda de náusea obrigou-o a se dobrar para a frente: pressionou as mãos sobre o estômago e respirou fundo.

Estava com medo, um medo nunca sentido antes. Não devia fraquejar, devia tentar agir racionalmente, ou se arriscaria a cometer alguma tolice.

Quem diabos era o autor da carta anônima? Alguém que sabia escrever; portanto, excluindo os serviçais, só restava um dos colegas. Mas não, disse a si mesmo, quando eu deixei transparecer alguma coisa? Não, nenhum deles pode ter suspeitado. E minha cautela foi sempre a mesma de Mikail...

Mikail. De repente, Marco sentiu suas pernas cederem. E se tivesse sido justamente o jovem a mandar a carta? Ele que aprendera tão bem a escrever, ele que preenchia seus registros com aquela grafia tão ordenada?

Não, não é possível, não Mikail. Ele quer o meu bem, me obedece e me respeita: claro, não espero que me ame, mas, mesmo que sua devoção fosse ditada apenas pela conveniência, que motivo ele teria para fazer isso comigo? Uma vez conhecido o nome do culpado, as autoridades não demorariam muito a descobrir o companheiro do sodomita: a condenação ao exílio recairia sobre ambos.

O tremor aumentou. Precisava tomar o remédio, ou não conseguiria raciocinar com lucidez.

Cambaleando, foi até o armário e o abriu. Levantou uma pilha de livros contábeis e procurou o frasquinho de arsênico. Abriu-o e o levou aos lábios: somente poucas gotas caíram em sua boca. A bebida estimulante havia acabado.

Com um gesto enfurecido, jogou o frasquinho no canto mais distante do aposento. E agora, o que faria sem aquele tônico que lhe dava forças? Quem o forneceria, agora que Alvino fugira da cidade?

Sim, porque tinha certeza de que aquele bastardo havia escapulido. Uma semana antes, faltara ao encontro para a última entrega, e logo depois ele soube que Alvino fora acusado do assassinato do boticário: os guardas enviados para prendê-lo tinham arrombado a porta de uma pocilga vazia, na qual restavam apenas um enxergão e umas sobras de comida estragada. O podestade mandara divulgar a ordem de busca na cidade e no campo, mas Marco duvidava de que o encontrassem: provavelmente

Alvino recebera alguma informação e partira bem antes que mandassem procurá-lo. Não lhe faltava dinheiro para adquirir uma nova montaria: quem sabe até onde teria chegado depois de todo aquele tempo? Talvez já tivesse se refugiado na França ou na Alemanha.

Sentou-se no banquinho e, sem sequer se dar conta, começou a chorar. Por que as coisas tinham ficado assim? Uma vida inteira dedicada ao trabalho, o sucesso finalmente alcançado. E agora?

Tudo inútil, desperdiçado. E a culpa era toda sua. Embora sempre tivesse se esforçado por esconder isso de si mesmo, antes até que dos outros, sabia ser um fraco. Tinha sido sua fragilidade a lançá-lo nos braços de outros homens: as mulheres o apavoravam, faziam-no se sentir inadequado, dominavam-no. Tal como acontecera com sua mãe, que sempre exigira demais dele, que o punia desde a infância por qualquer pequena falta e que, pouco antes de morrer, lhe impusera aquele casamento indesejado. Agora, porém, depois de todos aqueles anos passados em busca do resgate em relação aos próprios medos e de uma força que ele não possuía, dava-se conta de ter feito muitas escolhas erradas: como aquela ilusão de que o arsênico, consumido dia após dia, poderia revigorá-lo. Na realidade, as coisas tinham sido bem diferentes: suas vísceras e sua mente, agora viciadas naquela maldita bebida, já não podiam dispensá-la, e seu mal-estar aumentava cada vez mais.

— O que eu fiz, Cristo; o que eu fiz? — soluçou, colocando a mão sobre a boca para sufocar o som da voz.

Baixou a cabeça sobre o peito e chorou longamente. O ruído de uma porta batendo o alertou. Talvez tivesse chegado um cliente.

Levantou-se, mergulhou um paninho na água da bacia e pressionou-o no rosto. Em seguida penteou os cabelos, ajeitou a roupa e desceu à loja.

73

Milão.

Fiorina pagou o *otinco* de porco e as duas galinhas recém-adquiridas e saiu do açougue. A serva que a acompanhava pegou os pacotes e guardou-os na cesta.

— Vá para casa — ordenou a mulher. — Eu ainda vou fazer umas encomendas para a patroa.

A moça obedeceu e seguiu rapidamente pela rua que ladeava o mosteiro Maggiore. Uma careta satisfeita surgiu no rosto de Fiorina: não era verdade que ela devia cumprir outras tarefas, absolutamente, queria só espairecer antes de voltar. Sempre gostara de perambular pela cidade, dar uma olhada nas bancas armadas fora das lojas. Embora, por enquanto, não pudesse se permitir comprar quase nada do que estava exposto, iludia-se com a ideia de que mais tarde poderia fazê-lo: talvez uma camisola bordada, um par de sandálias, um cinto de seda... No fundo, permanecera durante anos a serviço do mais famoso costureiro de Milão e, de tanto ver passarem bem na sua frente artigos de qualidade, ficara de olho neles: um dia, que ela esperava não muito distante, saberia como escolher. A nova patroa lhe pagava bem e quase não conferia as moedas que sobravam das compras: uma vez assegurada da desatenção dela, Fiorina começara a adulterar para mais o preço de cada aquisição de que era encarregada. Tinha certeza de que, dali a alguns meses, o saquinho onde escondia o troco diário se revelaria pequeno demais para conter tudo.

Enveredou por um dos becos que levavam ao Largo de San Nicolao e já ia parar diante da banca de um sapateiro quando, com o canto do olho, percebeu Mikail avançando em direção contrária à sua. O que o rapaz fazia ali? De repente recordou que meia milha adiante, depois de San Pietro alla Vigna, ficava o luveiro que fornecia para Raineri: talvez Mikail tivesse vindo para saldar uma dívida do patrão.

E agora, como devia se comportar? Com certeza o jovem a tinha visto: se ela desse a volta e fosse embora sem sequer um cumprimento, faria um papelão, confirmando as maledicências que Raineri fizera circular a seu respeito.

E também o que Mikail tinha a ver com aquela história? Quem a demitira havia sido o costureiro, não ele. Apesar das indecências de que tinha conhecimento, Fiorina jamais conseguira envolver o rapaz na repulsa que sentia por Raineri. Tinha sido por isso que, ao falar com Gambari, não esclareceu quem era o companheiro de Marco. Estava convencida de que Mikail era uma vítima e, embora a enojasse a ideia de sabê-lo um sodomita, esperava que, uma vez afastado de sua vida aquele que o habituara ao vício, o jovem se corrigiria. Se pelo menos pudesse falar com ele de coração aberto, dizer-lhe que seu patrão estava correndo grande risco e que ele o seguiria na ruína...

Decidiu tentar.

— Salve, Mikail — começou, indo ao encontro do jovem —, o que faz por aqui? Algum serviço para Raineri?

Desorientado, Mikail hesitou em responder. Pelo que o patrão disse, aquela mulher era uma ladra, e seria mais prudente não lidar com ela. Depois, contudo, vieram-lhe à mente seus anos de criança, quando Fiorina separava para ele os bocados mais suculentos e os oferecia às escondidas. Ou quando, após a morte de sua mãe, ela o reanimou e, para distraí-lo da tristeza, chamava-o frequentemente à cozinha para conversar. Não: apesar de tudo, não queria ser grosseiro.

— Sim — respondeu —, cinco pares de luvas a pagar e outros quatro a encomendar. Mas e a senhora? Conseguiu um novo patrão?

Fiorina assentiu.

— É a mulher de um comerciante e mora na Poterna Giovia.

— Bom — disse Mikail —, afinal Raineri se demonstrou generoso com a senhora: apesar de sua saída de lá não ter sido, digamos, muito amigável, deve ter lhe dado boas referências, para lhe permitir encontrar um novo emprego tão depressa!

— Ah, não foi ele! — replicou atrevida a mulher. — Foi Giacomo Gambari, um dos colegas de Raineri. Eu o conhecia havia anos, porque em certo período meu pobre marido trabalhou na casa dele como estribeiro. Quando seu patrão me deixou na rua, fui logo procurá-lo para pedir ajuda e, como você vê, ele me deu.

O marido, estribeiro a serviço de outro costureiro? Mikail não se lembrava disso, mas talvez, quando Fiorina havia falado com ele sobre o assunto, ele fosse muito pequeno para prestar atenção.

— E você, como vai? — continuou a mulher. — Ouvi dizer que Raineri está trabalhando como um louco e que novos clientes estão sempre chegando à loja. Pois é, e você também, estando com ele, terá muito que fazer... Mas, sabe — acrescentou, baixando a voz—, não creio que isso vá durar muito.

Mikail a encarou, espantado.

— Por quê?

A mulher se aproximou e pousou a mão sobre o braço dele.

— Preste atenção, Mikail, e tome cuidado. Se quiser um conselho, vá embora enquanto é tempo: mude de cidade, encontre outro trabalho e... — os dedos de Fiorina apertaram o braço do jovem e seus olhos o fitaram, penetrantes — arranje uma mulher. Uma vez casado, você estará seguro.

— Mas o que... Não entendo o...

— Pense um pouquinho e entenderá. Até mais, Mikail, agora realmente preciso ir.

A mulher se voltou, atravessou a pontezinha sobre o Nirone e desapareceu atrás da esquina de uma casa.

O rapaz ficou olhando enquanto ela se afastava. Estava atordoado: que diabos Fiorina quis dizer? O que era aquele olhar cúmplice que ela lhe lançara enquanto o exortava a arrumar uma mulher?

— Senhor, um soldo para este pobre coxo, senhor...

Mikail sentiu que puxavam a manga de sua veste. O mendigo, apoiado num galho nodoso que servia de bengala, estava curvado diante dele e o fitava, à espera. Absorto em outros pensamentos, o jovem se esquivou e retomou seu caminho.

O coxo murmurou um palavrão e seguiu para o outro lado do beco.

No rosto de Mikail ainda estava impressa a marca do tapa recebido pouco antes. O lábio inferior sangrava.

— Quem me garante que você não está mentindo? — rosnou ameaçador o costureiro, avançando de novo na direção dele. — Hein, quem me garante?

— Patrão — balbuciou o rapaz, comprimindo o lábio ensanguentado —, eu disse a verdade. Não fui eu que escrevi a carta.

Marco o perscrutou. Talvez fosse verdade: quando, após Mikail ter voltado do luveiro, ele o interpelara contando sobre a informação recebida de Carlotto Ferro e lhe lançara suas suspeitas, o jovem negara enfaticamente ser o autor da carta anônima. Mais encolerizado do que apavorado, erguera a voz, acusara-o de crueldade e de ingratidão, e continuaria se ele não o tivesse calado com aquela bofetada violenta que o derrubara no chão.

Mikail não tinha falado mais. Encolhido contra a borda do colchão, começara a chorar em silêncio. Não devia ter batido nele, pensou Marco, sabia disso, mas não conseguira se conter: como Mikail se permitia responder daquele modo, quem acreditava ser? Só porque os dois compartilhavam o leito, pensava ser um igual? E, afinal, se não tinha sido ele, quem havia escrito aquela maldita carta?

O rapaz levantou a cabeça e o encarou: já não chorava, e sua expressão era estranha.

Levantou-se.

— Hoje encontrei Fiorina — disse, com voz inexpressiva.

— E daí? Belo encontro, não vou negar... Mas o que aquela ladra tem a ver com...

Mikail deu alguns passos pelo quarto e depois parou diante de Marco.

— Ela me disse que, de agora em diante, os negócios do senhor vão piorar, e me sugeriu procurar outro patrão — prosseguiu, engolindo em seco. — E uma mulher.

— O que você esperava de uma velhaca daquelas? Está cheia de rancor por mim, banca a ave de mau agouro e se vinga tentando destruir tudo ao meu redor.

O rapaz o fitou.

— Ela agora é cozinheira na casa de um mercador amigo de Giacomo Gambari: foi ele quem lhe deu as referências.

— Gambari? Mas se nem sequer a conhece! Como pode ter dado...

A boca do costureiro se abriu, muda. Seus olhos se arregalaram.

— Diga-me, patrão, Fiorina sabia de... de nós dois? — perguntou Mikail com voz abafada.

Marco comprimiu os lábios e cobriu-os com a mão. Balançou a cabeça, sem falar.

— Porque — continuou o rapaz —, se sabia, pode ter sido ela quem arquitetou a história toda, e justamente para se vingar. Claro, não sabe escrever, mas Gambari, sim: e se for esse o motivo pelo qual ela pediu a ele uma recomendação? Se tiver proposto uma troca de favores? Todos sabem que Gambari tem inveja dos clientes do senhor e do volume dos seus negócios: nenhum dos trabalhadores ignora o rancor dele pelo senhor; na loja não se fala de outra coisa em sua ausência.

O olhar de Marco saltava de um lado a outro do aposento, como se acompanhasse o voo enlouquecido de uma mosca. Por fim, deteve-se em Mikail.

— Jura que você não tem nada a ver com essa história? — perguntou.

— Juro, patrão, juro por Deus.

— Querem me arruinar — murmurou o costureiro. — Aquela puta consegue sua vingança e aquele bastardo pretende tomar meu lugar e roubar todos os meus clientes. Ele estava presente quando expusemos os modelos na passarela, sabia? Provavelmente acha que não o notei no meio de toda aquela gente, mas se engana: eu o vi muito bem, e ele estava com uma cara, mas uma cara... De quem estava se roendo de raiva. — Marco se calou por um momento. — Mas o que eu não entendo — recomeçou, semicerrando os olhos — é por que na carta não se dizia quem é o culpado de... — não conseguiu pronunciar a palavra — ...daquele pecado.

— Talvez, se tiver sido Gambari quem a escreveu, ele pensasse que bastava jogar uma pedra no lago para agitar as águas: coisa que seguramente aconteceria se o dirigente da corporação dos senhores fosse um homem menos cauteloso. Quem nos garante que, dado o comportamento mantido até agora por todos os colegas, Gambari não vá escrever outra carta, até mesmo mencionando um nome desta vez?

O costureiro arregalou os olhos.

— Tem razão, Mikail! — exclamou, alarmado. — Preciso ir falar com ele, saber se foi o autor da carta.

— Mas, patrão, o senhor não pode, é muito arriscado! E também o que diria a ele? "Eu soube de uma carta anônima que denuncia a presença de um sodomita entre os costureiros milaneses: por acaso foi você quem a escreveu?" Claro que isso não é possível. Além disso, mesmo tendo certeza de que foi ele quem planejou tudo isso — escarneceu o rapaz —, o que o senhor faria? Iria matá-lo?

Marco Raineri não sorriu.

— Venha cá — disse, estendendo a mão —, deixe-me ver seu rosto.

Mikail se aproximou, e o costureiro tocou seu lábio: o sangue estava secando.

— Vá à cozinha — ordenou — e faça uma compressa de alho: se a mantiver pressionada um pouco sobre a boca, vai diminuir o inchaço, e o ferimento cicatrizará mais depressa.

E não disse mais nada. Levantou-se e desceu à loja.

Mikail ficou imóvel, fitando o banquinho vazio. A expressão que Marco assumira não lhe agradava. Não lhe agradava nem um pouco.

74

Milão.

Matthew acabou de ler a carta e devolveu-a ao prior.

— Por que não me contou na hora em vez de ir sozinho falar com o abade?

Frei Marcello captou a repreensão nas palavras do mestre e se justificou.

— Pois é, pensei que minhas explicações bastariam para esclarecer tudo, na ilusão de que o abade Tazio compartilhava o mesmo objetivo de nossas obras de caridade. Acreditei que seria suficiente descrever a atividade do ambulatório para convencê-lo do quanto a contribuição do senhor nos é indispensável para prosseguir. E também... — O prior deu um longo suspiro. — E também, para falar a verdade, temi que as ameaças do abade expressas em sua carta assustassem o senhor, induzindo-o a renunciar à doação. Imaginei que, se conseguisse me arranjar sozinho, poderia mantê-lo na ignorância de toda a história.

— O senhor subestima aquele homem, frei Marcello. A antipatia dele em relação a mim é coisa de longa data: Tazio Mandelli jamais digeriu o fato de o velho abade de San Simpliciano ter destinado sua herança a mim, em vez de deixá-la para o mosteiro. No passado, já tentou anular o testamento, mas não conseguiu: não conseguirá tampouco desta vez, porque o documento é inatacável, mas isso não significa que ele não continuará tentando colocar pedras no meu caminho. Isso, sinceramente, não me preocupa muito: já enfrentei situações bem mais perigosas. O que me inquieta, porém, é a velada intimidação expressa contra o senhor: Mandelli é uma figura poderosa aqui em Milão, eu não gostaria que ele buscasse qualquer apoio das autoridades eclesiásticas para fazê-lo fechar o ambulatório.

O prior empalideceu. Pegou a caneca sobre a mesa e tomou um demorado gole de água.

— E então? — guinchou, pigarreando em seguida. — O que faremos agora?

Matthew se levantou do escabelo e foi até a janelinha que dava para o pátio. Silvestro ajudava um dos conversos a separar uma pilha de roupas velhas recém-descarregadas de uma carroça. Rufo, deitado pouco adiante, seguia com atenção os gestos dele, talvez esperando que de um dos sacos brotasse algum pedaço de comida.

O mestre se virou.

— Eu mesmo vou falar com o abade — disse a frei Marcello —, e farei isso depois de amanhã. Mande um dos seus servos avisá-lo de que na hora terça estarei no mosteiro.

O prior lhe lançou um olhar cansado.

— Como queira, mestre. Espero que sua argumentação seja mais convincente do que a minha, e também que tudo o que construímos até aqui possa continuar — concluiu, desconsolado.

— Vai continuar, frei Marcello, vai continuar. Confie em mim.

Matthew se despediu. Sentado, fitando a parede à sua frente, o prior pressionou a mão sobre a imagem da *colombetta*, a pombinha que trazia costurada no hábito, e elevou uma silenciosa prece ao Onipotente.

Marion levantou a trança que acabava de fazer e fixou-a na nuca da patroa com o pente de chifre.

Caterina se levantou e pegou o manto no cabide.

— Depois de arrumar o quarto, vá até a Colombetta — ordenou à moça. — Lá, encontre Silvestro e o acompanhe até o bosque. O prior o encarregou de colher cogumelos: parece que já nasceram muitos, e frei Marcello quer mandar cozinhá-los. Rufo também irá com vocês.

Marion ofegou.

— Mas é mesmo necessário que... Quero dizer, por que o cão também?

— Marion — disse Caterina com um toque de severidade na voz —, faz tempo que quero lhe perguntar: pode me explicar por que tem medo daquele animal? Notei que você sempre tenta evitá-lo. Não é um lobo, é só um cão — tranquilizou-a.

Os olhos da jovem se encheram de lágrimas. Surpreendida por aquela reação inesperada, Caterina jogou o manto sobre o banco e segurou as mãos dela entre as suas.

— O que foi, Marion, o que você tem?

A moça balançou a cabeça. Os soluços que ela tentava conter faziam seus ombros tremerem. Exalou um gemido, engoliu em seco e iniciou seu relato.

Caterina ouviu tocar o sino de San Lorenzo. Era mais tarde do que ela supunha, devia se apressar. Provavelmente já havia muitos doentes aguardando-a no moinho, e esperava que Francesco tivesse examinado alguns. Agora confiava no cirurgião: qualquer eventual erro que ele cometesse poderia também acontecer com ela.

Enquanto seguia pela ruazinha que a levaria ao ambulatório, percebeu que não se encontrava no estado de espírito adequado para cumprir com serenidade suas funções de médica.

As palavras de Marion tinham-na perturbado. Embora tivesse passado mais de uma hora confortando-a e convencendo-a de que a morte do servo da caravana devia ter sido apenas um infeliz acidente, agora já não estava tão certa. Não duvidava de que a jovem sofrera um estupro: a descrição daquilo que ela fora obrigada a suportar lá na pastagem do Mont-Joux era detalhada demais para ser fruto de invenção. Assim como acreditava na agressão ao servo por parte do cão, o qual, ouvindo-a gritar desesperada, havia procurado defendê-la.

O que não estava claro para ela, porém, eram os fatos subsequentes: por que o homem caíra na torrente? Havia escorregado quando fugia dos dentes de Rufo ou Marion o empurrara? "Não me lembro mais do que aconteceu, patroa", dissera a jovem, soluçando. "Enquanto estava ali, embaixo da planta, tudo girava ao meu redor, eu não via mais nada, apenas ouvia o rumor da cascata cada vez mais forte, cada vez mais forte..."

Provavelmente a violência recém-sofrida a transtornara a ponto de privá-la da consciência, e isso também explicava sua atual atitude temerosa diante do cão. Talvez, naqueles momentos de terror, o rosnado furioso de Rufo e seu focinho que pingava sangue lhe tivessem parecido manifestações de uma presença demoníaca: era compreensível que aquela imagem pavorosa tivesse ficado impressa em sua mente e ainda lhe suscitasse medo. Isso, contudo, não explicava por que ela não havia falado do acidente no momento em que o desaparecimento do servo fora constatado.

Jamais saberia como realmente ocorreram os fatos. De uma coisa, porém, estava certa: Marion havia suportado desgraças demais no decorrer de sua jovem vida. Teria dificuldades para esquecer, e talvez jamais conseguisse.

75

Milão.

Giacomo Gambari dobrou o pergaminho, guardou-o na escarcela e prendeu-a na cintura. Em seguida, vestiu o manto, afastou a cortina da janela e deu uma olhada para o beco: a lua o iluminava, e aquela maldita claridade complicaria sua iniciativa mais do que o previsto. Por outro lado, aquela era a última oportunidade de levar a segunda carta: dali a dois dias aconteceria a próxima assembleia da corporação, e não havia tempo para adiar a coisa.

Desta vez faria um percurso diferente, mais comprido, porém menos exposto: desviando-se ao longo do Canosa, os arbustos e os caniços que circundavam os casebres debruçados sobre o canal o esconderiam.

Estava para sair do quarto quando ouviu ruídos provenientes da loja, dois andares abaixo. Ficou imóvel, à escuta. Eram pequenos estalos, alternados com rangidos de metal.

Alguém estava tentando arrombar a porta.

Desceu cautelosamente a escada e parou no último degrau. A luz fraca que entrava pelas frestas desenhava os contornos do umbral.

Era um ladrão, não havia dúvida, e já conseguira entrar.

Com o coração na garganta, deslizou ao longo da parede e forçou a vista na escuridão: era densa demais para que ele enxergasse alguma coisa. Deu mais um passo e projetou a cabeça além do ângulo da parede: foi só por um instante, mas teve a impressão de perceber uma sombra em movimento.

Ficou imóvel, quase sem respirar.

* * *

Mikail havia enfaixado os cascos do burro para que não fizessem barulho. Agora, guiado pela luz da lua, avançava um passo de cada vez: ainda faltava muito para a casa de Gambari e ele não queria chegar muito depressa, ou se arriscaria a encontrar o patrão pelo caminho. Se Marco descobrisse que ele o seguira, ficaria furioso, mas isso não lhe importava: precisava saber.

Quando, naquela manhã, o patrão lhe dissera que havia sido convidado inesperadamente para o banquete de um cliente, o qual se oferecera para hospedá-lo durante a noite, ele não tinha acreditado. Não que fosse impossível, mas em geral Marco o informava antecipadamente sobre sua participação naquelas reuniões especiais, e desta vez isso não acontecera.

Temia que o motivo daquela saída noturna fosse outro, e, se tivesse razão, Marco ia cometer uma tolice. Desde o dia em que o acusara injustamente de ser o autor da denúncia anônima, o patrão não mencionara mais nem a carta nem possíveis conversas com Gambari: insolitamente sombrio, continuou a trabalhar, a dar ordens, a receber clientes. Não o chamou mais para dormirem juntos e adotou um comportamento distante, como se de algum modo quisesse excluí-lo de seus pensamentos.

E de suas ações, suspeitava Mikail. Conhecia-o havia tempo demais para pensar que aquela atitude rude fizesse parte de seu caráter: não, devia ser um artifício, uma estratégia. Marco queria esconder dele o que pretendia fazer.

Embora o patrão sempre lhe houvesse dado a impressão de ser uma pessoa branda, Mikail temia que aquela história de Gambari tivesse transtornado sua mente: e se, naquela noite, ele tivesse ido à loja do colega com a intenção de matá-lo? Parecia-lhe absurdo, mas não podia excluir tal hipótese: sem dúvida, não seria a primeira vez que um homem pacífico se transformava, impelido por raiva e desespero, em um demônio!

Não permitiria isso. No fundo, tinha afeição por ele: era o seu passatempo, bem sabia, mas de algum modo Marco o respeitava e o protegia, fazia-lhe concessões que seriam negadas a qualquer outro servo. Nunca havia pensado nisso, mas agora se dava conta de que o patrão era a única pessoa que ele tinha no mundo, sem a qual ficaria sozinho. Sentia medo, não podia perdê-lo.

Por uma vez, serei eu a protegê-lo, pensou, até de si mesmo, se necessário.

De algum lugar veio um latido. O burro empacou, e Mikail o esporeou, decidido.

Giacomo Gambari estava imóvel, encharcado de suor. O camisão e os calções tinham se grudado ao seu corpo, e gotas lhe escorriam pela testa.

O ladrão circulava pela oficina: embora avançasse tateando, as pisadas abafadas de seus calçados denunciavam seus movimentos. A certa altura o costureiro ouviu uma pancada, seguida de uma imprecação: provavelmente o homem havia tropeçado numa das mesas de trabalho. Ficavam dispostas em círculo no meio do aposento, perto dos fundos do cômodo.

Onde ele se encontrava.

Mais alguns passos e o ladrão surgiria à sua frente. Aquele bastardo estava procurando a escada. Devia ter sido bem-informado, refletiu Gambari, para saber que eu mantenho o cofre com o dinheiro no andar superior. Quem pode ter lhe dito, a não ser um dos meus funcionários?

Afastou essa suspeita, pensaria nisso mais tarde. Lentamente, recuou em direção aos degraus: se conseguisse subir de volta sem que o ladrão percebesse, poderia se trancar em seus aposentos.

Enquanto experimentava o espaço vazio atrás de si, tocando de leve com os calcanhares a base dos degraus, ouviu outro rumor, diferente do primeiro: era estridente, parecia um atrito.

Prendeu a respiração, esperando para ver do que se tratava.

Uma luz trêmula desenhou um reflexo na parede. Sentindo-se gelado, deu-se conta de que o som recém-escutado era o de uma pederneira. O ladrão tinha acendido uma vela. O clarão ficou parado um instante e depois começou a oscilar em sua direção.

Abandonando toda a prudência, o costureiro subiu correndo a escada. Havia chegado somente ao patamar quanto tropeçou na orla do manto: caiu sobre um dos joelhos e, por alguns segundos, a dor lhe cortou a respiração. Olhou para trás: a luz da vela se aproximava. Levantou-se e galgou freneticamente o segundo lance.

Tinha acabado de alcançar o corredor superior quando sentiu que puxavam o capuz de seu manto: sem equilíbrio, cambaleou para trás e para a frente. Apoiou a mão à parede para se segurar e se virou. A chama de uma vela o ofuscou.

O ladrão não esperou mais: com ímpeto, arrastou-o para dentro do quarto. Giacomo Gambari caiu em cheio sobre as tábuas do chão. Atordoado pela pancada súbita e pela nova onda de dor que se irradiava do joelho até a espinha, tentou recuperar o fôlego.

O punhal, pensou, preciso do punhal. Rastejou até a cama. Era ali que mantinha a arma, bem escondida entre as dobras do colchão.

O homem tinha fechado a porta. Sem atentar para os movimentos do costureiro, enfiou a vela no castiçal da escrivaninha e começou a inspecionar o quarto. Abriu as portas do armário, puxou a gaveta da mesa, remexeu nos bolsos das roupas penduradas no cabide e parou diante do cofre. Enquanto ele experimentava a fechadura trancada, o costureiro se esgueirou ao lado da cama até alcançar o espaço estreito que a separava da parede: ali, a luz da vela não chegava. Esticou o braço embaixo do colchão de penas e tateou até encontrar o punhal. Agarrou-o, apoiou-se à borda do estrado e ficou de pé, ainda na sombra.

O homem começou a forçar a fechadura do cofre.

Devagar, sem fazer ruído, o costureiro deu alguns passos cautelosos. Havia quase chegado às costas do ladrão quando a ponta de um de seus chinelos bateu no urinol: esquecera-se de devolvê-lo ao canto do quarto, e agora o objeto estava onde não devia estar.

O ladrão se voltou de repente, surpreso. O punhal de Giacomo Gambari descreveu um arco no ar. O homem se retraiu e, fulminante, puxou um estilete do bolso da túnica.

A lâmina reluziu por um breve instante à chama da vela e em seguida afundou no peito do costureiro.

Giacomo Gambari não caiu logo. O punhal escapou de suas mãos e caiu no chão. Ele levou as mãos ao pescoço: a frente da veste já estava encharcada de sangue. Mais do que vê-lo, o costureiro o sentiu: nas palmas, nos dedos, nos pulsos.

Tentou respirar, agitou os braços em busca de ar e despencou no chão. De repente, pareceu-lhe que o escuro do quarto era atravessado por um rasgo de luz.

Foi sua última sensação. A boca se escancarou e emitiu um único e horrendo suspiro. O corpo permaneceu imóvel.

O ladrão se inclinou, aproximou a vela e o olhou. Não havia dúvida, o costureiro estava morto.

Era uma complicação que ele não esperava, mas as coisas tinham sido assim, inútil lamentar. Agora, porém, devia ir embora dali: com gestos febris, cortou os laços da escarcela de Gambari e esvaziou-a. Os objetos que caíram no chão não eram muitos, algumas moedas, um pergaminho dobrado e duas chaves: a menor era a do cofre. Recolheu-a e correu a abri-lo: no fundo, semiescondido sob pilhas de registros, havia um saquinho de couro. Levantou-o: era pesado, devia conter muito dinheiro.

Sem sequer abri-lo, meteu-o no bolso e desceu às pressas a escada. Chegando ao térreo, ficou por um momento à escuta junto da soleira: teve a impressão de ouvir um ruído de cascos se aproximando.

Saiu pé ante pé e, assim que dobrou a esquina do beco, começou a correr.

Havia chegado. Atrás daquela última casa que delimitava a pracinha ficava a loja de Gambari. Mikail desmontou e amarrou o burro no tronco de uma árvore. Preferia percorrer a pé o trecho final, seria mais prudente.

A luz da lua iluminava a parte central do largo, mas ali, sob os beirais dos telhados, ela mal chegava. Ele transpôs a esquina da casa e espiou a loja.

A porta estava aberta.

Desconcertado, esticou o pescoço para ver melhor: pouco adiante, protegido sob um telheiro, o baio de Marco pateava inquieto.

O que até então havia sido apenas uma intuição tornou-se certeza: o patrão estava ali.

Angustiado por um pavoroso pressentimento, Mikail se aproximou da loja e olhou para dentro. A escuridão era impenetrável.

Entrou. Tateando com cautela a superfície da parede, avançou até o fundo do local, onde a parede formava um ângulo. Se bem lembrava, ali devia ficar a escada que levava aos aposentos de Gambari.

Esticou uma perna, e a ponta do pé encontrou o ressalto de um degrau. Começou a subir devagar. Chegado ao primeiro patamar, perscrutou o alto: talvez fosse apenas imaginação, mas pareceu-lhe que lá em cima bruxuleava uma luz.

Com o coração na garganta, galgou o segundo lance. À medida que subia, a claridade aumentava, mas era débil, como a de uma só vela. Mas por que só uma e não um castiçal duplo, se Marco estava ali discutindo com Gambari? Mas que discussão seria essa, se a casa inteira estava mergulhada num total silêncio?

Subiu correndo os últimos degraus.

A cena que o acolheu ao passar pela porta o aniquilou. Sobre a escrivaninha encostada à parede ardia um coto de vela: mal clareava o aposento, mas bastava para delinear os contornos de uma figura caída no chão.

Imóvel junto à parede, Raineri a fitava.

— Patrão...

Mais do que uma palavra, o que saiu da boca de Mikail foi um gemido. O costureiro não o escutou.

Reprimindo a custo a onda de náusea prestes a invadi-lo, o rapaz deu uns passos hesitantes em direção à escrivaninha. Pegou a vela e inclinou-a para o chão: por um instante a chama se fortaleceu e iluminou o rosto de Gambari. Os olhos, que ainda conservavam uma expressão de estupor, estavam arregalados, enquanto na cavidade escancarada da boca adivinhava-se a língua revirada. A roupa estava completamente ensanguentada e embaixo do corpo se alargava uma poça cor de púrpura.

Mikail recuou e virou-se para Marco.

— O senhor o matou... — murmurou, desorientado.

O costureiro não moveu um músculo. Seu olhar continuava fixo sobre o cadáver.

— Não me ouviu? — gritou o rapaz na cara do patrão, soluçando. — Como pôde fazer uma coisa dessas? Diga, pelo amor de Deus!

Marco voltou a si. Olhou Mikail como se só agora percebesse sua presença.

— O que você faz aqui?

— O que eu faço aqui? O senhor está diante do homem que acaba de matar e tem a coragem de me perguntar o que eu vim fazer aqui?

— Não fui eu.

— Não foi o senhor? Mas que diabos está me contando?

— Vim falar com ele e até ameaçá-lo, isso eu admito, mas não fiz nada: já o encontrei morto.

— Não acredito, patrão. Foi o senhor, claro! E eu sabia, meu Deus, sabia que o senhor ia fazer uma loucura dessas! Mas como pôde?

— Veja — disse Marco, em tom inexpressivo. Sua mão apontava o cofre aberto e os registros espalhados pelo chão. — Ali dentro não há sequer um saquinho de dinheiro, deve ter sido roubado por um ladrão. Talvez Gambari o tenha apanhado em flagrante e...

— E isso aí, o que é? — perguntou Mikail, notando o pergaminho que pendia dos dedos de Raineri. Aproximou a vela: as bordas estavam ensanguentadas.

Marco se afastou da parede e o mostrou.

— Leia você mesmo. É outra carta, mas desta vez traz um nome. O meu. Estava no chão, junto da escarcela vazia.

O rapaz não a pegou.

— Era ele o autor da primeira denúncia anônima, e agora estava prestes a ir entregar esta outra — murmurou o costureiro, rouco. — Isso explica por que ainda a tinha na escarcela quando o ladrão o surpreendeu.

Ou então foi você quem a tirou dele depois de matá-lo como a um cão, desconfiou Mikail. Você teve todo o tempo de que precisava para inventar essa história, seu bastardo. Ah, se pelo menos eu chegasse mais cedo, se não tivesse tanto medo de sua fúria, se me comportasse como homem e não como um tolo...

Marco o perscrutou.

— Não acredita em mim, não é? Acha que, além de sodomita, eu também sou assassino — afirmou, em tom opaco.

O rapaz se voltou sem responder. Mantendo a vela no alto, aproximou-se da porta.

— Vamos embora imediatamente — disse, sombrio. — Daqui a pouco vai amanhecer e os funcionários começarão a chegar.

Raineri assentiu. Meteu a carta no bolso e foi atrás dele.

Desceram a escada. Antes de sair, Mikail apagou a vela e jogou-a no chão.

76

Milão

Matthew atravessou o jardim do claustro. Do ramo da clematite que subia pelas laterais do poço vinha um perfume delicado, semelhante ao do espinheiro-alvar. Ele tocou os frutos, tão parecidos com floquinhos de lã. Sem saber por que, esse contato o animou.

O monge que o precedia acenou para que o seguisse até o pórtico. Diante dos aposentos do abade, bateu na porta, anunciou-o e o fez entrar.

Tazio Mandelli o esperava de pé, junto à mesa de carvalho.

— Por acaso o prior da Colombetta está doente, para mandar o senhor no lugar dele? — começou, zombeteiro.

— Não, abade, eu mesmo preferi vir falar com o senhor, e compreenderá logo o motivo. Frei Marcello já lhe disse tudo o que podia, o restante da questão deve ser discutido comigo.

— Não há nada a discutir — sibilou o abade. — Eu já disse ao prior que estou prestes a encarregar o jurista de mover uma ação legal contra o senhor: como deve saber melhor do que eu, a herança que Arnolfo de Sala delegou ao senhor era destinada a uma escola para pobres, não um hospital. A cidade os tem em abundância, e francamente não vejo necessidade de mais um. Portanto, como o senhor decidiu trair de maneira tão evidente a vontade do meu predecessor, afirmo que o legado deve retornar a quem de legítimo direito, ou seja, ao mosteiro.

Matthew não replicou de imediato. Mesmo não tendo sido convidado a fazê-lo, sentou-se numa das altas cadeiras que ladeavam a mesa. O abade o encarou, indignado por tanto atrevimento, mas, depois de um momento de hesitação, resolveu imitá-lo.

— É inteiramente inútil — começou o mestre — que eu lhe explique como o ambulatório da Colombetta difere, nas intenções e nos fatos, das funções de uma instituição igual àquelas fundadas até hoje. Tenho certeza de que o prior já lhe disse, mas evidentemente as palavras dele não bastaram. Ainda assim, quero reiterar que uma coisa é receber aqueles que, por vontade própria, decidem se tratar em um dos muitos hospitais da cidade, e outra é ir buscar de casa em casa os doentes mais miseráveis, abrir uma brecha na vergonha deles, convencê-los de que às vezes basta uma simples poção para salvar a vida dos filhos.

Os olhos do abade cintilaram de raiva.

— O que o senhor pretende? Está tentando me dar uma lição de caridade cristã; o senhor, um homem que largou o hábito de monge para se dedicar à paixão carnal?

Matthew sorriu, cansado.

— Abade — respondeu —, não desperdice seu tempo formulando acusações que o senhor mesmo sabe que são falsas. Sobre o que eu decidi fazer da minha vida, devo responder só ao Onipotente, exatamente como o senhor deve fazer no exercício de suas cotidianas obras de caridade, que certamente não me permito julgar. Se estou aqui, é por acreditar que a iniciativa de frei Marcello em favor dos pobres é louvável. Mas não é este o ponto. O ponto é que o senhor quer o dinheiro de Arnolfo e fará de tudo para tê-lo. Os esforços do prior serão cancelados em um instante se forem tirados dele os recursos para levar adiante a atividade do ambulatório, o senhor bem sabe. Não creio que seria uma decisão sensata: em pouco tempo, todos os benfeitores da Colombetta saberiam que o abade de San Simpliciano recusou seu apoio a uma das mais misericordiosas instituições milanesas, quando, ao contrário, poderia dá-lo com generosidade e sem hesitações.

De raivosa, a expressão de Tazio Mandelli tornou-se cautelosa.

— Aonde o senhor quer chegar? — perguntou ele.

— Vim lhe fazer uma proposta, abade, e espero que seja aceita. Colocarei metade do legado de Arnolfo à disposição do seu mosteiro, e o senhor, em troca, permitirá que frei Marcello administre o resto como quiser. Assim, a paz da Colombetta não será perturbada, enquanto ao senhor será reconhecido o mérito de ter contribuído para o bom andamento da instituição. Quanto à ação legal que o senhor pretende mover contra mim, eu a desaconselho: embora o destino atual da herança não corresponda ao original, nenhum juiz ousará pôr em discussão uma atividade caritativa como a do ambulatório.

— Como assim? Vai renunciar à herança, não reservará para o senhor nem sequer um saquinho de moedas?

— Sim.

O abade o encarou, incrédulo.

— E diga-me — perguntou —, frei Marcello tem conhecimento dessas suas intenções?

— Ainda não. Vou informá-lo assim que retornar à Colombetta, espero que já levando sua resposta.

Tazio Mandelli assentiu, pensativo. Levantou-se, foi até o pequeno altar que ocupava um canto da sala e se ajoelhou: juntou as mãos no peito, baixou a cabeça e ficou ali um bom tempo, rezando. Depois se virou e se aproximou de Matthew.

— As condições que o senhor acaba de me expor têm o amargo sabor de uma chantagem, à qual devo me submeter, à minha revelia, se quiser preservar o bom nome do mosteiro. Na próxima semana, o senhor será chamado a vir aqui e, com o jurista, redigiremos o novo documento no qual se estabeleça o montante da soma que caberá a San Simpliciano.

Era uma despedida. O mestre se levantou, esboçou uma saudação e saiu da sala. Estava começando a chover, e já não se percebia o perfume da clematide; o local era dominado pelo cheiro de terra molhada.

Matthew percorreu o pórtico do claustro, transpôs a soleira e tomou o caminho da Porta Comacina.

77

Milão.

Mikail enxugou o rosto e as mãos na toalha de linho. Lavara-se muitas e muitas vezes, mas ainda se sentia sujo. Embora, naquela maldita noite de uma semana antes, não tivesse sequer tocado o sangue que impregnava o cadáver de Gambari, parecia sentir ainda aquele odor metálico na pele, nos cabelos, na veste.

Saiu do quartinho e desceu. Atravessou a oficina e deu uma olhada nos funcionários: debruçados sobre as bancadas, costuravam, aplicavam guarnições, davam acabamento a mangas e bainhas, pregavam franjas e botões. Um deles, um jovem chegado havia pouco ao serviço de Raineri, estava cosendo uma dupla fileira de pérolas no decote de uma túnica pendurada em um boneco. O castiçal duplo, pousado sobre a mísula ao lado dele, iluminava um par de mãos ágeis e duas sobrancelhas franzidas no esforço de não errar.

Mikail abriu a porta que levava à loja. O patrão estava de pé diante do balcão e examinava as peças de veludo recém-entregues pelo mercador veneziano.

Marco o viu entrar, mas não falou nada. Em seu rosto diáfano destacavam-se pequenas placas amarronzadas que subiam até a pele fina embaixo das pálpebras, onde se reuniam para formar uma só mancha escura. Os lábios, secos e rachados, estavam lívidos, e as mãos que tocavam o tecido tremiam.

Antes dos últimos acontecimentos, se o tivesse visto sofrendo tanto, o impulso de Mikail seria o de correr para ajudá-lo, mas agora sentia apenas medo. Apesar das noites passadas em claro, refletindo e considerando todas as possibilidades, ainda não conseguira decidir se o patrão havia mentido ou não: quem lhe garantia que ele não estava vivendo sob o teto de um assassino, comendo à sua mesa, à mercê dele?

Depois daquelas poucas palavras pronunciadas diante do cadáver ainda quente de Gambari, Marco não tentara mais convencê-lo da própria inocência: volta e meia fitava-o com expressão de súplica e depois desviava o olhar, como se sua presença fosse intolerável. Certa noite, o jovem ouvira gritos provenientes do quarto dele, seguidos por uma saraivada de golpes surdos: então desceu, escutou junto à porta e percebeu que o patrão estava tomado por uma crise de furor. Seus punhos batiam nas paredes, na mesa, os pés arremessavam os objetos ao chão. Mikail bateu, mas o costureiro não abriu: os gritos cessaram, substituídos por soluços sufocados.

Ainda que agora temesse qualquer reação dele, poucas horas após a conclusão da assembleia corporativa o jovem criara coragem para perguntar o que fora decidido em relação à denúncia anônima. "Não houve novas constatações", respondeu Raineri com frieza, "e por unanimidade decidiu-se encerrar o assunto como uma brincadeira de mau gosto". Não disse mais nada, a não ser que toda a corporação havia decidido mandar celebrar uma cerimônia solene em Sant'Eufemia pela alma de Gambari, o desafortunado colega que, disseram todos, havia sido vítima do assalto de um bandido.

Mikail se sentiu tentado a perguntar o que fora feito da carta encontrada junto ao cadáver, mas não se atreveu. Talvez o pergaminho tivesse ido parar na água do fosso ou, mais provavelmente, na grande fornalha da cozinha.

Estava tão absorto em seus pensamentos que mal percebeu o pergaminho que o patrão colocava em suas mãos.

— Vá entregá-lo à mestra Caterina — disse, com voz fanhosa. — Se você for agora, acho que ainda a encontrará no ambulatório.

Mikail o fitou, hesitante.

— Sim, mas... Eu não devia ficar aqui, organizando os registros das últimas entregas? O senhor tinha dito que era urgente, que devíamos fazer isso até esta tarde, porque amanhã...

— Mudei de ideia, os registros podem esperar. Não discuta minhas ordens, Mikail — concluiu Raineri, impaciente. — Vá imediatamente: esta mensagem exige uma resposta. Traga-a logo.

O jovem não replicou e saiu da loja.

O costureiro voltou ao balcão. Enrolou de novo, com cuidado, as peças de veludo, cobriu-as com um pedaço de cânhamo fino e se dispôs a levá-las para cima. Faria como o colega parisiense: iria mantê-las bem escondidas no seu quarto, pois aquele tecido era precioso demais para ser deixado na loja ou no depósito.

Levantou os três invólucros, mas o peso o fez cambalear. Devolveu-os ao balcão e se deixou cair na cadeira: não podia continuar assim, as forças o estavam abandonando. Desde alguns dias antes quase não comia, tinha apenas sede, uma sede ardente que não se aplacava de modo algum. Conhecia bem o motivo daquele mal-estar, era a falta da bebida estimulante.

Seus lábios secos se estiraram num sorriso amargo. A esta altura, pensou, se alguém quisesse me envenenar, não conseguiria: já estou habituado ao arsênico e provavelmente o veneno não produziria o menor efeito no meu organismo.

Dois dias antes, depois de ser abalado por uma crise mais violenta do que as outras, compreendera que precisava procurar um médico. O problema era que não sabia a quem recorrer: sem dúvida, não ao que costumava tratar dele, um velho capaz somente de vociferar loquazes e incompreensíveis palavrórios sobre a relação entre os humores e as influências dos astros.

Como podia confessar que fazia uso de um remédio tão perigoso, que esse profissional nunca prescrevera e que, ainda por cima, lhe fora sugerido por outro médico?

Isso acontecera muitos anos antes, por ocasião de uma de suas viagens a Veneza. O clima úmido da cidade o abatera a tal ponto que ele sentiu uma vertigem gravíssima: foi um mestre em medicina de Salzburgo quem lhe deu aquela bebida à base de arsênico. Raineri o conhecera no Fondaco dei Tedeschi: sentiu-se mal justamente ali, quando estava negociando uma partida de mercadorias com um comerciante de Colônia. O médico o socorreu e lhe ministrou o remédio, dizendo que poderia lhe ser útil também mais tarde, desde que fosse consumido da maneira correta. Depois de apenas três dias, ele se restabeleceu, recuperando as forças e o apetite: o médico lhe forneceu dez frasquinhos, suficientes para outros tantos meses. Advertiu-o a manter em segredo aquele tratamento: o arsênico era um veneno, explicou, e a maior parte dos seus colegas afirmava que os efeitos eram letais, mesmo em doses mínimas. Apesar do temor causado por aquelas recomendações, Raineri continuou a consumir a bebida e se deu conta de que o uso regular contribuía para mantê-lo com saúde. Quando chegou ao último frasco, procurou todos os boticários da cidade, perguntando sobre aquele remédio específico, mas suas perguntas eram recebidas com olhares suspeitosos. Justamente numa dessas boticas ele conheceu Alvino: o servo do mercador de sal estava entregando uma partida de raízes de viburno que seu patrão havia comprado no Oriente, além da mercadoria habitual. Depois de escutar a conversa de Raineri com o boticário, Alvino o esperou na rua e disse que, se ele quisesse, poderia lhe fornecer a bebida estimulante.

E assim foi. Em todos aqueles anos, o arsênico o ajudara a sobreviver, a suportar as fadigas das viagens e do trabalho, a ter coragem e vigor em cada atividade, inclusive nas mais íntimas. Teria conseguido passar todas aquelas noites com Mikail sem o estímulo daquela poção? Duvidava.

Pousou a mão sobre o estômago: suas vísceras ardiam como se ele tivesse engolido um punhado de pimenta-do-reino.

Levantou-se e bebeu diretamente da jarra que havia deixado sobre a mesa de trabalho: em vez de fazê-lo se sentir melhor, a água provocou um regurgitamento ácido que lhe queimou a garganta.

Apoiou-se no tampo da mesa, baixou a cabeça e respirou fundo. A decisão que havia tomado era a única possível: iria falar com a mestra Caterina. Ela era médica e, ao que diziam, muito competente: se aprovasse a terapia à base de arsênico, poderia prescrevê-lo. Além disso, não tendo nenhuma relação com os colegas milaneses, não poderia revelar a ninguém o segredo dele.

Reergueu-se, foi abrir a porta do ateliê e ordenou a um dos aprendizes que pegasse os três invólucros e os levasse para seus aposentos.

Com ou sem mal-estar, devia começar logo a cortar: a cliente que havia encomendado a roupa de veludo era a mulher do marquês Manfredo d'Incisa, o homem que, há mais de um ano, decidia o destino de Milão. Não podia fazê-la esperar.

78

Milão.

Raineri recuou alguns passos e observou a *cotta*. Estava quase pronta, e ele a colocara sobre uma boneca para verificar os últimos detalhes. O veludo era mais rígido do que os tecidos aos quais estava habituado e, mesmo envolvendo graciosamente a figura, não deslizava pelo corpo como a seda: naquele pano, qualquer imperfeição no corte ou nas costuras saltaria imediatamente aos olhos e prejudicaria o efeito final.

— Bom, creio que terminei — disse consigo mesmo, reaproximando-se do manequim.

Depois de esfregar as mãos no avental, pegou entre o polegar e o indicador a orla do decote e envolveu-a sobre ela mesma: claro, iria arrematá-la assim, apenas o suficiente para formar um leve franzido sobre o qual aplicaria a guarnição bordada, que também constituiria o acabamento nas extremidades das mangas.

Sorriu. Aquelas mangas costuradas nos ombros eram uma novidade. Ele as viu pela primeira vez em Paris, e gostara imediatamente: fixadas de maneira permanente à roupa, enfaixavam os braços como uma segunda pele e terminavam bem nos pulsos, deixando livres as mãos. Nada a ver com as mangas removíveis de uso comum, panos largos e sem forma que caíam sem graciosidade pelo corpo de quem os usava. Explicaria à marquesa que a ideia de dotar a *cotta* daquele tipo específico de acabamento não era uma extravagância sua, mas a última tendência da moda parisiense. Sabendo quanto ela se apegava à elegância, imaginava que apreciaria a audácia daquela inovação.

Contornou o manequim e examinou de novo as costuras: eram tão perfeitas que ficavam invisíveis na espessura do tecido. Satisfeito, pegou na bancada o cinto recém-entregue e se aproximou da janela: a luz oblíqua arrancou reflexos dos elementos decorativos que o percorriam. Costurados a distâncias iguais, pequenos pomos em lâmina de prata pousavam sobre uma faixa de seda dupla, com uns dois braços de comprimento, e terminavam numa fivela: sobre uma base de filigrana, um minúsculo relevo dourado reproduzia um emaranhado de caules floridos.

Drapeou o cinto em torno da *cotta* e atou-o. Depois deu dois passos para trás e examinou o efeito final de sua criação.

O azul intenso do veludo se expandia por todo o aposento, como se permeasse o ar com uma névoa celeste: as sombras criadas pelas pregas se esfumavam no tecido, afundavam nele, tornando-se mais escuras até desaparecerem, devoradas pela luz que se irradiava.

Um nó de comoção apertou sua garganta: jamais havia confeccionado uma peça tão perfeita. O mérito não é só meu, refletiu, enquanto se reaproximava da boneca, é também deste tecido maravilhoso.

Com cautela, para não amassar sequer um fio da superfície do pano, desatou o cinto e o acomodou ao lado das guarnições já alinhadas sobre a mesa: bordadas em fio de prata, combinariam maravilhosamente com as folhinhas douradas que enfeitariam o fechamento frontal da *cotta*. Guardadas no armário dele, provinham dos estoques de um ourives arruinado: quando as notara, confundidas no monte de objetos levados a leilão, Raineri intuíra que mais cedo ou mais tarde elas lhe seriam úteis e então as comprou, pagando um terço do que valiam.

Abriu o caixote onde guardava as peças de linho, pegou uma muito grande, estendeu-a e drapeou-a cuidadosamente em torno da boneca, de tal modo que todo o tecido ficasse protegido. Depois tirou o avental, deixou-se cair no banquinho e apoiou a cabeça na parede.

Havia conseguido, havia confeccionado uma roupa digna de uma rainha. Apesar do desânimo devido à falta da bebida estimulante, pudera levar a termo o traje mais precioso que já fora visto na cidade. A marquesa ficaria satisfeita: onde quer que o exibisse, em seu castelo ou na corte de algum reinante, provocaria um admirado estupor. Minha fama vai aumentar, pensou ele, e o número de clientes mais ainda.

— Desde que me restem forças para continuar na profissão — murmurou, abatido.

Levantou-se, cambaleou pelo aposento, saiu e trancou a porta com chave. Ninguém devia entrar ali até ele voltar.

Tinham chegado. Mal se percebia a entrada do palácio do marquês d'Incisa, protegida como era por um dos muitos telheiros que sombreavam os becos do bairro de Santa Maria in Solariolo. Nada demonstrava a importância de quem vivia ali: se não fossem os quatro armígeros que vigiavam o portal, qualquer um poderia considerá-la simplesmente a residência de um comerciante rico.

Marco Raineri se deteve atrás de Mikail, à espera de que o rapaz fosse anunciar sua chegada. Depois de ouvi-lo, um dos homens de guarda desapareceu lá dentro: em poucos instantes, saiu de novo e acenou para que eles subissem a escada que ladeava a construção.

— A marquesa os espera em seus aposentos — disse, indicando o andar superior.

— Você me aguarda aqui — ordenou o costureiro, tomando dos braços de Mikail o pacote com a roupa. — Não vou demorar muito.

O jovem assentiu, decepcionado. Gostaria tanto de conhecer a marquesa! Na única vez em que lidamos com uma verdadeira aristocrata, dona de um castelo e de muitas terras, o patrão me deixa de lado. Afinal, o que ele acha, perguntou-se aborrecido, que minhas maneiras não são suficientemente nobres? E em Paris, então? Por acaso eu o levei a causar alguma má impressão no banquete do príncipe ou naquelas residências luxuosas onde o acompanhei?

Bufou e se agachou no último degrau da escada.

Uma serva, recém-saída pela portinha que dava para o pátio, notou-o ali sentado e se deteve para olhá-lo, fascinada: quem era aquele rapaz tão bonito, e o que fazia ali? Por um instante, foi tentada a falar com ele, mas depois desistiu e continuou em direção às cozinhas.

Mikail sequer a viu.

De pé no meio do aposento, a marquesa se contemplava no grande espelho segurado pela criada. A placa de prata era pesada, e a mulher cambaleava.

— Vai ficar parada ou não? — reclamou, áspera, a patroa. — Não conseguirei ver nada se você continuar a se mexer.

A criada enrubesceu, mortificada, e tentou se equilibrar melhor.

A marquesa girou sobre si mesma, esticando o pescoço para conferir a parte de trás da roupa. Depois deslizou os dedos sobre as folhinhas douradas e o cinto.

— Bem — disse por fim, virando-se para o costureiro —, eu diria que o senhor fez um ótimo trabalho. Gostei muito.

Marco Raineri exalou um suspiro de alívio.

— Estou feliz por ter correspondido às suas expectativas, senhora — replicou. — De fato, creio que esse traje é perfeitamente adequado à sua figura e, se posso me permitir, à sua beleza.

A marquesa esboçou um sorriso formal.

— E também — acrescentou o costureiro, com uma ponta de orgulho na voz — o azul do veludo parece feito de propósito para exaltar a cor dos seus olhos, assim como as mangas sublinham a forma harmoniosa dos seus braços.

— Sim, de fato as mangas dão um toque especial ao conjunto, embora me pareça que são principalmente o tecido e as guarnições a tornar este traje tão precioso, talvez até demais. Por outro lado — prosseguiu ela, com maldisfarçado orgulho —, as ocasiões para vesti-lo certamente não me faltam, considerando o cargo no qual foi investido meu marido, o marquês Manfredo. Como sabe, muitas vezes me cabe presenciar os encontros dele com as autoridades, e o senhor nem pode imaginar o tédio que sinto com as conversas com podestades, legados do papa, embaixadores... — concluiu, fingindo exasperação.

Ele riu consigo mesmo. Tenho absoluta certeza de que a aborrecem as ocasiões em que pode exibir seu guarda-roupa. Ora, mas você não quer outra coisa, sua aristocratazinha provinciana, que acredita ter conquistado um lugar na história só porque ao seu marido coube ser nomeado inopinadamente regente de Milão!

Desagradava-o um pouco que aquela criação tão trabalhosa e elegante fosse destinada justamente à marquesa d'Incisa, e não a uma princesa de estirpe, mas não podia fazer nada: em Milão, não havia famílias reinantes, e convinha contentar-se com aquilo.

A marquesa parou de se olhar no espelho.

— Quanto o senhor disse que custaria a roupa pronta? — perguntou, virando-se para o costureiro. — Duas liras e... não me lembro da cifra exata.

— E oito soldos, senhora.

A criada, que acabava de pousar no chão a placa de prata, arregalou os olhos. Duas liras e oito soldos por um vestido. Virgem Santa! Se eu tivesse todo esse dinheiro, pensou rancorosa, seguramente não estaria aqui servindo a senhora desde o amanhecer até o pôr do sol, minha cara marquesa. Já teria comprado uma casa, moraria lá como uma rainha e talvez tivesse até uma serva. Ela suspirou e permaneceu imóvel num canto do aposento.

— Amanhã, um dos ajudantes do meu marido irá à sua loja e providenciará o pagamento — disse a aristocrata, encaminhando-se para a porta.

— Eu lhe agradeço, marquesa — respondeu o costureiro. — Quando precisar de mim outra vez, a senhora sabe onde me encontrar.

Marco saiu e desceu a escada. Tinha sede, a mesma sede inextinguível que o atormentava havia dias. Pararia para beber água na fonte de San Giorgio: não era longe dali, só um pequeno desvio no caminho de volta.

79

Milão.

Francesco remexeu-se na cama pela enésima vez. Não havia nada a fazer, o sono não vinha. Tentou relaxar os músculos e, com olhos arregalados, fitou o escuro.

Não podia continuar se torturando daquele modo, devia falar com ela. Mais de uma vez estivera a ponto de fazê-lo, mas na hora certa sempre havia lhe faltado coragem. A verdade era que temia cometer um erro ao declarar seus sentimentos: e se ela o ridicularizasse ou, pior, se enfurecesse e o calasse com uma resposta desdenhosa? A atitude dela em relação a ele, que aos poucos se tornara mais amigável, passaria a ser esquiva, e ele não sabia se suportaria isso de novo.

Ergueu-se e se sentou na cama. Afinal, pensou, por que me deixei arrastar por uma paixão como esta? Por que me apaixonei como um rapazinho? E, além do mais, por que justamente por ela?

Preciso tirá-la da cabeça, decidiu. É absurdo esperar que ela corresponda ao meu amor. E quem me garante que se trata de amor? Talvez seja apenas a beleza dela a me atrair, talvez eu seja tão bobo a ponto de confundir uma empolgação banal com um sentimento mais profundo.

Bufou: era melhor se levantar, àquela altura já não conseguiria adormecer. Enquanto afastava a coberta, sua mão roçou o membro: estava ereto.

Furioso, deixou-se recair sobre o colchão.

Caterina se levantou. Tateando, foi até a janelinha e puxou a cortina: lá fora ainda estava escuro, mas no retângulo de céu no fundo do beco já se adivinhava o primeiro clarão da alvorada.

Acendeu a vela e aproximou-a da bacia: na superfície da água boiava uma barata. Ela afundou a mão, fez o inseto deslizar sobre sua palma e jogou-o no chão: a barata correu velozmente até a parede e desapareceu.

Caterina suspirou e começou a lavar o rosto. Devia conseguir uma tina, não podia se limitar àquelas abluções sumárias, ou sua saúde ficaria prejudicada. Tinha certeza de que, aumentando um pouco o aluguel combinado, o senhorio lhe permitiria esquentar água no caldeirão de sua fornalha.

Enquanto vestia a bata de médica, surpreendeu-se pensando em Rolando. Volta e meia ainda lhe parecia ouvir a voz dele, outras vezes acreditava perceber seus traços no rosto de um desconhecido. Tais sensações involuntárias a perturbavam, e ela tentava expulsá-las, mas não era fácil. Sua mente formulava sempre novas perguntas: teriam dado andamento à denúncia contra os dois ou ficara por isso mesmo? Rolando havia obtido a nomeação para médico-chefe? E ela? Ele ainda sentia sua falta ou já havia outra mulher compartilhando seu leito?

Apertou a toalha e se obrigou a pensar em outra coisa.

Marion esgueirou a cabeça pela fresta da porta do quartinho contíguo. Tinha os cabelos desgrenhados e os olhos ainda inchados de sono.

— Mas patroa — balbuciou, confusa —, eu... eu estava dormindo enquanto a senhora se vestia... Eu devia tê-la ajudado...

— Tudo bem — respondeu Caterina, benévola —, como vê, fiz isso sozinha. É melhor você se arrumar: hoje é dia de feira fora das muralhas, e estamos precisando de verduras, queijo e frutas. Se você for cedo, encontrará a mercadoria recém-exposta, a melhor.

— Sim, patroa, irei agora mesmo.

Caterina deixou umas moedas sobre a mesa e saiu. O sapateiro cuja loja ficava embaixo de seus aposentos já estava trabalhando e, da porta semicerrada, provinha o ruído dos golpes de martelo sobre a bancada. Três ou quatro mulheres do povo, empenhadas numa conversa animada, estavam paradas diante da entrada do mosteiro das Vetere e gesticulavam em direção à feira.

Caterina caminhou rapidamente. Tinha certeza de que passaria horas ocupadíssimas no ambulatório. Desde uns 15 dias antes, difundira-se uma nova febre que atacava as crianças: era acompanhada por estranhas manchinhas vermelhas que cobriam a pele do rosto e do tronco. Embora, até então, jamais tivesse cuidado de nada semelhante, ela temia que se tratasse daquilo que um dos seus mestres mais experientes chamava de *il piccolo morbo*: o sarampo. Esperava estar enganada, porque com frequência aquela doença era mortal e, embora não pudesse ser definida como uma verdadeira pestilência, também originava epidemias.

Por outro lado, precisava arranjar tempo para dedicar a frei Marcello. O prior lhe dissera que naquele dia iria apresentar a ela uma nova benfeitora: parecia que a mulher tinha a intenção de destinar uma discreta quantia à atividade do ambulatório e expressara o desejo de conhecer as duas pessoas que cuidavam dos doentes. Não fazer sua vontade talvez lhe parecesse grosseria, por isso tanto ela quanto Francesco deveriam arcar com o ônus daquele encontro. Só desejava que acabasse depressa, porque naquela mesma tarde outro compromisso a esperava: Raineri, que na véspera tinha lhe enviado uma carta, pedira uma conversa. Pelo teor da mensagem, parecia um assunto urgente.

— Não tenho muita certeza, mas pode ser *il piccolo morbo*.

De pé diante de Francesco, com as mãos apoiadas nos braços da cadeira cirúrgica, Caterina falava baixinho. Não que fizesse diferença se algum dos enfermos a ouvisse, nenhum deles conseguiria entender. Era ela que temia pronunciar aquela palavra, como se o fato de dar nome à doença marcasse a condenação daqueles dois pobres pequeninos que ela acabava de examinar.

O cirurgião a fitou.

— Até agora, quantas crianças a senhora viu nessas condições? — perguntou.

— Cinco.

— E quantas ainda estão vivas?

Caterina sentiu um calafrio.

— Três. Por enquanto, a febre parece ter baixado, mas restam as manchas. O mesmo aconteceu com as outras duas, e eu já me iludia com a ideia de que a doença estava em remissão: mas depois apareceu em ambas uma fortíssima inflamação no cérebro. As crianças já não escutavam, não falavam, não conseguiam engolir e tinham os olhos avançando nas órbitas: a febre voltou, altíssima, e em poucos dias elas morreram. E agora, estes outros dois, com os mesmos sintomas. Temo que seja o começo de uma epidemia.

— É possível fazer alguma coisa?

— Não. Se for de fato *il piccolo morbo*, é uma febre biliosa e ninguém conhece nem a causa nem a terapia: podemos apenas tentar baixar a temperatura corporal com os remédios de sempre, prescrever alimentos leves e a ingestão de muita água, mais nada. A doença se assemelha à peste: chega, ceifa vítimas e desaparece pouco a pouco. O que recomendava meu mestre de Montpellier, o único que já ouvi mencioná-la, era o isolamento dos doentes, como se faz no caso da varíola. Coisa que me parece impossível, considerando a promiscuidade, a miséria e a fome que estes pequenos pacientes sofrem. Só podemos ter esperança no influxo benéfico da lua minguante, que, ao que afirma a arte médica, deve aplacar o fogo das epidemias.

A voz de Caterina estava triste, os olhos começavam a ficar marejados. Francesco gostaria de abraçá-la e confortá-la, mas não ousou. Aproximou-se um passo e, hesitante, tocou as mãos dela.

Àquele toque leve, Caterina ergueu a vista para ele: seus olhos, de início surpresos, fizeram-se progressivamente indagadores. Ela o fitou longamente.

O homem estava prestes a falar quando o rangido dos degraus o fez voltar-se para a escada. Um converso apareceu à soleira da sala cirúrgica.

— Frei Marcello chegou e os espera na saleta de consultas. Há uma senhora com ele.

Francesco suspirou, tirou o avental de cirurgião e tentou ajeitar a veste amassada. Depois, seguido por Caterina, desceu ao térreo.

80

Milão.

A mulher usava uma *pellanda* de seda verde, ornada no decote e na bainha por um precioso bordado de fio de prata. Sob a trama finíssima do véu de linho que lhe cobria a cabeça entrevia-se uma cabeleira espessa, recolhida num coque sobre a nuca. As mangas da veste desciam frouxas ao longo dos braços, enquanto as sandálias, bordadas com os mesmos motivos, se apoiavam numa alta sola de madeira.

O traje de uma aristocrata, pensou Caterina, imóvel no último degrau da escada. A mulher estava de costas e escutava o prior, que, animado, mostrava à visitante a grande variedade de poções conservadas nas prateleiras.

— Ah, aqui estão! — exclamou o monge, desviando a vista de um pequeno vaso de teriaga. — Venha, senhora, venha conhecer as duas pessoas que dão assistência aos nossos doentes.

A mulher se voltou: sua expressão era curiosa.

— Esta é Caterina de Colleaperto, mestra em medicina — explicou frei Marcello —, e este é Francesco Aicardo, barbeiro-cirurgião. Já esta senhora...

— Uma médica, uma mulher? — interrompeu-o, espantada, a benfeitora.

— Sim, e de extraordinário valor. A senhora nem pode imaginar quantas vidas ela salvou em apenas dois meses de atividade! Aliás, assim como ele — continuou o prior, apontando para Francesco —, que é capaz de amputar, de colocar ossos no lugar, de tratar abscessos dentários, de operar cataratas... Mas, agora, deixe-me apresentá-la — concluiu, esboçando uma reverência. — Esta senhora é Lucrezia Lanfranchi, a benfeitora que, com tanta generosidade, decidiu nos ajudar.

Caterina parou de respirar. Um ruído surdo, como o de um trovão distante, invadiu seus ouvidos. Enquanto a mulher se aproximava, pareceu-lhe que a figura dela se ampliava até preencher todo o aposento.

— Pois então — dizia Lucrezia —, meu marido também é mestre em medicina, conhecido como um dos mais competentes que existem. Atualmente exerce sua profissão em Paris e, pelo que me escreve, tem o privilégio de prestar seus serviços a muitos personagens da corte.

— Ah, mas a mestra Caterina trabalhou em Paris! — exclamou frei Marcello, animado pelo rumo que a conversa havia tomado. — Talvez até o tenha conhecido. Diga-me, mestra — prosseguiu —, por acaso a senhora o encontrou?

Os ouvidos de Caterina zumbiam; a voz abafada do prior chegava até eles. Engoliu em seco.

— Sim — obrigou-se a articular —, creio tê-lo visto algumas vezes. É um homem alto, com cabelos e olhos escuros?

— É ele — respondeu Lucrezia, com o rosto iluminado —, certamente é ele. Talvez a senhora não se recorde do nome de batismo, uma vez que o relacionamento parece ter sido superficial: chama-se Rolando.

Um leve tremor abalou o corpo de Caterina. Francesco, que estava ao seu lado, percebeu. Olhou-a: ela estava muito pálida, e a testa brilhava de suor.

— E diga-me — continuou Lucrezia, sem perceber nada —, onde o encontrou precisamente? Estou perguntando por supor que, a uma médica, não seja permitido entrar nos aposentos privados dos notáveis da corte.

— No... no Hôtel-Dieu. — Caterina ofegou. — Também trabalhei lá...

— E cuidava dos pobres desvalidos destinados a morrer naquele hospital, imagino.

— Sim — mentiu Caterina.

— Então compreendo por que aceitou trabalhar para os assistidos de frei Marcello! Com toda a experiência adquirida no Hôtel-Dieu cuidando de doentes sem esperança, a senhora certamente é a pessoa mais adequada a tratar dos pobres do ambulatório. Mas, se posso me permitir a pergunta, por que deixou Paris? Por que justamente agora que o rei Luís está prestes a fundar o *studium* de medicina?

"Porque trazia no ventre o filho bastardo do seu marido", Caterina gostaria de dizer. Em vez disso, respondeu:

— Precisei voltar para resolver uns assuntos de família.

Lucrezia a fitou. Por um instante, seus olhos se tornaram opacos, como se fossem atravessados por uma sombra. Abriu a boca para falar, mas fechou-a logo. Em silêncio, perscrutou o rosto da mulher à sua frente, os cabelos, as mãos, as dobras de sua veste de médica. Por fim, desviou o olhar e dirigiu-o para o prior.

— Bem — disse —, já vi tudo o que desejava ver e devo afirmar que não poderia ter escolhido melhor destinatário para a minha doação.

Frei Marcello sorriu satisfeito.

— Obrigado, senhora. Tenho certeza de que Deus verá o mérito de sua generosidade.

A mulher fez uma saudação, virou-se e, num farfalhar de sedas, seguiu o monge para fora do ambulatório.

Encolhida no banco junto à tremonha, Caterina estendeu a mão e pousou a caneca no solo. Era um vinho forte, aquele que o cirurgião usava para enevoar a consciência dos doentes submetidos às práticas mais dolorosas. Tinha bebido só uns goles, mas sua cabeça já girava.

Depois que Lucrezia se retirara, ela havia ficado quieta, com as costas apoiadas à parede, tentando recuperar o fôlego. Enquanto isso, Francesco se afastou por um momento a fim de ver se havia doentes esperando, mas a outra sala estava vazia. Quando voltou, não disse nada. Com delicadeza, impeliu-a escada acima, acompanhou-a até o primeiro andar, sentou-a no banco e, da garrafinha guardada num canto, serviu-lhe o vinho. "Beba", disse, "vai lhe fazer bem."

Enquanto ela obedecia, o cirurgião limpava seus instrumentos, e o odor áspero do vinagre se espalhou por todo o local. Agora que já os havia enxugado, ele estava inclinado sobre a mesa, guardando-os em seus invólucros de pele de cervo.

Caterina ergueu a vista para olhá-lo. As mãos dele, que se moviam seguras entre todas aquelas lâminas afiadas, eram grandes, mas delgadas como as de um tocador de alaúde.

— Sente-se melhor, mestra? — perguntou Francesco, fechando a tampa do estojo que continha bisturis e lancetas.

— Sim, um pouco melhor, embora seu vinho tenha me subido à cabeça — respondeu ela com um sorriso hesitante.

O cirurgião se aproximou.

— Fique sentada: daqui a pouco seu mal-estar vai passar totalmente, e a senhora poderá voltar para casa. Por hoje, acho que terminamos aqui no ambulatório.

Caterina assentiu. Não via a hora de deitar-se na cama e abandonar-se ao sono. De repente, lembrou-se do encontro com o costureiro. Levantou-se de repente: as paredes do aposento giraram ao seu redor, e ela teria caído se Francesco não a segurasse. Sentou-se de novo e balançou a cabeça, cansada.

— Devo ir ver um cliente antes de voltar para casa — disse. — Ele está me esperando até a hora das vésperas.

— Não, a senhora não pode se apresentar neste estado, mestra. Sabe o que faremos? Pediremos a Silvestro que vá avisar ao seu cliente que o encontro fica adiado para amanhã. Meu consultório fica bem diante da Colombetta, eu mesmo falo com o garoto.

Caterina se apoiou à parede da tremonha, baixou os olhos e apertou as pálpebras. Não devia chorar.

— Mestra — começou Francesco, baixinho —, não conheço o motivo de sua aflição, mas tenho certeza de que as palavras daquela mulher perturbaram-na profundamente. Diga-me apenas se minha presença aqui a conforta ou se prefere ficar sozinha.

— Não, fique — murmurou Caterina. — Eu acho que... — Entrelaçou os dedos contra o seio e apertou-os com força: os nós ficaram cor de cera. — Acho que lhe devo uma explicação, mas...

Sua voz se embargou.

— Não é necessário, mestra. Cada um de nós guarda segredos, cada um de nós tem suas culpas: confessá-las a outra pessoa pode ajudar a aliviar a consciência, mas certamente não serve para anulá-las.

Caterina o fitou, penetrante. Separou as mãos e deixou-as cair no colo.

— Aquela mulher — começou, devagar — é a esposa do homem que durante um ano foi meu amante.

Algo estremeceu no peito de Francesco e cortou sua respiração. Ele se obrigou a manter-se impassível.

— Sim — continuou Caterina, com uma expressão de sofrimento —, é justamente aquele Rolando Lanfranchi, que todos em Paris chamam de "o médico de Milão". O início de nossa relação foi do tipo que nasce entre aluno e mestre, mas depois, aos poucos, tornou-se algo mais. Percebi que o amava e nosso vínculo se tornou cada vez mais sólido. Ou, pelo menos, fui suficientemente ingênua para acreditar nisso. Achei que, quando as condições permitissem, iria me tornar esposa dele. — Suspirou profundamente, e todo o sangue fugiu de seu rosto. — Logo depois que constatei... que estava grávida, descobri que ele já era casado. Deixei-o e fui embora de Paris.

Francesco se apoiou à cadeira cirúrgica. Suas pernas tremiam.

— Abortei durante a viagem — prosseguiu Caterina. — Não sei que aparência meu filho teria, não consigo nem imaginar.

Calou-se e ficou ali, imóvel, fitando as tábuas do chão.

Francesco estava atordoado. Como Caterina pudera resumir em tão poucas palavras, pronunciadas com estudada calma, uma confissão tão terrível? O que a impelira a confidenciar sua história a ele? E, sobretudo, teria feito isso, se não tivesse encontrado Lucrezia Lanfranchi?

Caterina já havia sido de outro homem, concebera um filho e o perdera. "Quem é esta mulher?", perguntou-se. "Será que eu a amo de verdade?"

Um desconforto indefinível o invadiu, como o de quem percebe o abalo de um terremoto antes que ele se manifeste.

— Por que me contou tudo isso? — perguntou.

Ela se voltou para encará-lo.

— Porque estou cansada de mentir. Porque minha vida acabou naquele vale onde perdi meu filho, porque me sinto caminhando por uma camada de névoa e temo que adiante só exista o vazio. Porque não sou aquela que finjo ser. O senhor é um homem bom, não merece ser enganado: se eu o tivesse conhecido antes, talvez pudesse...

Não conseguiu continuar.

Francesco se aproximou, tomou-lhe as mãos e a fez levantar-se.

— Pudesse me amar? Era isso que a senhora ia dizer?

Caterina não respondeu. Afundou o rosto na veste de Francesco e deixou que os braços dele a envolvessem.

O homem abraçou-a. O calor do corpo dela infundiu-lhe uma coragem nova. Ele ergueu seu queixo e a beijou.

Caterina se abandonou nos braços dele e, finalmente, cedeu às lágrimas.

81

Milão.

O braço enfaixado de frei Marcello movia-se inquieto sobre o enxergão, fazendo a palha estalar.

— Creio que a esta altura o senhor poderia se permitir um colchão de plumas, em vez deste monte de palha, não acha? — repreendeu-o Matthew, benévolo.

— Mas por quê? Não sou um aristocrata, mestre, sou apenas um pobre monge. E os estalidos me fazem companhia.

Matthew sorriu.

— Tente manter parado esse braço: o senhor acaba de fazer uma sangria, esqueceu?

— Claro que não, mas o que o senhor acha? Nem sei para que servem essas sangrias... Minha falta de ar continua a mesma, não pense que basta tirar um pouco de sangue para me devolver a respiração! Aliás, notou como nosso cirurgião estava alegre esta manhã? Ele, que em geral é tão taciturno, hoje até fez um gracejo sobre as minhas veias, dizendo que estão murchas como pergaminho velho. O que será? Terá recebido alguma notícia boa, para manifestar tanto bom humor? Ah, a propósito de notícias, o senhor já foi convocado pelo abade de San Simpliciano para a redação do documento de doação?

— Sim, vai ser daqui a dois dias.

O prior soergueu o tronco e se apoiou num cotovelo.

— Tem certeza do que está fazendo, mestre? — perguntou, sério. — Tem certeza de que quer renunciar a uma parte, ainda que mínima, da herança de Arnolfo?

— Certeza absoluta — respondeu Matthew, sentando-se no banquinho do outro lado da cela. — Não preciso desse dinheiro, frei Marcello, mas o senhor, sim: o único modo de evitar que ele seja tirado do senhor é contentar também o abade. Quanto a mim, sempre consegui me arranjar sozinho e continuarei a fazê-lo. Além disso, estou convencido de que a peregrinação penitencial à qual fui obrigado há mais de dez anos foi apenas o início de uma perambulação que talvez venha a marcar toda a minha vida. Vou embora de novo, talvez antes do que o senhor imagina.

— Vai embora? — perguntou alarmado o prior. — Para onde? Não vai me deixar aqui para arcar sozinho com tudo, vai?

O olhar que Matthew lhe lançou era grave.

— Não zombe de mim, frei Marcello. Com toda a sua falta de ar e o aspecto frágil que demonstra, o senhor é mais forte do que uma rocha: se não fosse assim, como teria conseguido montar uma instituição tão articulada, e que funciona tão bem, como a Colombetta? O senhor conseguirá ir adiante mesmo sem mim: a vontade férrea que o sustenta e o auxílio do Onipotente certamente não lhe faltarão.

O prior suspirou.

— Se o senhor diz... — comentou. — De qualquer forma, se o encontro com o abade de San Simpliciano e seu jurista criar algum problema novo, não hesite em me informar imediatamente.

Matthew assentiu e, notando que frei Marcello estava para se levantar do enxergão, admoestou-o.

— Não se mexa daí: o cirurgião lhe ordenou repouso de duas horas, e não se passou nem mesmo uma! Agora, antes de dar aula a Silvestro, vou pedir que ele lhe traga uma tigela de sopa: o senhor vai tomá-la e depois vai dormir um pouco. Estarei de volta dentro de uma hora e, preste atenção, quero encontrá-lo ainda deitado.

O prior balançou a cabeça e resmungou. Depois que o mestre saiu, pousou os pés no chão e, segurando o braço enfaixado, dirigiu-se em pequenos passos até o genuflexório, do outro lado do aposento.

A faixa de seda cor de índigo jazia sobre a escrivaninha ao lado da qual Caterina estava sentada. Tinha dois palmos de largura, e suas beiradas eram percorridas por um zigue-zague bordado com fio de prata: naquele momento, as minúsculas volutas daquele tecido precioso brilhavam à luz dos dois castiçais duplos pousados nos cantos da mesa.

Havia sido um presente de boas-vindas de Raineri: ele dissera que aquele tipo específico de seda provinha do Travai, uma zona do longínquo Oriente, e era um dos mais requisitados pelos clientes. Ela protestou, afirmando que aquela era uma peça muito cara para ser recebida de presente, mas o costureiro insistiu e, temendo ofendê-lo, Caterina acabou aceitando.

Agora, enquanto os reflexos do bordado ofuscavam os cantos de seus olhos, observava o rosto lívido de Raineri. Sentado de cabeça baixa à sua frente, ele atormentava com as pontas dos dedos a superfície das unhas: estavam cobertas de estrias acinzentadas, um dos sinais de intoxicação por arsênico. Ela nunca as notara, assim como não dera importância à constante palidez que deixava o rosto do costureiro com aspecto amarelado: só havia compreendido depois de escutar sua desesperada confissão.

Quando Raineri começara a contar, a lhe dizer por que e desde quando consumia a bebida estimulante, Caterina sentiu-se gelar. Tinha certeza de que o arsênico já provocara danos irreparáveis no organismo dele: maldizendo em silêncio a loucura daquele médico que lhe receitara aquela substância pela primeira vez, advertiu-o de que não esperasse dela nenhuma prescrição.

— Eu trato dos doentes, não tento matá-los pouco a pouco — dissera Caterina, severa.

Encolhido no banquinho, o costureiro explodira num pranto desesperado: seus soluços pareciam os ganidos de um animal ferido. Ela ficou em silêncio, sentindo pena e raiva ao mesmo tempo: por que, afinal, um homem que havia feito do prestígio o objetivo de uma vida, que graças às suas indubitáveis capacidades tinha alcançado o topo da profissão, decidira confiar o próprio futuro a um veneno? Talvez a ansiedade de fazer sempre mais e sempre melhor tivesse ofuscado sua mente, talvez tivesse sido uma ambição excessiva. Talvez, refletia Caterina enquanto o via chorar, se ele tivesse mulher e filhos, muitas de suas angústias teriam se aplacado.

Sem razão aparente, esse pensamento foi apagado por outro que por um instante cortou sua respiração.

De repente, ela compreendeu. Lembrou-se de certas atitudes, de gestos inesperados, de olhares aos quais, na hora, não dera atenção. Em Paris, no Mont-Joux, em Beaune, no banquete oferecido durante a exposição na passarela. Ele e Mikail, aquele belíssimo jovem que lhe servia de secretário, deviam ser amantes.

Ficou perturbada, embora menos do que esperava. A sodomia era proibida e severamente perseguida, todos sabiam, mas a proibição não impedia que fosse praticada: era sabido que rapazes de belo aspecto frequentavam em segredo as alcovas de aristocratas e de membros do clero, ou que existiam até taberneiros dispostos a oferecer aos clientes a companhia complacente de alguns de seus ajudantes de cozinha.

Sem dúvida, o comportamento de quem se abandonava àquele vício não era aceitável, mas Caterina não se dispunha a condenar ninguém, não depois dos erros que ela mesma cometera. E talvez estivesse enganada, talvez aquela sensação não tivesse fundamento.

Aos poucos, Raineri foi se acalmando e, depois de fazer compressas nos olhos e na pele do rosto, ergueu o olhar para ela.

— E então, o que eu faço? — perguntou, com um fio de voz.

— Posso tentar curá-lo — respondeu Caterina —, mas desde já lhe digo que não será fácil: o arsênico provoca nas vísceras ulcerações que custam a cicatrizar. O senhor deve seguir uma dieta muito pobre, evitar qualquer carne que não seja de aves: tomará sopas leves, nas quais devem ser macerados funcho e gengibre, depuradores eficazes dos humores nefastos. Banhos cotidianos também serão benéficos: os vapores quentes da água dilatarão os poros de sua pele e contribuirão para desintoxicá-lo. Vou preparar para o senhor um remédio à base de quartzo triturado, dissolvido em óleo de amêndoas doces: o senhor deverá tomar quatro doses por dia, durante pelo menos dois meses. A arte médica não oferece mais do que isso: o fato de o senhor ainda estar vivo depois de tanto tempo me faz supor que a quantidade de arsênico dissolvida na bebida era quase inexistente. Aquele... — Caterina estava prestes a dizer bastardo, mas se conteve. — ... Aquele homem que foi seu fornecedor durante todos esses anos deve tê-lo trapaceado.

— Mas não é possível — discordou o costureiro com veemência —, sempre que eu a bebia as forças voltavam, ao passo que agora...

— Eu não disse que a poção não continha o veneno, cuja presença em seu corpo é demonstrada por alguns sintomas. Falei apenas que era realmente muito pouco: felizmente, porque do contrário o senhor já teria morrido. Estou convencida de que boa parte do proveito que o senhor atribuía à poção é explicável por uma forma de melancolia: o senhor foi induzido a acreditar que não podia dispensar as supostas propriedades benéficas da bebida, mas o vigor recuperado era só fruto de sua mente, uma espécie de sugestão.

Caterina se calou. Já dissera mais do que devia: agora, cabia a ele decidir o que fazer da própria vida, embora ela não estivesse absolutamente segura de tê-lo convencido a renunciar para sempre à poção de arsênico. Não demorara muito a compreender por que o costureiro recorrera justamente a ela, e não a outros médicos: contando com sua ausência de relações com os colegas milaneses, devia ter imaginado que ela seria a pessoa adequada para manter segredo sobre o que ele iria lhe contar e, sobretudo, a única em condições de lhe prescrever a bebida fortificante. Se ela o fizesse, ele poderia continuar cultivando seus hábitos celerados sem que sua reputação fosse prejudicada.

Esse era o único motivo pelo qual mandara chamá-la; duvidava de que houvesse outros. E aquele presente excessivo que ele lhe dera apenas confirmava isso: Raineri queria torná-la sua cúmplice e comprar seu silêncio.

Por um instante, fechou os olhos. Estava exausta. Em poucas horas, acontecera de tudo: o provável início de uma epidemia infantil, o encontro inesperado com Lucrezia, a indulgência de Francesco, sua tímida oferta de amor. E agora, como se não bastasse, este homem ambíguo, disposto a envolvê-la numa situação capaz de arruinar para sempre sua carreira médica.

Sentiu o impulso de sair imediatamente daquele palacete suntuoso e voltar aos doentes do ambulatório: somente ali, entre aquelas faces marcadas pelo sofrimento e pela fome, sentia-se em casa. Precisava pensar com lucidez, recuperar o equilíbrio que os acontecimentos dos últimos meses haviam lhe subtraído.

O costureiro se levantou.

— Agradeço-lhe os conselhos, mestra Caterina — disse, constrangido —, e peço que me perdoe por ter recorrido à senhora, mas eu não sabia a quem me dirigir. Tenho certeza — murmurou, suplicante — de que saberá manter a devida discrição sobre essa história.

Caterina assentiu.

— Até esta noite, mandarei trazer o remédio de que falei — respondeu.

Não disse mais nada e saiu do aposento. Decepcionado, Marco fechou a porta atrás dela e se virou. A faixa de seda ainda estava sobre a escrivaninha, Caterina não a levara.

82

Paris, outubro.

Rolando acariciou o ombro nu de Christine d'Arrode. Da borda da coberta levemente drapeada do corpo dela despontava um mamilo ainda ereto.

— E então, este encontro foi do seu agrado, baronesa? — perguntou, malicioso, enquanto seus dedos desciam ao longo da curva do seio, afagando aquela pequena proeminência rosada.

A mulher riu e deslizou a mão sob a manta, procurando ainda o membro rígido de seu amante.

— Ah, não, sua putinha! — exclamou Rolando, escapulindo às pressas do colchão de plumas. — Agora chega. Esqueceu que daqui a uma hora eu sou esperado pelo decano e que amanhã devo até comparecer perante o rei? A senhora não vai querer que eu me apresente desprovido de toda a energia, não é?

Christine d'Arrode suspirou, puxou a coberta até o queixo e ficou imóvel, olhando Rolando enquanto ele vestia seus calções e sua camisa. Observando os músculos que se destacavam no corpo ainda sólido, a mulher lamentou não tê-lo conhecido antes: se isso tivesse acontecido, ela não sentiria a necessidade de passar de um amante a outro, como fizera em todos aqueles anos de casamento, buscando satisfação em leitos que não fossem o de seu marido, afetado por uma impotência que nenhum médico havia conseguido curar.

Rolando lhe fora apresentado durante um banquete na corte após sua investidura. Os dois se sentiram atraídos à primeira vista e encontraram outras oportunidades para se rever: quando, por fim, ele se insinuou, com uma elegância e um cavalheirismo dignos de um aristocrata de antiga linhagem, ela não hesitou em aceitá-lo.

Sabia que o médico era casado, mas isso não importava: a esposa estava longe e não causaria complicações. De resto, Christine imaginava não ser nem a primeira nem a última a aquecer o leito dele, e isso bastava para cancelar qualquer sentimento de culpa.

Espreguiçou-se, saiu da cama e dirigiu-se à pequena bacia que continha água e vinagre: encharcou um pano de linho e, sem torcê-lo, limpou profundamente as partes íntimas.

Rolando, já inteiramente vestido, olhou para ela. Se Caterina também fizesse aquelas abluções, pensou pesaroso, talvez tivesse evitado engravidar e as coisas seriam bem diferentes. Não recebera mais notícias dela: o que teria acontecido? O fato era que a perdera para sempre. E, com ela, a esperança de ter finalmente um filho.

Expulsou-a da mente. Agora devia se ocupar de algo muito mais importante: seu novo cargo de médico-chefe do Hôtel-Dieu já estava absorvendo toda a sua energia, e a nomeação para regente do *studium* de medicina, que aconteceria dentro em pouco, não lhe permitiria preocupar-se com outras coisas. Para aplacar seus apetites, bastava aquela putinha faminta que estava à sua frente.

A mulher estava pronta. Já vestira o manto sobre a *gamurra* de seda e ajeitava o capuz em torno dos cabelos.

Rolando abriu a porta e conferiu se o corredor estava deserto. Depois, seguido por Christine, dirigiu-se à escada. Felizmente, dentro em pouco teria uma casa toda sua, uma nova construção recém-concluída no bairro universitário: ali, protegido por um muro circundante que o esconderia de olhares indiscretos, ele e suas amantes estariam seguros.

83

Milão, outubro.

A carroça acabava de transpor a Poterna della Chiusa. Vinha do moinho de Porolo Conte, na paróquia de San Lorenzo, e estava carregada de sacos de farinha. O velho baio que a puxava já não exibia nenhum sinal de sua antiga força: o couro era esticado sobre os ossos do corpo emagrecido, e as pernas eram percorridas por tendões rígidos que se destacavam como cordões em meio ao pelo opaco e manchado.

O animal avançava lento, fatigado pelo peso do veículo: dava uns passos, parava, partia de novo, parava outra vez. Irritado, o carroceiro estalou o chicote, que desceu com força sobre o traseiro do cavalo.

— E então, Pedro, vamos andar ou vamos passar a noite aqui na Chiusa? — esbravejou, raivoso.

O baio recomeçou a arrastar os cascos.

A estrada que estavam percorrendo desenhava uma leve subida que alcançaria o topo nos arredores da ponte sobre o Vetra, como bem sabia o carroceiro. Perguntou-se se conseguiria atravessá-la com aquele animal já desancado. Se a coisa se complicar, decidiu, pedirei ajuda: por estas bandas há sempre alguém disposto a dar uma mão.

Enquanto tentava dificultosamente manter as rodas da carroça dentro dos sulcos já escavados na terra batida, o carroceiro notou que, da curva no fundo do caminho, acabavam de surgir um cavalo e um burro que avançavam decididos em sua direção.

O cavalo era montado por uma mulher vestida com roupas requintadas, provavelmente uma aristocrata. O homem que a acompanhava em lombo de burro tinha toda a aparência de ser um criado.

O carroceiro praguejou consigo mesmo. Ora, mas tudo tem que acontecer comigo? Primeiro, o baio que está nas últimas, e agora estes dois que se acham donos da estrada. Mas não veem como é estreita? Não conseguirão passar ao lado da carroça, têm que parar agora mesmo. Não posso recuar agora, nessa trilha estreita, Deus do céu...

— Ei, senhores! — gritou. — Fiquem onde estão, deixem que eu passe primeiro!

— Mas veja que insolente! — exclamou o criado, dirigindo-se à patroa. — Venha, senhora, vamos em frente: é ele quem deve dar passagem, não nós.

— Mas, Gianotto, talvez ele tenha razão, talvez seja melhor pararmos: aquela carroça me parece muito larga para nos permitir passar ao seu lado.

— E Lucrezia Lanfranchi deve esperar por um carroceiro? A senhora faz ideia de quanto tempo perderemos com aquele pangaré que não consegue sequer colocar uma pata na frente da outra? Venha atrás de mim, deixe comigo.

O homem avançou decidido. Ainda não havia chegado diante da carroça quando o condutor começou a berrar insultos e imprecações. Por alguns instantes, o criado respondeu no mesmo nível, mas depois desmontou e se aproximou dele, ameaçador. Temendo que os dois homens chegassem às vias de fato, Lucrezia esporeou o cavalo: provavelmente exasperado pelo ressoar daqueles gritos cada vez mais belicosos, o animal deu um salto à frente e bateu com o flanco no muro de uma das casas semiarruinadas que margeavam o Vetra.

Relinchou e empinou. O salto fez Lucrezia escorregar da sela e jogou-a contra o mesmo muro, fazendo-a cair no chão.

Atônito, Gianotto se voltou e correu para ela.

— Patroa! Ah, meu Deus, patroa... A senhora está... Está ferida? — balbuciou apavorado, tentando levantá-la.

— Não... Eu... — ofegou a mulher. — Acho que...

Lucrezia desmaiou, seu corpo afrouxando-se nos braços do criado.

— Socorro! Alguém me ajude... Meu Deus, patroa, responda, patroa... Você — ordenou furioso ao carroceiro que havia se aproximado —, o que está fazendo aí como uma estátua? Vá procurar ajuda, Deus do céu!

O homem permaneceu imóvel, sem conseguir mover um músculo. Transtornado, imaginou que o acidente iria arruiná-lo: com certeza aquela era uma aristocrata e, se morresse, atribuiriam a culpa a ele. Começou a tremer.

— E então? — berrou Gianotto. — Ainda está aí? O que está esperando para ir buscar ajuda?

O carroceiro não se moveu. Duas mulheres, que haviam saído de uma casa pouco distante para ver o que era toda aquela gritaria, aproximaram-se cautelosas.

— Ah, Virgem Maria! — exclamou uma delas, apontando para Gianotto. — O que é isso aí, sangue?

Horrorizado, Gianotto percebeu só nesse momento que uma mancha escura se alargava em sua túnica, justamente no ponto em que o tecido entrara em contato com a veste da patroa.

— Vão... vão proc... — balbuciou, começando a gaguejar. — Vão procurar... chamar alguém, por caridade...

A mais jovem das duas saiu correndo, dirigindo-se ao moinho. A outra se debruçou sobre Lucrezia.

— São estas malditas traves — disse, tocando uma ponta de ferro cortante que brotava do muro do casebre. — Há anos dizem que vão arrumar esse pardieiro, mas acha que fizeram alguma coisa? Nada disso, esse é um bairro de pobres, a quem interessa que as casas estejam de pé ou caindo aos pedaços? Eles — concluiu, apontando genericamente além da ponte — só pensam no centro da cidade, em calçar as ruas com pedras, em suas lojas. E nós aqui, morrendo por causa de um pedaço de ferro velho...

— Aonde... Aonde foi a outra moça? — perguntou Gianotto. Estava lívido.

— Foi até o ambulatório, o senhor sabe, aquela espécie de hospital que abriram um pouco além da poterna: quando souber que há uma pessoa ferida, o médico certamente mandará alguém para buscá-la.

O criado permaneceu agachado, segurando a patroa. Queria verificar onde era o corte que a fazia sangrar, mas não ousou se mover. Os lábios de Lucrezia estavam pálidos, mas ela respirava e de vez em quando entreabria os olhos. Venham depressa, rezou ele em silêncio, ou não conseguiremos salvá-la.

Olhou a estrada para ver se alguém se aproximava e de repente percebeu que a carroça havia desaparecido: seu burro, equilibrado sobre a barreira de contenção do canal, pastava tranquilo uns ralos tufos de grama, enquanto o cavalo da patroa estava parado junto da ponte.

— Aquele pedaço de merda fugiu! — sibilou, enfurecido. — E tinha dito que o caminho era estreito demais para uma carroça e um cavalo ao mesmo tempo! Mas, para escapulir, bem que conseguiu passar, aquele porco!

— Hein? O que o senhor disse? — perguntou, confusa, a mulher.

Gianotto estava prestes a explicar quando, do alto da ponte, viu surgirem dois homens apressados que carregavam uma maca. A jovem que fora pedir socorro os precedia, gesticulando.

— Lá vêm eles, lá vêm eles! — exclamou a mulher que tinha permanecido no local. — Eu sabia que iam chegar depressa. Está aqui — gritou —, a senhora ferida está aqui!

Os dois homens acomodaram Lucrezia sobre a padiola, levantaram-na e partiram rumo ao ambulatório. Gianotto montou o burro e os seguiu, puxando o cavalo pelas rédeas.

84

Milão.

Lucrezia estava na sala de cirurgia. O catre que a acolhia era inclinado para trás, a fim de manter as pernas mais altas do que a cabeça. Apesar de ter a respiração acelerada, havia recuperado a consciência. Caterina, ocupada em dispor sobre a mesa ataduras e fio de sutura, controlava com dificuldade o tremor das mãos.

Quando a reconhecera, deitada na maca, ficara paralisada pela surpresa e pelo desconcerto: jamais gostaria de revê-la, muito menos ali. Depois, porém, seu dever de médica prevaleceu e ela a examinou. O ferimento era na parte baixa do abdome, quase sobre o púbis, mas por sorte era superficial: embora a quantidade de sangue perdido a fizesse temer a ruptura de uma veia, o corte só havia atingido o tecido adiposo e uma pequena parte de feixe muscular, sem chegar às vísceras. Tratava-se de limpar e suturar, nada especialmente difícil. Quanto ao hematoma provocado pela queda, estendia-se das nádegas à coluna, mas, com o unguento adequado e algum repouso, desapareceria rapidamente.

Frei Marcello, logo informado sobre o acidente, viera correndo até o ambulatório para se assegurar das condições de sua benfeitora e explicara que justamente naquela manhã Lucrezia deveria lhe entregar o dinheiro da doação, e que sem dúvida era esse o motivo pelo qual ela se encontrava no bairro. Mortificado, voltara à Colombetta sem dizer mais nada. De fato, ao levantar a veste da mulher para examinar-lhe o corpo, Caterina encontrou uma escarcela pesada presa ao cinto: abriu-a e constatou que estava cheia de moedas. Considerando o quanto Lucrezia fora imprudente ao levar aquela quantia acompanhada só por um criado, desprendeu a escarcela e guardou-a à parte. Terminada a intervenção, iria à Colombetta e a entregaria pessoalmente ao prior.

Francesco, que estava ali com Caterina quando a mulher chegou, oferecera-se para assisti-la na intervenção, mas Caterina não quis: tinha certeza de que Lucrezia não gostaria de mostrar partes de seu corpo feminino a um homem. Além disso, não lhe escapara a indiferença que Lucrezia demonstrara em relação a ele durante o encontro de alguns dias antes: provavelmente, aos seus olhos de esposa de médico, as capacidades de um barbeiro-cirurgião valiam tanto quanto as de um curandeiro.

Lucrezia emitiu um gemido.

Caterina pousou as ataduras e a olhou.

— Agora vou encostar à sua boca uma esponja embebida numa poção que enevoará um pouco sua consciência, para que a senhora não sinta dor — disse. — Não tenha medo, daqui a uma hora estará tudo acabado e a senhora poderá ser levada para casa.

A resposta foi um longo suspiro despedaçado, que se concluiu com outro gemido.

Caterina imergiu a esponja na bacia em que já misturara meimendro e ópio: espremeu-a levemente e estendeu a mão para o rosto da mulher.

Os olhos arregalados de Lucrezia fitavam o estojo dos instrumentos cirúrgicos, pousado sobre um banco baixo ali ao lado, bem à altura de sua cabeça reclinada para trás. Ainda estava fechado, e na tampa de madeira de cedro havia um entalhe bem distinguível à luz da janelinha aberta no alto. Tratava-se de um monograma: duas letras do alfabeto, R e L. Em torno, formando um círculo, o desenho de quatro serpentes entrelaçadas.

Caterina jamais se privara daquele estojo, não tivera coragem: era um presente de Rolando, um dos poucos que ele lhe dera. "Estas são as minhas iniciais", havia dito. "Dentro de algum tempo, mandaremos gravar ao lado as suas, para selar o nosso amor."

Agora, observando a expressão atônita da mulher, temeu que ela tivesse compreendido. Amaldiçoou-se pela própria imprudência e, antes que o olhar de Lucrezia se voltasse para ela, pressionou-lhe sobre os lábios a esponja e esperou até que seus olhos se fechassem.

Quando teve certeza de que Lucrezia havia perdido a consciência, afastou sua veste e dispôs sob o corpo uma espessa camada de estopa. De uma segunda bacia cheia de vinho quente, pegou as ataduras que colocara para macerar alguns minutos antes: limpou com elas o ferimento e, servindo-se de um afastador, esvaziou-o do sangue e dos humores. Depois espalhou por cima um pó vermelho, como lhe ensinara Rolando, e, tendo reunido os dois lados rasgados do músculo, começou a suturá-los.

Parada na soleira do pórtico, Caterina observava a pequena caravana que se afastava do ambulatório. Dois servos da Colombetta transportavam a maca sobre a qual Lucrezia fora acomodada, enquanto o criado os ladeava no lombo do burro. Depois de reconduzir o cavalo à residência dos Lanfranchi, o homem voltara e permanecera ali, à espera. Quando os dois conversos enviados por frei Marcello depositaram sua patroa sobre a padiola, ele olhou apavorado para Caterina e perguntou quanto tempo Lucrezia ficaria desacordada. Ela o tranquilizou, explicando que o efeito do anestésico duraria aproximadamente mais uma hora, justamente o tempo de chegar em casa. Entregou-lhe a poção, recomendando que devia ser administrada segundo as doses prescritas. Concluiu aconselhando-o a mandar chamar, assim que possível, o médico que cuidava habitualmente de Lucrezia, a fim de que ele mesmo controlasse o estado dela e prosseguisse com a terapia.

Agora, enquanto voltava ao ambulatório, Caterina se perguntou se Lucrezia, quando despertasse, iria se lembrar do monograma. Tinha quase certeza disso: a perplexidade que percebera em seus olhos quando ela fitara as iniciais havia sido muito intensa para que as esquecesse.

Devia se desfazer do estojo. Se, no futuro, Lucrezia lhe perguntasse alguma coisa, poderia responder que aquela caixinha jamais existira e que fora o atordoamento provocado pelo acidente que a havia feito imaginar tal objeto.

Subiu apressada até a sala de cirurgia. Tirou os instrumentos, envolveu-os num pano limpo e, cuidando para que lâminas e pontas ficassem bem protegidas, guardou-os na mochila que levava sempre consigo. Em seguida, vestiu o manto e pegou o estojo vazio. Examinou a sala: dali a meia hora chegaria a serva encarregada da limpeza e arrumação. Saiu do ambulatório e, em passos decididos, aproximou-se do fosso. Era ali que iria parar aquele último vestígio de sua história com Rolando: a corrente o levaria para longe da cidade e da sua vida.

85

Milão.

— E, no fim, o que aconteceu?

O olhar atento de Silvestro não se desviou do rosto do mestre.

— Aconteceu que César foi assassinado.

O menino arregalou os olhos.

— Mas por que, se ele era o chefe de Roma e tinha feito todas aquelas coisas importantes?

"Justamente por esse motivo", Matthew gostaria de responder. Em vez disso, explicou:

— Porque havia muitas pessoas que o odiavam. Ele tinha sido um valoroso chefe militar, mas também um homem cruel e sem escrúpulos, e...

— O que quer dizer escrúpulos? — interrompeu o garoto.

— Os escrúpulos são... Bem, é como se você quisesse roubar algumas daquelas castanhas que frei Marcello acabou de ganhar, mas depois pensasse melhor e decidisse não fazer isso: um escrúpulo é refletir sobre o mal que um comportamento errado de nossa parte poderia causar aos outros.

Silvestro corou. Como o mestre sabia que ele tinha mesmo a intenção de afanar um punhado de castanhas da cesta?

Mudou rapidamente de assunto.

— Amanhã o senhor me conta a história de outro personagem antigo? — pediu.

Matthew sorriu.

— Sim, amanhã eu falarei de Aníbal. Ele também era um personagem antigo, como você os chama, só que ainda mais corajoso: imagine que foi capaz de atravessar os Alpes montando um elefante.

— Um elefante? O que é um elefante?

— É um animal enorme, quatro vezes maior do que um cavalo, e tem um nariz compridíssimo que se chama tromba.

— Mas eu nunca vi um bicho desses!

— Claro que não, eles não existem aqui. Vivem no Oriente.

Os olhos de Silvestro brilharam de excitação.

— E o senhor não pode me contar essa história agora?

— Não, daqui a pouco tenho um encontro com a mestra Caterina. Amanhã, porém, teremos a tarde inteira para nós, mas preste atenção: vamos dedicá-la também à escrita. Pelo que vejo aqui — disse Matthew, olhando carrancudo para os garranchos na folha que o menino segurava —, acho que ainda há muito que fazer. Tente se exercitar um pouco se sobrar tempo do trabalho.

A aula havia acabado. O garoto assentiu e se dispôs a sair. Rufo, que até aquele momento tinha ficado cochilando no canto mais próximo ao braseiro, saltou de pé e o seguiu para fora do aposento. Silvestro estava decepcionado: realmente gostaria muito de escutar logo a narrativa sobre o elefante, mas naquela manhã tinha muito trabalho a fazer. Domenico, o chefe dos conversos, advertira-o a não se atrasar, porque dali a pouco chegaria uma nova carga de lenha a ser empilhada sob o telheiro do depósito.

Caminhavam ao longo do fosso, pouco distantes da poterna da Chiusa. As árvores na margem começavam a perder as folhas: aquelas que já haviam caído estavam apodrecidas e se amontoavam no terreno em manchas amarronzadas. Subia um vento leve: vinha do leste e estava repleto de umidade.

— Temo que este ano o inverno chegue antes do previsto — disse Matthew, dando uma olhada para o céu cinzento de nuvens.

— Melhor assim — comentou Caterina. — Pode ser que afaste a epidemia.

— Mas, então, trata-se mesmo do *piccolo morbo*?

— Não posso afirmar com certeza. O que sei é que até agora adoeceram nove crianças, das quais morreram quatro, mas faz uma semana que não vejo novos casos com os mesmos sintomas, e isso me faz ter esperança na atenuação da doença, seja qual for a causa.

Matthew a observou. O rosto de Caterina revelava um grande cansaço: profundas olheiras sublinhavam sua expressão, e rugas insólitas marcavam as laterais da boca. Fora ela quem pedira aquele encontro, e Matthew temia conhecer o motivo.

Continuaram a caminhar até um grupo de grandes pedras amontoadas ao longo do terreno. Sentaram-se ali, absortos, observando a corrente. Um melro veio planando do alto das muralhas e começou a saltitar diante deles, bicando a grama rala.

— Diga-me — começou Caterina, após alguns instantes de silêncio —, por que o senhor não me revelou a identidade da benfeitora antes que ela se apresentasse no ambulatório? Imagino que o senhor sabia quem era, não?

Matthew suspirou. Suas explicações seriam desagradáveis, disso tinha certeza, mas iria dá-las ainda assim.

— Sim, eu sabia, mas preferi não deixá-la de sobreaviso porque me parece inútil tentar fugir às próprias responsabilidades. A senhora — prosseguiu, fitando-a com olhar penetrante — fez escolhas na vida: dedicou-se com paixão à sua arte, colocando-a na frente de qualquer outra coisa, e isso deve ser reconhecido. Sua determinação é admirável e rara em uma mulher, e talvez antecipe os tempos que virão. Mais de uma vez me disse ter cometido erros, e creio que se referia à sua ligação com Rolando: pois bem, Caterina, não creio que seja assim. Creio, ao contrário, que a senhora se dedicou a encontrar uma pessoa que ficasse ao seu lado com a mesma firmeza que demonstrou em buscar seus objetivos profissionais.

A expressão de Caterina se endureceu.

— Está me chamando de prostituta, mestre?

— Não. Repito: a senhora fez uma escolha. Não consigo acreditar que nunca tenha imaginado a possibilidade de que Rolando estivesse apenas se divertindo, de que a usasse para desafogar os desejos dele. Eu a conheço há pouco tempo, Caterina, mas a senhora não me parece ingênua: é antes uma rebelde, um espírito livre que dificilmente se deixa submeter, que não suporta prepotências e prevaricações, que sabe distinguir perfeitamente entre bem e mal. Esses aspectos de seu caráter me induzem a pensar que, mais de uma vez, a senhora avaliou os prós e os contras de sua relação com Rolando e decidiu conscientemente correr os riscos que ela comportava. Estou errado?

Caterina fitava a barreira do fosso: seu rosto era impenetrável.

— A senhora se perguntará como me permito enunciar um julgamento tão severo de sua pessoa — continuou Matthew. — Tem todo o direito de me silenciar, de se levantar e ir embora.

A mulher balançou a cabeça, em silêncio.

— Eu também — continuou o mestre — sempre persegui com tenacidade os meus propósitos. Embora, em muitas ocasiões, eu tenha acreditado que as circunstâncias me obrigaram a comportamentos arriscados, por fim compreendi que eu mesmo queria tomar certas decisões. Durante anos, acreditei ter cometido erros e muitas vezes atribuí a outros a responsabilidade por eles, exatamente como a senhora faz, mas...

— E não foi assim? Não foi o abade de Saint Albans que o expulsou do mosteiro com uma acusação injusta? Não foram outras pessoas que o envolveram em acontecimentos que colocaram em risco a sua vida? — interrompeu-o Caterina, veemente.

— Não, não foi assim. Embora minhas palavras possam ser entendidas como as de um herético, digo-lhe o que acho: quer tenhamos consciência disso ou não, somos nós mesmos os artífices do nosso destino, que, por sua vez, se encaixa nos imperscrutáveis desígnios do Onipotente. Se conseguirmos nos dar conta disso, cada acontecimento de nossa vida se torna compreensível e, às vezes, mais fácil de suportar.

Caterina chorou.

Matthew desviou o olhar: devia concluir o que pretendia dizer a ela, sem se deixar perturbar por aquelas lágrimas.

— Quando frei Marcello me anunciou que Lucrezia Lanfranchi iria ao ambulatório, preferi não avisar a senhora — explicou. — Estava convencido de que, mais cedo ou mais tarde, as duas acabariam se conhecendo, e era melhor que isso acontecesse logo. Se a senhora não a visse frente a frente, Lucrezia permaneceria apenas como um nome escrito numa folha de pergaminho, um fantasma ligado à vida de Rolando. Ao encontrá-la pessoalmente, pensei, Caterina tomará consciência da existência dela e a verá pelo que ela é, uma mulher sozinha e ignorante da traição do marido. Foi uma prova dura, eu sei, mas minha esperança era que servisse para fazer a senhora sentir compaixão e talvez solidariedade.

— E por acaso não superei essa maldita prova? — exclamou Caterina, exasperada. — Não tratei daquela mulher, tentando ignorar o risco que estava correndo? O que mais eu devia fazer? Dizer a ela que tinha sido amante do seu marido e que Rolando tinha me engravidado?

— Não, mestra, seu comportamento foi exemplar e confirma o que eu já pensava dos seus dotes de médica. Mas aqui não estamos falando dos deveres que a senhora sabe cumprir com tanta determinação, estamos falando de sua pessoa, de alguém que tenta sepultar a dor, a fim de não a deixar transparecer aos olhos dos outros. Isso não ajuda, Caterina, acredite em mim: muitas vezes, manifestar o sofrimento nos dá mais conforto do que mantê-lo fechado dentro de nós.

Caterina enxugou as lágrimas, levantou a cabeça e o encarou.

— Ninguém jamais falou comigo desse modo — disse, devagar —, e é difícil para mim compreender se suas palavras são de apreço ou de reprovação. Eu nunca tive mãe, e meu pai morreu quando eu mais precisava dele: talvez, se estivesse aqui, ele me dissesse as mesmas coisas que o senhor acaba de me dizer. Não sei, mestre, não tenho mais nenhuma certeza.

Matthew não replicou, não era necessário. Caterina compreenderia sozinha, bastava dar-lhe tempo.

Levantaram-se e retornaram pelo mesmo caminho. O vento aumentara, e começavam a cair algumas gotas de chuva.

86

Milão.

Enrijecido contra o encosto da cadeira, o mercador observava Francesco, que cortava o pedaço de fio de ouro com o qual ajustaria seus dentes estragados. O cirurgião lhe sugerira deitar-se no banco, a fim de poder segurar firmemente sua cabeça entre os joelhos, como costumava fazer durante as intervenções, mas o homem não quis. Não era uma posição adequada a um mercador do seu nível. "Prefiro a cadeira", dissera. "Ficarei imóvel como uma estátua, basta que o senhor não me maltrate muito..."

O cirurgião o tranquilizara, mas agora o paciente, ao vê-lo brandir um par de pinças, já não estava tão seguro de que ficaria parado.

— Abra a boca — ordenou Francesco.

O mercador obedeceu e fechou os olhos: era melhor não ver.

O cirurgião dobrou o fio de ouro e o introduziu entre dois dentes ainda sadios. Em seguida, puxou as duas pontas até o incisivo balouçante e o envolveu.

Olhou o rosto coberto de suor do paciente.

— Está doendo? — perguntou.

— Nãã... — balbuciou o homem, sem abrir os olhos.

Francesco sorriu consigo mesmo e continuou seu trabalho. Depois de puxar o fio novamente para trás, apertando-o em torno de cada dente, enrolou-o no molar com a ponta da pinça. Em seguida, prendeu as duas extremidades à base: fez isso com cuidado, a fim de que o fio não machucasse a língua.

— Pronto — disse, observando com atenção a boca escancarada à sua frente —, acabamos.

O homem abriu os olhos e, com grande cautela, fechou a boca.

— Esta amarração pode não durar para sempre, como lhe expliquei — avisou Francesco. — Se ela se desmanchar, teremos que extrair o dente, o senhor sabe, não?

— Sim, o senhor já me disse — engrolou o mercador, massageando a mandíbula dolorida. — Espero que isso não aconteça.

Levantou-se, bochechou com a água da caneca e cuspiu-a na bacia. Depois ajeitou a *cotta* e depositou sobre a mesa o pagamento combinado: era uma escarcela cheia de moedas, mas valera a pena. Embora instável, seu dente ainda estava na boca, em vez do buraco que ele mostraria se não tivesse recorrido ao trabalho do cirurgião. Saíra caro, mas ele podia se permitir isso e não lamentava.

Chovia, e a terra batida do beco se tornara uma pasta lamacenta. O vento, que três dias antes havia anunciado aquela inesperada tempestade outonal, ainda soprava forte: a cada rajada, as camadas mais superficiais das imundícies amontoadas nos becos se desprendiam, rolavam e eram arrastadas para longe.

Mantendo o capuz do manto pressionado contra o rosto, Francesco caminhava com cuidado para não escorregar naquele lodo malcheiroso.

Transposta a poterna, chegou à barreira de contenção do fosso. Na superfície limosa da água boiava de tudo: galhos quebrados ainda revestidos de folhas, pedaços de madeira, cestas furadas, trapos, garrafas e até a carcaça de algum pequeno animal.

A tempestade devia ter provocado grandes danos no campo, pensou Francesco, pois as águas do Seveso tinham subido a ponto de carregar todos aqueles detritos até os canais que atravessavam a cidade.

Transpôs a ponte e se encaminhou para o moinho. Naquela manhã, ele mesmo o abriria: era domingo, dia em que normalmente o ambulatório ficava fechado. A ausência de doentes lhe permitiria verificar a quantidade que restara de remédios e fazer a lista dos que eventualmente estivessem em falta: ou, pelo menos, essa era a desculpa que ele dera a frei Marcello quando lhe pedira a chave. Na realidade, aguardava Caterina. Tinham marcado encontro ali: naquelas salas insolitamente desertas, poderiam conversar sem que ninguém os escutasse.

Não podia esperar mais. Passara-se bastante tempo desde aqueles breves momentos de intimidade que os dois tinham tido ali no ambulatório, e não aconteceram outros. Depois daquele dia, não surgiram oportunidades para ficarem sozinhos, e suas únicas conversas haviam sido sobre os cuidados a prestar aos doentes.

Como se aquele colóquio e aquele beijo nunca tivessem existido.

Agora, porém, precisava compreender, não podia continuar vivendo na incerteza. Caterina correspondia aos seus sentimentos ou apenas se abandonara momentaneamente? Tinha sido somente a dor daquela confissão que a induzira a se refugiar em seus braços? Embora desconcertado pelo que ouvira, não conseguia se indignar com aquele comportamento nem sentia desprezo por ela: quaisquer que tenham sido os erros que ela havia cometido, disse a si mesmo, Caterina já pagou caro demais.

Entrou no moinho, subiu a escada e abriu as duas janelinhas para renovar o ar na sala cirúrgica: uma rajada de chuva banhou as tábuas do chão.

Apoiada à portinhola aberta do mirante, Caterina fitava Francesco. Indiferente às gotas d'água que de vez em quando chicoteavam seu rosto e sua veste, procurava as palavras para responder.

Francesco se aproximou e segurou as mãos dela.

— Compreende que eu a amo? Que já não consigo imaginar a vida sem a senhora? — disse com uma nota de desespero na voz. — Nem sei como aconteceu, e percebo que isso que estou dizendo lhe soa inesperado, mas...

— Não, não é, até porque acredito que também estou começando a amá-lo.

Os olhos do homem se iluminaram.

— Mas é que... — continuou Caterina. — Veja, Francesco, não é fácil para mim explicar o que estou sentindo neste momento, mas creio que é medo. É um sentimento que experimentei poucas vezes ou que, embora sem saber, sempre procurei ignorar.

— Todos temos medo, mesmo quando fingimos que não o percebemos, e devemos seguir em frente, senão...

— Sim, claro, mas para mim é diferente. Desde criança eu achava que era invencível, que bastava querer alguma coisa para obtê-la, que se empregasse todas as minhas forças na busca de um objetivo eu o conseguiria. Essa ilusão me tornou quem sou hoje — explicou Caterina com amargura —, uma mulher que não conhece a humildade, que sempre briga para afirmar as ideias nas quais acredita. Muitas vezes venci, e isso só fez aumentar minha arrogância. Durante os estudos, desfrutei dos ensinamentos de excelentes mestres e, embora seja mulher, nenhum deles jamais me aconselhou a abandonar esta profissão.

— E por que deveriam, considerando os resultados que a senhora alcançou?

— Não sei, talvez o encorajamento deles fosse merecido, ou talvez não: mas tenho certeza de que o entusiasmo que dedico à minha arte resulta diretamente dos ensinamentos deles. Até com Rolando aprendi muito, pelo menos no que se refere à prática e à teoria. Todo o resto, aquilo que deveria fazer parte dos fundamentos morais de nossa arte, faltava a ele: a humanidade, a piedade, o compartilhamento do sofrimento.

— Mas, então, por que...

— Por que me apaixonei, é o que o senhor quer dizer? — respondeu Caterina, com um sorriso triste. — Porque foi o valor profissional dele que me atraiu, mas isso só compreendi há pouco tempo. Confundi amor com admiração, sem desconfiar de que, sob a bata de médico, pudesse se esconder outra pessoa. Quando me dei conta de que aquele que eu acreditava amar era na realidade um homem totalmente diferente, o mundo desabou em cima de mim. Foi como se, de repente, todas as certezas me abandonassem: se me enganei com ele, quantos outros erros eu poderia cometer? Toda a força que eu acreditava ter foi embora, desapareceu. Mais de uma vez, lá no alto dos Alpes, pensei em dar fim à minha vida no fundo de um despenhadeiro: se não o fiz, foi só para continuar exercendo a arte médica. A esta altura, é a única coisa que me dá conforto.

Francesco a encarava, incapaz de falar.

— E também há outra coisa que eu não disse ao senhor. Quando fui embora de Paris, não foi só para fugir de Rolando: se eu ficasse, seria submetida a julgamento por ter assistido a uma dissecção.

O barbeiro-cirurgião arregalou os olhos.

— Foi ele quem a executou — prosseguiu Caterina —, mas a meu pedido: eu queria conhecer, aprofundar, verificar, e Rolando teve a imprudência de satisfazer meu desejo. Eu bem sabia dos riscos que ambos correríamos, uma denúncia e talvez uma condenação ao exílio. No entanto, ainda não consigo me arrepender de ter pedido a ele que praticasse aquela maldita dissecção: percebe até que ponto chega a minha petulância, até que ponto eu anteponho minha arte a qualquer manifestação de piedade?

Francesco continuava a fitá-la. Caterina sustentou o olhar dele.

— Compreende agora? Compreende a quem está oferecendo seu amor? A uma mulher que sente emergir a compaixão diante dos padecimentos dos doentes, como se a dor alheia fosse um bálsamo para seu próprio sofrimento, mas também capaz de observar, sem pestanejar, um cadáver desmembrado. Certo, eu exerço a medicina com dedicação, me empenho em aperfeiçoá-la dia após dia, mas quem me garante que não é ainda a ambição a me impelir, o único modo que conheço para satisfazer um egoísmo insano? Minha alma é vazia de sentimentos, Francesco, sou uma mulher difícil de amar.

Foi necessário algum tempo para que o barbeiro-cirurgião compreendesse profundamente o significado daquela nova confissão de Caterina, mas aos poucos ele entendeu: aquilo era um pedido de ajuda, uma necessidade da qual ela mesma não se dava conta.

Retomou o fôlego, levou as mãos dela aos lábios e beijou-as de leve.

— Deixe-me tentar, Caterina — disse. — Talvez ainda não seja o momento, talvez seja muito cedo. Mas eu saberei esperar.

Caterina assentiu em silêncio. Juntos, os dois assomaram à soleira do mirante e permaneceram imóveis, olhando a chuva.

87

Milão.

Mikail sobrepôs as duas partes da *cioppa* de seda e enrolou-a. Depois abriu a grande saca de couro que jazia sobre o enxergão e, com cuidado, guardou a veste entre as abas dobradas de um velho manto, muito gasto para ser usado: a espessura da lã protegeria a seda de possíveis amassados. Por cima arrumou a garnacha de petigris: estava roída por traças em vários pontos, mas quando a recebera de Marco, que a usara durante anos antes de dá-la a ele, aquela roupa lhe parecera digna de um rei. E também aquecia; dentro em pouco seria necessária.

Acabou de recolher suas coisas: meias soladas, botas, cintos, calções e camisas, a cota de lã fina, o gibão acolchoado, um colete leve, duas boinas, a caneca, a colher, o pente de chifre, o espelhinho de cobre, a toalha. Meteu tudo na saca, até preencher cada cantinho e cada dobra. Por último, tirou a coberta do enxergão, dobrou-a e acomodou-a sobre o resto. Depois pressionou tudo com força e atou os laços bem apertados.

Pousou a saca no chão e inspecionou o quartinho para conferir se não tinha esquecido nada: havia colocado tudo dentro dela, sobre o banquinho só restavam a escarcela e o punhal. Pegou-o, verificou se estava bem protegido pela bainha e guardou-o no bolso interno da veste, em contato com o corpo. Depois sopesou a escarcela: estava cheia, as moedas que continha lhe bastariam para a viagem.

Na noite anterior, ele as tirara do cofre do costureiro, depois de horas de dúvidas e mudanças de ideia. Por fim, havia decidido: precisava do dinheiro e, quando o patrão percebesse o furto, ele já estaria longe.

Tornara-se também um ladrão. Sim, e daí? Marco também não o tinha sido, roubando sua inocência e transformando-a em depravação? Por que tivera de esperar ver-se nos braços de Agnès de Lagny para compreender que era um homem e não um imundo sodomita? Além da inocência, Marco subtraíra sua capacidade de discernir entre o bem e o mal, e ele, convencido de que sem a ajuda do costureiro jamais poderia ir adiante, se entregara sem hesitações, como se a abominação daqueles encontros fosse decretada por um destino preestabelecido ao qual não lhe era permitido fugir. Mas não, agora apagaria aquele destino, recomeçaria tudo desde o início.

Não sabia que horas eram, porque aquele cubículo onde dormia não dispunha de janela, mas, a julgar pelo silêncio que reinava ao seu redor, pensou que ainda não havia amanhecido: da cozinha, três andares abaixo, não provinha nenhum rumor, e tampouco do beco.

O caminho a fazer seria longo e cansativo: tinham-se passado pouco mais de três meses desde que o percorrera no sentido contrário, e ele estava consciente das dificuldades que encontraria, ainda mais agora que estava sozinho, sem ninguém para garantir sua segurança.

A ideia de voltar a Paris lhe infundia uma força nova. Ali, naquela cidade cheia de vida e de oportunidades a aproveitar, teria uma atividade e apagaria o passado. Ainda não sabia como, mas seguramente encontraria alguma coisa.

Vestiu o manto de fustão, pendurou a saca no ombro, dirigiu-se à saída e deixou o palacete.

O olhar do costureiro estava fixado na cama de Mikail. O enxergão, desprovido de coberta, ainda conservava a forma do corpo dele. Aproximou-se e tocou-o com os dedos: o cânhamo estava impregnado do cheiro do jovem.

Sua vista se ofuscou. Ele sentou-se na cama.

As ondas de calor que o tinham envolvido pouco antes, quando abrira o quartinho e o encontrara vazio, transformaram-se em calafrios. Abraçou os joelhos e apertou-os, tentando não ceder ao tremor que começava a sacudi-lo.

Mikail tinha ido embora, sem uma palavra, sem um abraço. Assim, simplesmente. Tinha saído de sua vida.

Marco estava aniquilado, não conseguia nem chorar. Imóvel, com um nó na garganta, fitava a porta fechada, como se esperasse vê-la se abrir de uma hora para outra e revelar o rosto sorridente do rapaz.

Levantou-se e uma pontada violenta transpassou suas vísceras. Apoiou-se à parede, dobrou-se para a frente e a dor foi passando aos poucos.

— Acabado, está tudo acabado — balbuciou, rouco.

Pegou o castiçal duplo que havia pousado no chão e, com dificuldade, arrastou-se até a porta.

Não, não estava tudo acabado. Restava-lhe a loja. Iria se empenhar no trabalho até entrar em estupor e conseguir esquecer. Talvez, com o tempo, encontrasse alguém disposto a compartilhar seu leito, a fingir o amor de uma mulher, a fazê-lo reviver as mesmas sensações que experimentara com Mikail.

Virou-se, ergueu o castiçal diante de si e deu uma última olhada no enxergão: à luz tremulante das duas velas, a marca daquele corpo tão desejado parecia ainda mais profunda.

Engoliu as lágrimas e abriu a porta.

Matthew olhou ao redor. A rua não tinha mudado: casebres arruinados, a loja do cesteiro, o asilo dos leprosos. Tudo igual, como se aqueles oito anos não tivessem passado.

Fazia tempo que ele sentia a necessidade de voltar ali, mas até aquele dia não havia tido coragem.

Sempre evitara percorrer de novo aqueles becos empoeirados onde, muitos anos antes, havia conhecido Petra. Temia não suportar o sofrimento de rever a casa da mulher a quem tinha amado: a porta, o quintal, aquele poço minúsculo de onde tirava água, a pontezinha que separava o bairro das últimas ramificações do bosque.

Reduziu o passo e por fim se deteve, sem saber se continuava.

Rufo, que trotava ao seu lado, levantou o focinho para olhá-lo, balançou a cauda e, sem esperar por ele, dobrou a esquina da ruela, como se já conhecesse o caminho.

Matthew fez um esforço e o seguiu.

A casa ainda estava lá: a parede mostrava umas rachaduras novas, as fissuras entre as tábuas da porta haviam se alargado.

Aproximou-se. Do interior vinha o choro de uma criança, sobrepujado por uma voz de mulher, áspera e aguda.

Matthew ergueu a mão para bater, mas logo a retraiu. Imóvel, baixou os olhos sobre a pedra lascada do degrau e fitou-a longamente. Depois se virou e retornou pelo mesmo caminho por onde tinha vindo.

88

Paris, dezembro.

A casa cheirava a cal. Já se passara um mês desde que haviam sido pintados os tabiques de madeira que separavam os aposentos, mas a umidade daquele outono chuvoso, recém-transcorrido, certamente não contribuía para facilitar a secagem.

Rolando terminou de atiçar o fogo: as chamas subiram altas, clareando o aposento. Estava muito satisfeito com aquela lareira. Tinha sido ele a solicitá-la, quando aquela nova habitação lhe fora atribuída: os invernos de Paris podiam ser muito rigorosos, e com certeza o frio não aliviaria suas dores nas costas, que já haviam se tornado crônicas. Bem sabia que ousara muito ao fazer aquele pedido, porque em geral somente os palácios dos aristocratas dispunham de uma fonte de calor tão confortável.

Se me pagam um bom dinheiro para exercer as funções de regente do *studium* de medicina, dissera a si mesmo, também podem gastar um pouco mais para dotar minha casa de uma lareira. E assim foi: o mestre de obras tinha até feito três, uma no cantinho da cozinha, a segunda no térreo, para aquecer a sala, e a última no quarto, onde ele estava sentado agora.

Puxou do bolso a carta que lhe fora entregue no Hôtel-Dieu, umas duas horas antes. Ainda não tivera tempo de lê-la, mas a rápida olhada que dera no lacre fizera-o compreender que se tratava de uma mensagem de sua esposa. Provavelmente uma carta inútil, lamurienta e desprovida de informações que o interessassem, como sempre.

Rompeu o lacre, desenrolou o pergaminho e começou a ler.

"Meu caríssimo esposo, aqui passo a lhe mandar as notícias destes últimos meses. A primeira é que, seguindo as recomendações do meu irmão, resolvi destinar um quarto da herança da minha mãe à instituição da Colombetta, perto da qual foi aberto há pouco um ambulatório para os pobres. Não

considerei necessário pedir sua permissão porque cabe somente a nós os dois herdeiros decidir como usar o legado, e meu irmão concordou comigo neste ato de caridade. Como o senhor certamente sabe, essa instituição é uma congregação que ajuda os pobres, as viúvas, os encarcerados e agora também os doentes. Acho que se estivesse aqui e visse com seus olhos as míseras condições de saúde em que vivem os indigentes da cidade o senhor só poderia aprovar nossa iniciativa. A segunda notícia é que no dia cinco de outubro fui vítima de uma queda de cavalo ocorrida quando me dirigia à Colombetta para entregar o dinheiro. Fiquei gravemente ferida, e talvez morresse se não tivesse sido socorrida justamente no mesmo ambulatório, onde meu ferimento foi suturado por certa Caterina de Colleaperto, que é a médica que cuida dos doentes. Se já é coisa singular que uma mulher seja capaz de exercer esse trabalho, é ainda mais estranho o que eu descobri sobre ela. Parece que trabalhou em Paris antes de se transferir para Milão e também parece que conheceu o senhor. Como pode imaginar, a notícia me surpreendeu bastante e eu lhe seria grata se o senhor a confirmasse. Até porque me pareceu que a mestra Caterina tinha em seu poder um pequeno estojo para instrumentos cirúrgicos sobre o qual estava impresso um monograma muito semelhante ao seu. A julgar pelos modos, ela não me pareceu uma ladra e, portanto, me pergunto como o conseguiu. Não tenho outras notícias dignas de nota exceto uma que causou alvoroço. Parece que o costureiro mais famoso da Lombardia, de cujos serviços eu mesma me vali mais de uma vez, desapareceu de Milão, e também parece que ninguém sabe o que pode ter acontecido a ele. A última coisa que tenho a lhe dizer é que nos primeiros meses da próxima primavera irei a Paris em companhia do mercador de especiarias Pietrobono Maderni, que com muita magnanimidade aceitou me receber em sua caravana. Minha permanência na cidade onde o senhor vive se prolongará por todo o próximo ano. Durante minha ausência meu querido irmão cuidará de tudo. Ele também me garantiu que no caso de uma definitiva mudança minha para Paris encarregará um jurista de cuidar dos meus interesses e do palacete onde habito atualmente. À espera de poder abraçá-lo de novo, presto-lhe minhas devidas homenagens. Lucrezia Lanfranchi escreveu. Dia oito de novembro do ano de 1254."

Rolando acabou de ler, pousou a folha no colo e tocou o rosto. Estava queimando.

Permaneceu imóvel, fitando as chamas. Por fim se levantou e jogou a carta no fogo.

Nota da autora

A medicina da Idade Média, como todas as outras disciplinas do saber, era privilégio dos homens. Às mulheres que pretendessem exercê-la era permitido desempenhar a função de parteira, talvez um pouco mais.

Apesar disso, a história nos conserva testemunhos de algumas médicas, de Trotula Salernitana e Hildegarda de Bingen até Abella, Rebecca Guarna, Costanza Calende e Ersenda, ativa na corte do rei da França Luís IX.

Se ainda temos memória delas, significa que essas mulheres eram terapeutas tão hábeis que não podiam ser ignoradas. A suspeita é de que, ao lado delas, tenha havido muitas outras de cuja existência todo vestígio se perdeu. Hipótese confirmada pelo fato de que o *studium* de Montpellier, uma das mais importantes faculdades de medicina europeias, permitia o acesso também a candidatos do sexo feminino.

O caminho delas era sem dúvida repleto de dificuldades. Neste romance, tentei imaginar como o preconceito e a desconfiança influenciariam a condição social e pessoal dessas mulheres corajosas. Caterina de Colleaperto é uma personagem fictícia, mas poderia ser qualquer uma das médicas medievais que tentaram alcançar dignidade profissional à altura da dos homens.

Também o personagem de Marco Raineri, o costureiro milanês, é fruto de invenção. Ao descrever sua loja, eu quis dar informações sobre uma das mais significativas atividades artesanais daquela época. Sob a égide da corte, assim como das pessoas comuns, o ofício dos costureiros era muito apreciado e permitia que aqueles que o exerciam em alto nível acumulassem significativas fortunas em dinheiro.

O primeiro documento milanês que atesta a existência da Colombetta data de 1279, mas outras notícias fragmentárias induzem a pensar que a instituição já era atuante por volta da segunda metade do século XIII. Era uma comunidade nascida por vontade de alguns benfeitores milaneses e destinada a assistir as camadas sociais mais pobres, progressivamente aumentadas em consequência das precárias condições econômicas resultantes de um longo período de instabilidade política. Independentemente das hierarquias eclesiásticas, a comunidade era administrada por uma pequena congregação religiosa, os Irmãos da Misericórdia, e dirigida por um prior. A obra assistencial era desenvolvida por um reduzido grupo de monges, acompanhados de muitos voluntários que, compartilhando a vida e as incumbências deles, frequentemente colocavam à disposição até seus próprios bens. Muito especial no panorama milanês, a Colombetta foi provavelmente um dos primeiros exemplos daquela caridade laica, organizada e operosa, da qual Milão se orgulhou com justiça nos séculos seguintes.

A construção que imaginei como sede do ambulatório existiu de fato. Tratava-se de um moinho de armas situado na rua que até hoje conserva seu nome: tendo sobrevivido às cheias do Naviglio e aos bombardeios da Segunda Guerra Mundial, foi demolido posteriormente durante uma vasta obra de reestruturação urbanística que abrangeu a área da antiga Porta Ticinese.

Alguns dos personagens citados no romance pertencem à realidade histórica do período em questão: o rei da França Luís IX, seus irmãos Afonso de Poitiers e Isabel, Guiard de Laon, Jean de Passavant, Rutebeuf, Robert de Sorbon, Eudes Rigaud, Tazio Mandelli, Egidio de Cortenuova, Manfredi de Sesto, Manfredo Lancia d'Incisa. Os detalhes do caráter de cada um deles nasceram da minha fantasia.

No que se refere à substância estimulante consumida pelo personagem de Raineri, inspirei-me na Solução de Fowler, uma discutida poção com arsênico usada até uns dois séculos atrás em algumas áreas da Caríntia. De modo totalmente arbitrário, permiti-me fazer com que suas origens remontassem à Idade Média.

Agradecimentos

Obrigada a Jacques Verger, professor de história medieval na Universidade de Paris, pelos preciosos conselhos bibliográficos. A Maria Cristina Campanini, Marcello Costa Angeli e Guido Tullio Zanandrea, pelos indispensáveis esclarecimentos de caráter médico e cirúrgico. A Daniela e Luigi Bernabò, pelo indiscutível profissionalismo e pela amizade que continuam a dedicar a mim. Ao meu marido Giulio e à minha filha Elisabetta, que, nestes dois anos de elaboração do romance, me apoiaram com uma paciência digna da melhor causa.

E, como sempre, obrigada aos leitores: àqueles que me acompanham há tempos, àqueles que me descobriram por acaso e àqueles que virão.

Este livro foi composto na tipologia Minion Pro,
em corpo 11,5/14,7, e impresso em papel off-white
no Sistema Cameron da Divisão Gráfica
da Distribuidora Record.